FABLEHAVEN
Nas garras da praga das sombras

O pêndulo oscila
entre a luz e
a escuridão

FABLEHAVEN
NAS GARRAS DA PRAGA DAS SOMBRAS

BRANDON MULL

ILUSTRAÇÕES
BRANDON DORMAN

TRADUÇÃO
ALEXANDRE D'ELIA

ROCCO
JOVENS LEITORES

Para Cy, Marge, John e Gladys, que provam que avós podem ser amigos e heróis.

Título original
FABLEHAVEN
GRIP OF THE SHADOW PLAGUE

Este livro é de ficção. Qualquer referência a fatos históricos, pessoas reais ou localidades foi usada de forma fictícia. Outros nomes, personagens, lugares e incidentes são produtos da imaginação do autor, e qualquer semelhança com acontecimentos reais, localidades e pessoas vivas ou não é mera coincidência.

Copyright © 2008 *by* Brandon Mull

Copyright das ilustrações © 2008 *by* Brandon Dorman

Todos os direitos reservados. Nenhuma parte deste livro pode ser usada ou reproduzida no todo ou em parte sem a autorização do editor.

Direitos para a língua portuguesa reservados com exclusividade para o Brasil à
EDITORA ROCCO LTDA.
Av. Presidente Wilson, 231 – 8º andar
20030-021 – Centro – Rio de Janeiro – RJ
Tel.: (21) 3525-2000 – Fax: (21) 3525-2001
rocco@rocco.com.br
www.rocco.com.br

Printed in Brazil/Impresso no Brasil

Preparação de originais
Frida Landsberg

CIP-Brasil. Catalogação na fonte.
Sindicato Nacional dos Editores de Livros, RJ.

M922n   Mull, Brandon, 1974-
Nas garras da praga das sombras / Brandon Mull; ilustrações de Brandon Dorman; tradução de Alexandre D'Elia. – Primeira edição.
– Rio de Janeiro: Rocco Jovens Leitores, 2011.
il. – (Fablehaven; 3)
Tradução de: Fablehaven: grip of the shadow plague
Sequência de: A ascensão da estrela vespertina
ISBN 978-85-7980-091-7
1. Magia – Literatura infantojuvenil. 2. Avós – Literatura infantojuvenil.
3. Irmãos e irmãs – Literatura infantojuvenil. 4. Literatura infantojuvenil norte-americana. I. Dorman, Brandon. II. D'Elia, Alexandre. III. Título. IV. Série.
11-4896   CDD – 028.5   CDU – 087.5

O texto deste livro obedece às normas do novo Acordo Ortográfico da Língua Portuguesa.

Sumário

Capítulo 1	Nipsies	9
Capítulo 2	Reunião	28
Capítulo 3	Compartilhando descobertas	51
Capítulo 4	Novos Cavaleiros	69
Capítulo 5	Primeira missão	87
Capítulo 6	Praga	107
Capítulo 7	Lost Mesa	127
Capítulo 8	Homem-sombra	148
Capítulo 9	Caminhos	167
Capítulo 10	Feridas de sombra	182
Capítulo 11	O velho pueblo	197
Capítulo 12	Obstáculos	217
Capítulo 13	Admirador secreto	238
Capítulo 14	Volta para casa	256
Capítulo 15	Domingo de brownie	278
Capítulo 16	Refúgio	300
Capítulo 17	Preparativos	319
Capítulo 18	A velha mansão	339
Capítulo 19	Duelo	361
Capítulo 20	História	375
Capítulo 21	Fadencantada	391

Capítulo 22	Luz	408
Capítulo 23	Trevas	425
Capítulo 24	Despedidas	455
	Agradecimentos	469

FABLEHAVEN

CAPÍTULO UM

Nipsies

Num dia abafado de agosto, Seth corria ao longo de uma trilha quase invisível examinando a rica folhagem à sua esquerda. Árvores altas e cheias de musgo eclipsavam o verdejante mar de arbustos e samambaias. Ele estava com uma sensação pegajosa por todo o corpo – a umidade se recusava a deixar que seu suor secasse. Seth olhava para trás de tempos em tempos e parava a qualquer sinal de barulho na vegetação rasteira. Além de Fablehaven ser um lugar perigoso para se andar sozinho, ele estava aterrorizado diante da possibilidade de ser visto tão longe do jardim.

Suas habilidades para penetrar sorrateiramente na floresta haviam melhorado ao longo do último verão. As excursões com Coulter foram divertidas, mas não ocorreram com uma frequência suficiente que garantisse a plena satisfação de seu apetite por aventura. Havia algo de especial em explorar sozinho a reserva. Ele ficara familiarizado com a floresta que circundava a casa principal, e apesar das preocupações de seus avós, ele provara a si mesmo que podia explorá-la com segurança.

Para evitar situações que colocassem em risco sua vida, ele raramente se afastava muito do jardim, e evitava as áreas que sabia serem as mais perigosas.

Hoje era uma exceção.

Hoje ele estava seguindo as indicações para um encontro secreto.

Embora Seth tivesse certeza de que havia interpretado corretamente as instruções, ele estava começando a ficar irritado, achando que não prestara atenção no último marco de referência. A trilha que ele estava percorrendo naquele momento era completamente nova para ele, e ficava a uma boa distância da casa principal. Ele estava atento aos arbustos ao longo da margem esquerda da trilha.

Muitas pessoas haviam entrado e saído de Fablehaven durante o verão. No café da manhã, vovô Sorenson notificara Seth, Kendra, Coulter e Dale que Warren e Tanu chegariam naquela noite. Seth estava entusiasmado para se encontrar com seus amigos, mas sabia que quanto mais pessoas estivessem na casa, mais olhos estariam presentes para vigiar e impedir expedições não autorizadas. Hoje, provavelmente, era a última oportunidade que ele teria de dar uma escapulida por conta própria.

Quando estava começando a perder as esperanças, Seth observou um pedaço de pau encimado por um grande cone de pinheiro plantado no chão não muito longe da trilha. Ele não deveria ter se preocupado em não ver o marco de referência – o pedaço de pau era de um tamanho que não deixava dúvidas. Parado ao lado do mastro, Seth pegou sua bússola no kit de emergência, achou a posição nordeste e dirigiu-se por um caminho não exatamente perpendicular à trilha indistinta.

O terreno inclinou-se ligeiramente para cima. Ele evitou algumas plantas espinhosas. Alguns pássaros faziam um alvoroço nos galhos folhosos. Uma borboleta com asas amplas e vibrantes voava no ar sem brisa. Em decorrência do leite que havia bebido naquela manhã, Seth sabia que aquilo era realmente uma borboleta. Se fosse alguma fada, ele a teria reconhecido como tal.

— Shhh — sibilou uma voz vinda dos arbustos. — Aqui.

Seth virou a cabeça e viu Doren, o sátiro, espiando por cima de um vistoso arbusto com folhas grandes. O sátiro gesticulou para ele.

— Oi, Doren — disse Seth, em voz baixa, trotando em direção ao local onde o sátiro estava agachado. Ele também achou Newel escondido ali, seus chifres um pouco mais longos, sua pele ligeiramente mais sardenta e seu cabelo um pouco mais ruivo do que o de Doren.

— E o brutamontes? — perguntou Newel.

— Ele prometeu se encontrar comigo aqui — garantiu Seth. — Mendigo está cobrindo as tarefas dele nos estábulos.

— Se ele não aparecer, o acordo está cancelado — ameaçou Newel.

— Ele vai chegar — disse Seth.

— Você trouxe a mercadoria? — perguntou Doren, tentando parecer casual, mas incapaz de esconder o desespero no olhar.

— Quarenta e oito pilhas tamanho C — disse Seth. Ele abriu o zíper da bolsa e deixou os sátiros inspecionarem o conteúdo. No início do verão, Seth dera à dupla dezenas de pilhas como recompensa por eles o terem ajudado e à irmã a entrarem sigilosamente na casa dos avós em circunstâncias particularmente difíceis. Os sátiros já haviam gasto o butim assistindo à televisão portátil que possuíam.

— Olha só pra elas, Doren — suspirou Newel.

— Horas e mais horas de entretenimento — murmurou Doren, com reverência.

— Só os programas de esporte já valem a pena! — gritou Newel.

— Filmes, seriados, desenhos, novelas, entrevistas, jogos, reality shows — listou Doren, encantado.

– Tantas moças lindas – ronronou Newel.

– Até os anúncios são fantásticos – disse Doren, entusiasmado. – Tantas maravilhas tecnológicas!

– Stan ficaria possesso se soubesse – murmurou Newel, esfuziante.

Seth compreendeu que Newel tinha razão. Seu avô Sorenson se esforçava ao máximo para limitar a quantidade de tecnologia na reserva. Ele queria manter as criaturas mágicas de Fablehaven afastadas das influências ruins da modernidade. Nem ele próprio possuía televisor em casa.

– E onde é que está o ouro? – perguntou Seth.

– Bem próximo daqui – disse Newel.

– Está cada vez mais difícil arrumar ouro desde que Nero mudou o local onde guardava seu tesouro – desculpou-se Doren.

– Ouro acessível – emendou Newel. – Nós conhecemos um vasto tesouro escondido em Fablehaven.

– Grande parte dele amaldiçoado ou vigiado – explicou Doren. – Por exemplo, nós conhecemos um maravilhoso ninho de joias estocado num fosso que fica embaixo de uma pedra, se você não se importar com infecções crônicas causadas por seres que adoram carne humana.

– E uma inestimável coleção de armas banhadas a ouro num arsenal protegido por uma vingativa família de ogros – acrescentou Newel.

– Mas logo ali à frente existe uma grande quantidade de ouro praticamente sem nenhum empecilho – prometeu Doren.

– Continuo achando que eu devia receber um pagamento extra, já que vocês precisam da minha ajuda pra pegar o ouro – reclamou Seth.

– Qual é, Seth! Não seja ingrato! – repreendeu Newel. – A gente acertou um preço. Você concordou. Tudo de comum acordo. Você não precisa ajudar a gente a pegar o ouro. Podemos simplesmente desistir de tudo.

Seth olhou para um homem-cabra e depois para o outro. Suspirando, fechou a bolsa.

— De repente você está certo mesmo. A coisa parece arriscada demais.

— Ou então a gente pode subir a sua comissão em vinte por cento — rebateu Newel, pousando a mão peluda na bolsa.

— Trinta — disse Seth, sem pestanejar.

— Vinte e cinco — propôs Newel, em contrapartida.

Seth abriu a bolsa novamente.

Doren bateu palmas e cascos.

— Adoro finais felizes.

— Só vai acabar quando eu estiver com o ouro — lembrou Seth. — Vocês têm certeza de que esse tesouro vai ser mesmo meu? Não vai ter nenhum troll nervosinho vindo atrás dele?

— Nenhuma maldição — disse Newel.

— Nenhuma criatura poderosa atrás de represália — asseverou Doren.

Seth cruzou os braços.

— Então por que vocês precisam da minha ajuda?

— Esse esconderijo antigamente era sinônimo de dinheiro fácil — disse Newel. — A grana mais garantida em toda Fablehaven. Com a ajuda de seu guarda-costas grandalhão, a coisa vai voltar a ser a moleza de sempre.

— Hugo não vai ter de machucar ninguém — confirmou Seth.

— Relaxa — disse Newel —, a gente já conversou sobre isso. O golem não vai precisar machucar uma mosca sequer.

Doren levantou a mão.

— Estou ouvindo alguém se aproximando.

Seth não ouviu nada. Newel farejou o ar.

– É o golem – afirmou Newel.

Vários instantes depois, Seth detectou as fortes passadas indicando que Hugo estava chegando. Em pouco tempo, o golem surgiu num rompante, esmagando a vegetação rasteira. Uma figura com estrutura de gorila feita de terra, barro e pedra, Hugo tinha um porte gigantesco e mãos e pés grandes de maneira desproporcional. No momento, um de seus braços estava, de certa forma, menor do que o outro. Hugo perdera um braço numa batalha com Olloch, o Glutão, e, apesar dos frequentes banhos de lama, o membro ainda não havia se regenerado completamente.

O golem parou, assomando sobre Seth e os sátiros, que mal chegavam à altura de seu tórax maciço.

– Seth – pronunciou o golem com uma voz profunda que soava como o atrito de gigantescas pedras.

– Oi, Hugo – respondeu Seth. O golem só há pouco tempo dera início às primeiras tentativas de proferir algumas palavras simples. Ele entendia tudo o que todos diziam, mas raramente conseguia se expressar verbalmente.

– Que bom te ver, grandão! – disse Doren, acenando, com um amplo sorriso no rosto.

– Ele vai cooperar? – perguntou Newel, com o canto da boca.

– Hugo não é obrigado a me obedecer – disse Seth. – Eu não o controlo oficialmente, como vovó e vovô. Mas ele está aprendendo a tomar suas próprias decisões. Nós já vivemos algumas boas aventuras juntos durante o verão. Normalmente ele acata todas as minhas sugestões.

– Muito bem – disse Doren. Ele bateu palmas e esfregou as mãos animadamente. – Newel, meu amigo garimpador de ouro, podemos voltar aos negócios.

– Vocês vão finalmente explicar o que nós vamos fazer? – implorou Seth.

– Você já ouviu falar dos nipsies? – perguntou Newel.

Seth balançou a cabeça em discordância.

– Umas criaturinhas miudinhas – explicou Doren. – Os menores seres encantados que existem. – Os sátiros observavam Seth, na expectativa.

Seth balançou novamente a cabeça em negativa.

– Eles têm uma certa semelhança com os brownies, mas são bem menores – disse Newel. – Como você sabe, os brownies são especialistas em consertar, recuperar e reciclar com inventividade. Os nipsies são mestres-artesãos, mas costumam partir do zero, indo atrás de recursos naturais para adquirir matérias-primas.

Doren curvou-se para se aproximar de Seth e falou confidencialmente:

– Os nipsies têm fascinação por metais e pedras brilhantes, e um faro aguçado para encontrar esse tipo de coisa na natureza.

Newel deu uma piscadela.

Seth cruzou os braços.

– E o que vai impedir esses caras de tentar recuperar o tesouro deles?

Newel e Doren tiveram um ataque de riso. Seth franziu o cenho. Newel colocou a mão no ombro dele.

– Seth, um nipsie é mais ou menos desse tamanho aqui. – Newel estendeu o polegar e o indicador com mais ou menos um centímetro de intervalo entre um e outro. Doren bufou ao tentar conter uma nova gargalhada. – Eles não voam, não possuem nenhuma magia e não representam nenhum perigo.

– Nesse caso, eu ainda não estou entendendo por que vocês precisam da minha ajuda pra pegar esse ouro – sustentou Seth.

O riso diminuiu de intensidade.

– O que os nipsies *podem* fazer é montar armadilhas e cultivar plantas perigosas – disse Doren. – Parece que os molequinhos ficaram ressentidos com os tributos que eu e o Newel exigimos, então ergueram defesas pra manter a gente afastado. O Hugo não deve ter nenhum problema pra fazer a gente entrar nos domínios deles.

Seth estreitou os olhos.

– Por que os nipsies não pedem ajuda ao vovô?

– Não quero ofender – disse Newel –, mas muitas criaturas em Fablehaven suportariam consideráveis dificuldades para evitar a interferência de humanos. Pode ficar despreocupado que os nanicos não vão pedir ajuda a Stan; ele não vai ficar sabendo de nada por intermédio deles. O que me diz? Vamos lá, meter a mão no ouro mais fácil do mundo?

– Vai na frente – disse Seth. Ele se virou para o golem. – Hugo, está disposto a nos ajudar em nossa visita aos nipsies?

Hugo ergueu a mão terrosa, o polegar e o indicador quase juntos formando um círculo. Fez que sim com a cabeça.

Eles seguiram em frente em meio à vegetação rasteira até Newel erguer a mão sinalizando cautela. Do limite da clareira, Seth viu um amplo prado com uma colina gramada no meio. As encostas da colina eram íngremes, mas terminavam abruptamente, a mais ou menos seis metros do chão, dando a impressão de o topo ser achatado.

– Vamos precisar que o Hugo leve a gente lá em cima – sussurrou Newel.

– E aí, Hugo, vai dar? – perguntou Seth ao golem.

Hugo, sem nenhum esforço, colocou Newel sobre um ombro e Doren sobre o outro e acondicionou Seth em seu braço maior, como se ele fosse um bebê. O golem saiu correndo pelo prado em direção à colina, a passos largos. Perto da base da colina, as ervas nos pés de Hugo começaram a se mexer e a mordê-lo. Seth viu trepadeiras espinhosas se enroscando nos tornozelos do golem, e a cabeça verde das plantas carnívoras atacando suas canelas.

— Isso é parte do problema — apontou Doren. — Os molequinhos cultivaram todo tipo de planta venenosa nas cercanias de seu território.

— Parasitas desleais! — rosnou Newel. — Eu fiquei mancando uma semana inteira!

— Nós tivemos sorte de escaparmos com nossa pele no corpo — disse Doren. — Precisamos chegar no outro lado da colina.

— Os declives da colina são cheios de armadilhas — explicou Newel. — Existe uma entrada lacrada no fim da colina.

— Leva a gente pro outro lado da colina, Hugo — disse Seth.

As plantas agressivas continuavam chicoteando, se contorcendo e mordendo, mas Hugo seguia em frente, indiferente ao ataque. Na extremidade da colina, eles encontraram uma pedra irregular, da altura de um homem, encravada na base do declive. Uma poça viscosa de limo amarelado encontrava-se em volta da pedra.

— Manda o Hugo jogar a pedra pro lado — sugeriu Doren.

— Você ouviu, Hugo — disse Seth.

Hugo pisou no limo pegajoso, que engoliu seus enormes pés. Com a mão livre, Hugo jogou a pedra para o lado como se ela fosse feita de papel machê, revelando a boca de um túnel.

— Coloca a gente na entrada — disse Newel.

— E depois mantém o limo a distância — acrescentou Doren.

— Faz isso, por favor! — implorou Seth.

Hugo colocou Seth na entrada do túnel e em seguida pôs os sátiros ao lado dele. O golem se virou e começou a chutar o limo para longe, que espirrava no ar em fartos glóbulos e rastros de massa pegajosa.

— Ele é bem útil — reconheceu Newel, fazendo um gesto com a cabeça na direção de Hugo.

— Precisamos arrumar um desses pra gente — concordou Doren.

Seth mirou as paredes do túnel. Elas eram feitas de pedra branca polida com veios de azul e verde. Entalhes intricados decoravam toda a superfície, do chão ao teto. Seth passou um dedo pelos elaborados desenhos.

– Não são nem um pouco simples – comentou Newel.

Seth afastou-se um pouco da parede.

– Não dá pra acreditar na quantidade de detalhes.

– Espera só até você ver os Sete Reinos – disse Doren.

Os três prosseguiram ao longo do túnel curto. A altura do teto era suficiente para que ninguém precisasse rastejar.

– Olha onde pisa – disse Newel. – Cuidado pra não esmagar nenhum nipsie. A vida deles é tão real e valiosa quanto a de qualquer outro ser. Se você matar um nipsie acidentalmente, as proteções do tratado de fundação de Fablehaven ficarão suspensas pra você.

– Ele só está dizendo isso porque uma vez quase pisou numa carroça de suprimentos e deixou o condutor desmaiado – confidenciou Doren.

– Ele se recuperou totalmente – retrucou Newel, com seriedade.

– Não estou vendo nenhum nipsie aqui no túnel – relatou Doren depois de se curvar para estudar o piso liso de mármore.

– Então começa a andar levemente até o fim – recomendou Newel.

Quando Seth emergiu do fim do túnel, foi recebido pela inesperada luz do sol. A colina não tinha topo – toda a parte central havia sido escavada, fazendo com que os declives formassem uma parede circular em torno de uma comunidade singular.

– Olha só pra isso – murmurou Seth.

Toda a área no interior da colina era uma paisagem em miniatura, repleta de pequeninos castelos, mansões, fábricas, armazéns, lojas, moinhos, teatros, arenas e pontes. A arquitetura era complexa e variada, incorporando torres muito altas, telhados que mergulhavam no ar, arranha-céus em espirais, frágeis arcadas, bem desenhadas chaminés, dosséis coloridos, calçadas com colunas, jardins de vários níveis e domos resplandecentes. Os nipsies construíam com o que havia de mais sofisticado em matéria de madeira e pedra, acrescentando brilho às muitas estruturas vistosas com a utilização de gemas e metais preciosos. Irradiando-se do lago central, um elaborado sistema de irrigação composto por canais, aquedutos, lagos e represas conectava sete comunidades dispersas e densamente habitadas.

– Regale seus olhos com os Sete Reinos dos nipsies – disse Newel.
– Está vendo aquele edifício quadrado logo ali? – apontou Doren.
– Aquele com os pilares e as estátuas na frente. Ali fica o tesouro real do Terceiro Reino. Um bom lugar pra começarmos se eles se recusarem a cooperar.

Em meio aos esplêndidos edifícios dos Sete Reinos – o mais alto dos quais mal atingia a altura dos joelhos de Seth – circulavam milhares de pessoas minúsculas. À primeira vista, eles pareciam insetos. Depois de remexer em seu kit de emergência, Seth se agachou perto da boca do túnel entalhado onde um grupo de nipsies estava cavando e espiou os diminutos trabalhadores através de uma lente de aumento. Eles usavam roupas garbosas e, apesar de terem menos de um centímetro de altura, pareciam iguaizinhos a seres humanos. O grupo que Seth estava observando começou a fazer gestos agitados na direção dele enquanto saíam correndo. Sinos pequeninos começaram a tocar, e muitos nipsies começaram a fugir para dentro de suas casas ou para buracos no chão.

– Eles estão com medo da gente – disse Seth.
– É melhor estarem mesmo – esbravejou Newel. – Nós somos seus supremos senhores gigantes e eles tentaram nos atacar com plantas predadoras e limo carnívoro.

— Olha ali, perto do lago — queixou-se Doren, estendendo um braço. — Eles derrubaram as nossas estátuas!

Incrivelmente similares a Newel e Doren, ambas as peças com trinta centímetros de altura estavam tombadas e com os rostos voltados para baixo, perto de tribunas de honra vazias.

— Alguém ficou arrogante demais pro meu gosto — rosnou Newel. — Quem foi que profanou o Monumento aos Senhores?

O pandemônio continuava nas ruas movimentadas. Multidões em polvorosa apressavam-se para entrar nas residências. Dezenas de nipsies desciam descontroladamente os andaimes de um edifício em construção. Nipsies armados com diminutas armas congregaram-se no telhado da tesouraria real.

— Estou vendo uma delegação se reunindo em torno da corneta — disse Doren, fazendo um gesto na direção de uma torre de 45 centímetros de altura encimada por um grande megafone perolado.

Newel piscou para Seth.

— Hora de iniciar as negociações.

— Tem certeza que isso é certo? — perguntou Seth. — A gente pode mesmo tirar o ouro desses carinhas?

Doren deu um tapa nas costas de Seth.

— A vida dos nipsies é descobrir minérios preciosos. Quando a gente toma um pouco da riqueza que eles têm estocada, estamos apenas dando uma função pra eles!

— Salve, Newel e Doren — soou uma voz diminuta. Apesar de aumentada pelo megafone, era um som irritante e difícil de ser ouvido. Pisando com cuidado, Seth e os sátiros curvaram-se em direção a eles. — Nós, os nipsies do Terceiro Reino, estamos exultantes por seu retorno há muito esperado.

— Exultantes? Vocês? — disse Newel. — Plantas venenosas não eram exatamente o tipo de boas-vindas que nós esperávamos.

NIPSIES

Os nipsies na torre fizeram uma conferência entre si antes de responder:

– Nós lamentamos se as defesas que criamos há pouco tempo provaram-se problemáticas. Nós sentimos que um aumento na segurança era necessário devido às características desagradáveis de certos saqueadores em potencial.

– O molequinho quase nos faz crer que não está se referindo a nós – murmurou Doren.

– Eles não são nem um pouco toscos no que diz respeito à diplomacia – concordou Newel. E ergueu a voz. – Eu reparei que os nossos monumentos foram desrespeitados. Nosso tributo está há muito tempo atrasado.

Novamente a delegação em cima da torre se juntou antes de responder:

– Nós lamentamos qualquer sinal de ingratidão que vocês possam ter percebido – guinchou alguém. – Vocês chegam num momento de grande desespero. Como vocês sabem, desde tempos imemoriais os Sete Reinos dos nipsies vivem em paz e prosperidade, a única exceção sendo as abusivas solicitações de determinados forasteiros gigantescos. Mas tempos sombrios caíram sobre nós ultimamente. O Sexto e o Sétimo Reinos uniram-se em guerra contra o restante de nós. Eles dizimaram recentemente o Quarto Reino. Nós e o Segundo Reino estamos recebendo milhares de refugiados. O Quinto Reino está sitiado. No Primeiro Reino fala-se em retirada, um êxodo em massa para uma nova terra.

"Como vocês estão cientes, nós, nipsies, jamais fomos um povo belicoso. É claro que alguma influência sinistra dominou os cidadãos do Sexto e do Sétimo Reinos. Nós tememos que eles não fiquem satisfeitos até terem nos conquistado a todos. Enquanto estamos aqui conversando, a marinha deles navega em direção ao nosso litoral. Se vocês atacarem simultaneamente nossa comunidade pela retaguarda, eu temo que o Sétimo Reino venha a cair nas trevas. Todavia, se vocês nos ajudarem nesse momento trágico, nós teremos prazer em recompensá-los regiamente."

— Queira nos dar um minuto para deliberarmos — disse Newel, puxando Doren e Seth para perto de si. — Vocês acham que isso é algum truque? O tamanho dos nipsies é proporcionalmente inverso a sua perfídia.

— Estou vendo uma grande frota de navios pretos ali no lago central — disse Doren. Embora os maiores navios não superassem o tamanho do pé de Seth, havia dezenas deles se aproximando.

— É mesmo — disse Newel. — E olha só para a esquerda. O Quarto Reino parece estar em ruínas.

— Mas quem é que já ouviu falar de algum nipsie em guerra? — questionou Doren.

— É melhor a gente ter uma conversinha com o Sétimo Reino — decidiu Newel. — Precisamos ouvir a versão deles.

— Nós voltaremos — declarou Doren aos nipsies na torre. Ele e Newel começaram a se afastar.

— Quem é você? — pipilou a voz do megafone. — O desprovido de chifres?

— Eu? — perguntou Seth, colocando a mão no peito. — Meu nome é Seth.

— Oh, sábio e prudente Seth — recomeçou a voz —, por favor, convença os gigantes homens-cabras a nos fornecer auxílio. Não permita que os nefastos líderes dos reinos traidores os seduzam.

— Vou ver o que eu posso fazer — disse Seth, correndo atrás de Newel e Doren, olhando cuidadosamente para o chão para evitar esmagar algum nipsie. Ele alcançou os sátiros do lado de fora de um reino murado construído com pedras pretas e adornado com pavilhões escuros. As ruas do reino estavam praticamente vazias. Muitos dos nipsies visíveis estavam usando armadura e portando armas. Esse reino também possuía uma torre com um megafone.

– O muro é novo – observou Doren.

– E eu não me recordo de tudo tão preto como está agora – disse Newel.

– Eles realmente parecem estar mais belicosos – admitiu Doren.

– Lá estão eles em cima da torre – observou Newel, fazendo um gesto com a cabeça em direção ao megafone preto.

– Saudações, valorosos senhores – guinchou uma voz. – Vocês retornaram a tempo de testemunhar a culminância de nosso trabalho de partilha dos despojos.

– Por que vocês estão em guerra contra os outros reinos? – perguntou Newel.

– Graças a vocês mesmos – respondeu o porta-voz. – Os Sete Reinos enviaram muitos destacamentos em busca de métodos que impedissem o retorno de vocês. Nenhum destacamento foi mais longe do que o meu. Nós aprendemos muito. Nossa visão se expandiu. Enquanto os outros reinos construíam defesas, nós silenciosamente reunimos apoio no Sexto e Sétimo Reinos e desenvolvemos aparatos de guerra. Afinal, como vocês mesmos sabem há muito tempo, por que *fazer* quando você pode *tomar*?

Newel e Doren trocaram olhares inquietos.

– O que vocês desejariam que nós fizéssemos? – perguntou Doren.

– A vitória já é inevitável, mas se vocês apressarem nosso momento de triunfo, nós os recompensaremos com muito mais generosidade do que qualquer outro reino. Grande parte de nossa riqueza encontra-se no subsolo, um segredo que eles jamais compartilhariam. Certamente os outros solicitaram sua ajuda para nos deter. Tal ação se provaria desastrosa para vocês. Nós estamos sob as ordens de um novo mestre que um dia reinará sobre todos. Ponham-se contra nós e vocês se porão contra ele. Todos que o desafiam devem perecer. Juntem-se a nós. Evitem a ira de nosso mestre e colham a mais bela das recompensas.

– Pode me emprestar a sua lente? – pediu Doren.

Seth entregou a lente de aumento ao sátiro. Doren passou por cima do muro da cidade e pisou numa praça vazia. Agachou-se e examinou as figuras na torre.

– Vocês devem dar uma olhada nisso – aconselhou ele, seriamente.

Doren saiu do caminho, e Newel olhou durante um bom tempo através da lente de aumento, no que foi seguido por Seth. Os homenzinhos minúsculos em cima da torre pareciam diferentes dos outros que Seth havia visto. A pele deles era cinza, os olhos vermelhos e a boca cheia de presas.

– O que aconteceu com a aparência de vocês? – perguntou Newel.

– Nossa verdadeira forma foi revelada – respondeu a voz do megafone. – É assim que nós somos despojados de todas as ilusões.

– Eles foram corrompidos de alguma maneira – sibilou Doren.

– Vocês não vão ajudar esses caras, vão? – perguntou Seth.

Newel balançou a cabeça negativamente.

– Não. Mas também pode não ser muito sensato resistir a eles. Talvez fosse melhor a gente evitar qualquer envolvimento. – Ele olhou para Doren. – Nós temos um outro compromisso daqui a pouco.

– É isso aí – disse Doren. – Eu tinha quase me esquecido do outro compromisso. A gente não vai querer desapontar as... as hamadríades. Não podemos correr o risco de chegar atrasados. Vamos indo.

– Vocês não têm compromisso nenhum – acusou Seth. – A gente não pode simplesmente deixar os nipsies legais serem destruídos.

— Se você é assim tão bom em heroísmo — disse Newel —, vá lá deter os navios.

— Meu trabalho era botar a gente aqui dentro — retrucou Seth. — Se vocês querem as pilhas, vão ter de conseguir o ouro sozinhos.

— É um bom argumento — admitiu Doren.

— A gente não precisa conseguir nada — asseverou Newel. — A gente pode pegar o que precisa no tesouro do Terceiro Reino e ir embora daqui.

— Sem chance — disse Seth, sacudindo a mão. — Eu não vou aceitar roubo como forma de pagamento. Não depois do que aconteceu com Nero. O Terceiro Reino ofereceu uma recompensa honesta se vocês os ajudarem. Foram vocês mesmos que disseram que os nipsies não podiam nos fazer mal algum. Tudo mudou só porque alguns deles ficaram malvadinhos? É o seguinte, eu estou até disposto a declinar dos meus 25 por cento.

— Hum... — disse Newel, esfregando o queixo.

— Pensa em todos aqueles programas — instou Doren.

— Tudo bem — disse Newel. — Eu odiaria ver essa pequena civilização arruinada. Mas não me culpe se os nipsies do mal e seus mestres nefastos vierem atrás da gente.

— Vocês se arrependerão por isso! — gritaram os nipsies hostis através do megafone.

— Vocês acham? — perguntou Newel, chutando um telhado por cima do muro da cidade. Ele arrancou o megafone da torre e o arremessou em direção à colina escavada.

— Eu vou lá acabar com o cerco do Quinto Reino — sugeriu Doren.

— Pode ficar parado aí — ordenou Newel. — Não há necessidade de dar motivos para eles tomarem satisfação com nós dois.

— Eles realmente te irritaram — disse Doren, rindo. — O que eles vão poder fazer?

– Tem alguma influência perniciosa trabalhando aqui – disse Newel, com o ar sinistro. – Mas se eu tiver mesmo que desafiar esses caras, é melhor fazer o serviço completo. – Ele arrancou o telhado de um edifício aparentemente sólido e pegou um punhado de lingotes de ouro em miniatura, jogando-os em seguida numa sacola que mantinha na cintura. – Isso é uma lição pra vocês – disse Newel, metendo mais uma vez a mão no tesouro. – Não tentem ameaçar seus supremos senhores gigantes. Nós fazemos o que bem entendemos.

Newel pisou no lago, cuja parte mais funda não chegava nem em suas canelas peludas. Ele juntou a frota de navios e começou a carregá-los de volta para o Sétimo Reino, quebrando os mastros e espalhando as embarcações ao redor da cidade.

– Cuidado pra não matar nenhum deles – avisou Doren.

– Eu estou tomando cuidado – retrucou Newel, avançando no lago, mandando ondas possantes em direção às frágeis docas. Quando despejou os últimos navios numa rua vazia, Newel dirigiu-se ao Quinto Reino e começou a arrebentar os pequenos aparatos montados para o cerco e as catapultas que estavam atacando locais fortificados na cidade, incluindo o castelo mais importante.

Seth observava o processo com todo o interesse. De um certo modo, era como testemunhar uma criança mimada destruindo seus brinquedos. No entanto, quando olhava mais detidamente, começava a se dar conta das inúmeras vidas que as ações do sátiro estavam afetando. Do ponto de vista dos nipsies, um gigante de trezentos metros de altura estava devastando seu mundo, mudando o curso de uma guerra desesperadora em questão de minutos.

Newel pegou centenas de soldados do Quinto Reino e os colocou no Sétimo. Em seguida demoliu diversas pontes que davam ao Sexto Reino acesso ao Quinto. Roubou diversas decorações douradas das orgulhosas torres do Sexto Reino e pôs abaixo sistematicamente todas as suas defesas. Por fim, Newel retornou à torre do Sétimo Reino, onde antes ficava o megafone.

– Fiquem avisados: parem a guerra ou eu voltarei. Da próxima vez não deixarei muitas coisas intactas em seus reinos. – Newel virou-se para encarar Doren e Seth. – Vamos.

Os três caminharam em direção ao Terceiro Reino, perto do túnel entalhado que os conduziria de volta a Hugo.

– Nós fizemos o que foi possível pra parar a guerra – declarou Newel.

– Toda a glória aos supremos senhores gigantes! – falou uma voz diáfana através do megafone cor de pérola. – O dia de hoje será para sempre feriado em honra ao cavalheirismo de vocês. Nós reergueremos e reformaremos os monumentos de vocês em inigualável esplendor. Por favor, peguem o que desejarem do tesouro real.

– É exatamente o que eu vou fazer, se você não se importa. – Newel abriu a parede e pegou um punhado de moedas de ouro, prata e platina em miniatura, junto com algumas gemas relativamente grandes. – Vocês, nipsies, fiquem de olho. Tem alguma coisa seriamente errada com seus companheiros do Sexto e do Sétimo Reinos.

– Vida longa a Newel! – aprovou a voz irritante. – Vida longa a Doren! Vida longa a Seth! Conselhos sábios de nossos heroicos protetores!

– Parece que terminamos por aqui – disse Doren.

– Bom trabalho – disse Seth, dando um tapinha nas costas de Newel.

– Até que o dia rendeu – desdenhou Newel, acariciando suas sacolas recheadas. – Diversos reinos salvos, alguns reinos humilhados e um tesouro conquistado. Vamos pesar nosso butim. Temos programas pra assistir.

CAPÍTULO DOIS

Reunião

Para Kendra Sorenson, a sensação de escuridão total não existia mais. Ela estava sentada num corredor friorento do calabouço que ficava embaixo da casa principal de Fablehaven, encostada na parede de pedra e com os joelhos dobrados junto ao peito. Ela estava diante de um grande gabinete com remates dourados, o tipo de gabinete que um mágico usaria para fazer sua assistente desaparecer. Apesar da ausência de luz, ela conseguia distinguir os contornos da Caixa Quieta sem dificuldades. O corredor estava parcamente iluminado, as cores indistintas, mas ao contrário até mesmo dos gnomos carcereiros que patrulhavam o calabouço, ela não precisava de nenhuma vela ou tocha para circular pelos sombrios corredores. Sua visão ampliada era uma das muitas consequências de ter sido fadencantada no verão anterior.

Kendra sabia que Vanessa Santoro estava esperando no interior da caixa. Uma parte de Kendra queria desesperadamente falar com sua ex-amiga, apesar de Vanessa haver traído sua família e quase ter proporcionado a morte de todos. Seu desejo de se comunicar com Vanessa tinha pouco a ver com sentimentos nostálgicos sobre conversas que as duas haviam compartilhado. Kendra ansiava por esclarecimentos acerca da mensagem que Vanessa havia rabiscado no chão da cela antes de ser sentenciada a entrar na Caixa Quieta.

Assim que descobriu a mensagem que Vanessa havia deixado, Kendra comunicou-a imediatamente aos avós. Vovô Sorenson percorrera com o cenho franzido durante vários minutos as letras que brilhavam à luz fantasmagórica de uma vela umite, destrinchando as desconcertantes acusações deixadas por uma desesperada traidora. Kendra ainda podia se lembrar do veredicto inicial do avô:

"Ou isso aqui é a verdade mais perturbadora que eu já testemunhei na vida, ou a mais brilhante mentira."

Quase dois meses depois, eles ainda não estavam nem perto de comprovar a veracidade da mensagem. Caso fosse verdadeira, O Esfinge, o mais importante aliado dos zeladores de reservas, era na verdade seu arqui-inimigo disfarçado. A mensagem acusava-o de usar sua associação íntima com os protetores das reservas mágicas para dar sequência aos esquemas sinistros da Sociedade da Estrela Vespertina.

Por outro lado, se a mensagem fosse falsa, Vanessa estaria difamando o mais poderoso amigo dos zeladores para criar uma dissensão interna e proporcionar um motivo para que seus apreensores a libertassem de sua prisão na Caixa Quieta. Sem auxílio externo, ela permaneceria enrodilhada no interior da Caixa Quieta num estado de suspensão até que outro ser tomasse seu lugar. Potencialmente falando, ela poderia ficar lá em pé esperando na escuridão silenciosa por muitos séculos.

Kendra esfregou as canelas. Sem que houvesse uma outra pessoa para tomar temporariamente o lugar de Vanessa, retirar sua ex-amiga da Caixa Quieta para uma rápida conversa seria impossível. Sem falar que Vanessa era uma narcoblix, o que em si já era algo preocupante.

Durante o verão, antes de ser desmascarada, Vanessa havia mordido quase todo mundo em Fablehaven. Como consequência, quando estivesse fora da Caixa Quieta, ela poderia controlar qualquer um deles assim que adormecessem.

Kendra teria de esperar até que todos concordassem para ter sua conversa com Vanessa. Ninguém poderia dizer quanto tempo isso demoraria! Na última vez em que haviam discutido o assunto, ninguém se manifestara em favor de dar a Vanessa mais uma chance de se explicar. Sob um estrito voto de sigilo, vovô e vovó haviam compartilhado a problemática mensagem com Warren, Tanu, Coulter, Dale e Seth. Todos haviam tomado providências no sentido de investigar a veracidade da mensagem rabiscada no chão. Felizmente, hoje à noite, com a volta de Tanu e Warren das respectivas missões, eles teriam melhores informações. Não sendo assim, será que finalmente os outros concluiriam que chegara o momento de ouvir o que mais Vanessa tinha a dizer? A narcoblix havia atormentado a todos insinuando que sabia mais coisas do que havia revelado em sua mensagem. Kendra estava convencida de que Vanessa poderia dar uma nova luz ao tema. Ela decidiu que mais uma vez argumentaria em favor de ouvir o que a prisioneira tinha a dizer.

Uma luz tremeluzente dançou no fim do corredor. Slaggo surgiu. O horripilante gnomo estava carregando um balde tosco numa das mãos enquanto segurava uma tocha na outra.

– Escondendo-se novamente no calabouço? – falou ele com Kendra, ao parar. – Nós podemos arranjar um trabalho pra você. O pagamento é imbatível. Você gosta de carne de galinha crua?

– Eu odiaria atrapalhar a sua diversão – rebateu Kendra. Ela não se dirigia com polidez a Slaggo e a Voorsh desde que eles quase a serviram como refeição a seus avós cativos.

Slaggo olhou de soslaio.

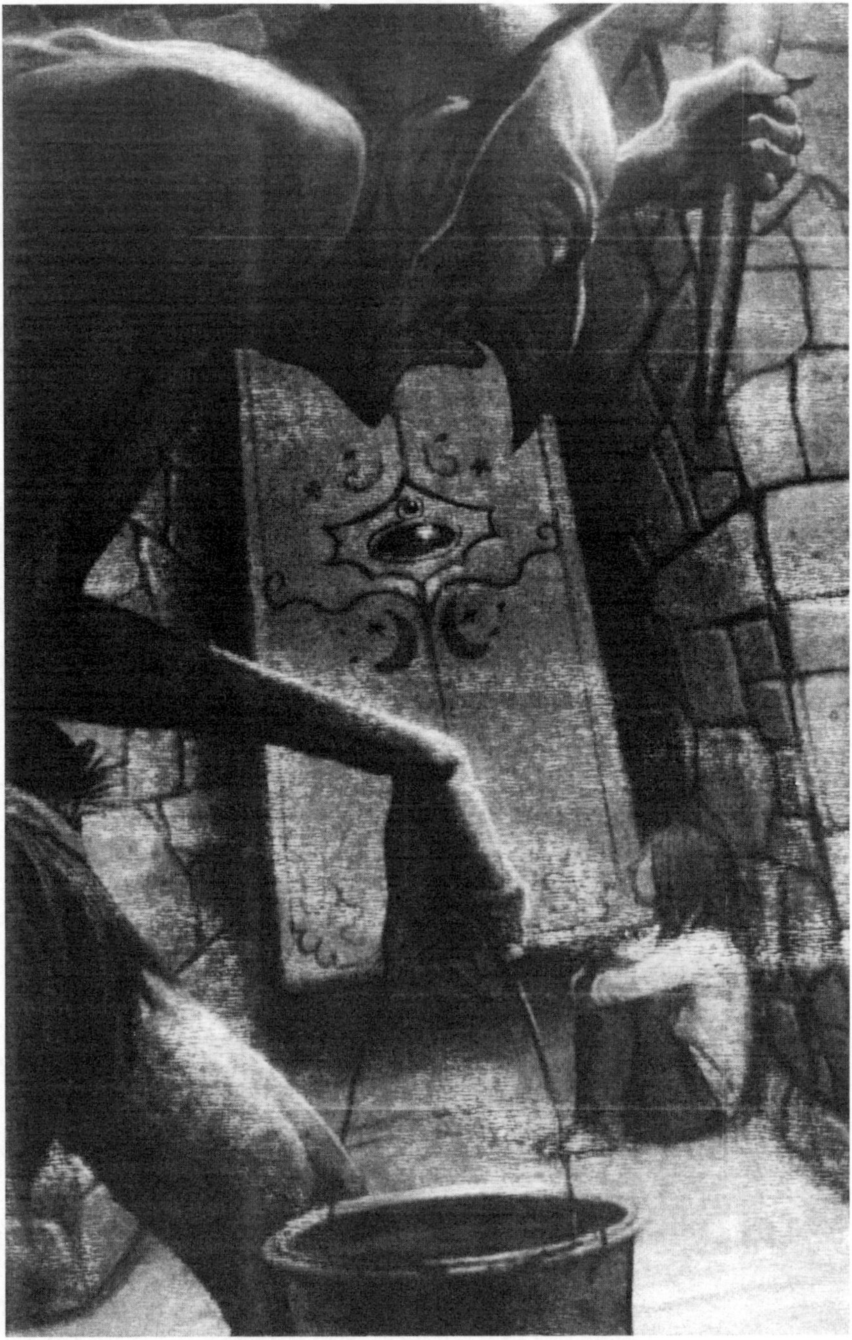

— Pelo seu mau humor, parece até que trancaram o seu bichinho de estimação predileto na Caixa.

— Eu não estou me lamentando por ela — corrigiu Kendra. — Eu estou pensando.

Ele respirou bem fundo, examinando presunçosamente o corredor.

— É difícil imaginar uma paisagem mais inspiradora do que esta — admitiu ele. — Nada como os fúteis gemidos dos condenados para botar os neurônios para funcionar.

O gnomo seguiu em frente, lambendo os beiços. Ele era baixo, ossudo e esverdeado, com olhos pretos e orelhas de morcego. Seu aspecto fora bem mais assustador quando Kendra dera de cara com ele com dezessete centímetros de altura.

Em vez de passar por ela, o gnomo parou, dessa vez mirando a Caixa Quieta.

— Eu gostaria de saber quem estava aí dentro antes — murmurou ele, quase para si mesmo. — Todos os dias, durante décadas, fiquei imaginando... agora jamais saberei.

A Caixa Quieta abrigara o mesmo prisioneiro secreto desde que havia sido levada para Fablehaven, até o Esfinge substituir o misterioso ocupante por Vanessa. O Esfinge insistira que somente na Caixa Quieta Vanessa seria incapaz de usar sua habilidade para controlar os outros durante o sono. Se a mensagem final de Vanessa fosse verdadeira, e o Esfinge fosse mesmo malévolo, ele provavelmente haveria libertado um antigo e poderoso colaborador. Se a mensagem fosse falsa, o Esfinge estaria somente transferindo o prisioneiro para um novo local de confinamento. Ninguém havia visto a identidade do cativo secreto, apenas uma figura acorrentada cuja cabeça estava escondida embaixo de um saco de aniagem.

— Eu também não me importaria de saber a identidade dele — disse Kendra.

– Eu dei uma farejada nele, sabia? – disse Slaggo, casualmente, olhando de esguelha para Kendra. – Eu fiquei bem abaixado nas sombras no momento em que o Esfinge o levava embora. – Ele estava visivelmente orgulhoso do feito.

– Você poderia dizer alguma coisa sobre ele? – perguntou Kendra, mordendo a isca.

– Eu sempre fui um farejador confiável – disse Slaggo, esfregando as narinas com o antebraço e girando sobre os calcanhares. – Macho, com certeza. Alguma coisa estranha no odor, incomum, difícil situar. Não totalmente humano, se eu tivesse de adivinhar.

– Interessante – disse Kendra.

– Gostaria muito de ter dado uma cheirada mais de perto – lamentou Slaggo. – Eu até que tentaria, mas com o Esfinge não se brinca.

– O que você sabe sobre o Esfinge?

Slaggo deu de ombros.

– O mesmo que todo mundo. Dizem que é sábio e poderoso. Tem o cheiro exatamente igual ao de um homem. Se ele for uma outra coisa, disfarça com perfeição. Homem ou não, é bem velho. Ele carrega consigo o cheiro de uma outra época.

Slaggo, evidentemente, não sabia nada a respeito da mensagem.

– Ele parece uma boa pessoa – disse Kendra.

Slaggo deu de ombros.

– Quer um pouco da gororoba? – Ele balançou o balde na frente dela.

– Vou deixar passar – disse Kendra, tentando não inalar o fedor pútrido.

– Acenda de novo a tocha – disse ele. Ela balançou a cabeça, e ele foi embora. – Aproveite a escuridão.

Kendra quase sorriu. Slaggo não fazia a menor ideia de como ela enxergava bem sem luz. Provavelmente ele imaginava que ela adorava ficar sentada sozinha no escuro. O que significava que ele imaginava que ela era o tipo de garota de que gostava. É claro, *realmente* ela adquirira o hábito de passar o tempo sozinha dentro de um calabouço, então de repente ele não devia estar tão errado assim.

Quando o gnomo saiu de vista e a luminosidade alaranjada de sua tocha minguou, Kendra se levantou e colocou a palma da mão na madeira lisa da Caixa Quieta. Apesar do fato de Vanessa haver traído a todos, apesar da realidade de que ela havia se provado uma mentirosa, apesar de seu intuito óbvio no sentido de fingir possuir informações valiosas, Kendra acreditava na mensagem no chão, e ansiava por saber mais.

※ ※ ※

Seth chegou à mesa de jantar com as feições mais impenetráveis que conseguia exibir. Coulter, o especialista em relíquias mágicas, preparara bolo de carne com batatas ao forno, brócolis e pãezinhos frescos. Todos já estavam sentados – vovô, vovó, Dale, Coulter e Kendra.

– Tanu e Warren ainda não apareceram? – perguntou Seth.

– Eles ligaram faz alguns minutos – disse vovô, segurando seu novo aparelho celular. – O voo de Tanu sofreu um atraso. Eles estão comendo no caminho. Devem chegar daqui a mais ou menos uma hora.

Seth assentiu. A tarde se encerrara de maneira lucrativa. Ele já guardara sua parte do ouro no quarto do sótão que dividia com Kendra, a bolsa de couro contendo o tesouro acondicionada num par de shorts de ginástica no fundo de uma das gavetas. Ele ainda estava achando difícil acreditar que conseguira guardar o ouro antes que alguém pudesse sabotar o sucesso de sua empreitada. Tudo o que ele precisava fazer agora era fingir que nada estava acontecendo.

Ele imaginava o quanto deveria valer aquele ouro. Provavelmente algumas centenas de milhares, no mínimo. Nada mau para um garoto que ainda não fizera treze anos.

REUNIÃO

A única complicação eram os nipsies. Certamente, na condição de zelador, vovô Sorenson sabia da sua existência. Seth tinha certeza de que vovô ia querer ser informado sobre o que havia acontecido com eles para que pudesse investigar mais a fundo. Quem era o mestre do mal a quem os nipsies belicosos haviam se referido? Poderia ser o Esfinge? Havia em Fablehaven inúmeros candidatos obscuros. Apesar da ação de Newel no sentido de impedir que os nipsies assustadores derrotassem os nipsies legais, Seth tinha certeza de que o conflito ainda não estava terminado. Se ele não fizesse nada, os nipsies do bem poderiam ser riscados do mapa.

Ainda assim, Seth hesitava. Se deixasse vazar o que descobrira a respeito dos nipsies, vovô ficaria sabendo que ele andara se aventurando em áreas proibidas de Fablehaven. Não apenas ele teria os privilégios suspensos, como quase com certeza teria de devolver o ouro. Seth chegava a tremer por dentro só de pensar em como todos ficariam desapontados com ele.

Havia uma chance de vovô descobrir o que acontecia de errado com os nipsies, como parte de sua rotina de trabalho como zelador da reserva. Mas, tendo em vista as defesas que os nipsies haviam erigido, talvez vovô não tivesse nenhuma intenção de visitá-los num futuro próximo. Será que ele teria como descobrir o que estava acontecendo a tempo de evitar uma tragédia? Desde que Kendra encontrara a mensagem final de Vanessa, todos ficaram tão preocupados com eventos externos a Fablehaven que Seth duvidava que alguém pudesse se dar conta da existência dos nipsies por um bom tempo. Havia inclusive uma possibilidade de vovô não saber nada a respeito deles.

— A gente ainda vai se reunir hoje à noite para discutir o que Tanu e Warren descobriram, certo? — perguntou Kendra, com um tom de preocupação.

— É claro — disse vovô, colocando um pouco de brócolis no prato.

— A gente pode saber se eles tiveram sucesso? — perguntou Kendra.

— Tudo o que eu sei é que Tanu fracassou em encontrar Maddox — disse vovô, referindo-se ao negociante de fadas que se aventurara na reserva brasileira que havia tombado. — E Warren viajara bastante. Eu me recuso a correr o risco de falar sobre os detalhes de nossa preocupação secreta ao telefone.

Seth pôs um pouco de ketchup no bolo de carne e deu uma mordida. Estava fervendo, mas o sabor era delicioso.

— E os meus pais? Eles ainda estão pressionando vocês pra que a gente volte pra casa?

— Nossas desculpas para alongar ainda mais a estada de vocês aqui estão se esgotando — disse vovó, olhando com preocupação para vovô. — As aulas começam daqui a apenas duas semanas.

— A gente não pode voltar pra casa! — exclamou Kendra. — Pelo menos até a gente saber se o Esfinge é inocente ou não. A sociedade sabe onde nós moramos, e aquele pessoal não vai ter o menor problema em se aproximar da gente lá.

— Eu concordo inteiramente — disse vovô. — O problema continua sendo como persuadir seus pais.

Kendra e Seth ficaram em Fablehaven o verão inteiro com a desculpa de ajudar a cuidar do avô machucado. Ele estava realmente machucado quando eles chegaram, mas o artefato que eles pegaram mais tarde na torre invertida o deixou curado. O plano original era Kendra e Seth ficarem lá por duas semanas. Vovó e vovô haviam conseguido estender a permanência para quase um mês em longas conversas telefônicas — Kendra e Seth estavam sempre dizendo o quanto estavam se divertindo, e vovó e vovô enfatizavam o quanto eles estavam sendo prestativos.

Depois de um mês, vovô já estava percebendo que seu filho e sua nora estavam ficando verdadeiramente impacientes, de modo que os convidou para passar uma semana com eles na reserva. Vovó e vovô haviam decidido que a melhor solução seria ajudá-los a descobrir a verdade acerca de Fablehaven para que todos pudessem discutir abertamente o perigo que estava rondando Kendra e Seth. Entretanto, por mais pistas que eles deixassem ou indícios que oferecessem, Scott e Marla recusavam-se a entender. Por fim, Tanu preparou para eles um chá, que os deixou abertos a sugestão, e vovô, usando um gesso falso, conseguiu assegurar mais um mês de permanência para as crianças. Todavia, mais uma vez o tempo estava quase se esgotando.

– Tanu está voltando – lembrou Seth. – De repente ele pode dar um pouco mais daquele chá pro papai.

– Nós precisamos ultrapassar as soluções temporárias – disse vovó.
– As ameaças atuais podem persistir por anos. Talvez a Sociedade da Estrela Vespertina tenha perdido o interesse por vocês, agora que o artefato não se encontra mais em Fablehaven. Mas meus instintos me sugerem o oposto.

– Assim como os meus – concordou vovô, lançando um olhar significativo na direção de Kendra.

– A gente pode forçar a mamãe e o papai a olhar através da ilusão que esconde as criaturas aqui? – perguntou Kendra. – Dá pra simplesmente fazer eles beberem o leite e mandá-los ver as fadas? A gente pode entrar com eles no estábulo e apresentar Viola, e eles vão entender tudo?

Vovô balançou a cabeça em negativa.

– Não tenho certeza. A descrença total é um inibidor poderoso. Ela pode impedir que um indivíduo veja as verdades mais óbvias, não importa o que outras pessoas façam ou digam.

– O leite não ia funcionar com eles? – perguntou Seth.

– Talvez não – disse vovô. – Isso é parte do motivo pelo qual eu deixo as pessoas descobrirem os segredos de Fablehaven por meio das pistas que vão encontrando. Primeiro, porque isso dá a elas uma possibilidade de escolher se querem ou não saber a verdade sobre esse lugar. E, segundo, porque a curiosidade desfaz a descrença. Não é necessário acreditar muito para fazer o leite funcionar, mas uma descrença total pode ser difícil de ser superada.

– E você acha que mamãe e papai são totalmente descrentes? – perguntou Kendra.

– Para a possibilidade de criaturas míticas existirem realmente, parece que eles não têm crença nenhuma – disse vovô. – Eu deixei para eles pistas muito mais óbvias do que as que forneci a você e a Seth.

– Tive até uma conversa com eles, onde contei praticamente toda a verdade acerca de Fablehaven e do papel que exerço aqui – disse vovô. – Eu parei assim que percebi que eles estavam olhando embasbacados para mim, como quem dá a entender que eu deveria estar num hospício.

– De certa maneira, a descrença deles os mantêm seguros – disse vovô. – Ela pode ser uma proteção contra a influência da magia negra.

Seth esbravejou:

– Vocês estão dizendo que as criaturas mágicas só existem se a gente acredita nelas?

Vovô passou o guardanapo na boca.

– Não. Elas existem independentemente de nossas crenças. Mas normalmente um pouco de crença é necessário para que nós possamos interagir com elas. E, ainda por cima, a maioria das criaturas mágicas despreza tanto a descrença que acaba se afastando de quem nutre esse tipo de sentimento, da mesma maneira que você e eu sentimos vontade de evitar um odor desagradável. A descrença é parte do motivo pelo qual muitas criaturas escolhem fugir para reservas como a nossa.

– Seria possível que algum de nós parasse de acreditar em criaturas mágicas? – imaginou Kendra.

— Nem se preocupe com isso — resmungou Coulter. — Ninguém conseguiria tentar mais do que eu tentei. A maioria de nós procura simplesmente encarar tudo da melhor forma possível.

— Fica muito difícil duvidar depois que você interagiu com eles — concordou Dale. — A crença se solidifica com o conhecimento.

— Existem alguns que descobrem essa vida e tentam fugir depois — disse vovó. — Eles evitam as reservas e substâncias que podem abrir seus olhos, como o leite da Viola. Ao virarem as costas para as coisas mágicas, eles deixam o conhecimento em estado de dormência.

— Para mim, isso parece bom-senso — murmurou Coulter.

— Sua avó e seu avô Larsen aposentaram prematuramente sua participação em nossa sociedade secreta — disse vovô.

— Vovó e vovô Larsen conheciam as criaturas mágicas? — perguntou Seth.

— Tanto quanto nós, ou até mais — disse vovó. — Eles encerraram sua participação mais ou menos na época em que Seth nasceu. Todos nós tínhamos as mais altas esperanças nos pais de vocês. Nós os apresentamos um ao outro e estimulamos discretamente o namoro. Quando Scott e Marla se recusaram a demonstrar interesse por nosso segredo, seus outros avós parece que abandonaram o compromisso.

— Nós éramos amigos dos Larsen desde que seus pais eram crianças — mencionou vovô.

— Espera aí — disse Kendra. — A morte de vovó e vovô Larsen foi mesmo acidental?

— Até onde nós sabemos, foi, sim — disse vovó.

— Eles haviam saído de nossa comunidade dez anos antes — disse vovô. — Tudo não passou de um trágico infortúnio.

— Eu jamais teria adivinhado que eles pudessem saber da existência das reservas secretas — disse Seth. — Eles não me pareciam o tipo de gente que se interessa por isso.

— Eles eram bem esse tipo de gente — assegurou vovó. — Mas eram bons em guardar segredos e em desempenhar papéis. Eles estiveram envolvidos em várias atividades de espionagem para a nossa causa naquela época. Ambos faziam parte dos Cavaleiros da Madrugada.

Kendra jamais havia considerado a possibilidade de que seus avós falecidos pudessem ter compartilhado o conhecimento secreto mantido pelos Sorenson. Isso fez com que ela sentisse ainda mais saudades deles. Teria sido tão legal compartilhar esse segredo incrível com eles! Era estranho dois casais que tinham conhecimento do segredo terem filhos que se recusavam a acreditar.

— Como é que a gente vai conseguir convencer mamãe e papai a deixar a gente ficar aqui? — perguntou Kendra.

— Pode deixar que seu avô e eu vamos continuar trabalhando nisso — prometeu vovó, dando uma piscadela. — Ainda temos umas duas semanas pela frente.

Eles terminaram a refeição em silêncio. Todos agradeceram a Coulter pelo bolo de carne enquanto saíam da mesa juntos.

Vovô seguiu na frente até a sala de estar, onde cada um encontrou um lugar para sentar. Kendra começou a folhear um livro antigo de contos de fadas. Em pouco tempo, ouviu-se barulho de chaves e a porta da frente se abriu. Tanu entrou, um samoano alto com os ombros largos e caídos. Um de seus braços grossos e musculosos estava preso numa tipoia. Uma sacola recheada de coisas com formatos estranhos estava pendurada no outro ombro do mestre de poções. Atrás dele apareceu Warren usando uma jaqueta de couro, o queixo com uma barba de três dias por fazer.

— Tanu! — gritou Seth, correndo na direção do grande samoano. — O que foi que aconteceu?

— Isso aqui? — perguntou Tanu, indicando o braço contundido.

— Isso aí, sim.

— Barbeiragem da manicure — disse ele, os olhos escuros cintilando.

— Eu também voltei — deu a entender Warren.

— Com certeza, mas você não estava invadindo uma reserva tombada na América do Sul — disse Seth, dispensando-o.

— Eu fiz uns contatos interessantes — resmungou Warren. — Bem maneiros, por sinal.

— Estamos todos contentes por vocês dois terem chegado em segurança — disse vovó.

Warren deu uma varredura na sala de estar e curvou-se na direção de Tanu.

— Está parecendo que a gente chegou atrasado à reunião.

— Nós estamos morrendo de vontade de saber o que vocês descobriram — disse Kendra.

— Que tal um copo d'água? — choramingou Warren. — Uma ajudinha com a nossa bagagem? Um caloroso aperto de mãos? Assim a gente acaba achando que vocês só estão a fim de ouvir o que a gente tem a dizer e mais nada.

— Para com essa encenação e senta logo — disse Dale. Warren lançou um olhar mal-humorado para o irmão mais velho.

Tanu e Seth entraram na sala e se sentaram próximos um do outro. Warren se jogou em um sofá ao lado de Kendra.

— Estou contente por estarmos todos aqui — disse vovô. — Nós, aqui nesta sala, somos as únicas pessoas cientes da acusação segundo a qual o Esfinge pode ser um traidor. É imperativo que isso permaneça dessa forma. Caso a acusação se prove verdadeira, a vasta rede de espiões, deliberados ou não, de que eles dispõem, encontra-se por todas as partes. Caso a acusação se prove falsa, este dificilmente será o momento propício para espalharmos boatos que poderiam provocar dissensões. Tendo em vista tudo pelo que passamos juntos, sinto-me seguro em afirmar que podemos confiar uns nos outros.

— Que novas informações vocês descobriram? — perguntou vovó.

— Não muitas — disse Tanu. — Eu entrei na reserva brasileira. Tudo está uma bagunça por lá. Uma figura demoníaca de forma reptiliana chamada Lycerna está controlando tudo. Se Maddox conseguiu encontrar um bom buraco pra se esconder, pode ser que ele esteja bem, mas eu não fui capaz de localizá-lo. Levei a banheira, e deixei algumas mensagens em código indicando onde eu a havia escondido. Ele sabe como utilizá-la.

— Muito bom — aprovou Coulter.

— Que banheira é essa? — perguntou Seth.

Coulter olhou para vovô, que assentiu.

— Uma banheira grande e antiquada que contém um espaço transdimensional de compartilhamento ligado a uma banheira idêntica que fica no sótão.

— Isso é grego pra mim — disse Seth.

— Um momento — disse Coulter, levantando-se e dirigindo-se para a outra sala. Ele voltou com uma sacola de couro gasta. Após remexer um pouco o interior da sacola, pegou duas latas de refrigerante. — Essas latas aqui funcionam da mesma maneira que as banheiras, só que em escala menor. Eu as uso para enviar mensagens. Pega essa aqui e dá uma olhada dentro. — Ele estendeu uma das latas a Seth.

— Vazia — disse Seth, depois de examinar o interior do objeto.

— Correto — disse Coulter. Ele retirou uma moeda do bolso e jogou-a dentro da lata que ficara com ele. — Olha de novo.

Seth olhou dentro da lata e viu uma moedinha no fundo.

— Tem uma moedinha aqui! — exclamou ele.

— A mesma moeda que eu tenho aqui na minha lata — explicou Coulter. — As latas são interligadas. Elas compartilham o mesmo espaço.

— Quer dizer então que agora a gente tem duas moedas? — perguntou Seth.

– Uma única moeda – corrigiu Coulter. – Tire-a.

Seth pôs a moedinha na palma da mão. Coulter ergueu a lata.

– Está vendo? Minha moeda não está mais aqui. Você a tirou da sua lata.

– Fantástico! – disse Seth.

– Maddox pode usar essa banheira pra chegar em casa, se puder achá-la – disse Coulter. – O único problema é que tem de haver alguém na outra banheira pra puxá-lo. Sem ajuda externa ele só conseguirá sair da banheira em que entrou.

– Então, se alguém estivesse na outra banheira pra ajudar a gente a sair, poderíamos entrar na reserva brasileira através de uma banheira velha que está no sótão? – quis saber Seth.

Vovô ergueu as sobrancelhas.

– Se você quisesse correr o risco de ser devorado por uma serpente gargantuesca e demoníaca, sim.

– Espera aí – disse Kendra. – Por que Tanu não voltou pela banheira?

Tanu deu uma gargalhada.

– O plano era pra eu usar a banheira depois de deixá-la no local, mas eu estava tentando apurar se o artefato havia sido retirado da reserva brasileira. Infelizmente, não obtive êxito em descobrir onde o objeto estava escondido. Lycerna cortou minha rota de fuga até a banheira. Eu tive sorte de chegar até o muro.

– Nós estamos falando do seu lado do sótão, não é isso? – perguntou Seth. – O lado secreto, não o lado onde a gente dorme.

– Observação precisa – disse vovô.

– Como foi que você machucou o braço? – perguntou Seth.

– Honestamente? – disse Tanu, envergonhado. – Eu caí de cima do muro.

– Eu pensei que a serpente tivesse te mastigado – disse Seth, suspirando, com o olhar ligeiramente decepcionado.

Tanu sorriu pesarosamente.

– Eu não estaria aqui se ela tivesse feito isso.

– Alguma prova que pudesse colocar o Esfinge como um possível causador da queda da reserva brasileira? – perguntou vovô.

– Eu não achei nada na reserva que pudesse incriminá-lo – disse Tanu. – Ele estava na área logo depois que o problema começou, mas ele sempre aparece quando as coisas dão errado. Se ele estava lá para ajudar ou para atrapalhar, não faço a menor ideia.

– E você, Warren? Como foi? – perguntou vovô. – Alguma novidade sobre a quinta reserva secreta?

– Nada, ainda. Eu continuo ouvindo sobre as quatro de sempre. Austrália, Brasil, Arizona e Connecticut. Ninguém consegue me dar a localização pra essa quinta.

Vovô anuiu, dando a impressão de estar levemente decepcionado, porém não surpreso.

– E quanto ao outro assunto?

– O Esfinge é perito em não deixar rastros – disse Warren, com a expressão mais séria. – E ele não é o tipo de figura sobre quem você fica perguntando a todos por aí livremente. Tentar descobrir a origem dele foi mais ou menos como vagar num labirinto cheio de ruas sem saída. Sempre que eu dava alguns passos em determinada direção, batia com a cara em uma nova parede. Estive na Nova Zelândia, Fiji, Gana, Marrocos, Grécia, Islândia – o Esfinge já viveu em todos os cantos do mundo, e em todos os lugares existem teorias diferentes sobre quem ele é e de onde ele veio. Alguns dizem que ele é o avatar de um esquecido deus egípcio, outros dizem que ele é uma serpente do mar condenada a vagar pelos continentes, outros dizem, ainda, que ele é um príncipe árabe que conquistou a imortalidade enganando o diabo. Cada relato é diferente do outro, cada um mais louco do que o anterior. Eu conversei com zeladores, seres mágicos, historiadores, criminosos, quem você puder imaginar. O cara é um fantasma. As histórias que eu ouvi são muito diferentes umas das outras. Se você me perguntar, eu diria que foi ele mesmo quem iniciou os boatos pra criar uma confusão no tipo de investigação que eu estava tentando empreender.

— O Esfinge sempre manteve sobre si mesmo uma atmosfera de sigilo absoluto, o que o deixa vulnerável ao tipo de acusação feito por Vanessa — disse vovô.

— E Vanessa sabia disso — apontou Coulter. — Ele é um alvo fácil para calúnias. Essa não é a primeira vez.

— É verdade, mas normalmente as acusações são disparates infundados difundidos pelos que o temem — disse vovó. — Dessa vez, a prova circunstancial é aterradora. A explicação dela encaixa-se perfeitamente nos eventos.

— Há uma razão pela qual nós não acusamos pessoas com base em provas circunstanciais — disse Tanu. — Nós sabemos em primeira mão o quanto Vanessa pode ser desonesta. Ela poderia facilmente ter usado fatos circunstanciais para tecer uma mentira convincente.

— Eu tenho outras novidades — anunciou Warren. — Os Cavaleiros da Madrugada vão realizar a primeira reunião geral em mais de dez anos. Todos os Cavaleiros devem comparecer.

Coulter suspirou:

— Péssimo sinal. A última reunião geral da qual eu participei foi quando vieram à tona provas concretas do ressurgimento da Sociedade da Estrela Vespertina.

— Você também é Cavaleiro? — perguntou Seth a Coulter.

— Semiaposentado. Normalmente, nós não devemos nos expor, mas imagino que se eu não puder confiar em todos vocês, não vou poder confiar em ninguém. Além do mais, em pouco tempo eu estarei sepultado.

– Tem mais – continuou Warren. – O Capitão quer que eu leve Kendra para o evento.

– O quê?! – exclamou vovô. – Isso é ultrajante!

– Somente Cavaleiros são convidados para as assembleias – disse vovó.

– Eu sei, eu sei, não precisa atirar no mensageiro – disse Warren. – Eles querem empossá-la.

– Com essa idade! – gritou vovô, o rosto ficando vermelho. – Agora eles estão recrutando nas maternidades?

– E todos nós sabemos quem é o Capitão – disse Warren. – Embora ele quase nunca se revele abertamente.

– O Esfinge? – adivinhou Kendra.

Vovô assentiu, pensativo, mordendo o lábio inferior.

– Eles deram algum motivo?

– O Capitão sugeriu que ela possui talentos essenciais para nos ajudar a lidar com a tempestade que está a caminho – disse Warren.

Vovô enterrou o rosto nas mãos.

– O que foi que eu fiz? – gemeu ele. – Eu fui o responsável por apresentá-la ao Esfinge. Agora, para o bem ou para o mal, ele quer explorar as habilidades dela.

– Não podemos deixá-la ir – disse vovó, decidida. – Se o Esfinge também for o líder da sociedade, isso, sem dúvida nenhuma, é uma armadilha. Quem sabe quantos outros Cavaleiros podem estar corrompidos?

– Eu trabalhei com muitos Cavaleiros – disse Tanu. – Testemunhei vidas correndo risco e sendo sacrificadas. Eu afirmaria com todas as letras que a maioria é composta de verdadeiros protetores das reservas. Se os Cavaleiros estão prejudicando a nossa causa, é porque eles foram ludibriados.

— Você também é Cavaleiro? — perguntou Seth.

— Assim como Warren, Tanu, Coulter e Vanessa, são todos Cavaleiros da Madrugada — disse vovô.

— Vanessa não teve um fim dos melhores — lembrou Seth a todos.

— O que também é outro ponto importante — disse vovô. — Mesmo que o Esfinge seja respeitável, Vanessa é a prova de que os Cavaleiros possuem pelo menos alguns traidores em seu grupo. Uma reunião onde todos os Cavaleiros estarão presentes poderia ser algo bastante perigoso para Kendra.

— Onde será? — perguntou vovô.

Warren coçou a cabeça.

— Eu não deveria dizer, mas metade de nós vai receber convites formais amanhã, e os outros têm direito de saber. Nos arredores de Atlanta, na casa de Wesley e Marion Fairbanks.

— Quem são eles? — perguntou Seth.

— Bilionários apaixonados por fadas — disse vovó. — Eles possuem uma coleção particular de fadas e seres encantados em geral.

— Pela qual pagaram regiamente — acrescentou vovô. — Os Fairbanks não fazem a menor ideia do escopo de nossa comunidade. Eles nunca viram nenhuma reserva. São turistas em nosso meio, úteis no aspecto financeiro e nos contatos.

— E eles têm uma enorme mansão, ideal para reuniões como essa — disse Coulter.

— Mas não há reunião há dez anos? — perguntou Kendra.

— Nenhuma reunião geral — disse Tanu. — Uma reunião geral significa que todos devem comparecer, não há desculpas. Sigilo é importante para os Cavaleiros, então esses encontros são raros. Normalmente, nós nos reunimos em grupos menores. Quando reunimos um número maior de pessoas, usamos disfarces. Somente o Capitão conhece a identidade de todos os membros da irmandade.

— E pode ser que ele seja um traidor — disse Kendra.

— Certo — concordou Warren. — Mas não vejo nenhuma possibilidade de nos recusarmos a comparecer.

Vovô olhou fixamente para ele, as sobrancelhas arqueadas. Em seguida, fez um gesto para que Warren prosseguisse com a explicação.

— A última coisa que nós podemos nos dar o direito de fazer, caso o Esfinge seja de fato um inimigo, é demonstrar que suspeitamos dele. De acordo com a afirmação de Vanessa, se ele for mesmo do mal, é inquestionável que ocorreria uma represália da parte dele, caso ele ficasse sabendo que nós descobrimos seu segredo.

Vovô assentiu, relutante.

— Se ele estivesse disposto a atacar Kendra, provavelmente não seria quando ela estivesse sob a proteção dele. Ele sabe que muitas pessoas têm em mente que ele é o Capitão dos Cavaleiros. Qual seria o motivo de ele estar solicitando a presença de Kendra?

— Talvez ele tenha um talismã que precisa ser recarregado — sugeriu vovó. — A habilidade dela para recarregar objetos mágicos por meio do toque é absolutamente singular.

— Poderia até ser o artefato brasileiro — murmurou Tanu.

As implicações deixaram a sala em silêncio.

— Ou o Esfinge pode estar do nosso lado — lembrou Coulter a todos.

— Quando é essa reunião geral? — perguntou vovô.

— Daqui a três dias — disse Warren. — Você sabe que eles só comunicam a todos no último minuto. Ajuda a impedir qualquer sabotagem.

— Você também é Cavaleiro? — perguntou Seth a vovô.

— Eu fui — disse vovô. — Nenhum dos zeladores faz parte da irmandade.

— Você vai ao evento? — perguntou Kendra.

— As reuniões da irmandade são apenas para os membros que estão na ativa.

— Tanu, Warren e eu estaremos lá — disse Coulter. — Eu concordo que, independentemente das verdadeiras intenções do Esfinge, Kendra deveria participar do encontro. Nós estaremos por perto.

— Nós teríamos como achar uma desculpa plausível para a ausência dela? — perguntou vovó.

Vovô balançou a cabeça lentamente.

— Se não tivéssemos nenhuma dúvida a respeito do Esfinge, nós faríamos todos os esforços para atender à solicitação dele. Qualquer desculpa que venhamos a oferecer levantará suspeitas. — Ele se voltou para Kendra. — O que você acha?

— Parece que é melhor eu ir — disse ela. — Eu já estive em situações bem mais perigosas do que essa. Para poder me causar algum mal, o Esfinge seria obrigado a correr o risco de ser desmascarado. Além disso, vamos esperar que Vanessa esteja errada. Vocês acham que falar com ela pode ajudar em alguma coisa?

— Pode ser que ajude a aumentar nossa confusão — rebateu Coulter. — Como alguém aqui pode confiar em alguma coisa que ela diz? Ela é perigosa demais. No meu ponto de vista, se nós permitirmos que ela respire ar puro, ficaremos nas mãos dela. Independentemente de a mensagem ser falsa ou verdadeira, o único motivo de ela escrevê-la foi escapar da Caixa Quieta.

— Sou obrigada a concordar — disse vovó. — Eu acho que se ela pudesse ter acrescentado provas à acusação, ela o teria feito na mensagem. O texto foi bem longo.

— Se a acusação dela se provar válida, Vanessa ainda pode vir a ser de muita utilidade — disse vovô. — Ela pode vir a denunciar outras pessoas em sua organização. Uma vez que lhe oferecermos a oportunidade, nós poderemos ter certeza de que ela tentará usar tais informações como uma alavanca para evitar seu retorno à Caixa Quieta, o que é uma dor de cabeça que eu prefiro não ter no momento. Por enquanto, eu sou da opinião de que a nossa prioridade deve ser irmos nós mesmos atrás de mais provas. Talvez vocês quatro possam descobrir mais informações na reunião geral.

– Quer dizer então que eu vou? – perguntou Kendra.

Os adultos na sala trocaram olhares tácitos antes de balançar a cabeça em concordância.

– Então só falta discutir um problema – disse Seth.

Todos se voltaram para ele.

– Como eu faço pra ser convidado?

CAPÍTULO TRÊS

Compartilhando descobertas

Kendra estava deitada na cama, apoiada nos cotovelos e debruçada sobre um enorme diário, lendo uma caligrafia inclinada e difícil que mais parecia pertencer à Declaração de Independência. O autor do diário era Patton Burgess, antigo zelador de Fablehaven, o homem que convencera Lena, a náiade, a sair do lago há mais de cem anos. À medida que lia os diários de Patton ao longo do verão, Kendra ficava cada vez mais fascinada com a história de Lena.

Embora o fato de sair da água tenha transformado a ninfa em mortal, ela envelhecera muito mais lentamente do que Patton. Depois que ele sucumbira à sua idade avançada, Lena viajou pelo mundo, voltando por fim a Fablehaven para trabalhar com seus avós. Kendra conhecera Lena no verão anterior, e elas se tornaram ótimas amigas. Tudo isso terminou quando Kendra recebeu ajuda da Fada Rainha para convocar um exército de fadas gigantes com o objetivo de deter uma bruxa chamada Muriel e o demônio que ela havia libertado. As fadas haviam derrotado o demônio, Bahumat, e aprisionado Muriel com ele. Em seguida, elas repararam grande parte do sofrimento que a bruxa havia causado. Elas fizeram com que vovô, vovó, Seth e Dale voltassem à normalidade, e reconstruíram Hugo a partir do nada. Elas também reconduziram uma relutante Lena a sua condição de náiade. Uma vez de volta à água, Lena voltou a se comportar como as ninfas, e não pareceu disposta a voltar para a terra quando Kendra tentara lhe oferecer ajuda.

Kendra tinha bons motivos para estudar as passagens do diário. Durante sua estada em Fablehaven, Vanessa passara grande parte do tempo destrinchando os registros de antigos zeladores. Se, na condição de traidora, Vanessa estivera tão interessada em examinar a história contida nos diários, Kendra decidira que as informações deveriam ser valiosas. Nenhum zelador chegara a escrever um décimo da quantidade de registros que Patton escreveu, de modo que Kendra passou a maior parte do tempo debruçada sobre seus diários.

Ele era um homem intrigante. Supervisionou a construção da nova casa, do celeiro e dos estábulos de Fablehaven, tudo ainda em uso. Impediu que os ogros acabassem uns com os outros negociando o fim de uma antiga contenda. Ajudou a erguer os domos de vidro para observação que funcionavam como espaços seguros ao redor da reserva. Ele dominava seis línguas faladas por seres mágicos, e usava o conhecimento para estabelecer relacionamentos com muitos dos habitantes mais assustadores e esquivos da reserva.

Os interesses dele não se limitavam à manutenção e às melhorias de Fablehaven. Em vez de permanecer enraizado na reserva, Patton viajava bastante numa época em que os aviões ainda não haviam tornado o mundo pequeno. Às vezes ele falava abertamente sobre suas visitas a locais exóticos, tais como reservas situadas em países estrangeiros. Outras vezes ele omitia o destino de suas excursões. Gabava-se alegremente de sua viagens, frequentemente referindo a si mesmo como o maior aventureiro do mundo.

Em seus escritos, Patton não demonstrava nenhum pudor em falar sobre sua ambição de fazer de Lena sua mulher. Descrevia em detalhes os progressos graduais que fazia, tocando violino para ela, escrevendo poemas em sua homenagem, distraindo-a com histórias, conversando com ela. Era claro que ele estava obcecado por ela. Sabia o que queria e só descansou quando ela se entregou a ele. Kendra estava naquele momento relendo a passagem onde ele descrevia o ponto culminante do romance:

Sucesso! Vitória! Júbilo! Eu já não deveria mais estar vivo, embora jamais me sentisse mais cheio de vida! Depois dos meses estafantes, que nada!, dos anos de esperança, de ansiedade, ela está repousando em minha casa enquanto eu escrevo estas palavras exultantes. A verdade do fato se recusa a criar raízes em minha mente. Minha preciosa Lena é a mais bela donzela que jamais pôs os pés na terra. Meu coração está pleno de felicidade.

Eu hoje coloquei inadvertidamente o afeto de minha amada em teste. Envergonho-me de confessar minha insensatez, mas a desgraça encontra-se eclipsada pela alegria que me contagia. Enquanto estava à deriva no lago, curvei-me até me aproximar exageradamente de minha amada, e suas deploráveis irmãs aproveitaram prontamente o meu descuido e puxaram-me borda afora. Agora eu deveria estar inerte numa sepultura aquática. Comparado a elas, eu era insignificante na água. Mas minha amada nadou em meu auxílio. Lena foi magnífica! Ela lutou contra pelo menos oito donzelas da água para conseguir me libertar de suas garras e me conduzir em segurança até a margem. Para completar o milagre, ela se juntou a mim em terra, finalmente aceitando meu convite e renunciando ao seu direito à imortalidade.

Afinal, o que é a imortalidade se confinada a um pequeno e triste lago com companheiras tão insignificantes? Eu descortinarei para ela maravilhas que outras de sua espécie jamais imaginaram existir. Ela será minha rainha, e eu, seu mais ardente admirador e protetor.

Suponho que deveria agradecer a suas rancorosas irmãs por terem tentado roubar-me a vida. Se tal situação emergencial tivesse deixado de existir, talvez eu jamais pudesse ter inspirado a intervenção de Lena!

Não me escapou à atenção o fato de que muitos ao meu redor acharam por bem escarnecer de mim e ridicularizar minha adoração, pelas costas. Eles preveem uma recorrência do calamitoso deslize que arruinou meu tio. Se ao menos eles pudessem, de alguma maneira, experimentar a autenticidade de meu afeto! Não se trata de um reles folguedo com uma dríade, de uma frívola indiscrição levada às raias da compostura. A história não será imitada; ao contrário, um novo parâmetro de amor será estabelecido para os tempos vindouros. O tempo atestará minha devoção! Eu empenharia alegremente minha própria alma nisso!

Por mais que lesse e relesse essas palavras, Kendra sempre ficava emocionada pela intensidade da narrativa. Não conseguia deixar de imaginar se um dia uma pessoa poderia vir a nutrir sentimentos tão fortes por ela. Já conhecendo a versão de Lena para a história, Kendra sabia que a adoração expressada por Patton tivera reciprocidade ao longo de um relacionamento romântico que durou uma vida inteira. Ela tentava impedir que seus pensamentos vagassem na direção de Warren. Certo, ele era bonito, e corajoso, e engraçado. Mas também era velho demais, e ainda por cima seu primo distante!

Kendra folheou as páginas do diário, desfrutando o aroma do papel antigo, incapaz de evitar a esperança de algum dia encontrar alguém como Patton Burgess.

Uma vela umite estava em cima da mesinha de cabeceira que ficava ao lado de sua cama. Vanessa apresentara a cera umite a Kendra, uma substância produzida por fadas sul-americanas que viviam em comunidades similares a colmeias. Quando alguém escrevia com um lápis de cera umite, as palavras ficavam invisíveis, a menos que fossem lidas à luz de uma vela feita com a mesma substância. Vanessa usara cera umite para rabiscar sua última mensagem no chão de sua cela. E Kendra descobrira que Vanessa fizera anotações usando cera umite nos diários que havia estudado.

Sempre que acendia a vela, Kendra era guiada a partes importantes de informação sublinhadas, acompanhadas de anotações ocasionais rabiscadas nas margens. Ela havia identificado as anotações que Vanessa deixara, enquanto deduzia que o bosque com o espectro era o esconderijo da torre invertida. Ela também achou diversas pistas falsas que Vanessa havia seguido, listando outras áreas perigosas de Fablehaven, inclusive um fosso de alcatrão, um lodaçal venenoso e o covil de um demônio chamado Graulas. Kendra não conseguia dar sentido a todas as observações anotadas por Vanessa – algumas das quais eram absolutamente indecifráveis.

Kendra sentou-se na cama e abriu uma gaveta, planejando riscar um fósforo e usar a vela para ler mais páginas. Ela tinha de fazer alguma coisa para manter a mente distante de sua viagem iminente para Atlanta!

– Já está com saudades da biblioteca de novo? – perguntou Seth, assustando-a ao entrar no quarto.

Kendra virou-se para encarar o irmão.

– Você me pegou – disse ela, congratulando-o. – Estou lendo.

– Aposto que as bibliotecárias lá do bairro estão entrando em pânico. Férias de verão e nada de Kendra Sorenson pra acabar com o tédio delas. Elas te mandaram alguma carta?

– Ler de vez em quando não vai te prejudicar em nada. Tenta fazer uma experiência.

– Pouco importa. Eu olhei no dicionário a definição de *nerd*. Sabe o que dizia?

– Aposto que você vai me contar.

– Se você está lendo isso é porque você é uma.

— Você é muito engraçado mesmo — disse Kendra, voltando os olhos para o diário e folheando uma página ao acaso.

Seth sentou-se em sua cama, em frente à dela.

— Falando sério agora, Kendra. Eu até me vejo lendo um livro maneiro pra me divertir, mas esses diários velhos e cheios de poeira? Fala sério! Alguém já te disse que tem um monte de criaturas mágicas lá fora? — disse ele, apontando para a janela.

— Alguém já te disse que algumas dessas criaturas podem te devorar? — respondeu Kendra. — Eu não estou lendo isso aqui pra me divertir. Tem informações importantes nesses diários.

— Tipo o quê? Patton e Lena dando umas bitocas?

Kendra piscou.

— Não vou contar. Você vai acabar se afogando num fosso de alcatrão.

— Tem um fosso de alcatrão aqui? — disse ele, levantando a cabeça. — Onde?

— Você está convidado a procurar por conta própria — disse ela, fazendo um gesto para a enorme pilha de diários ao lado da cama.

— Prefiro me afogar — admitiu Seth. — Pessoas mais espertas do que você já tentaram vários truques pra me fazer ler. — Ele ficou parado, encarando-a.

— O que está acontecendo? — perguntou ela. — Está entediado?

— Nem um pouco, comparado a você.

— Eu não estou entediada — disse Kendra, presunçosamente. — Eu vou pra Atlanta.

— Essa foi de matar! — protestou Seth. — Não consigo acreditar que você vai ser Cavaleira e eu não. Quantos espectros *você* destruiu?

— Nenhum. Mas eu ajudei a derrotar um demônio, uma bruxa e uma pantera alada de três cabeças que cuspia ácido.

— Eu ainda fico louco só de pensar que deixei de ver a pantera — murmurou Seth, amargamente. — Tanu e Coulter receberam os convites hoje. Parece que vocês vão viajar amanhã.

— Eu deixaria você ir no meu lugar, se pudesse — disse Kendra. — Eu não confio no Esfinge.

— E não devia mesmo — disse Seth. — Ele deixou você vencer no totó. Ele me contou. O cara joga como um profissional.

— Você só está dizendo isso porque ele te deu uma surra.

Seth deu de ombros.

— Quer saber? Eu tenho um segredo.

— Não por muito tempo, pelo visto.

— Você nunca vai ficar sabendo por mim.

— Então eu vou morrer sem a informação — disse ela, secamente, pegando um novo diário da pilha e abrindo-o. Ela podia sentir Seth observando-a enquanto fingia ler.

— Já ouviu falar dos nipsies? — perguntou finalmente Seth.

— Não.

— Eles são os menores seres encantados que existem — informou Seth. — Eles constroem cidades e o escambau. Medem mais ou menos um centímetro. Do tamanho de uma joaninha.

— Legal — disse Kendra. Ela continuava demonstrando desinteresse, os olhos vasculhando o formato das palavras. Seth raramente demorava para fazer alguma gozação.

— Se você soubesse alguma coisa que pudesse ser perigosa, mas que se fosse contado pra outras pessoas ia te encrencar e te obrigar a perder muito dinheiro, você contaria ou não?

— Vovô! — gritou Kendra. — Seth tem um segredo pra contar sobre os nipsies!

— Você é uma traidora — resmungou Seth.

— Eu só estou ajudando o Seth Esperto a derrotar o Seth Idiota.

— Acho que o Seth Esperto está contente — disse ele, relutante. — Mas tenha cuidado. Você tem de ficar atenta é com o Seth Idiota.

※ ※ ※

— Então — disse vovô, sentando-se atrás da escrivaninha em seu escritório —, como é que você sabe a respeito dos nipsies, Seth?

— Conhecimento geral, talvez? — Ele estava se sentindo desconfortável na poltrona grande. Prometeu em silêncio a si mesmo que faria Kendra pagar por isso.

— Não muito geral — disse vovô. — Eu nunca falo sobre eles. Os nipsies são vulneráveis ao extremo. E vivem muito longe do jardim. Você sabe algum segredo sobre eles?

— De repente — disse Seth, acautelando-se. — Se eu contar, você jura que eu não vou me encrencar?

— Não — disse vovô, juntando as mãos sobre a escrivaninha, esperançosamente.

— Então eu não vou falar mais nada até consultar o meu advogado.

— Você só está piorando as coisas para si mesmo — alertou vovô. — Eu não negocio com delinquentes. Por outro lado, sou conhecido por conceder perdão àqueles que demonstram retidão de caráter.

— Os sátiros me contaram que os nipsies estão em guerra uns contra os outros — soltou Seth.

— Em guerra? Os sátiros devem estar enganados. Eu não conheço nenhuma sociedade mais pacífica em toda Fablehaven, talvez com exceção dos brownies.

— É verdade — insistiu Seth. — Newel e Doren viram. O Sexto e o Sétimo Reinos estavam atacando os outros. Os nipsies do mal dizem que têm um novo mestre. Eles estão com o aspecto diferente dos outros, com a pele cinza e os olhos vermelhos.

— Os sátiros descreveram com muita exatidão — reparou vovô, desconfiado.

— Talvez eles tenham me mostrado — admitiu Seth, de má vontade.

— Sua avó ia subir pelas paredes se soubesse que você tem andado com Newel e Doren — disse vovô. — Não posso dizer que ela não tenha razão. É difícil imaginar pior influência para um garoto de doze anos de idade do que uma dupla de sátiros. Siga as orientações deles e você será um vagabundo quando crescer. Mas espere um pouco. Os sátiros voltaram a roubar dos nipsies?

Seth tentou manter o controle.

— Não sei.

— Eu já conversei com Newel e Doren a respeito de roubar dos nipsies. Eu havia sido notificado que os nipsies haviam conseguido remediar a situação. Deixe-me adivinhar. Você tem vendido mais pilhas para os sátiros, contrariando o meu desejo, o que os compeliu a arranjar um jeito de entrar novamente nos Sete Reinos. Certo?

Seth levantou o dedo.

— Se eles não tivessem feito isso, a gente não ia saber que os nipsies estavam em guerra e talvez fossem até extintos.

Vovô o encarou.

— Nós já conversamos sobre o ouro roubado. Por aqui, o valor do ouro não justifica os problemas que ele tem causado.

— Tecnicamente falando, o ouro não foi roubado — disse Seth. — Os nipsies o deram pro Newel como recompensa por ele ter destruído o Sexto e o Sétimo Reinos.

Os lábios pressionados de vovô produziram uma linha fina em seu rosto.

— Estou grato por você ter compartilhado essa informação com Kendra, e que ela tenha ajudado você a compartilhá-la comigo. Estou grato por saber que há uma situação incomum entre os nipsies. Entretanto, estou desapontado por você ter, contra a minha vontade, vendido pilhas para aqueles eternos adolescentes, por você ter aceitado como pagamento um ouro adquirido de forma duvidosa, e principalmente por ter se aventurado tão longe do jardim sem permissão. Você está proibido de sair desta casa desacompanhado por todo o verão. E não vai participar de excursões com terceiros pelos próximos três dias, o que significa que deixará de se juntar a Tanu e Coulter quando eles forem fazer um levantamento da situação dos nipsies hoje à tarde. E mais, você me devolverá o ouro para que eu possa entregá-lo de volta aos nipsies.

Seth baixou os olhos.

– Eu sabia que tinha que ficar de bico calado – murmurou ele, arrasado. – Eu só estava preocupado com...

– Seth, contar para mim foi a atitude correta. Você errou ao desobedecer às regras. Você já deveria estar sabendo o quanto esse tipo de conduta pode ser desastrosa.

– Eu não sou nenhum imbecil – disse Seth, levantando os olhos com decisão. – Voltei em segurança e ainda trouxe informações úteis. Fui cuidadoso. Não saí das trilhas. Os sátiros estavam comigo o tempo todo. Tudo bem, eu cometi alguns erros antes de conhecer bem esse lugar. Erros terríveis. Sinto muito por isso. Mas também fiz algumas coisas certas. Ultimamente, eu tenho andado por aí o tempo todo sozinho sem que ninguém saiba. Eu fico só nos locais que conheço. Nunca acontece nada de ruim.

Vovô pegou um badulaque na escrivaninha – uma caveira pequenina em formato humano embutida numa semiesfera de vidro – e ficou passando-a inadvertidamente de uma mão para a outra.

– Eu sei que você aprendeu muitas coisas com Coulter e com os outros. Você está mais apto do que nunca a se aventurar com segurança por certas áreas de Fablehaven. Eu posso entender por que isso aumentaria a tentação de ignorar os limites. Mas estamos vivendo tempos perigosos, e há muitos riscos no interior dessa floresta murada. Afastar-se tanto do jardim como você fez, em direção a um local desconhecido, confiando na capacidade de julgamento de Newel e Doren, demonstra uma perturbadora falta de bom-senso de sua parte.

"Se algum dia eu decidir expandir as áreas de Fablehaven onde você tem permissão de se aventurar sozinho, terei de deixar você ciente de muitas regiões proibidas, porém intrigantes, que devem ser evitadas. Seth, como eu poderei algum dia ter certeza de que você respeitará as regras mais complicadas se você se recusa teimosamente a seguir as mais simples? Seus repetidos fracassos em respeitar as regras mais básicas é o principal motivo pelo qual eu ainda não lhe concedi mais liberdade para explorar a reserva por conta própria."

– Ah – disse Seth, de modo canhestro. – Acho que isso faz sentido. Por que você não me disse que ficar no jardim era um teste?

– Por um único motivo: isso talvez fizesse com que a regra parecesse ainda menos importante. – Vovô recolocou na mesa o cristal com a base achatada contendo a minúscula caveira. – Não se trata de um jogo. Eu criei a regra por uma razão. Mas certas coisas podem realmente acontecer se você vagar pela floresta desacompanhado, mesmo quando acha que sabe o que está fazendo. Seth, às vezes você age como se pensasse que crescer significa que as regras não se aplicam mais. Ao contrário: uma boa parte de crescer significa aprender a ter autocontrole. Pense nisso, e depois, quem sabe, nós poderemos conversar sobre a possibilidade de expandir os seus privilégios.

– Eu vou ter direito a redução de pena por bom comportamento?

Vovô deu de ombros.

– Nunca se sabe o que pode acontecer se um milagre como esse vier a ocorrer.

※ ※ ※

Uma pequena fada, com cabelos curtos, tão vermelhos quanto um morango maduro, surgiu na borda de um bebedouro de passarinhos de mármore e espiou a água, suas translúcidas asas de libélula quase invisíveis à luz do sol. Seu diminuto vestido carmim brilhava como um rubi. Ela fez uma pirueta e espiou por cima do ombro o próprio reflexo, franzindo os lábios e mexendo a cabeça em vários ângulos.

Uma fada amarela com traços pretos marcando suas estonteantes asas de borboleta parou nas proximidades e ficou se admirando. Ela tinha pele clara e longas tranças cor de mel. A fada amarela deu um risinho abafado, uma sonoridade similar a minúsculos sinos repicando.

– Estou perdendo alguma coisa? – perguntou a fada vermelha com falsa inocência.

– Eu estava tentando imaginar meu reflexo com asas horrorosas e sem cor – respondeu a fada amarela.

– Que coincidência engraçada – observou a fada vermelha, alisando o cabelo com a mão. – Eu estava exatamente fazendo um retrato de mim mesma com asas enormes e espalhafatosas que destoavam de minha beleza.

A fada amarela arqueou uma sobrancelha.

– Por que não fingir que você possui asas grandes e elegantes que melhoram sua imagem, ao invés de piorarem?

– Eu tentei, mas só me vinha à mente uma horrível cortina deselegante como pano de fundo.

Kendra não conseguiu resistir e sorriu.

Ela desenvolvera um novo hábito de fingir que estava tirando uma soneca ao ar livre nas proximidades de um bebedouro de passarinhos ou de um leito de flores para ficar escutando as fadas fofocando. As fadas quase nunca falavam com ela se ela tentasse iniciar uma conversação. Após liderar as fadas numa batalha e se tornar fadencantada, a popularidade de Kendra crescera além do suportável para ela. Todas as fadas ficaram enciumadas.

Entre as consequências felizes da dádiva que as fadas lhe haviam concedido estava a habilidade de Kendra para entender a linguagem que elas falavam, além de diversas outras línguas mágicas relacionadas. Sem que ela precisasse fazer nenhum esforço, todas lhe soavam como sua língua natal. Ela gostava de usar seu talento para ficar de ouvido atento às conversas das fadas.

– Olha só pra Kendra esparramada naquele banco – murmurou a fada amarela num tom confidencial. – Deitada como se fosse a dona do jardim.

Kendra conteve uma gargalhada. Ela adorava quando as fadas falavam sobre ela. A única conversa que ela gostava mais era quando elas falavam mal de Seth.

– Não tenho problema nenhum com ela – disse a ruiva com sua voz diminuta. – Na verdade, ela me fez este bracelete aqui. – Ela estendeu o bracinho para mostrar a quinquilharia, tão fina quanto uma teia de aranha.

– É pequeno demais. Os dedos esquisitos dela não podem ter feito isso – objetou a fada amarela.

Kendra sabia que a fada amarela estava certa. Ela jamais havia feito bracelete algum, quanto mais para uma fada. Era engraçado, embora as fadas raramente falassem com Kendra, elas frequentemente travavam debates a respeito de quem era a favorita dela.

– Ela possui muitos talentos especiais – insistiu a fada vermelha. – Você ficaria impressionada com os presentes que Kendra dá a suas amigas mais íntimas. Aquelas entre nós que lutaram ao lado dela para aprisionar Bahumat têm uma relação especial com ela. Se lembra daquele dia? Eu acho que você era um diabrete naquela época.

A fada amarela espirrou água na fada vermelha e mostrou a língua.

– Por favor, querida – disse a fada vermelha –, não vamos nos rebaixar e nos comportar como diabretes.

– Nós que vivemos como diabretes sabemos segredos que vocês não sabem – disse a fada amarela, maliciosamente.

– Tenho certeza que você é especialista em verrugas e membros retorcidos – concordou a fada vermelha.

– O mundo das trevas proporciona oportunidades diferentes do mundo da luz.

– Um reflexo abominável, por exemplo?

– E se nós pudéssemos estar nas trevas *e* ainda sermos bonitas? – sussurrou a fada amarela. Kendra não tinha alcance suficiente para ouvir.

– Eu não presto atenção nesse tipo de boato – retrucou a fada vermelha com desdém, voando para longe.

Kendra manteve-se absolutamente imóvel até que, com os olhos estreitos, viu a fada amarela voar. A conversa acabara de maneira estranha. As fadas restauradas não costumavam comentar a respeito da época em que eram diabretes. As que haviam passado por essa experiência normalmente se sentiam envergonhadas. A fada vermelha desferira um golpe baixo na outra. O que a fada amarela quis dizer com estar nas trevas e ainda ser bonita? E por que a fada vermelha encerrara a conversa tão abruptamente?

Kendra se levantou e andou até a casa. O sol estava mergulhando no horizonte. No andar de cima, sua valise já estava pronta. Amanhã ela seria levada de carro até Hartford, onde pegaria um avião até Nova York para em seguida fazer uma última conexão até Atlanta.

Pensar na reunião com os Cavaleiros da Madrugada a enchia de preocupação. Tudo parecia muito misterioso. Mesmo sem a ameaça de traidores, aquele não parecia ser um local onde ela se sentiria confortável. Seu único consolo era lembrar que Warren, Coulter e Tanu também estariam lá. Nada muito terrível poderia acontecer com os três por perto.

Enquanto subia os degraus que davam acesso à varanda coberta, ela viu Tanu e Coulter chegando ao jardim numa carroça puxada por Hugo. Assim que o golem parou, Tanu e Coulter saltaram e se encaminharam para a casa. Ambos estavam com o semblante sério e andavam resolutamente. Não havia sinal de pânico em seus movimentos, mas tudo indicava que eles não traziam notícias boas.

– Como foi lá? – perguntou Kendra.

– Alguma coisa muito estranha está acontecendo – respondeu Tanu. – Diga pro Stan que precisamos ter uma conversa.

Kendra correu para dentro de casa.

– Vovô! Tanu e Coulter descobriram alguma coisa!

O grito trouxe não apenas seu avô, como também sua avó, Warren e Seth.

– Os nipsies ainda estão vivos? – perguntou Seth.

– Não sei – respondeu Kendra, virando-se para a porta dos fundos enquanto Tanu e Coulter entravam.

– O que foi? – perguntou vovô.

– Quando nós nos aproximamos do prado onde ficam os Sete Reinos, uma figura sombria estava fugindo de lá – disse Tanu. – Nós a perseguimos, mas o canalha foi rápido demais.

– É uma coisa diferente de tudo que nós já vimos antes – disse Coulter. – Talvez um metro de altura, vestindo um manto escuro e correndo perto do chão, quase se agachando. – Como ele usava as mãos expressivamente, Kendra foi obrigada a perceber que Coulter estava sem um dos dedos mindinhos e sem um pedaço do dedo vizinho.

– Um troll eremita? – perguntou vovô.

Tanu balançou a cabeça.

– Um troll eremita não teria como entrar no prado. E não se encaixa na descrição.

– Nós temos uma teoria – afirmou Coulter. – Vamos apresentá-la daqui a pouco.

– O que é um troll eremita? – perguntou Seth.

– Os menores trolls que existem – disse Warren. – Eles nunca ficam muito tempo em um lugar, arrumando covis temporários em qualquer tipo de local. Pode ser um sótão silencioso, pode ser debaixo de uma ponte ou o interior de um barril.

– Continue – incitou vovô.

– Nós entramos na colina e vimos o Sexto e o Sétimo Reinos se preparando novamente para a guerra, apesar dos enormes estragos causados por Newel.

– Stan – disse Coulter –, você não acreditaria no que nós vimos. O Sexto e o Sétimo Reinos estão adornados de preto e a maioria dos cidadãos está portando armas. Os nipsies desses reinos estão com a aparência que Seth descreveu: pele cinza, cabelos escuros e olhos vermelhos. Eles tentaram subornar a mim e a Tanu para que os ajudássemos, e fizeram ameaças quando nos recusamos. Se eu não conhecesse o assunto, diria que eles foram degradados.

– Mas os nipsies não entram em estado de degradação – disse vovô. – Pelo menos não existe nada a esse respeito registrado. As fadas podem se tornar diabretes, as ninfas podem virar mortais, mas quem já ouviu falar de um nipsie transfigurado?

– Ninguém – disse Tanu. – Mas era o que parecia. O que me leva à minha teoria. Eu acho que a criatura que nós estávamos caçando era alguma espécie de anão degradado.

– Anões também não ficam degradados! – esbravejou vovô, visivelmente perturbado.

– Diga isso para aquele lá – murmurou Coulter.

– É a nossa principal hipótese – disse Tanu. – Nós interrogamos os nipsies para ver como tudo isso se originou. Evidentemente, tudo começou quando eles estavam explorando a reserva em busca de uma maneira eficaz de manter os sátiros afastados. Foi assim que os nipsies escuros conheceram seu novo mestre.

– Quando nós começamos a tentar recolher os aspectos mais específicos, eles se calaram – disse Coulter.

– O que poderia fazer um nipsie ficar degradado? – pensou vovô em voz alta, como se estivesse falando consigo mesmo.

– Eu nunca vi nada parecido – disse Coulter.

– Nem ouvi falar de nada assim – acrescentou Tanu.

– Nem eu – suspirou vovô. – Normalmente, a primeira pessoa para quem eu ligaria seria o Esfinge. Talvez ainda seja apropriado fazê-lo. Amigo ou inimigo, ele sempre forneceu conselhos úteis, e ninguém pode se comparar a ele no que tange ao conhecimento das doutrinas. O problema parece estar se espalhando?

Tanu estalou os dedos ruidosamente.

– De acordo com alguns nipsies normais, depois que o Quinto Reino foi invadido, uma boa parcela dos nipsies de lá foi subjugada e tornou-se igual aos outros.

– Você quer que eu e Tanu faltemos ao encontro dos Cavaleiros? – perguntou Coulter.

– Não, vocês precisam comparecer – disse vovô. – Eu quero vocês três tomando conta de Kendra e descobrindo tudo o que puderem.

– Eu ouvi as fadas falando uma coisa muito esquisita hoje – disse Kendra. – Pode ter alguma relação. Elas estavam falando de uma maneira de ficarem nas trevas como os diabretes, mas mantendo a beleza. Uma das fadas pareceu ter gostado muito da ideia. A outra voou para longe imediatamente.

– Coisas estranhas estão certamente ocorrendo em Fablehaven – disse vovô. – É melhor eu começar a dar alguns telefonemas.

Vovô, vovó e Warren saíram da sala.

– Seth, um instantinho, por favor – disse Tanu. Seth foi na direção do corpulento samoano, que o conduziu até um canto da sala. Kendra permaneceu para ouvir. Tanu olhou de relance para ela e prosseguiu:

– Eu notei algumas pegadas interessantes no prado dos Sete Reinos – disse Tanu, casualmente. – Parece que os sátiros tiveram algum auxílio para entrar lá.

– Não conta pro vovô – implorou Seth.

– Se nós tivéssemos intenção de contar para ele, já o teríamos feito – disse Tanu. – Coulter e eu imaginamos que você já estaria suficientemente encrencado. Mas não se esqueça, Hugo não é um brinquedo para ajudar os sátiros a cometer roubos.

– Saquei – disse Seth, com um sorriso de alívio.

Tanu olhou para Kendra.

– Você pode manter isso em segredo? – Os olhos dele exigiam um sim como resposta.

– Claro – disse ela. – Minha cota diária de delação já está preenchida.

CAPÍTULO QUATRO

Novos Cavaleiros

Quando a esteira de bagagens começou a funcionar, os passageiros do voo de Kendra acotovelaram-se para ficar o mais perto possível da abertura por onde seus pertences passariam. Um desfile de malas teve início, muitas das quais pretas e mais ou menos do mesmo tamanho. Várias estavam com fitinhas amarradas nos puxadores para ajudar os donos a diferenciar umas das outras. Kendra colocara adesivos de carinhas sorridentes nas dela.

Era curioso estar com Tanu, Coulter e Warren no saguão onde se pegavam as bagagens. Ela os associava a poções mágicas, relíquias encantadas e criaturas sobrenaturais. Aquele ambiente parecia comum demais. Tanu mergulhou um pretzel num pequeno pote de plástico com queijo derretido. Warren chegou à última página do livro que estava lendo. Coulter tentava achar uma resposta na palavra cruzada da revista de voo. Ao redor deles, um sortimento variado de passageiros esperava suas malas. Uma dupla de executivos estava parada nas proximidades, usando ternos ligeiramente amarrotados e relógios caros.

Quando sua valise apareceu, Kendra avançou em disparada entre uma freira e um cara com aspecto sujo usando uma camisa desbotada e sandálias. Tanu pegou a mala depois que ela a arrancou da esteira. O restante da bagagem chegou em seguida.

Tanu enfiou o guardanapo de papel no potinho de queijo e jogou tudo numa lata de lixo. Depois pegou a bagagem. Coulter jogou fora a revista.

– Tem alguém interessado em ler sobre um superespião geneticamente modificado? – perguntou Warren, balançando o livro no ar. – É um best-seller. Muita ação e um final surpreendente. – Ele segurou o livro em cima da lixeira.

– De repente eu vou dar uma lida – disse Kendra, perturbada com a possibilidade de um livro novo ser jogado na lata de lixo. Ela resgatou o livro e o colocou na valise. Em seguida acionou o puxador retrátil para levá-la confortavelmente.

Os quatro se afastaram da esteira de bagagem e passaram por um conjunto de portas automáticas. Do outro lado, um homem de terno e quepe pretos estava segurando uma plaquinha onde estava impresso o nome *Tanugatoa*.

– Nós temos motorista? – perguntou Kendra, impressionada.

– Para sair da cidade, uma limusine custa apenas um pouco mais do que um táxi – explicou Tanu.

– Por que meu nome não está na plaquinha? – reclamou Warren.

– O meu nome é o mais raro de todos – disse Tanu, sorrindo. Ele cumprimentou o homem da plaquinha e fez um gesto indicando que ele não precisava se preocupar em pegar a bagagem. Eles seguiram o homem por uma calçada até o local onde se encontrava uma limusine preta com vidro fumê parada com o motor ligado. O motorista, um homem bem-vestido com traços árabes, acondicionou a bagagem no porta-malas e segurou a porta enquanto eles entravam no veículo. Warren manteve consigo sua valise menor.

– Nunca andei de limusine antes – confessou Kendra a Coulter.

– Eu também não ando faz um bom tempo – disse Coulter.

Ela e Coulter sentaram-se de um lado, de frente para Tanu e Warren, do outro, e com espaço de sobra no meio. Kendra passou a mão no sofisticado estofamento. O ar tinha aroma de pinho e um leve cheiro de fumaça de cigarro.

Depois de Tanu confirmar o endereço com o motorista, a limusine entrou na faixa engarrafada. Eles jogavam conversa fora enquanto o motorista encontrava a entrada certa da autoestrada.

– Quanto tempo de viagem? – perguntou Kendra.

– Mais ou menos uma hora – disse Coulter.

– Alguma dica de última hora? – perguntou Kendra.

– Não revele seu nome a ninguém – disse Coulter. – Não mencione Fablehaven, seus avós ou onde você nasceu. Não diga sua idade. Não mostre o rosto. Não faça alusão a nenhuma de suas habilidades. Não menciośne o Esfinge. Não fale nada, a não ser que seja de suma importância. A maioria dos Cavaleiros costuma recolher informações com muita ansiedade. São ossos do ofício. Independentemente de eles serem bons ou maus, sou da opinião de que quanto menos souberem, melhor.

– Então o que é que eu *posso* fazer? – perguntou Kendra. – De repente seria melhor eu usar a luva da invisibilidade e me esconder num canto qualquer!

– Deixe-me qualificar as recomendações de Coulter para que você não fale – disse Tanu. – Sinta-se à vontade para fazer suas próprias perguntas. Faça contatos. O fato de você ser principiante lhe dá uma desculpa válida para solicitar informações. Só tente não revelar muitos detalhes. Recolha informações, em vez de fornecer. Tenha cuidado com qualquer estranho que demonstre um excessivo interesse por você. Não vá a lugar algum com quem quer que seja sem a nossa presença.

– Nós estaremos por perto, mas não perto demais – disse Warren. – Nós todos conhecemos outros Cavaleiros, alguns deles muito bem até. Eles vão ser capazes de nos avistar. Não queremos que seja fácil demais para os outros associar você a nós.

– Estamos conversados? – perguntou Coulter.

– Eu estou supernervosa – confessou Kendra.

– Relaxe e divirta-se! – incentivou Warren.

– Certo, enquanto tento seguir todas as instruções e me esforço para não ser sequestrada – gemeu Kendra.

– Esse é o espírito da coisa! – saudou Warren.

Outros carros na autoestrada acendiam os faróis à medida que a tarde começava a cair. Kendra recostou-se no assento. Os outros a haviam alertado que aquela talvez viesse a ser uma longa noite. Ela tentara dormir no avião, mas se sentira ansiosa demais, e o assento não reclinava o suficiente. Em vez de dormir, usou os fones de ouvido para ouvir os vários canais de música disponíveis no avião, incluindo seleções ao acaso de shows de comediantes e música pop.

Agora, com a limitada luminosidade da limusine, e dispondo de um pouco mais de espaço, a sonolência finalmente se apresentava para Kendra. Ela decidiu não lutar contra ela. Suas pálpebras caíram e ela passou alguns minutos à beira do sono, escutando os comentários ocasionais dos outros como se viessem de uma distância muito grande.

Em seu sonho inquieto, Kendra descobriu-se vagando num parque de diversões segurando um algodão-doce azulado num palitinho branco. Quando tinha quatro anos de idade, Kendra perdera-se de seus pais num parque de diversões por quase meia hora, e a cena que ela tinha diante de si naquele momento era bastante similar. Um estridente e penetrante som de órgão invadia seus ouvidos. Uma roda-gigante girava sem parar nas proximidades, levando as pessoas até o céu escuro para depois depositá-las de volta no chão, o mecanismo chiando e rangendo à medida que o passeio encaminhava-se para o fim.

Kendra vislumbrou algumas pessoas de sua família em meio à multidão, mas quando tentou se acotovelar na aglomeração para alcançá-los, eles não estavam mais lá. Em uma dessas ocasiões, ela imaginou ter visto sua mãe andando atrás da carrocinha de pipoca. Quando a seguiu, Kendra deparou-se com um estranho alto, com cabelos grisalhos e penteado afro. Sorrindo como se soubesse um segredo, o homem arrancou um grande naco do algodão-doce dela e colocou na boca. Kendra manteve o doce distante dele, olhando com raiva, e uma mulher gorda com aparelho nos dentes puxou outro pedaço por trás. Logo Kendra encontrou-se avançando em meio à multidão, tentando fugir dos muitos estranhos que devoravam seu algodão-doce. Mas era inútil. Toda a multidão estava roubando pedaços de seu doce, e em poucos instantes tudo o que sobrou na mão dela foi o palito branco.

Quando Coulter a acordou, ela se sentiu aliviada, embora uma sensação desconcertante persistisse. Ela devia estar muito mais estressada com o evento do que havia imaginado, para ter um sonho tão detestável como esse!

Warren abrira sua bolsa e estava distribuindo togas e máscaras. As longas togas eram feitas de um material fino e resistente, num cinza bem escuro e levemente brilhante.

– Estamos quase chegando – informou Warren a ela.

Kendra desatou o cinto de segurança e passou a toga por cima da cabeça. Warren entregou a ela uma máscara prateada. Coulter vestiu a dele. As quatro máscaras pareciam idênticas. Lisa e brilhante, a máscara sorridente cobria todo o seu rosto. Se pudesse escolher, teria pedido uma menos pesada.

Kendra bateu as juntas dos dedos na testa metálica.

– Isso aqui é à prova de balas?

– Elas não são frágeis – disse Tanu.

– Use o capuz – sugeriu Coulter, sua voz um pouco abafada pela máscara. Ele já estava com o capuz, o que fazia com que toda a sua cabeça ficasse coberta. Ele poderia ser qualquer pessoa.

Warren deu para Kendra um par de luvas leves e confortáveis que combinavam com a toga. Ela tirou os sapatos e calçou chinelas cinza. Warren e Tanu vestiram suas máscaras.

– Como vou reconhecer vocês? – perguntou Kendra.

– Tanu vai ser o mais fácil por causa do tamanho – disse Warren. – Mas ele não é o único Cavaleiro grande. – Warren levantou a mão e colocou dois dedos ao lado da têmpora. – Esse vai ser o nosso sinal. Você não vai precisar fazê-lo nunca. Nós estaremos sempre por perto.

A limusine saiu da estrada e passou por portões abertos ao longo de uma entrada para carros margeada por estátuas brancas de donzelas usando túnicas, heróis com armaduras, animais, sereias e centauros. Mais à frente, surgiu a mansão.

– Um castelo – disse Kendra, boquiaberta.

Iluminada por inúmeras luzes no jardim e dezenas de castiçais elétricos, a fortaleza assomava com todo o seu esplendor nos últimos resquícios do crepúsculo. Construída inteiramente de blocos de pedra amarelos, o amplo baluarte ostentava múltiplas torres redondas de alturas variadas, uma ponte levadiça abaixada, uma grade levadiça erguida, janelas com arcos ogivais, atalaias para arqueiros e ameias em cima dos muros. Serviçais uniformizados estavam postados em cada lado da ponte levadiça, segurando lanternas.

Kendra voltou-se para seus companheiros mascarados.

– Eu sei que vocês chamam uns aos outros de Cavaleiro, mas fala sério...

— Colecionadores de fadas — resmungou Warren. — São pessoas na maioria das vezes bastante exóticas, mas Wesley e Marion Fairbanks desbancam qualquer um nesse quesito.

A limusine encostou. O motorista abriu a porta em frente à ponte levadiça. Eles saíram, e Tanu puxou o motorista para o lado, falou algumas coisas discretamente e pagou.

Um serviçal com uma peruca empoada e calções vermelhos na altura dos joelhos sobre meias brancas se aproximou e fez uma mesura a todos.

— Bem-vindos, estimados convidados. Sigam-me, por favor.

Kendra viu uma van branca, caindo aos pedaços, encostando atrás da limusine. O motorista estava usando uma máscara prateada. Num dos lados do terreno dois helicópteros estavam sobre o gramado. Em outra área algumas dezenas de carros estavam estacionadas. Desde veículos luxuosos até fortes candidatos ao ferro-velho mais próximo.

O serviçal uniformizado escoltou Kendra e seus amigos até a ponte levadiça. A toga dela ia até os tornozelos, permitindo que ela desse passadas normais sem se sentir muito encapelada. A máscara limitava sua visão periférica, mas fora isso ela enxergava perfeitamente.

O grupo chegou a um pátio com piso de pedra iluminado por archotes elétricos. Nuvens de insetos voavam em torno das fontes de luz. Alguns ajuntamentos de figuras também de togas usando máscaras prateadas zanzavam pela área em animadas conversas. Acima deles, estandartes e bandeiras pendiam no parado ar noturno. O serviçal conduziu Kendra e os outros até uma pesada porta de ferro, do outro lado do pátio. Abriu-a com uma chave, entrou e fez uma mesura.

Warren foi na frente até uma bem-decorada antecâmara na entrada do cavernoso corredor. Uma escrivaninha encontrava-se num canto da antecâmara, diante de um par de cabines cortinadas. Uma pessoa usando máscara prateada estava sentada à escrivaninha. Atrás estavam mais quatro figuras, suas máscaras prateadas adornadas com ouro.

Uma mulher baixa usando uma bata cor de malva saudou-os:

— Bem-vindos, viajantes, a nosso humilde recanto. Que vocês possam encontrar aqui um abrigo seguro até que o dever os carregue para algum outro destino. — A senhora tinha estatura mediana e parecia estar na faixa dos cinquenta anos. Seus cabelos castanhos estavam trançados num estilo antiquado. Um anel em sua mão esquerda abrigava um diamante de proporções obscenas.

— É um prazer revê-la, sra. Fairbanks — disse Warren, com um ar cavalheiresco. — Nossos agradecimentos por abrir sua residência para nós.

Ela resplandeceu de prazer.

— Sempre que desejarem. Convites não são necessários!

Atrás dela estava parado um homem jovial numa peruca empoada, comendo frango e legumes no espeto.

— Sem dúvida — disse ele, molho escorrendo pelo queixo.

— É sempre um prazer, Wesley — agradeceu Warren, inclinando a cabeça.

Mordendo um cogumelo, o homem com a peruca assentiu de volta.

Warren virou-se para olhar as quatro figuras mascaradas que estavam na frente das cabines.

— Norte — disse ele, envergando um polegar para si mesmo. — Oeste — disse, fazendo um gesto para Tanu e Coulter. Em seguida indicou Kendra: — Principiante.

— O principiante é Leste — disse o homem sentado à escrivaninha.

Warren curvou-se em direção a Kendra.

— Esses são os quatro Tenentes. Eles verificam quem está sob as máscaras, como uma medida de segurança. Cada um supervisiona um determinado grupo, nomeado pelos pontos cardeais. O Tenente do Leste confirmará sua identidade.

Warren entrou numa das cabines com uma das figuras com adornos dourados na máscara. Um Tenente diferente conduziu Tanu ao interior de outra cabine. Warren surgiu imediatamente, a máscara no lugar, e outro Tenente, o mais alto de todos, guiou Kendra até a cabine vaga.

– Por favor, retire sua máscara – disse uma voz ríspida.

Kendra tirou a máscara.

O Tenente anuiu:

– Bem-vinda. Siga. Conversaremos mais tarde.

Kendra recolocou a máscara e saiu da cabine no mesmo instante em que Coulter saía da outra. Juntos, eles seguiram Warren e Tanu por um corredor extravagante, pisando num longo tapete vermelho com intricados bordados nas margens. Tapeçarias estavam penduradas nas paredes e conjuntos completos de armaduras brilhantes flanqueavam o corredor. Warren e Tanu passaram por portas duplas brancas e entraram num espaçoso salão dominado por um tremendo candelabro. Figuras cobertas por togas podiam ser vistas por toda parte, a maioria das quais conversando em grupos de dois ou três. Sofás, cadeiras e divãs estavam dispostos ao redor do salão para permitir que muitos grupos separados se sentassem para conversar confortavelmente. O exterior da casa podia até parecer uma fortaleza, mas o interior era definitivamente uma mansão.

Tanu e Warren separaram-se após entrar no salão. Seguindo-os, Kendra vagou em direção a um canto todo seu. Algumas figuras mascaradas cumprimentavam-na com a cabeça à medida que ela passava. Ela retribuía o cumprimento, com medo de dizer qualquer coisa.

Assim que encontrou um local onde podia ficar encostada na parede, Kendra examinou a multidão. Ela era alta para sua idade, mas naquele salão era com certeza uma das mais baixas. Alguns dos outros Cavaleiros eram exageradamente altos, outros gordos demais, vários pareciam ser largos e corpulentos, um número razoável era composto obviamente por mulheres e um indivíduo era pequeno o suficiente para ter oito anos de idade. Todos usavam as mesmas máscaras prateadas e as mesmas togas. Kendra contou mais de cinquenta Cavaleiros ao todo.

Os Cavaleiros mais próximos formavam um grupo de três, conversando e rindo. Depois de um tempo, um deles se virou e mirou Kendra. Ela desviou o olhar, mas já era tarde demais, a figura já estava vindo na sua direção.

– E o que você está fazendo aqui nesse canto? – perguntou uma voz feminina implicante com um forte sotaque francês.

Kendra só conseguiu identificar o estranho como uma mulher depois que ela falou. Uma boa resposta recusava-se a aparecer em sua cabeça – ela estava um bocado nervosa.

– Só estou esperando a reunião.

– Mas jogar conversa fora faz parte da reunião! – disse a mulher, entusiasmada. – Onde você tem estado ultimamente?

Uma pergunta direta. Deveria mentir? Ela preferiu dar uma resposta vaga:

– Por aí.

– Eu voltei há pouco tempo da República Dominicana – disse a mulher. – Temperatura absolutamente perfeita. Eu estava rastreando um suposto membro da sociedade, um homem que estava fazendo perguntas sobre como adquirir um dullion. – Kendra já vira um dullion antes, feito de palha, quando estava fugindo de casa no início do verão. Vanessa explicara que eles eram como os golems, embora não fossem tão poderosos. – Dizem os boatos que tem um feiticeiro na ilha que sabe como criá-los. Você pode imaginar as consequências se essa arte sobreviveu? Não fui capaz de confirmar a história, então quem pode saber? Eu não te conheço, e você me parece jovem. Você é nova por aqui?

A mulher falava com tanta franqueza que Kendra sentiu uma considerável pressão para se abrir. Além disso, seria quase impossível para Kendra disfarçar sua juventude.

– Eu sou bem jovem, sim.

– Eu também comecei bem jovem. Sabia que...

– Finalmente te achei – interrompeu Warren. Ao lado dele estava uma figura alta com uma máscara prateada enfeitada com ouro.

– Com licença – desculpou-se o Tenente com a mulher francesa.
– Essa jovem aqui tem um compromisso com o Capitão.

– Eu estava a ponto de adivinhar que ela era uma principiante – disparou a mulher. – Então, prazer em conhecê-la, espero que possamos trabalhar juntas algum dia.

– Prazer em conhecê-la – respondeu Kendra, enquanto Warren puxava-a pelo cotovelo e a conduzia em outra direção.

Os três saíram do salão e foram andando pela grandiosa passagem até um corredor menor. Mais acima no corredor, eles pararam em frente a uma porta de mogno.

– Sua presença é irregular – informou o Tenente a Warren.

– Empossar uma menor de idade também é – disse Warren. – Eu prometi ao avô dela que não a perderia de vista um segundo sequer.

– Você me conhece, Warren – disse o Tenente. – Existe algum lugar mais seguro para a criança do que este aqui?

– Repetindo, a palavra em questão aqui é *criança* – insistiu Warren.

O Tenente balançou levemente a cabeça em concordância e abriu a porta. Os três entraram. Três pessoas já estavam na sala. Uma estava em pé ao lado de uma grande lareira usando uma toga prateada e uma máscara de ouro. As outras duas usavam máscaras prateadas e togas iguais às de Kendra.

— Warren? — perguntou a figura com a máscara de ouro numa voz feminina e com sotaque do Sul. — O que você está fazendo aqui?

— Capitão, essa candidata é menor de idade — disse Warren. — O responsável por ela me ordenou que não tirasse os olhos dela em momento algum. Essa é a condição para que ela participe da reunião.

— Compreensível — disse a figura com a máscara de ouro. — Muito bem, suponho que estejamos prontos para iniciar.

Kendra inclinou-se na direção de Warren.

— Como ela sabia que você...

— Você está curiosa para saber como eu sabia que era Warren que estava entrando como você? — perguntou a Capitã. Ela deu um tapinha na máscara. — Essa máscara de ouro vê através de todas as prateadas. Preciso conhecer todos os Cavaleiros que estão sob meu comando. Eu os seleciono a dedo, e vigio. Caso algum de vocês esteja imaginando, não, essa não é a minha verdadeira voz, trata-se de outra característica especial de minha máscara. Tenente, podemos continuar?

O Tenente retirou a máscara. Ele tinha cabelos ruivos e espessos, e sardas na ampla testa. Tinha uma aparência estranhamente familiar, mas Kendra não conseguia reconhecê-lo.

— Vocês três, principiantes, estão recebendo o título de Cavaleiro hoje. Os recrutas de hoje foram designados para o Leste, então eu sou o seu Tenente, Dougan Fisk. Vocês conhecerão meu rosto, e eu o de vocês. Por favor, retirem suas máscaras.

Kendra olhou para Warren. Ele anuiu, tirando a própria máscara. Kendra também puxou a dela.

Uma das outras pessoas usando máscara prateada era mais baixa do que Kendra. Sem a máscara, Kendra viu que ela era bem idosa, provavelmente mais velha do que a vovó, com um rosto estreito e enrugado e cabelos grisalhos presos num coque. A outra pessoa na sala era um garoto alguns centímetros mais alto do que ela. Era delgado e ainda não saíra da adolescência. Era bonito e tinha a pele perfeita e bem bronzeada, lábios finos e olhos escuros. Ele olhou para Kendra e, por um momento, pareceu ter ficado absolutamente horrorizado, mirando-a com uma admiração tão explícita que ela sentiu vontade de se esconder atrás da máscara para não enrubescer. Após o sobressalto da reação inicial, ele conseguiu normalizar a expressão. Ele ergueu ligeiramente as sobrancelhas, os cantos da boca se contraindo num sorriso tímido.

– O Capitão quase sempre fica com a máscara – explicou Dougan. – Nossa irmandade existe principalmente para combater uma organização secreta e sutil, a Sociedade da Estrela Vespertina, de modo que o sigilo é igualmente solicitado de nossa parte. Nós usamos coerção e firmeza para monitorarmos uns aos outros. O Capitão conhece todos os Cavaleiros. Cada um dos quatro Tenentes conhece os Cavaleiros a eles designados e a identidade do Capitão. Cada Cavaleiro conhece o Tenente a quem ele ou ela se reporta, como vocês agora me conhecem. E cada um dos Cavaleiros conhece alguns outros Cavaleiros, como vocês agora estão conhecendo uns aos outros. Tomem muito cuidado para não revelar sua filiação a essa irmandade a outras pessoas, mesmo depois que elas já tenham motivos para sabê-lo.

– P-P-Por que nós somos Leste? – perguntou o adolescente, tropeçando dolorosamente na primeira consoante.

– Por nenhum motivo importante, é apenas uma ferramenta de identificação – disse o Capitão. – Apesar de sermos chamados de Cavaleiros da Madrugada, nossa organização não é uma corporação militar. Títulos como "Capitão" e "Tenente" existem apenas por motivos organizacionais. Nós compartimentalizamos informações para a segurança de todos. A participação de vocês nesse grupo é estritamente voluntária. Vocês podem deixar a irmandade a qualquer momento. Todavia, nós exigimos sigilo. Se nós não tivéssemos confiança de que poderiam cumprir as solicitações, vocês não estariam aqui.

– Como parte da concordância em se tornarem Cavaleiros, vocês eventualmente receberão missões específicas de suas áreas de especialidade – disse Dougan. – Em linhas gerais, até que vocês se desliguem, ao aceitarem a filiação na irmandade, vocês estão se comprometendo a comparecer sempre que chamados e a servir quando necessário. Todos os custos incorridos serão reembolsados. Além disso, vocês receberão um estipêndio que cobrirá com folga os salários que deixarão de receber. Se vocês revelarem segredos ou se comportarem de maneira que possa nos sugerir um alerta indesejado à segurança dos Cavaleiros, nos reservamos o direito de expulsá-los da irmandade.

– Nós somos amigos de todas as criaturas mágicas e de todos os refúgios que elas habitam – disse o Capitão. – Nós somos inimigos de todos que têm por meta colocar em risco e explorar essas criaturas. Vocês têm perguntas a fazer?

– V-V-Você não acha estranho nós não podermos saber quem é o nosso líder? – perguntou o adolescente.

– Não é o ideal – admitiu o Capitão. – Mas, lamentavelmente, é necessário.

– A palavra que me vem à mente é *covardemente* – disse o adolescente.

Kendra sentiu sua pulsação acelerando. Ela jamais esperaria tamanha audácia de um adolescente com problemas de gagueira. A atitude fez com que ela se sentisse simultaneamente animada e desconfortável. O Capitão tinha quase a mesma altura do Esfinge. Como ele reagiria?

– Eu já fui chamado de coisas piores – disse o Capitão, mantendo o ar amigável. – Você não é o primeiro Cavaleiro que sugere dispensarmos as máscaras. Mas em virtude de uma falha recente na segurança sobre a qual eu não tenho liberdade de falar, compartimentalizarmos nossas informações tornou-se mais crucial do que nunca.

– Eu entendo não compartilhar tudo com todos – disse o adolescente. – Eu s-s-só... eu só gostaria de saber quem é que me encarrega das missões.

– Eu desconfio que, se nossas posições estivessem trocadas, eu teria a mesma sensação que você, Gavin – disse o Capitão. – Você já parou para pensar que por trás dessa máscara pode estar uma pessoa conhecida da sociedade? Talvez eu use essa máscara não por benefício próprio, mas para proteger os outros Cavaleiros, para impedir que a sociedade me use para chegar até eles.

Gavin mirou o chão.

– F-F-Faz sentido.

– Levante a cabeça. Estou esperando perguntas. Mais alguma preocupação?

– Desculpe-me – disse a senhora idosa –, mas por acaso esses dois não são jovens demais para esse tipo de serviço?

O Capitão pegou um atiçador e mexeu num tição, soltando uma chuva de fagulhas.

– Tendo em vista os tempos perigosos em que vivemos, nós estamos dificultando o ingresso em nossa irmandade de uma maneira jamais feita antes. Mais importante do que um histórico limpo e evidências irretorquíveis de um caráter confiável, os candidatos a Cavaleiro também devem ter um valor estratégico singular. Tanto Kendra quanto Gavin possuem talentos incomuns que os qualificam a nos fornecer uma assistência altamente especializada. Não muito diferente de seu proveito, Estelle, como a grande arquivista e pesquisadora que é.

– Não deixe de mencionar minha mundialmente conhecida perícia no uso da espada – gabou-se a mulher idosa. Ela piscou para Kendra e Gavin. – É uma piada.

– Mais alguma coisa? – perguntou o Capitão, encarando um de cada vez. Nenhum deles apresentou mais nenhuma pergunta ou comentário. – Então eu formalmente os empossarei e permitirei que voltem ao convívio dos outros. Tenham em mente, agora e sempre, que vocês têm direito de recusar o convite para se juntar à nossa comunidade. Se desejam prosseguir, levantem a mão direita. – O Capitão ergueu a dele.

Kendra, Gavin e Estelle ergueram as mãos.

– Repitam comigo: juro manter os segredos dos Cavaleiros da Madrugada e ajudar meus companheiros Cavaleiros em seus valorosos objetivos.

Eles repetiram as palavras e em seguida baixaram as mãos.

– Congratulações – disse o Capitão. – Vocês agora possuem oficialmente o título de Cavaleiro. É um prazer tê-los ao meu lado. Percam alguns minutos conhecendo uns aos outros antes de iniciarmos a reunião. – O Capitão foi em direção à porta e saiu da sala.

– Não foi tão ruim, foi? – disse Warren por cima do ombro de Kendra, dando um tapinha em suas costas. – A propósito, eu me chamo Warren Burgess – disse ele aos outros novos Cavaleiros.

– Estelle Smith – disse a mulher idosa.

– Gavin Rose – disse o adolescente.

– Kendra Sorenson – disse Kendra.

– Warren e eu nos conhecemos faz um bom tempo – disse Dougan.

– Desde antes de você se tornar Tenente – disse Warren, abaixando a voz ligeiramente. – Desde a última vez que nos falamos, você viu o Capitão sem máscara. Só aqui entre nós cinco, quem é ele?

– Tem certeza de que é um homem? – perguntou Dougan.

– Noventa por cento. Porte masculino, andar masculino.

– Você tem estado afastado há um bom tempo – disse Dougan. – Pensei que tivesse abandonado a causa.

– Ainda estou na área – disse Warren, não entrando em detalhes sobre como havia passado os últimos anos na condição de albino catatônico. – Kendra, você conheceu o irmão de Dougan.

– O irmão dele? – perguntou ela. Então ela se deu conta do motivo pelo qual Dougan lhe parecera tão familiar. – Oh! Maddox! É isso aí, o sobrenome dele era Fisk.

Dougan assentiu:

– Ele não é oficialmente um Cavaleiro. Ele é convencido demais para isso. Mas já nos ajudou em algumas ocasiões.

– Mas olha só, nós estamos monopolizando a conversa! – desculpou-se Warren. – Gavin Rose, não é? Algum parentesco com Chuck Rose?

– M-M-Meu pai.

– Não brinca! Eu nunca soube que Chuck tinha um filho. Ele é um dos nossos melhores caras. Por que ele não está aqui com você?

– Ele morreu há sete meses – disse Gavin. – No Natal, no Himalaia. Um dos Sete Santuários.

O sorriso de Warren desapareceu.

– Sinto muito. Eu ando pouco informado.

– As p-p-pessoas imaginam p-p-por que eu quero seguir os passos dele – disse Gavin, olhando para o chão. – Eu nunca conheci a minha mãe. Sou filho único. Meu pai nunca falou de mim pra nenhum de vocês porque não queria que eu me envolvesse, pelo menos não até eu completar dezoito anos. Mas ele me contava tudo o que fazia, me ensinou muitas coisas. Eu tenho uma certa aptidão natural para a coisa.

– Muita modéstia da sua parte – disse Dougan, rindo. – O melhor amigo do Chuck, Arlin Santos, nos apresentou o Gavin. Você lembra do Arlin, não lembra, Warren? Ele está aqui hoje. Há anos nós ouvíamos boatos dizendo que Chuck criava um filho em segredo. Mas o que nós nem desconfiávamos era o quanto o garoto puxara ao pai. Na verdade, nós temos uma missão para Gavin e Kendra a ser iniciada imediatamente após a reunião.

– Uma missão que ela pode realizar aqui? – perguntou Warren.

Dougan balançou a cabeça em negativa.

– Eles vão para outro lugar. Amanhã de manhã.

Warren franziu as sobrancelhas.

– Só se for comigo e só se eu liberar. Dougan, ela tem catorze anos.

– Eu vou te inteirar da situação – prometeu Dougan. – É importante. Ela vai ficar em segurança.

Ouviu-se uma batida na porta.

– Máscaras – disse Dougan, cobrindo o rosto. – Entre – disse ele, assim que os outros fizeram a mesma coisa.

Uma figura usando máscara prateada espiou pelo vão da porta.

– Hora da reunião – anunciou uma anasalada voz masculina.

– Obrigado – disse Dougan. – Vamos lá, então.

CAPÍTULO CINCO

Primeira missão

Dougan e Warren seguiram à frente ao longo do suntuoso corredor principal. Ao passar por um conjunto de armaduras, Kendra vislumbrou seu reflexo distorcido no peito de armas, uma máscara prateada anônima debaixo de um capuz. Gavin ficou ao lado dela.

– Foi legal a gente poder se conhecer melhor, não acha? – disse ele, com amargura.

– Eles não deram muito tempo pra gente – concordou Kendra.

– Não é sempre que eu gaguejo, sabia? A coisa piora quando eu me sinto pouco à vontade. Eu odeio quando acontece. Quando eu começo a falar, eu me concentro demais nas palavras, e o problema vira uma bola de neve.

– Não é tão ruim assim.

Eles seguiram em silêncio pelo corredor. Olhos fixos no chão, Gavin esfregou a manga da toga entre os dedos. A quietude tornou-se incômoda.

– Que castelo legal – disse Kendra.

– Não é dos piores – respondeu ele. – É engraçado, eu tinha certeza absoluta de que era o Cavaleiro mais jovem, e aí a pessoa que eu encontro de cara é dois anos mais nova do que eu. De repente eu ainda vou acabar descobrindo que o Capitão é na verdade algum maluco altão do terceiro ano da escola.

Kendra sorriu.

– Eu completo quinze em outubro.

– Dezoito meses mais nova, então. Você deve ser supertalentosa.

– Acho que tem um pessoal que pensa que sim.

– Não se sinta pressionada a falar sobre isso. Eu também não posso revelar muita coisa mesmo. – Eles estavam quase no fim do corredor. Gavin passou a mão na lateral da máscara. – Essas máscaras são a coisa mais chata do mundo. Claustrofobia imediata. Eu ainda não engoli a ideia. A impressão que eu tenho é de que as máscaras acabam ajudando o traidor a se esconder. Mas eu acho que esses caras estão nessa há mais tempo do que eu. O sistema deve servir pra alguma coisa. Você sabe do que se trata a assembleia?

– Não. E você?

– Um pouco. D-D-Dougan mencionou que eles estão preocupados com a sociedade e em melhorar a segurança.

No fim do corredor eles passaram por um grande umbral que dava acesso a um salão de baile exagerado. Fios com pequenas luzes brancas iluminavam o salão de baile, o lustroso piso de madeira refletindo delicadamente a suave luminosidade. Vinte mesas redondas estavam dispostas ao redor do salão de baile, posicionadas de modo a garantir que todos os assentos ficassem o mais próximo possível de um atril no palco. Cada mesa continha seis cadeiras, e a maioria estava ocupada por Cavaleiros. Kendra estimava que estavam ali presentes, naquele momento, pelo menos cem pessoas.

Primeira missão

Apenas as mesas mais distantes do palco estavam com cadeiras vagas. Warren e Dougan pegaram os dois últimos assentos em uma mesa perto do meio do salão. Kendra, Gavin e Estelle atravessaram o salão em direção às mesas mais distantes da entrada, preenchendo os três assentos restantes. Kendra mal terminara de se ajeitar à mesa quando todos os Cavaleiros se levantaram juntos. O Capitão, destacado pelo foco de luz, caminhou em direção ao atril, a máscara dourada brilhando. Os Cavaleiros explodiram em aplausos.

O Capitão fez um gesto para que os Cavaleiros se sentassem. Os aplausos diminuíram e os Cavaleiros voltaram a seus assentos.

– Obrigado a todos por proporcionarem essa reunião em tão pouco tempo – disse o Capitão ao microfone, sua voz agora com um tom masculino orgulhoso e um contido sotaque inglês. – Nós tentamos reduzir ao mínimo a ocorrência de reuniões gerais, mas eu senti que as circunstâncias recentes impunham uma convocação especial. Nem todos os Cavaleiros elegíveis tiveram condições de comparecer. Sete deles estavam inalcançáveis, dois estavam hospitalizados e doze estavam engajados em atividades às quais eu dei prioridade sobre a reunião de hoje.

"Vocês sabem que não é do meu feitio desperdiçar palavras. Ao longo dos últimos cinco anos, a sociedade tornou-se mais ativa do que durante qualquer outro período da história. Se as reservas continuarem caindo no ritmo atual, daqui a duas décadas nenhuma delas estará funcionando. Além do mais, nós sabemos que nossa irmandade tem sofrido infiltrações de membros da sociedade. Eu não estou me referindo a vazamento de informações, estou me referindo a membros habilitados da sociedade usando máscaras e togas e circulando entre nós."

A última observação causou uma agitação quando os Cavaleiros começaram a murmurar entre si. Kendra ouviu diversas exclamações de ultraje.

O Capitão levantou as mãos.

– A traição foi confirmada e a traidora, apreendida, e o pior dano que tinha intenção de perpetrar foi interrompido. Alguns de vocês devem ter notado a ausência de velhos amigos esta noite. Alguns deles devem estar entre os vinte e um Cavaleiros que não puderam comparecer por motivos legítimos. Outros podem estar entre os dezessete Cavaleiros que eu dispensei ao longo dos últimos dois meses.

Esse anúncio deu início a uma nova rodada de comentários em voz baixa. O Capitão esperou os sussurros acabarem.

– Eu não estou dizendo que todos esses dezessete Cavaleiros são traidores, mas que são Cavaleiros com vínculos suspeitos, que passaram muito tempo confraternizando com indivíduos suspeitos. São Cavaleiros que foram desnecessariamente liberais com relação a informações sigilosas. Que o destino deles sirva de alerta a todos nós. Não toleraremos o vazamento de segredos, e não suportaremos nenhum sinal de deslealdade, por mais superficial que seja. Os riscos são grandes demais e o perigo, excessivamente real. Permitam que eu leia os nomes dos Cavaleiros dispensados, caso eles venham a solicitar mais informações a qualquer um de nós. – Ele listou dezessete nomes. Nenhum deles era familiar a Kendra.

– Se algum de vocês souber de algum motivo concreto com base no qual eu deveria reconsiderar a punição a determinado indivíduo, por favor sinta-se livre para entrar em contato comigo após esta reunião. Não me agrada nem um pouco privar aliados de seus direitos. Todos esses Cavaleiros poderiam se provar úteis nos dias, semanas, meses e anos vindouros. Minha intenção não é exaurir nossos quadros. Mas é preferível estar enfraquecido do que inválido. Eu peço a cada um de vocês que estabeleça novos parâmetros de lealdade, de discrição e de vigilância. Não compartilhem segredos, mesmo com outros Cavaleiros, a menos que a informação seja desesperadamente relevante ao receptor. Por favor, relatem quaisquer atividades suspeitas e quaisquer novas informações que vocês venham a encontrar. Apesar de nossos mais diligentes esforços, alguns traidores ainda podem estar em nosso convívio.

Ele fez uma pausa para que as palavras surtissem efeito. O salão ficou em silêncio.

– Eu também reuni vocês aqui esta noite para rogar por informações. Cada um de vocês está familiarizado com as reservas escondidas ao redor do globo. Além destas, há certos refúgios cuja existência não é muito conhecida nem entre os Cavaleiros da Madrugada. Nem mesmo eu conheço todos eles. Alguns de vocês têm conhecimento sobre alguns desses lugares. Fiquei estarrecido ao saber que até mesmo os mais ocultos santuários estão agora sofrendo ataques. Na verdade, eles estão se tornando rapidamente o foco das atividades da sociedade. Eu peço àqueles dentre vocês que possam identificar as localizações de quaisquer desses refúgios especiais, ou mesmo que saibam de algum boato sobre onde elas possam estar situadas, que relatem tais informações a seu Tenente ou diretamente a mim. Mesmo que vocês tenham certeza de que nós já estejamos cientes de tudo o que vocês sabem, eu os incito a apresentar seus dados. É preferível ouvir relatos redundantes a correr o risco de perder alguma informação importante. Como a sociedade tem obtido êxito em encontrar esses refúgios mais confidenciais, já é hora de os Cavaleiros desempenharem um papel mais ativo no sentido de protegê-los.

Outra rodada de discussões teve início. Uma das figuras mascaradas na mesa de Kendra murmurou:

– Eu sabia que isso ia acontecer.

Kendra não gostou. Se o Esfinge era o Capitão, assim como um traidor, tudo isso seria feito em prol dele. Ele seria capaz de repassar para a Sociedade da Estrela Vespertina tudo o que os Cavaleiros da

Madrugada sabiam. Tudo o que ela podia fazer era manter a esperança de estar errada.

– Permitam-me concluir minhas observações num tom positivo. Todos os sinais indicam que nós estamos entrando no capítulo mais sombrio de nossa longa história. Mas estamos nos preparando para a ocasião. Em meio a nossas crescentes tentativas, nós continuamos vencendo batalhas decisivas, e permanecemos um passo à frente de nossos adversários. Não devemos diminuir nossos esforços. Somente com incansável diligência e ações diárias de heroísmo superaremos nossos oponentes. Eles são determinados, pacientes, inteligentes. Mas eu conheço todos vocês, e sei que nós estamos prontos para o desafio. O período que se aproxima pode ser o mais sombrio de nossas vidas, mas estou convencido de que também será o mais importante. Os preparativos já estão sendo providenciados para enfrentar a tempestade que se avizinha. Muitos de vocês receberão novas missões esta noite. Muito já foi pedido a vocês. Muito está sendo pedido a vocês. Muito será pedido a vocês. Eu saúdo o valor passado, presente e futuro de vocês. Muito obrigado.

Assim que o Capitão começou a se afastar do atril, Kendra se levantou para se juntar aos aplausos gerais. Ela aplaudia com as mãos, mas não com o coração. Será que eles estavam mesmo um passo à frente da Sociedade da Estrela Vespertina? Ou será que ela simplesmente acabara de ouvir o líder da sociedade fazendo sua pregação disfarçado?

Gavin curvou-se em direção a ela.

– Ótimo discurso. Bonito e curto.

Ela anuiu.

Os aplausos cessaram e os Cavaleiros começaram a sair das mesas. Gavin e Estelle se afastaram, e Kendra encontrou-se cercada de estranhos mascarados. Ela se moveu na direção de uma parede cortinada e descobriu portas de vidro que se abriam para o exterior. Kendra tentou a maçaneta, percebeu que a porta estava destrancada e escapou para a noite.

Acima, além do telhado de tela, as estrelas iluminavam um céu sem lua, incontáveis pontinhos de luz. Kendra estava numa sala pequena revestida de tela e com uma porta igual nos fundos. Passando pela porta, Kendra entrou em uma enorme jaula telada. Uma densa vegetação, incluindo inúmeras árvores e samambaias, podia ser vista por todos os lados. Um riacho artificial serpenteava em meio à vegetação, ligado por pontes que formavam trilhas sinuosas. Um rico perfume de flores saturava o ar.

Por todos os cantos do espaço natural contido na jaula, cintilando suavemente em meio aos galhos e copas, voava uma variedade de fadas. Diversas congregaram em cima de um local onde o riacho formava uma piscina, mirando seus reflexos luminosos. A maioria das fadas possuía asas extravagantes e uma coloração incomum. Rabos longos e transparentes brilhavam na escuridão. Uma fada cinza e felpuda com asas de mariposa e tufos de pelo rosa estava empoleirada em um galho. Uma fada branca e reluzente vagou em direção ao bulbo de uma flor, transformando-a num abajur.

Duas fadas voaram velozmente na direção de Kendra e flutuaram na frente dela. Uma era grande e plumosa, com lindas penas em torno da cabeça. A outra tinha a pele bem escura e extravagantes asas de borboleta com listras de tigre. A princípio, Kendra pensou que elas estavam prestando uma atenção incomum a ela, mas logo reconheceu que elas estavam desfrutando seus próprios reflexos na máscara.

Kendra lembrou que o sr. e a sra. Fairbanks eram colecionadores de fadas. É claro que as fadas não podiam ser mantidas dentro de casa – se uma fada capturada permanecesse uma noite inteira em recinto fechado, ela se transformava num diabrete. Aparentemente, a vasta jaula não se qualificava como recinto fechado.

— A curvatura da máscara faz a sua cabeça parecer gorda — disse a fada plumosa, rindo para a outra.

— Da minha perspectiva, as suas ancas parecem bem gorduchas — disse a fada listrada, dando uma risadinha.

— Vamos lá, garotas, sejam gentis — disse Kendra.

As fadas ficaram embasbacadas.

— Você ouviu isso? — disse a fada plumosa. — Ela falou em silvian com perfeição!

Kendra falara inglês, mas alguma coisa relacionada a ela ser fadencantada fazia com que muitas criaturas mágicas ouvissem suas palavras em suas línguas nativas. Ela conversara assim com fadas, diabretes, gnomos, náiades e brownies.

— Tire a máscara — ordenou a fada listrada.

— Não é permitido — disse Kendra.

— Bobagem — insistiu a fada listrada. — Mostre o rosto para nós.

— Não há humanos por perto — acrescentou a fada listrada.

Kendra levantou a máscara, deixando que elas dessem uma olhadinha antes de cobrir novamente seu semblante.

— Você é *ela* — arquejou a fada plumosa.

— Então é verdade — guinchou a fada listrada. — A Rainha selecionou uma criada humana.

— O que você está querendo dizer? — disse Kendra.

— Não se faça de desentendida — ralhou a fada plumosa.

— Eu não estou me fazendo de desentendida — disse Kendra. — Ninguém nunca me disse que eu era uma criada.

— Tire a máscara novamente — disse a fada listrada.

Kendra levantou a máscara. A fada listrada estendeu a mão.

— Posso? — perguntou ela.

Kendra assentiu.

PRIMEIRA MISSÃO

A fada pôs a diminuta palma da mão na bochecha dela. A fada foi ficando cada vez mais brilhante, até que raios alaranjados começaram a sair dela em direção à folhagem circundante. Kendra estreitou os olhos para poder suportar o brilho intenso.

A fada listrada retirou a mão e se afastou, a intensidade de sua radiância diminuindo apenas ligeiramente. Outras fadas se aglomeraram em torno delas, adejando cheias de curiosidade.

– Você está com um brilho superforte – disse Kendra, levantando a mão para proteger os olhos.

– Eu? – disse a fada listrada. – Nenhuma delas está olhando para mim. Eu sou, no máximo, a lua refletindo a luz do sol.

– Eu não estou brilhando – disse Kendra, reparando que as vinte fadas que a cercavam estavam de fato olhando para ela.

– Não na mesma frequência que eu – disse a fada listrada. – Mas você brilha muito, mas muito mais intensamente do que eu. Se você estivesse irradiando na mesma frequência que eu, nós ficaríamos todas cegas.

– Você está bem, Yolie? – perguntou a fada plumosa.

– Eu posso ter exagerado, Larina – respondeu a fada listrada. – Quer dividir o brilho comigo?

A fada plumosa voou na direção da fada listrada. Yolie deu um beijo na testa da fada plumosa. Larina começou a brilhar intensamente, ao passo que a luminosidade da fada listrada começou a diminuir. Quando elas se separaram, o brilho de ambas era quase igual.

Larina examinou a vibração intensificada de suas penas multicoloridas. Uma aura resplandecente brilhou ao redor dela como um arco-íris.

– Magnífico! – gritou ela.

– Assim é mais suportável – disse Yolie, ainda brilhando.

— Ela é realmente uma criada mortal? — perguntou a reluzente fada branca que iluminara a flor.

— Pode haver alguma dúvida? — exclamou Larina.

— Você ficou mais brilhante porque tocou em mim? — perguntou Kendra.

— Você é um reservatório de energia mágica como eu nunca vi em toda a minha vida — disse Yolie. — Com certeza você sente, não sente?

— Não sinto nada — disse Kendra. No entanto, ela sabia que possuía energia mágica dentro dela. Do contrário, como poderia recarregar relíquias mágicas esgotadas? Kendra olhou de relance para a porta telada atrás dela e para as portas de vidro do salão de baile. E se alguém aparecesse enquanto ela estava sem máscara, falando com as fadas? Kendra recolocou a máscara. — Por favor, não contem pra ninguém a meu respeito. Eu tenho de manter minha identidade em segredo.

— Não contaremos — jurou Larina.

— É melhor nós espalharmos nossa energia — sugeriu Yolie. — Nós estamos brilhantes demais. A diferença é muito visível.

— Nas plantas? — propôs Larina.

Yolie deu um risinho nervoso.

— O jardim floresceria com muita rapidez. O excesso de energia seria inconfundível. Nós devemos espalhar a energia entre nós mesmas e depois dividir um pouquinho com as plantas.

As fadas que estavam em volta deram vivas e depois se aproximaram das mais brilhantes. Beijos foram trocados até que o brilho de todas as fadas ficou ligeiramente mais intenso do que o original.

— Você tem algo a nos dizer? — perguntou Larina.

— Obrigada por guardar meu segredo — disse Kendra.

— Você pode transformar isso numa ordem em nome da Rainha — instigou Yolie.

— Uma ordem?

— Exato, se você quer que o segredo seja mantido.

Várias outras fadas olharam com ódio para Yolie. Algumas tremeram de raiva.

— Tudo bem — disse Kendra, em dúvida. — Eu ordeno, em nome da Rainha, que vocês mantenham a minha identidade em segredo.

— Há mais alguma coisa que podemos fazer por você? — perguntou Larina. — A vida aqui é assustadoramente enfadonha.

— Informações são sempre bem-vindas — disse Kendra. — O que vocês sabem sobre o Capitão dos Cavaleiros da Madrugada?

— Cavaleiros da Madrugada? — perguntou Larina. — Quem dá a mínima pra eles?

— Eu sou Cavaleira — disse Kendra.

— Perdão — disse Yolie. — Nós consideramos a maioria dos assuntos mortais um pouco... triviais.

— Eu garanto que a pergunta não é nem um pouco trivial — disse Kendra.

— Nós não prestamos atenção suficiente aos Cavaleiros para saber o que você está nos perguntando — desculpou-se Larina. — Tudo o que nós sabemos sobre os Cavaleiros é que Wesley Fairbanks trocaria toda a sua fortuna para ser um deles.

— O sr. e a sra. Fairbanks são boas pessoas? — perguntou Kendra.

— Até onde nós sabemos — disse Yolie. — Eles nos tratam com delicadeza e com toda a consideração do mundo. Algumas aqui já até aceitaram falar em inglês com Marion em determinadas ocasiões.

— Eles sabem algum segredo? — perguntou Kendra.

As fadas olharam umas para as outras, como se esperassem que uma delas pudesse estar ciente de alguma coisa.

— Acho que não — disse Yolie, por fim. — O casal sabe pouco a nosso respeito. Nós somos apenas uma novidade espetacular para eles.

Talvez a gente possa empreender uma busca para saber a identidade do Capitão dos Cavaleiros da Madrugada.

– Eu agradeceria – disse Kendra. – Vocês por acaso não sabem nada a respeito das reservas secretas de fadas, sabem?

Kendra ouviu uma porta se abrindo atrás dela. Ela saltou para se virar e viu uma figura com capuz e uma máscara prateada correndo na direção da porta telada. Por trás de sua máscara, ela lambeu os lábios. Quem poderia ser?

– Kendra? – perguntou Warren. – Eles querem expedir a sua missão.

– Certo – disse ela, virando-se para encarar as fadas. – Reservas secretas?

– Sentimos muito – disse Larina. – Nós realmente não sabemos nada sobre reservas secretas. A maioria de nós vem da natureza.

– Obrigada por serem tão prestativas – disse Kendra.

– O prazer é todo nosso – pipilou Yolie. – Venha nos visitar novamente.

Warren segurou a tela e Kendra saiu.

– Agradeça por não ter sido vista batendo papo com todas essas fadas falastronas – disse ele.

– Aconteceu meio que por acaso – desculpou-se Kendra.

– Tanu e eu vimos quando você saiu. Nós ficamos conversando em frente à porta pra bloquear a passagem. Eu fiquei de olho em você através das cortinas. Descobriu alguma coisa?

– Não muito. Exceto que essas fadas aparentemente não receberam o bilhetinho dizendo que tinham de me desprezar. – Parte dela desejava dizer mais, mas somente vovô, vovó, Seth e o Esfinge sabiam que Kendra era fadencantada. Revelar o que as fadas haviam dito sobre ela ser a criada humana da Rainha poderia significar se expor demais. A maioria de seus amigos em Fablehaven pensava que suas habilidades eram uma consequência de ela ser fadificada, condição um pouco menos incomum do que a dela.

Não havia registros de nenhuma pessoa fadencantada em mais de mil anos, de maneira que ninguém tinha condições de inteirar Kendra a respeito de todas as especificidades do assunto. Embora ela soubesse que isso significava que as fadas haviam compartilhado com ela sua magia de tal modo que suas habilidades encantatórias residiam nela da mesma maneira que nas fadas, ela jamais ouvira alguém se referindo a ela como criada da Rainha, e estava em dúvida sobre o que a expressão significava. Ela sabia que ser fadencantada a possibilitava enxergar no escuro, compreender as línguas relacionadas ao silvian, resistir a certas formas de controle mental, recarregar objetos mágicos e, aparentemente, transferir um pouco de sua energia para as fadas. O Esfinge deixara implícito que provavelmente ela possuiria outras habilidades à espera de serem descobertas. Devido à possibilidade de suas habilidades em transformar num alvo fácil para pessoas que desejavam explorar seus talentos, vovô insistira para que sua condição de fadencantada fosse mantida em segredo até mesmo de determinados amigos de confiança.

Warren abriu a porta que dava para o salão de baile, onde uma figura alta e corpulenta estava esperando.

– Está tudo bem? – perguntou Tanu.

Warren assentiu. Ele conduziu Kendra em meio à sala repleta de gente e a levou de volta ao corredor principal.

– Quem é que vai se encontrar com a gente? – perguntou Kendra.

– Seu Tenente – disse Warren. – A chamada rápida deve significar que a missão é importante. Todos os Cavaleiros estão ansiosos pra falar com o Capitão e seus Tenentes.

– O que você entendeu de tudo aquilo que o Capitão falou no discurso? – perguntou Kendra.

— Nós falaremos sobre isso quando tivermos mais privacidade.

Eles retornaram à mesma sala onde haviam se encontrado antes com o Capitão. Uma pessoa com máscara adornada de ouro estava em pé ao lado da lareira. Assim que Warren e Kendra fecharam a porta, Dougan retirou a máscara, instando Kendra e Warren a fazerem o mesmo.

— O que você achou de sua primeira reunião como Cavaleira? — perguntou Dougan a Kendra.

— Fiquei nervosa — admitiu ela.

— Bom, isso é parte do objetivo — disse ele. — Nós precisamos estar prontos, agora mais do que nunca. Está preparada para a sua primeira missão?

— Com certeza — disse Kendra.

Dougan fez um gesto indicando o sofá. Warren e Kendra se sentaram juntos. Dougan permaneceu em pé, as mãos juntas nas costas.

— Warren, você já ouviu falar de Lost Mesa?

As sobrancelhas de Warren se juntaram.

— Nunca.

— Com certeza você sabe da existência de algumas reservas secretas, como Fablehaven — disse ele. — Lost Mesa é uma das outras reservas secretas.

— O refúgio no Arizona — deduziu Warren. — Eu já ouvi falar dele, embora nunca tivesse ouvido o nome. Nunca estive lá.

— Lost Mesa está situada em território navajo. O que vocês sabem a respeito dos objetos escondidos nas reservas secretas?

— Existem cinco reservas secretas, cada uma delas com um artefato escondido — disse Kendra. — Juntos, os artefatos podem abrir Zzyzx, a principal prisão de demônios.

— O Capitão me disse que vocês saberiam — disse Dougan. — Impedir que esses artefatos sejam explorados indevidamente é a prioridade número um dos Cavaleiros da Madrugada. Nós temos fortes motivos para suspeitar que a sociedade descobriu a localização de Lost Mesa. Enviamos uma pequena equipe para recuperar o artefato de lá e em seguida transferi-lo para um local mais seguro. A equipe encontrou algumas dificuldades, de modo que eu irei pessoalmente ao local concluir a operação. Preciso que Kendra me acompanhe para que ela possa recarregar o artefato antes que ele seja retirado. Nós estamos informados de que ela possui essa habilidade.

Warren levantou a mão.

– Algumas perguntas. Primeira: que tipo de dificuldade a equipe encontrou?

– Eles acharam as cavernas onde o artefato está escondido – disse Dougan. – As armadilhas que guardam a preciosidade provaram-se árduas demais para os três. Um dos membros da equipe pereceu, e um segundo foi gravemente ferido.

– Parece uma situação ideal pra se envolver uma garota de catorze anos de idade – disse Warren. – Por que exatamente vocês precisam recarregar o artefato?

– O Capitão pensa que se o artefato estiver funcionando, nós poderemos utilizar seu poder para melhor escondê-lo.

– Ele sabe que artefato é esse?

– Ele, ou ela, não sabe – respondeu Dougan.

– Os artefatos ativados não ficariam muito mais perigosos uma vez que caíssem em mãos erradas?

Dougan cruzou os braços.

– Você realmente acha que a sociedade não vai arranjar uma maneira de recarregá-los se conseguirem colocar as mãos em alguns deles? No mínimo, recarregar os artefatos agora deixará Kendra mais segura. A sociedade não vai ficar atrás dela para acionar as chaves da prisão.

Warren se levantou e esfregou as mãos no rosto.

— Dougan, seja sincero comigo. O Capitão é o Esfinge? — Ele mirou fixamente o Tenente.

— Essa é uma das minhas teorias mais populares — disse Dougan, sorrindo. — Nenhuma teoria que eu tenha ouvido dá isso como certo.

— Isso é exatamente o que eu diria se estivesse tentando ocultar a verdade, principalmente se alguma das teorias estivesse correta.

— Também é o que você diria se as teorias fossem todas falsas — disse Dougan. — Warren, eu preciso te alertar, esse tipo de questionamento é inaceitável.

Warren balançou a cabeça.

— Eu não tenho como explicar os motivos, mas a pergunta é importante. Eu não me importo com quem seja o Capitão, contanto que ele não seja o Esfinge. Basta você jurar e estamos conversados.

— Eu não vou jurar nem uma coisa nem outra. Não me pressione, Warren. Eu já serei obrigado a conversar com o Capitão a respeito de seu súbito interesse pela identidade dele ou dela. Não piore as coisas. Eu fiz um juramento. Pela segurança de todos nós, eu não posso expor nada acerca do líder dos Cavaleiros.

— Então Kendra não irá a Lost Mesa — disse Warren. — Se for necessário, ela se desligará dos Cavaleiros. — Warren se virou para encará-la. — Você se importaria de ter a carreira mais curta na história dos Cavaleiros da Madrugada?

— Vou fazer o que você achar melhor — disse Kendra.

— Eu não gosto de ser pressionado dessa forma — rosnou Dougan.

— E eu não gosto de ser ignorado — contrapôs Warren. — Dougan, você me conhece. Eu não estou em busca de informações apenas para satisfazer a minha curiosidade. Eu tenho um motivo.

Dougan esfregou a testa.

– Olha aqui, vocês dois juram que manterão a informação seguinte em sigilo absoluto? Nenhuma palavra a quem quer que seja?

– Eu prometo – disse Warren.

Kendra anuiu.

– O Capitão não é o Esfinge – disse Dougan. – Nós gostamos desse boato porque ele afasta as pessoas da verdade, então não estraguem tudo. Agora digam-me: qual seria o problema se o Capitão fosse o Esfinge?

– O que você sabe a respeito dos eventos que ocorreram em Fablehaven no início desse verão? – perguntou Warren.

– Foram acontecimentos fora do comum? – perguntou Dougan.

– Aí eu já não vou poder dizer – disse Warren. – Não é nada de mais, eu só estou sendo um pouco cauteloso. O que é uma tendência minha quando o destino do mundo está em xeque. Se o Capitão achar apropriado você saber o que aconteceu, talvez a gente possa conversar mais a esse respeito.

– Entendo. Eu contei o que você queria. Você está pronto para mudar de opinião e deixar Kendra ir comigo para Lost Mesa?

– Quem mais vai?

– Só eu, Kendra e Gavin.

– O garoto novo?

– Gavin foi recrutado porque nós precisamos da ajuda dele nas cavernas – explicou Dougan. – Vai mudar de opinião?

– Não. Mas se você prometer que Kendra ficará afastada das cavernas, e se me deixar ir junto com vocês, e se ela concordar com tudo isso, eu prometo pensar a respeito. Posso até vir a ser útil. Até que não sou tão ruim em passar por armadilhas.

– Eu vou ter de consultar o Capitão – disse Dougan.

– Compreensível – afirmou Warren. – Eu vou ter de falar com Kendra a sós para avaliar a disposição dela.

— Muito bem — disse Dougan, recolocando a máscara e andando até a porta. — Não saiam daí. Eu volto logo. — Ele saiu.

Warren aproximou-se de Kendra.

— O que você acha? — sussurrou ele.

— A sala pode estar grampeada?

— Pouco provável. Mas não impossível.

— Não sei — disse Kendra. — Eu não consigo deixar de ficar preocupada com a possibilidade de Vanessa estar fazendo a gente andar no escuro. Se o Esfinge fosse nosso amigo, e se você fosse junto com a gente, eu iria na certa, sem nenhuma hesitação.

— O que eu acho é o seguinte — sussurrou Warren. — Se o Esfinge for nosso amigo, com certeza eu vou ajudar de bom grado, mas se ele for um inimigo, vai ser ainda mais importante, pra mim, entrar naquela reserva. Acho incrivelmente suspeito o fato de eles estarem atrás de outro artefato, principalmente com essa vontade toda de recarregá-lo. Eu ainda não estou convencido de que o Capitão não é o Esfinge. Dougan é um cara legal, mas ele mentiria pra proteger um segredo dessa magnitude. Mesmo que o Capitão não seja o Esfinge, ele pode muito bem ser uma marionete. No mínimo, o Esfinge troca segredos com os Cavaleiros com bastante frequência.

— Talvez o Esfinge esteja do nosso lado — lembrou Kendra.

— Talvez — disse Warren. — Mas se ele estivesse do nosso lado, eu não imagino o Esfinge desejando que alguém, ele próprio incluído, soubesse a localização de tantos artefatos. Entre as acusações de Vanessa, a ideia de procurar múltiplos artefatos num período de tempo tão curto soa suspeito. Afinal, eles foram escondidos separadamente por uma razão. — Ele se aproximou mais ainda, os lábios quase tocando o ouvido dela, e sussurrou o mais baixo possível: — Eu preciso entrar nessa reserva, não pra ajudá-los a pegar o artefato, mas pra pegá-lo eu mesmo. Isso certamente marcará o fim da minha associação com os Cavaleiros da Madrugada, mas nenhuma pessoa deveria saber a localização de tantos artefatos, principalmente quando existe a possibilidade de ele ser nosso inimigo.

– Então a gente tem de ir – concluiu Kendra.

– Isso deixa as coisas bem complicadas para você – continuou Warren, com seu leve sussurro. – O simples fato de ir a Lost Mesa e ajudá-los a extrair o artefato já seria arriscado, quanto mais tentar roubar o objeto deles! Você pode bancar a inocente. Eu não vou te envolver diretamente. Vou dar um jeito de eles acharem que eu estava fazendo o papel de seu protetor para os meus próprios fins. Há uma chance de Dougan tentar responsabilizar você. Eu não posso garantir a sua segurança, mas nós vamos cuidar para que Tanu, Coulter e Stan saibam onde você está pra que eles possam garantir que você volte para casa em segurança.

Kendra fechou os olhos e pressionou a testa. Pensar em tentar executar tudo isso deixava seu estômago embrulhado. Mas se a sociedade acabasse conseguindo abrir Zzyzx, isso significaria o fim do mundo tal qual ela o conhecia. Impedir isso valia o risco aterrador, não valia?

– Tudo bem – disse Kendra. – Se você puder ir, vamos nessa.

– Eu acho horrível colocar você nessa posição – sussurrou Warren. – Stan torceria meu pescoço. Mas mesmo odiando o risco, e mesmo que a gente esteja errado, acho que temos de tentar.

Kendra anuiu.

Eles ficaram sentados em silêncio, escutando a lenha crepitando na lareira. Embora a espera estivesse sendo maior do que Kendra previra, ela não estava se sentindo nem um pouco entediada. Sua mente continuava reexaminando a situação, tentando antever como tudo se desdobraria. Era impossível predizer, mas ela flagrou a si mesma apegando-se firmemente à resolução de que ela e Warren tinham de ir a Lost Mesa e ver o que poderiam descobrir. E talvez o que poderiam roubar.

Quase uma hora depois, Dougan retornou, retirando máscara ao passar pela porta.

– Sinto muito pela demora – disse ele. – O Capitão encontra-se assoberbado. Ele mencionou haver detalhes que eu não poderia saber acerca de problemas em Fablehaven, que poderiam deixá-lo justificadamente mais cauteloso. Warren, se Kendra estiver disposta a viajar para Lost Mesa amanhã cedo, você está convidado a ir com ela.

Warren e Dougan olharam para Kendra.

– Por mim está ótimo – disse ela, sentindo um pouco de pena de Tanu e Coulter. Independentemente de como tudo isso fosse explicado a vovô e vovó, eles ficariam furiosos!

CAPÍTULO SEIS

Praga

Seth lançou a bola de beisebol o mais alto que pôde, dificultando deliberadamente a pegada de Mendigo. O primitivo fantoche de madeira entrou em ação no exato instante em que a bola alçou voo, disparando no gramado. O gingador de tamanho humano estava com uma luva de beisebol em uma das mãos e um boné na cabeça. Os ganchos dourados que funcionavam como juntas chocalhavam à medida que ele mergulhava sobre a sebe, esticando-se para interceptar a bola com sua luva.

O ágil fantoche aterrissou com um salto-mortal e depois arremessou a bola de volta a Seth assim que conseguiu se levantar. A bola sibilou no ar, seguindo em linha reta ao invés de formar um arco, e se chocou contra a luva de Seth, picando sua mão.

– Não lança com tanta força – instruiu Seth. – Minhas mãos possuem nervos!

O gingador ficou agachado, preparado para fazer a próxima pegada impossível. Depois de jogar com Mendigo no jardim e praticar um pouco de arremesso, Seth ficou convencido de que Mendigo poderia conseguir um contrato multimilionário para atuar em qualquer equipe de beisebol da Liga Principal. Mendigo nunca deixava a bola cair e nunca fazia nenhum arremesso descontrolado. Quando arremessava para Seth, o fantoche colocava a bola onde quer que Seth o orientasse a colocá-la na velocidade que ele quisesse. Quando estava com o bastão, Mendigo conseguia lançar a bola na direção que lhe era indicada ou podia, com a mesma facilidade, completar o circuito das bases com sua rapidez e fluidez. É claro que a elegibilidade talvez fosse um empecilho. Seth não tinha muita certeza se o estatuto da Liga Principal de Beisebol permitia a presença de fantoches gigantes encantados.

– Pra encher os olhos da galera! – gritou Seth, arremessando a bola bem alto. Mendigo já estava correndo antes mesmo de a bola sair da mão de Seth. À medida que o fantoche se aproximava da base, ele mudava a luva da mão para o pé e executava um ligeiro salto-mortal de lado, apanhando a bola com o pé enluvado enquanto estava de cabeça para baixo. O gingador jogou a bola de volta para Seth, ainda com algum vigor, mas não com tanta força como no arremesso anterior.

Seth jogou a bola em outra direção completamente diferente. Jogar com Mendigo era uma ótima distração, mesmo que ele soubesse que, na verdade, o fantoche agia como se fosse sua babá. As coisas andavam tensas desde que Coulter e Tanu haviam retornado com a notícia de que Warren e Kendra haviam embarcado em missão para os Cavaleiros da Madrugada. Mesmo desconhecendo todos os detalhes, Seth morria de inveja.

Vovô e vovó haviam engolido muito mal a notícia, redobrando a proteção sobre Seth. Tecnicamente falando, o período de três dias em que ele fora proibido inclusive de participar de excursões acompanhadas estava terminado, mas eles o haviam proibido de participar da missão que Coulter e Tanu estavam empreendendo naquela tarde.

Vovô estivera monitorando os nipsies enquanto os outros estavam ausentes, e descobrira que os nipsies belicosos estavam ensandecidos em sua sede de conquista. Nenhuma de suas tentativas de dissuasão obteve resultado. Por fim, ele decidiu que a única maneira de salvar os nipsies incorruptos era transferi-los. Coulter e Tanu estavam naquele momento em busca de um novo hábitat para os nipsies bons. Missão rotineira, mas vovô suspendera o ingresso de Seth na floresta até que eles destrinchassem a história por trás das novas subespécies de criaturas das trevas.

Mendigo devolveu a bola a Seth, que arremessou-a para a direita, agora mais perto do chão do que antes. Mendigo começou a correr na direção da bola e empacou, deixando-a cair na grama e rolar em direção a um canteiro de flores. Seth colocou as mãos na cintura. Diferentemente de Hugo, Mendigo não tinha vontade própria – apenas seguia ordens. E a ordem agora era jogar beisebol.

Continuando a ignorar a bola, Mendigo correu na direção de Seth a toda a velocidade. A atitude era desconcertante. Houve uma época em que Mendigo servira a Muriel, a bruxa, mas algumas fadas haviam ajudado Kendra a romper a conexão no início daquele verão. Mendigo agora só recebia ordens do *staff* de Fablehaven. Ele se provara tão útil que vovô cuidara para que Mendigo pudesse ultrapassar as barreiras que protegiam o jardim e a casa.

Então por que Mendigo estava correndo atrás dele?

– Mendigo, pare! – gritou Seth, mas o fantoche não lhe deu atenção. Vovô dera uma ordem estrita para que Mendigo não permitisse que Seth saísse do jardim. Será que o gingador estava confuso? Seth não estava nem próximo do limite do gramado.

Quando Mendigo alcançou Seth, envolveu suas pernas com os braços, ergueu-o no ar e correu em disparada para a casa. Pendurado no ombro de madeira, Seth olhou para cima e viu um grupo de fadas escuras voando na direção deles. Elas eram diferentes de todas as fadas que Seth já havia visto. Suas asas não cintilavam à luz do sol, a indumentária delas não era reluzente. Apesar do céu limpo e do sol forte, cada uma das doze fadas estava envolta em sombras. Um leve rastro de vapor enegrecido seguia cada uma delas. Em vez de luz, essas fadas irradiavam trevas.

As fadas aproximavam-se rapidamente, mas a casa não estava distante. Mendigo desviava para evitar os tenebrosos raios de sombra lançados pelas fadas. Onde quer que a energia escura batesse, a vegetação instantaneamente murchava. A grama ficou pálida e seca, as florações definharam e desbotaram, as folhas se enrugaram e secaram. Um raio escuro atingiu Mendigo nas costas, e um círculo preto apareceu na madeira marrom.

Desviando-se da escada, Mendigo pulou por cima do parapeito do deque e chocou-se contra a porta dos fundos. O fantoche soltou Seth, que abriu a porta com um empurrão e ordenou que o gingador entrasse. Seth bateu a porta com um estrondo e chamou vovô aos berros.

Agora Seth estava entendendo o comportamento de Mendigo. O fantoche tinha uma ordem permanente que pairava acima de todas as outras: proteger as pessoas que residiam em Fablehaven. O gingador sentira a chegada das fadas, e compreendera que elas significavam problema. Seth teve uma sensação desagradável de que se não fosse por Mendigo, talvez ele tivesse se transformado num cadáver encolhido e marrom no gramado, a versão humana de uma banana estragada.

– O que é, Seth? – perguntou vovô, emergindo do estúdio.

– Eu acabei de ser atacado por fadas do mal no jardim – disse Seth, arfando.

Vovô olhou para ele carrancudo.

– Você anda pegando fadas novamente?

— Não, eu juro, eu não fiz nada pra provocá-las — insistiu Seth. — Essas fadas são diferentes. Elas são loucas e escuras. Olha só pela janela.

Seth e seu avô foram até a janela. O funesto bando de fadas estava desferindo sua magia numa fileira de roseiras, deixando marrons as folhas verdes e pretas as pétalas que antes estavam cheias de vida.

— Eu nunca vi nada igual — disse vovô, dirigindo-se à porta.

— Não! — avisou Seth — Elas vão te perseguir.

— Eu tenho de ver — disse vovô, abrindo a porta.

De imediato, as fadas dispararam em direção ao deque, lançando raios de energia sombria. Vovô voltou rapidamente para dentro de casa. As fadas adejavam além do deque. Várias estavam rindo. Algumas faziam caretas. Elas dessecaram algumas plantas no deque antes de flutuar para longe.

— Eu nunca ouvi falar da existência desse tipo de criatura — disse vovô. — Como elas entraram no jardim?

— Elas voaram pra lá como se estivessem em casa — respondeu Seth. — Como qualquer outra fada.

— Fadas são criaturas da luz — falou vovô, com a voz fraca e cheio de dúvidas, como se estivesse hesitante em acreditar no que estava acontecendo.

— Alguns nipsies ficaram escuros — lembrou Seth.

Franzindo o cenho, vovô coçou o queixo.

— Essas fadas não estão corrompidas. Quando uma fada se corrompe, ela vira um diabrete, e é automaticamente banida do jardim. Essas fadas estão num estado tenebroso, uma alteração indefinida que as deixa com acesso garantido aos jardins. Eu nunca ouvi falar de nada parecido. Talvez eu devesse instituir um banimento temporário a todas as fadas, até que nós tenhamos esmiuçado tudo isso. Eu não tenho certeza se consigo excluir apenas as fadas malignas.

— Vovó ainda está fazendo compras? — perguntou Seth.

– Está – disse vovô. – Ela só vai voltar daqui a uma hora. Dale está no estábulo. Tanu e Coulter ainda estão atrás de um local para onde transferir os nipsies bons.

– O que a gente pode fazer? – inquiriu Seth.

– Vou telefonar para Ruth – disse vovô. – Avisar a ela para tomar cuidado ao entrar no jardim. Vou mandar o Mendigo pegar o Dale.

– Dá pra gente entrar em contato com Tanu e Coulter? – perguntou Seth.

– Não, mas eles estão com o Hugo – disse vovô. – Teremos de confiar que eles conseguirão cuidar de si mesmos. – Ele se virou para se dirigir ao fantoche grande: – Mendigo, vá a toda a velocidade pegar Dale nos estábulos, mantendo-o a salvo de qualquer perigo. Afaste-se de quaisquer criaturas escuras semelhantes àquelas fadas.

Vovô abriu a porta, e Mendigo correu em direção ao deque, saltou por cima do parapeito e disparou pelo gramado.

– O que eu faço? – perguntou Seth.

– Vigie pelas janelas – disse vovô. – Não saia. Se vir alguma coisa anormal, quero que me comunique imediatamente. Depois que eu ligar para a sua avó, tentarei com mais afinco entrar em contato com o Esfinge.

Vovô saiu correndo, e Seth foi de cômodo em cômodo, verificando através de todas as janelas, tentando avistar as fadas escuras. Depois de três voltas, desistiu. Aparentemente, elas haviam voado para longe.

Para testar sua suposição, ele abriu a porta e se aventurou no deque. Vovô não fizera a mesma coisa momentos atrás, quando as fadas estavam visíveis? Seth estava pronto para recuar, mas nenhuma fada sombria apareceu. Será que vovô já as havia banido do jardim? Seth sentou-se numa cadeira e ficou espiando o local.

Ele percebeu que aquela era a primeira vez que saía de casa desacompanhado desde que havia sido enquadrado por ter visitado os nipsies. Sentiu, então, uma instantânea comichão para entrar na floresta. Para onde iria? De repente, para a quadra de tênis, para ver como andavam Doren e Newel. Ou para o lago, jogar pedras nas náiades.

Não. Depois do susto com as fadas, ele tinha de aceitar, mesmo que com relutância, que vovô provavelmente estava certo quando dizia que era tolice vagar pela floresta num momento como aquele. Além do mais, se fosse pego, com toda a certeza perderia para sempre a confiança de vovô e acabaria de castigo por toda a eternidade.

Ele notou algumas fadas normais flutuando em torno do jardim. Elas se aproximaram das rosas mortas e começaram a curá-las com rajadas brilhantes. Pétalas definhadas ganharam cor novamente. Folhas mortas renasceram. Ramos quebradiços ficaram fortes e verdes.

As fadas, evidentemente, ainda não haviam sido banidas – as outras deviam ter abandonado o jardim por vontade própria. Seth observou as fadas prosseguirem na restauração da vegetação arruinada. Ele não tentou se aproximar para olhar mais de perto. Nem mesmo as fadas bonitinhas nutriam algum carinho por ele. Elas ainda se ressentiam por ele haver acidentalmente transformado uma delas em diabrete no verão passado. Elas o haviam punido, a fada havia sido curada, e ele se desculpara, mas as fadas, em sua grande maioria, ainda o desdenhavam.

Quando seu entusiasmo pelas fadas malignas arrefeceu na ausência delas, Seth começou a se entediar. Se vovô confiasse a ele as chaves do calabouço, provavelmente ele acharia um meio de passar o tempo lá embaixo. Ele queria que Mendigo voltasse. Ele queria poder trocar de lugar com Kendra, envolvida numa aventura tão secreta que ninguém confiara a ele detalhe algum. E ele quase queria estar fazendo compras com vovô!

O que ele poderia fazer? Havia brinquedos no quarto do sótão, muitos brinquedos, mas ele brincara tanto com eles ao longo do verão que nenhum deles chamava mais sua atenção. Talvez ele pudesse rasgar algumas de suas roupas e deixar que os brownies as consertassem. Era sempre interessante ver as melhorias que eles faziam.

Seth se levantou, pronto para entrar, quando um personagem vaporoso emergiu da floresta. A figura translúcida e nebulosa flutuou em direção ao deque. Seth percebeu, aterrorizado, que a fantasmagórica aparição parecia Tanu, porém um Tanu delicado e etéreo.

Será que Tanu havia sido assassinado? Será que aquele era o espírito dele que havia aparecido para assustar a todos? Seth observou a gasosa forma se aproximar. Seu rosto parecia sério.

— Você é um fantasma? — perguntou Seth.

O vaporoso Tanu balançou a cabeça em discordância e fez um gesto como se estivesse bebendo alguma coisa de uma garrafa.

— Uma poção? — perguntou Seth. — É isso aí, você tem uma poção que transforma a pessoa em gás, tipo a que Kendra disse que Warren usou quando vocês estavam lutando com a pantera gigantesca!

Tanu anuiu, pairando mais perto. Uma leve brisa soprou, forçando-o para outra direção e temporariamente dissipando seu corpo nebuloso. Quando a brisa cessou, Tanu refez-se e prosseguiu até alcançar o deque. Incapaz de resistir, Seth passou a mão por dentro do etéreo samoano. O gás era mais parecido com pó do que com neblina. Nada ficou grudado em sua mão.

Tanu fez um gesto para Seth abrir a porta dos fundos. Seth obedeceu e seguiu Tanu para o interior da casa.

— Vovô, Tanu voltou! Ele está todo gasoso!

No espaço interno, Tanu ficou mais coeso, e pareceu estar mais sólido. Seth passou a mão através da barriga de Tanu, fazendo com o que o vapor se mexesse e mudasse de posição.

— O que é isso, Tanu? — perguntou vovô, entrando às pressas na sala, o celular na mão. — Tiveram problemas?

O samoano assentiu.

— Onde está Coulter? Ele está bem?

Tanu balançou a cabeça em negativa.

— Morto? — perguntou vovô.

Tanu deu de ombros.

— Ele precisa de nossa ajuda?

Tanu balançou a mão para indicar mais ou menos.

— Ele não precisa de nossa ajuda imediatamente.

Tanu assentiu.

— Nós estamos correndo um risco iminente?

Tanu balançou a cabeça.

— Em quanto tempo você volta ao normal?

Tanu contraiu a testa, depois levantou uma das mãos, os dedos bem espalhados.

— Cinco minutos? — verificou vovô.

Tanu anuiu.

A porta dos fundos se abriu e Dale entrou com Mendigo.

— O que está acontecendo? — perguntou Dale, captando o estado alterado de Tanu. — Mendigo apareceu no estábulo e me abduziu.

— Estamos com um problema — disse vovô. — Fadas malignas atacaram Seth no jardim.

Com os olhos arregalados, Tanu gesticulou com veemência.

— Fadas malignas atacaram você também? — perguntou Seth.

Tanu apontou um dedo para Seth, concordando enfaticamente.

— Você reparou em alguma coisa anormal com alguma criatura hoje? — perguntou vovô a Dale.

— Nada parecido com fadas malignas — respondeu ele.

— Eu liguei para Ruth. Ela vai tomar cuidado ao chegar em casa. Eu ainda não consegui entrar em contato com o Esfinge.

— Quando é que ele vai se solidificar? — perguntou Dale, os olhos movendo-se rapidamente na direção de Tanu.

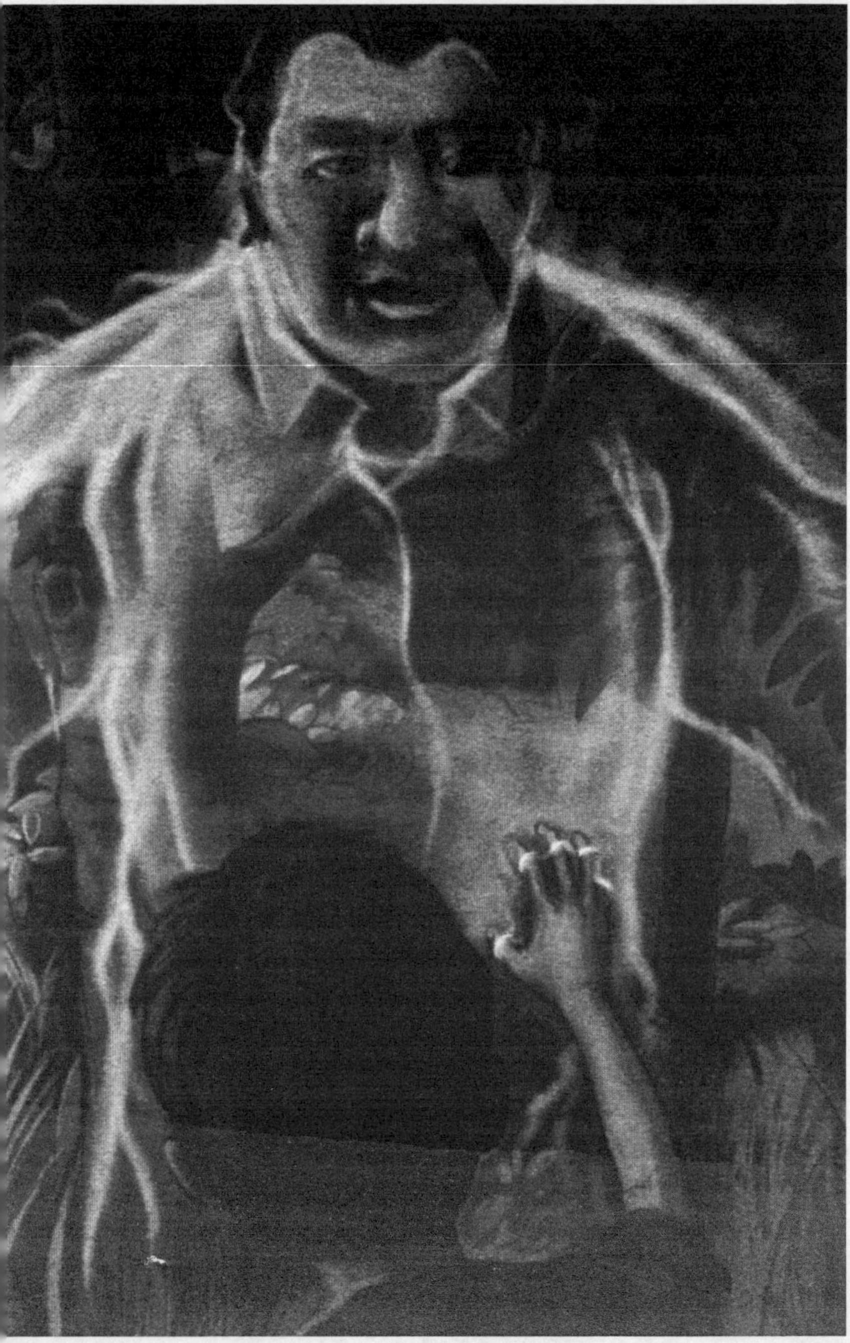

– Em alguns minutos – disse vovô.

– Se importa se eu pegar um pouco de água? – perguntou Dale.

– Pode ser bom para todos nós – disse vovô.

Eles foram para a cozinha, onde Dale serviu um copo de água gelada para cada um. Enquanto Seth bebia, Tanu começou a coalescer em seu antigo corpo. Um leve som de efervescência acompanhou a rápida transformação.

– Desculpa por isso – disse Tanu. – Não tenho muita certeza se eu teria conseguido escapar sem a ajuda de uma poção.

– O que aconteceu? – perguntou vovô, calmamente.

Tanu tomou um gole da água.

– Como o planejado, nós estávamos sondando um novo lar para os nipsies gentis. Estávamos investigando aquele prado em forma de lua crescente perto do local onde antes ficava a Capela Esquecida. Sabe qual é?

– Sei, sim – disse Dale.

Vovô anuiu.

– Eu saberia, se tivessem me deixado participar da exploração – resmungou Seth.

– Nós cruzamos com um enxame de fadas alteradas voando para todos os lados como se fossem cães de guerra, algumas claras, outras escuras. Pelo que vimos, quando as escuras encostavam a boca nas claras, as fadas claras sumiam, e se transformavam em fadas escuras. Mas as fadas claras não pareciam estar convertendo nenhuma fada escura.

– Quantas fadas? – perguntou vovô.

– Deviam ser quase trinta – respondeu Tanu. – A briga parecia empatada no início, mas em pouco tempo as escuras já apareciam numa proporção de três para uma. Coulter e eu decidimos que deveríamos separá-las antes que todas as fadas fossem transformadas. Ele tem aquele cristal que deixa as pessoas tontas, e pensou que talvez conseguisse interferir no conflito um tempo suficiente para dar às fadas claras uma chance de escapar.

— Assim que nós pisamos na clareira, as fadas escuras deixaram as fadas claras em paz e foram atrás de nós. Quase não tivemos de pensar. Coulter me mandou entrar em estado gasoso. Hugo colocou-se entre nós e as atacantes, e elas o atingiram duramente com sua tenebrosa magia que definhou a grama do corpo dele e o deixou cheio de marcas pretas. Segurando bem alto o cristal, Coulter ordenou que Hugo voltasse para o estábulo, o que era a providência certa a fazer. Não havia muito o que Hugo pudesse fazer contra inimigos tão pequenos e em tanta quantidade. O golem obedeceu, e as fadas voaram em direção a Coulter. O cristal desintegrou o voo delas. A maioria se arrebentou no chão. Algumas conseguiram aterrissar em Coulter. Elas começaram a mordê-lo, e em seguida ele desapareceu.

— Ele colocou a luva de invisibilidade? — perguntou Seth, esperançoso.

— Nada de luva — disse Tanu. — Ele simplesmente desapareceu. Eu tomei a poção quando as fadas estavam vindo na minha direção, e entrei no estado gasoso no momento exato. Elas estavam enlouquecidas, voando ao meu redor, lançando rajadas de trevas em mim, mas quando viram que não adiantava nada, voaram para longe.

— Elas não podem ter matado Coulter — disse Dale. — Malignas ou não, o tratado continua em vigor. Vocês estavam em solo neutro. Elas só poderiam ter matado Coulter se ele tivesse matado alguém em Fablehaven.

— É exatamente por isso que eu imagino que ele não esteja morto — disse Tanu. — Mas elas lançaram alguma espécie de maldição nele que ou o deixou invisível ou o teletransportou para algum lugar distante. Eu fiquei lá rastreando a área, mas não achei nenhuma prova indicando que ele estava invisível. Não havia nenhuma depressão na grama onde ele talvez pudesse ter se deitado ou sentado. Eu teria ouvido alguma coisa se ele tivesse emitido algum som, mas não aconteceu nada. Isso é tudo o que sei. Depois eu vim direto para cá.

– Tem certeza que Coulter também não entrou em estado tenebroso? – perguntou vovô. – Ele simplesmente desapareceu?

– Foi o que eu vi – disse Tanu. – De repente ele se transformou em grama, ou em mosquito, ou virou oxigênio. De repente ele encolheu. Eu acho que há uma chance de que, de alguma maneira, as regras não se apliquem a essas criaturas malignas, e que talvez Coulter não exista mais em formato algum.

Vovô suspirou, inclinando a cabeça. Quando a ergueu novamente, pareceu estar arrasado.

– Tenho a impressão de não me sentir mais capaz de seguir como zelador. Será que fiquei velho demais? Será que perdi o jeito? Talvez eu devesse abandonar a função e pedir que a Aliança de Conservacionistas indique um novo supervisor para o meu lugar. Parece que temos tido uma catástrofe atrás da outra ultimamente. E as pessoas que eu mais estimo têm pagado pela minha incompetência.

– Isso não é culpa sua – disse Tanu, pousando a mão no ombro dele. – Eu sei que você e Coulter são amigos há muito tempo.

– Não estou pedindo solidariedade – disse vovô. – Estou simplesmente tentando ser objetivo. Fui capturado duas vezes no ano passado. A reserva esteve à beira do colapso nas duas vezes. Pode ser que eu tenha me tornado muito mais um transtorno do que uma ajuda a Fablehaven e àqueles que aqui vivem.

– Não dá para um camarada sempre evitar as circunstâncias difíceis – disse Dale. – Mas você vai conseguir contornar o problema e dar a volta por cima. Você já fez isso antes, e eu espero que faça de novo.

Vovô balançou a cabeça.

– Eu não resolvi problema algum ultimamente. Se meus netos não tivessem arriscado a vida com a ajuda de vocês todos, e se não fosse por uma boa dose de sorte, Fablehaven estaria em ruínas a uma hora dessas.

Seth jamais vira vovô Sorenson com a aparência tão derrotada. Como ele poderia animá-lo? Falou rapidamente:

– Na primeira vez fui eu que causei todo o problema. Na segunda vez, Vanessa traiu a gente. Você não fez nada errado.

– E dessa vez? – perguntou vovô, a voz calma e triste. – Não apenas eu permiti inadvertidamente que sua irmã acabasse numa missão perigosa a milhares de quilômetros daqui, como também enviei meu mais antigo amigo para sua sepultura. Como eu pude deixar de enxergar todos os sinais de aviso?

– A única coisa que poderia deixá-lo despreparado para liderar é acreditar nessas tolices – disse Tanu, com delicadeza. – Ninguém poderia ter previsto uma coisa como essa. Você acha que Coulter e eu teríamos nos aproximado tão casualmente das fadas se tivéssemos pressentido o perigo? Estamos vivendo um período turbulento. Fablehaven tem sido deliberadamente atacada por inimigos impiedosos. Você tem resistido muito bem até agora, assim como nós. Eu já viajei bastante, e não consigo imaginar ninguém com mais capacidade para cuidar dessa reserva do que você, Stan.

– Eu assino embaixo – disse Dale. – Não se esqueça de quem provavelmente escolheria o novo zelador se você abandonasse o cargo sem indicar um sucessor.

– O Esfinge? – adivinhou Seth.

– Ele é a voz mais confiável entre os conservacionistas – admitiu vovô.

– Coulter deve estar vivo em algum lugar, com toda a certeza – disse Tanu. – Controle-se, Stan. Nós precisamos de um plano.

— Obrigado, Tanu, Dale e Seth. — Vovô contraiu os lábios, os olhos endurecendo. — Nós precisamos de informações. Aparentemente, não há possibilidade de se entrar em contato com o Esfinge. Tendo em vista o caráter extremo das atuais circunstâncias, eu acho que já é hora de investigar o que mais Vanessa sabe.

※ ※ ※

Slaggo e Voorsh conduziam um humanoide magricela com aparência de pássaro através do úmido corredor do calabouço. O prisioneiro acorrentado tinha a cabeça similar a uma gaivota e estava coberto de penas cinza. Slaggo estava segurando uma tocha, e vovô caminhava ao lado, direcionando o foco de uma lanterna para os três. Quando o feixe da lanterna atingiu uma altura maior, fixando-se nos olhos pretos do homem-pássaro, ele jogou a cabeça para trás e soltou um grito estridente. Voorsh deu um puxão numa corrente atada a um colar de ferro, fazendo com que o homem-pássaro tombasse para o lado. Vovô desligou a lanterna.

— Preparados? — perguntou vovô, olhando para Tanu, Dale e vovó. Tanu estava segurando algemas, Dale empunhava um cassetete e vovó, a besta. Cada um deles balançou levemente a cabeça em concordância.

Vovô abriu a frente da Caixa Quieta, revelando um espaço vazio onde cabia uma pessoa em pé. Os carcereiros gnomos guiaram o homem-pássaro até o interior do compartimento. Vovô fechou a porta e a caixa fez uma rotação, expondo uma porta idêntica no lado oposto. Vovô abriu a porta e revelou Vanessa em pé, usando um dos antigos casacos de vovô, um leve sorriso nos lábios, a luz da tocha acentuando seus traços elegantes. Sua pele estava mais pálida do que da última vez em que Seth a vira, mas seus olhos escuros continuavam ardentes. Ele tinha de admitir que ela ainda estava extraordinariamente linda.

— Quanto tempo eu fiquei aqui? — perguntou ela, saindo da caixa e esticando as mãos para que Tanu as algemasse.

— Seis semanas — disse vovô, enquanto Tanu fechava as algemas.

— Onde estão meus animais?

— Nós soltamos alguns — disse vovô. — Outros foram dados a quem tinha condições de cuidar deles.

Vanessa anuiu, como quem está satisfeita. O sorriso leve se transformou num sorriso afetado.

— Deixe-me adivinhar. Kendra não está mais aqui, e algum desastre está ocorrendo em Fablehaven.

Vovô e vovó trocaram olhares cautelosos.

— Como você sabe? — perguntou vovô.

Vanessa esticou as mãos algemadas acima da cabeça e arqueou as costas. Ela fechou os olhos.

— Certas precauções tomadas pelo Esfinge são previsíveis, uma vez que você entende como ele funciona. Foi assim que eu previ que ele me apunhalaria pelas costas e me trancaria nessa caixa miserável.

— Como você previu isso? — perguntou vovô.

Mantendo as pernas esticadas, Vanessa curvou-se para a frente e tocou o chão entre os pés.

— Vocês me soltaram da caixa e estão com a aparência séria demais, então é óbvio que ocorreu algum problema. Considerem as circunstâncias. O Esfinge não pode permitir que sua identidade como líder da Sociedade da Estrela Vespertina seja descoberta. Mesmo que eu não tivesse deixado a mensagem, havia provas suficientes para o que ele estava fazendo, que vocês acabariam desconfiando de alguma coisa. Ele teve êxito em adquirir o artefato e em libertar o antigo ocupante da Caixa Quieta. Essa reserva não tinha mais nenhuma utilidade para ele. Portanto, o passo seguinte dele provavelmente seria colocar algum plano em ação para destruir Fablehaven com todos vocês dentro – com exceção de Kendra, que ele suspeita ainda ser de alguma utilidade. Tenho certeza de que ele inventou uma desculpa para ela se ausentar daqui no momento certo. Todos vocês estão correndo sérios riscos. Vocês sabem que, quando o Esfinge comete um crime, ele se livra de todas as provas. Depois, para garantir, ele arrasa toda a vizinhança. – Vanessa balançava os braços algemados de um lado para o outro, flexionando-os na altura da cintura. – Não tenho palavras para exprimir o quanto é bom fazer um alongamento.

– Você consegue adivinhar como ele está tentando destruir Fablehaven? – perguntou vovô.

Vanessa arqueou uma sobrancelha.

– Algumas das estratégias do Esfinge são previsíveis. Seus métodos, não. Mas o que quer que ele tenha colocado em prática, provavelmente será impossível de ser evitado. Fablehaven está condenada. Tenho a impressão de que estarei mais segura se vocês simplesmente me recolocarem na Caixa Quieta.

– Não se preocupe, Vanessa – disse vovô. – Nós vamos fazer isso.

– Estou percebendo que vocês não estão compreendendo inteiramente a ameaça atual. Estou certa? – perguntou Vanessa a vovô.

– É diferente de tudo o que já vimos até hoje.

– Conte-me; talvez eu possa ajudar. Eu trabalho para a sociedade já há algum tempo. – Vanessa começou a fazer um movimento de corrida, mas sem sair do lugar, levantando bem os joelhos.

– Algumas criaturas de Fablehaven estão ficando malignas – disse vovô. – A mudança tem sido mais evidente até agora nos nipsies e nas fadas: criaturas da luz que estão se transformando, na aparência e nas atitudes, em criaturas das trevas. Eu não estou me referindo a fadas que se corrompem e viram diabretes. Nós vimos fadas envoltas em sombras usando sua magia para fenecer e arruinar, em vez de florescer e embelezar.

– E a condição está se espalhando? – perguntou Vanessa, exercitando-se vigorosamente.

– Como uma praga mágica – disse vovô. – Para piorar as coisas, as fadas malignas conseguem ultrapassar os mesmos limites que as fadas benfazejas, inclusive com acesso ao jardim.

Uma expressão de admiração surgiu no rosto dela.

– O Esfinge é perito em inventar novas maneiras de erradicar reservas. Eu nunca ouvi falar de alguma epidemia como essa que você está descrevendo. Deixe-me adivinhar. Mesmo duvidando do Esfinge, você o procurou em busca de ajuda, mas não o encontrou.

Vovô anuiu.

– Ele não atende porque espera que vocês estejam mortos em pouco tempo. Vocês têm duas opções. Abandonar a reserva. Ou então tentar descobrir uma maneira de parar essa praga que o Esfinge criou, fracassar nesse intento e em seguida abandonar a reserva. Meu palpite é que vocês ficarão com a segunda opção.

– Abandonar Fablehaven não é uma opção – disse vovô. – Não até que esgotemos todas as possibilidades de salvá-la. Certamente não até descobrirmos o segredo por trás dessa praga, para que possamos impedir que ela ocorra em algum outro lugar.

Vanessa parou a aeróbica, arfando levemente.

– Podendo ou não salvar Fablehaven, tentar descobrir a natureza da praga é uma atitude sensata. Alguma pista?

– Ainda não – disse vovô. – Só descobrimos hoje o quão rapidamente a condição se espalha.

– Eu poderia ajudar, se vocês me permitissem – ofereceu Vanessa. – Criaturas mágicas são a minha especialidade.

– Além de controlar suas vítimas enquanto dormem – lembrou vovó a todos.

— Vocês poderiam colocar alguém montando guarda – sugeriu Vanessa.

— Antes de abrirmos a caixa, nós prometemos a nós mesmos que você voltaria para ela – disse vovô.

— Muito bem, quando tudo o mais fracassar e vocês mudarem de ideia, saberão onde me encontrar – disse ela. – A Caixa Quieta não é tão ruim como eu imaginava. É verdade. Depois de ficar lá esperando no escuro por um tempo, você entra numa espécie de transe. Não um sono profundo, mas você apaga, perde toda a sensação do tempo. Eu nunca senti fome ou sede, embora uma bebida agora viesse bem a calhar.

— Você pode nos oferecer uma prova segura de que o Esfinge é um traidor? – perguntou vovó.

— Provas são difíceis. Eu conheço os nomes de outros traidores. Eu não fui a única a se infiltrar nos Cavaleiros da Madrugada. E eu sei um segredo que deixaria todos vocês de queixo caído. Mas é claro que eu só divulgarei esse tipo de informação em troca da minha liberdade. A propósito, onde está Kendra? – perguntou ela, com uma fingida inocência.

— Ajudando numa missão secreta – disse vovô.

Vanessa riu.

— Ele já está extraindo outro artefato?

— Eu não disse nada a respeito de...

Vanessa deu uma sonora gargalhada, cortando-o.

— Certo – disse ela, rindo. – Kendra não está no Arizona ou na Austrália. Mas ainda assim é difícil acreditar, depois de todo esse tempo, que o Esfinge parou de marcar passo e está correndo velozmente em direção à linha de chegada. Alguma pista sobre quem foi com ela?

— Nós já contamos a ela o suficiente – disse vovó.

– Ótimo – disse Vanessa. – Sucesso com o Esfinge. Sucesso com a praga. E sucesso em suas tentativas de reaverem Kendra. – Ela deu um passo para trás em direção ao interior da Caixa Quieta, encarando-os presunçosamente.

– E sucesso em suas tentativas de sair daí – disse vovô. Os olhos de Vanessa ficaram arregalados assim que vovô bateu a porta com força. Vovô se voltou para os outros. – Não vou deixar ela tentar usar nossos temores para nos colocar em posição de reféns.

– Nós podemos vir a precisar da ajuda dela – disse vovô.

A Caixa Quieta rodou, e vovó abriu a porta. Slaggo e Voorsh prenderam o homem-pássaro.

– Estou disposta a redobrar os esforços na esperança de evitar essa eventualidade.

– Nós não estamos conseguindo nos comunicar com Warren, portanto as informações de Vanessa concernentes a possíveis traidores não poderão ajudar Kendra num futuro próximo – disse vovô. – Vanessa não pode nos dar nenhuma prova de que o Esfinge é o líder da sociedade. E parece que ela tem tantas dúvidas quanto nós acerca de como combater essa praga. Suponho que possamos deixar de fazer mais perguntas por enquanto.

– E agora? – perguntou Seth.

– Nós precisamos determinar como essa praga teve início – disse vovô – para podermos achar um meio de detê-la.

CAPÍTULO SETE

Lost Mesa

A estrada de terra vazia estendia-se bem à frente de Kendra até desaparecer num borrão de calor. A vista que tinha da paisagem desértica trepidava à medida que a picape sacolejava pela superfície da ruela desolada. Era uma terra áspera – planícies desniveladas interrompidas por desfiladeiros pedregosos e platôs escarpados. Um ar morno soprava das aberturas do ar-condicionado localizadas no painel, recusando-se a ficar de fato frio.

Eles não haviam permanecido todo o tempo em estradas. Parte da viagem se dera em meio a quilômetros e quilômetros de terreno não asfaltado, enfatizando ainda mais o isolamento do local secreto para o qual eles se dirigiam. Indicações de rota tiradas da internet não levariam um viajante a nenhum lugar próximo a Lost Mesa.

O motorista era um tranquilo navajo com pele grossa, provavelmente na faixa dos cinquenta anos. Ele usava um chapéu de caubói imaculadamente branco e uma gravata de cordinha. Kendra tentara entabular uma conversa com ele – ele respondia a todas as perguntas diretas, mas nunca elaborava ou fazia perguntas por conta própria. Seu nome era Neil. Ele fora casado por menos de um ano. Não tinha filhos. Trabalhava em Lost Mesa desde a adolescência. Ele concordava que o dia estava quente.

Warren, Dougan e Gavin estavam reclinados na caçamba da picape com a bagagem, usando chapéus que protegiam seus rostos do sol. Tudo o que Kendra tinha a fazer era lembrar o quanto eles estavam com calor e empoeirados para calar quaisquer possíveis reclamações sobre o fraco ar-condicionado do veículo.

– Estamos quase chegando – disse Neil, as primeiras palavras espontâneas que ele proferira desde "Eu levo as malas", ainda no pequeno aeroporto de Flagstaff.

Kendra inclinou-se para a frente, em busca de algum marco na paisagem além de terra crestada pelo sol e artemísias turquesa. A única característica fora do comum era uma cerca baixa de arame farpado que estava surgindo junto com um portão de madeira caindo aos pedaços que abarcava a estrada. A cerca de três arames perdia-se de vista em qualquer direção que se olhasse. Um aviso bem gasto de NÃO ULTRAPASSE estava pendurado no portão, em letras brancas sobre um pano de fundo vermelho.

– Não dá pra enxergar muita coisa além da cerca – disse Kendra.

Neil olhou de relance para ela, os olhos tão estreitos que pareciam fechados.

– Você consegue enxergar a cerca?

– Claro. Arame farpado. Isso mantém alguém afastado?

– Eu dirijo por essa estrada há trinta anos – disse ele –, e até hoje só consigo enxergar a cerca depois de passar por ela. Poderoso encanto dispersivo. Eu tenho de me concentrar na estrada. É sempre difícil lutar contra o impulso de virar a cabeça, mesmo que eu saiba exatamente para onde estou indo.

– Oh! – disse Kendra. Sua meta não era anunciar o fato de que os encantos dispersivos não tinham nenhum efeito sobre ela, mas não conseguiu achar nenhuma explicação falsa para sua capacidade de ver a cerca com tanta facilidade. Lá estava ela, três fios paralelos de arame farpado afixados em postes finos e enferrujados.

Quando a picape alcançou o portão, Neil diminuiu a velocidade até parar, saltou, abriu o portão, entrou de volta no veículo e entrou na propriedade. Assim que o carro passou pela cerca, um maciço platô surgiu à frente deles, dominando de tal forma a paisagem que Kendra mal podia compreender como só agora havia reparado nele. O gigantesco planalto não era apenas enorme, era arrebatador, com faixas brancas, amarelas, laranja e vermelhas colorindo suas íngremes encostas.

– Bem-vindos a Lost Mesa – disse Neil, parando novamente a picape.

– Já vi! – disse Warren, enquanto Neil abria a porta para descer de novo. Warren correu para fechar o portão. Neil fechou sua porta enquanto Warren subia novamente na picape.

Kendra começou a notar que o imponente platô não era a única variante na paisagem daquele lado da cerca. Altos cactos saguaros apareceram de repente em abundância, braços verdes e redondos apontando para o céu. Iúcas misturavam-se com os saguaros, membros contorcidos intercalando-se uns nos outros, criando formas improváveis.

– Não tinha nenhum cacto como esses aqui um minuto atrás – disse Kendra.

Neil balançou a cabeça.

– Não como esses. Nós temos uma floresta bem variada aqui.

A picape seguiu em frente. A estrada agora estava pavimentada. O asfalto estava tão escuro que parecia haver sido colocado recentemente.

— Essa é *a* Lost Mesa? — perguntou Kendra, levantando os olhos para o platô.

— A mesa que sumiu quando a reserva foi fundada. Aqui nós a chamamos de Painted Mesa. Quase ninguém sabe, mas parte do motivo pelo qual o povo navajo acabou ficando com a maior reserva indígena do país foi a necessidade de esconder esse local santificado.

— Os navajos administram o local? — perguntou Kendra.

— Com outros. Nós, os diné, estamos há pouco tempo aqui em comparação aos pueblo.

— A reserva está aqui há muito tempo? — perguntou Kendra. Finalmente ela conseguira fazer Neil falar!

— Essa é a reserva mais antiga do continente, fundada séculos antes da colonização europeia, primeiro administrada pela antiga raça que os forasteiros chamam de anasazi. Na verdade, a reserva foi fundada por magos persas. Eles queriam que ela fosse mantida em segredo. Naquela época, essa terra era desconhecida do outro lado do Atlântico. Nós ainda estamos fazendo um bom trabalho no sentido de permanecer fora do mapa.

— Painted Mesa não pode ser vista do lado de fora da cerca? — perguntou Kendra.

— Nem mesmo de satélites — disse Neil com orgulho. — Essa reserva é o oposto de uma miragem. Ninguém nos vê, mas nós estamos realmente aqui.

Kendra avistou fadas pairando entre os cactos. Algumas eram brilhantes, com asas de borboleta ou de libélula, mas a maioria tinha uma coloração em tons muito mais terrosos. Muitas possuíam escamas ou esporões ou carapaças protetoras. Suas asas lembravam a Kendra gafanhotos e besouros. Uma fada marrom e felpuda batia robustas asas de morcego.

Assim que a picape dobrou uma curva, novas espécies de cactos apareceram. Alguns possuíam folhas similares a espadas, outros possuíam membros longos e espichados, outros ainda possuíam agulhas avermelhadas. Sentado perto de um aglomerado de cactos esféricos, o focinho trêmulo enquanto farejava o ar, um grande coelho com um pequeno par de chifres chamou a atenção de Kendra.

– Aquele coelho tem chifres! – exclamou Kendra.

– Chacalupo – disse Neil. – Eles trazem boa sorte. – Ele olhou de relance para Kendra sem mover a cabeça. – Você bebeu leite hoje de manhã?

– Warren tem um tipo de manteiga que funciona como o leite – disse Kendra, evasiva. Warren tinha realmente uma substância que era derivada do leite de uma morsa gigante que vivia numa reserva na Groenlândia. Ele havia inclusive ingerido um pouco do produto naquela manhã, de modo que seus olhos estariam abertos às criaturas mágicas de Lost Mesa. Kendra deixou de mencionar que Warren não oferecera um pouco a ela porque ela não precisava mais de leite para observar seres encantados.

A picape alcançou uma elevação, e as construções de Lost Mesa apareceram. Kendra reparou, em primeiro lugar, no enorme complexo pueblo, que pareciam duas dúzias de casas de adobe em formato de caixote empilhadas com esmero. As janelas eram escuras e sem vidro. Vigas de madeira projetavam-se das paredes avermelhadas. Ao lado do pueblo encontrava-se uma hacienda branca com teto de telhas vermelhas. A hacienda, em formato de ferradura, parecia muito mais moderna do que o complexo pueblo. Uma alta torre de água, construída sobre longas estacas, fazia sombra sobre a hacienda.

Do outro lado de uma vasta área distante das casas encontravam-se duas outras estruturas. Uma delas era um imenso edifício de madeira com um teto curvo de alumínio. Embora não estivesse vendo nenhuma pista de pouso, Kendra imaginava que aquilo talvez fosse um hangar. A outra era uma estrutura baixa em forma de domo que resguardava uma ampla área. A gigantesca cabeça preta de uma vaca maior até do que Viola projetava-se através de uma grande abertura logo acima do nível do chão. A vaca estava mastigando feno de uma enorme manjedoura. Ao ver aquela cabeça gigantesca no nível do chão, Kendra compreendeu que o telhado em domo devia cobrir um enorme fosso onde morava a colossal vaca.

A picape ziguezagueou ao longo da estrada curvilínea, parando numa área ladrilhada do lado de fora da hacienda. Antes de Neil desligar o motor, a porta principal se abriu e uma nativa americana de baixa estatura surgiu. Seus cabelos prateados estavam presos num coque e ela usava um xale colorido por cima dos ombros. Embora sua pele cor de cobre estivesse vincada, seus olhos eram vívidos e ela andava com vigor.

Diversas pessoas seguiram a mulher. Um homem barrigudo com ombros estreitos, membros compridos e um denso bigode grisalho caminhava lado a lado com uma americana nativa alta e esguia, o queixo largo e malares protuberantes. Atrás deles vinha uma mulher sardenta com cabelos castanhos e curtos empurrando um mexicano rechonchudo de rosto redondo numa cadeira de rodas.

Kendra saltou da picape, enquanto Warren, Dougan e Gavin saltavam da caçamba.

– Bem-vindos a Lost Mesa – disse a mulher mais velha usando um coque. – Eu sou Rosa, a zeladora aqui. Estamos contentes por receber vocês.

Todos se apresentaram. A mulher jovem e alta era a filha de Rosa, Mara. Ela não disse nada. O homem comprido com bigode chamava-se Hal. Tammy era a mulher empurrando a cadeira de rodas, e ela parecia conhecer Dougan. O cara na cadeira de rodas chamava-se Javier. Ele não tinha uma das pernas. A outra estava com uma tala.

Foi decidido que Warren e Dougan iriam conversar com Rosa, Tammy e Javier dentro da hacienda. Neil e Mara ajudaram Warren e Dougan a levar suas malas, deixando Kendra e Gavin sozinhos com Hal, que fora designado para apresentar a reserva a eles.

– Isso aqui não é o máximo? – disse Hal, assim que os outros saíram de vista. – O céu começa a desabar em cima de nossas cabeças por aqui e eles nos enviam um casal de adolescentes. Não tenho a intenção de ser desrespeitoso. A primeira coisa que mentes aptas aprendem em Lost Mesa é que as aparências enganam.

– Q-Q-Quem morreu? – perguntou Gavin.

Hal ergueu as sobrancelhas.

– Se eles não te contaram, não sei se isso compete a mim.

– Javier se feriu na mesma ocasião? – perguntou Gavin.

– Assim me disseram – disse Hal, enganchando os polegares nas alças do cinto de sua calça jeans. O movimento fez com que Kendra reparasse na pesada fivela de prata com um majestoso alce gravado na frente.

– Está quente hoje – disse Kendra.

– Se você acha – disse Hal. – A estação das monções está a caminho. Nós vimos chuva duas vezes esta semana. A temperatura baixou alguns graus de julho pra cá.

– O q-q-que você vai mostrar pra gente? – perguntou Gavin.

– O que vocês quiserem – disse Hal, abrindo um sorriso cheio de dentes de ouro. – Vocês dois estão recebendo esse tratamento de rei e rainha porque pode ser que esse seja o fim da linha. Que Deus os proteja!

– V-V-Você s-s-sabe por que a gente está aqui? – perguntou Gavin.

— Não é da minha conta. Alguma tolice lá em cima de Painted Mesa, eu imagino. Alguma coisa arriscada, a se julgar por Javier. Eu não sou de ficar metendo o bedelho em nada.

— Tammy estava trabalhando com Javier e com seja lá quem que acabou morrendo? – perguntou Kendra.

— Estava, sim – afirmou Hal. – A coisa ficou preta, então eles tocaram a corneta. Vocês já estiveram numa reserva como esta antes?

Gavin anuiu.

— Já – disse Kendra.

— Então eu calculo que vocês já saibam pra que serve a vaca. – Ele virou a cabeça na direção da estrutura em domo. – A gente a chama de Mazy. Ela tem estado um pouco arisca ultimamente, então não se aproximem demais, principalmente quando ela estiver se alimentando. Tem um pessoal que vive bem longe do pueblo, mas vocês vão encontrar quartos na casa, pelos quais vão ficar muito gratos assim que sentirem a brisa refrescante que vem dos pântanos.

— E aquela construção que parece um hangar? – perguntou Kendra.

— Aquele é o museu – disse Hal. – Único no mundo, até onde eu sei. Vamos deixá-lo pro fim. – Ele pegou um balde coberto com um plástico branco e com um puxador de metal e o jogou na caçamba da picape que Neil dirigira. Pegando um molho de chaves no bolso, Hal abriu a porta do carona. – Vamos dar uma volta. A gente pode se espremer na frente mesmo.

Kendra subiu e se colocou no meio. Hal pulou para o assento do motorista usando o volante para puxar a si mesmo.

— Bonito e aconchegante – disse Hal, girando a chave na ignição. Ele olhou de relance para Kendra e Gavin. – Não me digam que vocês dois são namorados.

Ambos apressaram-se em balançar a cabeça em negativa.

– Ah, não há necessidade de tantos protestos – disse ele, rindo, dando marcha a ré na picape antes de seguir por uma estradinha de terra. – Fora os edifícios e Painted Mesa, eu sei que este lugar parece um amontoado de coisa nenhuma. Mas vocês ficariam surpresos com as fontes escondidas, com as ravinas e com os labirintos de arenito. Sem falar que grande parte da atividade aqui ocorre, na verdade, debaixo da superfície.

– Cavernas? – perguntou Gavin.

– Cavernas que deixariam Carlsbad morrendo de vergonha – exclamou Hal. – Algumas câmaras individuais poderiam abrigar um estádio de futebol inteirinho e ainda sobraria espaço. Eu estou falando de nada mais, nada menos do que sete sofisticados sistemas de cavernas que se estendem por centenas de quilômetros. Espero que algum dia a gente descubra como todos eles estão interconectados. Se esse local fosse aberto ao público, seria a capital mundial das cavernas. Mas é claro que, como vocês podem muito bem imaginar, nunca se sabe o que um espeleólogo pode vir a encontrar nos túneis que ficam embaixo de Lost Mesa. Melhor ficar na superfície mesmo e desfrutar os belos desfiladeiros e as lindas encostas.

– Que tipo de criaturas existem nas cavernas? – perguntou Kendra.

– Prefiro não saber. Um dia desses bato as botas, isso é certo, mas não vai ser por curiosidade, não! Dito isso, vocês não vão precisar procurar pra saber que aquelas cavernas estão infestadas de todo tipo de monstro e assombração que já atazanou a raça humana desde o princípio dos tempos. Aí vamos nós. Olhem lá pra cima.

Ao contornarem um penhasco, surgiu diante deles uma antiga missão espanhola com um único campanário. As paredes marrons da construção subiam e desciam em delicadas curvas. A picape foi em direção aos fundos, onde eles encontraram um cemitério cercado por um muro baixo.

Hal parou a picape.

— Essa construção aqui e o pueblo são as estruturas mais antigas da propriedade — disse ele. — Uma de suas mais memoráveis características é o cemitério. Ele não apenas abriga a maior coleção de zumbis do mundo, como também a coleção é uma das mais antigas! — Ele abriu a porta e saiu.

Kendra se virou para ver a reação de Gavin, mas ele também já estava saltando do veículo. Ela ouviu o tilintar de vários sinos vindo da direção do cemitério.

— Zumbis? — perguntou Kendra, incrédula, saindo da picape, as solas dos sapatos pisando na terra. — Tipo gente morta?

— Gente, não — esclareceu Hal. — Não gente igual a você e a mim. — Ele retirou o balde de plástico da caçamba da picape. — Eles têm tanto cérebro quanto uma lesma. E também são tão humanos quanto.

— Isso é seguro? — perguntou Kendra.

Hal seguiu na frente até um pequeno portão de ferro no muro do cemitério.

— Zumbis possuem apenas uma motivação. Fome. Se eles estiverem satisfeitos, não são perigosos. O sistema aqui funciona muito bem.

Kendra seguiu Hal e Gavin através do portão e entrou no cemitério. Nenhuma das lápides era ostentatória. Eram todas pequenas e antigas, brancas como ossos, tão lisas que apenas uma ou outra letra ou número estavam visíveis. Plantado ao lado de cada túmulo encontrava-se um sino em cima de um pequeno poste atado por uma corda. Cada corda desaparecia debaixo da terra. Dos quase duzentos sinos no cemitério, pelo menos trinta estavam tocando.

— Deu trabalho — disse Hal —, mas eles deixaram esses zumbis bem treinados. Isso foi feito há milhares de anos. Quando os zumbis sentem fome, eles tocam o sino. Se eles tocam insistentemente, a gente traz um pouco de mingau. — Ele estendeu o balde. — Se a gente satisfaz a fome deles, eles ficam quietos.

Hal andou até o sino mais próximo em atividade. Agachou-se, levantou um tubo transparente que entrava no chão e destampou-o. Em seguida, pegou um funil no bolso traseiro.

— Pode segurar isso aqui? — pediu ele a Gavin.

Gavin segurou o funil no tubo enquanto Hal tirava a tampa do balde e começava a servir a gororoba avermelhada. Kendra olhou para o outro lado enquanto o líquido encorpado passava pelo tubo. Hal parou de servir, tampou o tubo e foi em direção ao próximo sino em atividade. Kendra reparou que o primeiro sino não estava mais tocando.

— E se você parar de alimentá-los? — perguntou Gavin, inserindo o funil no outro tubo.

— Imagino que dê pra adivinhar — disse Hal, despejando o repugnante creme. — A fome deles ia aumentar tanto que eles iam escapar dos túmulos pra ir atrás de comida por conta própria.

— Por que vocês não enchem bem a barriga deles, desenterram todos e depois queimam tudo? — perguntou Kendra.

— Isso não seria muito caridoso da nossa parte — repreendeu Hal, seguindo em direção a outro túmulo. — Talvez vocês não estejam entendendo. Diferentemente dos outros mortos-vivos, os zumbis não possuem uma centelha de humanidade. Acabar com o sofrimento de um ser humano preso num estado como esse poderia ser um ato de misericórdia. Mas um zumbi não tem humanidade. Um zumbi é outro tipo de coisa. É uma espécie em extinção, verdade seja dita. Não são bonitinhos ou fofinhos, nem muito inteligentes e nem muito rápidos. São predadores tenazes, mortíferos em determinadas circunstâncias, mas nem um pouco afeitos a se defender. Nós encontramos uma maneira de manter os zumbis satisfeitos sem que eles coloquem ninguém em risco. É uma maneira de preservar a espécie, portanto a gente faz, por mais que seja desagradável. Nós não somos muito diferentes de algum conservacionista que tenta proteger morcegos nojentos ou aranhas venenosas ou mosquitos da extinção. Esses refúgios existem pra proteger todas as criaturas mágicas, sejam elas simpáticas ou repulsivas.

— Acho que faz sentido — disse Kendra. — Posso ficar esperando na picape?

— Como você quiser — disse Hal, dando as chaves para ela. O molho escorregou por seus dedos e caiu no chão seco ao lado de um dos tubos. Após uma breve hesitação, Kendra agarrou as chaves e correu para fora do cemitério.

Enquanto andava em direção ao carro, ela sentiu um desejo fugaz de trocar de lugar com seu irmão. Dar comida sangrenta para zumbis subterrâneos seria um passatempo caído dos céus, na visão de Seth. E ela estaria mais do que feliz se pudesse ficar com seus avós lendo antigos diários e dormindo numa cama familiar.

Dentro da picape, Kendra ligou o ar-condicionado no máximo, dirigindo as correntes tépidas diretamente para si. Era apenas um pouco melhor do que tentar se refrescar usando um secador de cabelo. Ela visualizou a si mesma fugindo de uma horda de zumbis esfomeados num dia quente e por fim desabando de calor e sendo devorada. Em seguida, imaginou Hal proferindo um inflamado louvor em seu enterro, explicando como a morte de Kendra era um belo sacrifício que estava permitindo que os nobres zumbis continuassem vivos e deleitando futuras gerações com suas tentativas irracionais de comê-las. Com a sorte que tinha, havia uma boa chance de tudo isso acontecer.

Hal e Gavin finalmente voltaram do cemitério. Hal jogou o balde na caçamba e sentou-se no assento do motorista.

— Usei quase todo o meu mingau — disse Hal. — É bom eu normalmente trazer mais do que preciso. Vinte sinos é o que eu considero um dia cheio. Trinta e dois está beirando o recorde.

— P-P-Pra onde a gente vai agora? — perguntou Gavin. Kendra notou que ele ficava de punhos cerrados quando gaguejava.

– Nós vamos ver algumas paisagens e depois voltar pro museu. – Hal levou-os até um velho moinho com um poço coberto na frente. Em seguida, mostrou a eles os campos irrigados onde um grupo de homens e mulheres trabalhava duro para colher milho e outras coisas. Ele apontou para uma cavidade no solo em forma de vaso onde se acreditava que um meteoro havia caído, e os levou até uma tremenda iúca com centenas de membros. Por fim, eles voltaram para o local onde ficava a hacienda e o complexo pueblo. Hal parou a picape na frente do museu.

Kendra e Gavin seguiram Hal até uma pequena porta ao lado de um par de portas automáticas maiores. Hal abriu a porta e eles entraram. O hangar continha uma única sala cavernosa. A luz do dia inundava o ambiente através das altas janelas. Hal acendeu a luz, acabando com as sombras que restavam.

– Bem-vindos ao Museu de História Inatural – disse Hal. – A maior coleção do mundo de esqueletos de criaturas mágicas e outras parafernálias relacionadas.

Diretamente em frente a Kendra assomava um esqueleto de forma humana mais de duas vezes maior do que um homem. A caveira terminava num ponto obtuso e possuía três cavidades oculares dispostas como os pontos de um triângulo. Uma placa de bronze rotulava a criatura de Triclope da Mesopotâmia.

Além do esqueleto mais próximo podiam ser vistos muitos outros: os ossos de um cavalo sustentando os ossos da parte superior do corpo de um ser humano em vez de uma cabeça e de um pescoço equino; o esqueleto de um ogro posicionado como se estivesse lutando contra nove esqueletos de anões; uma caveira de vaca do tamanho de um ônibus; um móbile suspendendo delicados esqueletos de fadas e um titânico esqueleto humanoide com presas curvadas e ossos desproporcionalmente grossos que quase chegavam ao teto.

Kendra também viu outros exemplares exóticos expostos. Uma gigantesca pele escamosa pendurada em ganchos, mole e seca, que pertencera, aparentemente, a uma criatura de quatro braços e corpo de serpente. Uma vibrante coleção de cascas de ovos, grandes e pequenas, estava disposta dentro de um estojo de vidro. Estranhas armas e armaduras estavam alinhadas numa parede. Enormes chifres dourados espalhavam-se acima de um umbral.

Apesar dos inúmeros objetos que chamavam a atenção na sala, Gavin dirigiu-se imediatamente para o que era, sem sombra de dúvida, a maior atração do local. Kendra e Hal correram atrás dele, alcançando-o quando ele parou no centro da sala com as mãos na cintura.

Protegido por um anteparo circular que tomava cerca de um quarto do espaço total do chão, encontrava-se o esqueleto de um imenso dragão. Kendra mirou os longos e delgados ossos das asas, as garras afiadas nos quatro pés, as vértebras do rabo sinuoso e do elegante pescoço, e os dentes malignos na gigantesca caveira provida de chifres. Os ossos leitosos eram semitransparentes, como se fossem feitos de vidro fosco ou quartzo, dando ao tremendo esqueleto uma aparência etérea.

– Quem ousaria expor ossos verdadeiros de dragão? – rosnou Gavin, com os dentes cerrados.

– Ossos verdadeiros mesmo – disse Hal. – Ao contrário de alguns objetos expostos, que são recriações e sei lá mais o quê, este aqui é um esqueleto totalmente original de um único dragão. Vocês vão precisar de uma boa dose de sorte pra encontrar um outro assim.

– Quem fez isso? – reiterou Gavin, os olhos em chamas.

Hal finalmente demonstrou entender que o rapaz estava irritado.

– Tem uma plaquinha bem na sua frente.

Gavin avançou às pressas para ler a placa de bronze colada no anteparo.

> O ÚNICO ESQUELETO COMPLETO
> DE UM DRAGÃO MACHO ADULTO DO MUNDO.
> PERTENCENTE, SEGUNDO ALGUNS,
> A RANTICUS, O INVENCÍVEL.
> DOADO POR PATTON BURGESS
> 1901

Gavin agarrou o parapeito, os tendões visíveis em suas mãos. Ele respirou bem fundo e então virou-se, o corpo tenso, olhando para Hal como se estivesse preparado para lhe dar um soco.

– Nenhum de vocês nunca ouviu falar que os restos de um dragão são sagrados?

Hal retribuiu o olhar, tranquilo.

– Você tem alguma ligação especial com dragões, Gavin?

Gavin baixou os olhos, o corpo começando a relaxar. Depois de um instante, ele falou, a voz agora mais calma:

– M-M-Meu pai trabalhava com dragões.

– Não brinca – disse Hal, com admiração. – Não há muitos homens no mundo talhados pra esse tipo de serviço. Se importa se eu perguntar o nome do seu pai?

– Charlie Rose – disse ele, sem erguer os olhos.

– Chuck Rose é seu pai? – arquejou Hal. – Ele é o cara que mais chegou perto de se tornar um domador de dragões desde Patton Burgess em pessoa! Eu nunca soube que Chuck tinha um filho! Mas é claro que ele sempre foi um pouquinho fechado. Como está o seu pai?

– Morto.

A cara de Hal despencou.

– Oh! Eu não fazia ideia. Sinto muito, muitíssimo mesmo. Não é para menos que a visão de um esqueleto de dragão tenha deixado você tão perturbado.

— Papai lutava com afinco pra proteger os dragões — disse Gavin, finalmente levantando os olhos. — O bem-estar deles era sua prioridade máxima. Ele me ensinou muitas coisas sobre eles. Eu não sei quase nada a respeito de Patton Burgess.

— Patton não é mais nenhuma novidade. Faleceu há mais de sessenta anos. Não é nem um pouco estranho o seu pai não se referir muito a ele. Os que amam os dragões evitariam o assunto. Dizem os boatos — jamais confirmados, diga-se de passagem — que Patton foi a última pessoa viva a chacinar um dragão adulto.

Kendra tentou manter a expressão neutra. Se ela revelasse que sabia alguma coisa sobre Patton Burgess, seus laços com Fablehaven ficariam óbvios. Melhor não demonstrar que já conhecia o tema.

— Chacinou um dragão adulto? — perguntou Gavin, dando um sorriso, visivelmente descrente de cada palavra que ouvira. — Ele afirmava ter matado esse dragão?

— Pelo que meu avô dizia, e meu avô o conheceu, Patton jamais afirmou haver matado algum dragão. O fato é que ele afirmava o oposto. Nesse caso específico, Patton disse que encontrou o velho Ranticus ao seguir mercadores obscuros que estavam pilhando seus órgãos e vendendo-os pedaço por pedaço.

— Ranticus foi catalogado como um dos vinte dragões desaparecidos — disse Gavin. — Pertencente a uma minoria que nunca procurou refúgio em algum santuário.

— A gente não o mantém exposto pra prejudicá-lo ou qualquer coisa assim — disse Hal. — É muito mais por respeito, mesmo. Pra preservar o que pudermos. Nem cobramos ingresso.

Gavin anuiu.

— P-P-Por causa do meu pai, os dragões têm um significado maior pra mim do que qualquer outra criatura. Me desculpa se a minha reação foi exagerada.

– Sem problema. Peço desculpas por não saber sua origem. Eu teria feito tudo diferente, se soubesse.

– Tipo, não teria me trazido aqui? – perguntou Gavin.

– Você me entendeu – admitiu Hal.

– Os ossos são lindos – disse Kendra, voltando sua atenção para o fantástico esqueleto.

– Mais leve e mais forte do que tudo o que eu conheço – disse Hal.

Gavin virou-se para também encarar o objeto exposto.

– Só outros dragões podem se desfazer adequadamente dos ossos. O tempo e os elementos não são páreos.

Eles olharam os restos do dragão em silêncio por vários minutos. Kendra teve a sensação de que poderia ficar mirando o esqueleto o dia inteiro. Era como se os dragões fossem mágicos até nos ossos.

Hal esfregou a barriga redonda.

– Tem mais alguém aí doido por um rango?

– Eu comeria numa boa – disse Gavin.

– Como você consegue comer com esse bigode? – perguntou Kendra enquanto eles se encaminhavam para a saída.

Hal passou as mãos no bigode com carinho.

– Eu o chamo de meu poupador de sabores.

– Desculpa a pergunta – disse Kendra, escondendo o rosto na mão.

Eles passaram pelo armazém em silêncio. Hal ignorou a picape e caminhou na direção da hacienda.

– Posso dizer com toda a honestidade que estou contente por ter conhecido vocês dois – disse Hal, à medida que eles se aproximavam da porta da frente. – Um de vocês pode até ser um pouco melindroso com zumbis, e o outro um pouquinho solidário demais com dragões, mas todos nós temos nossas idiossincrasias. Por falar nisso, estou duplamente feliz por vocês estarem aqui, já que Rosa só capricha no cardápio quando tem visita.

– Você gosta da Rosa? – perguntou Gavin.

– Gosto muito – disse Hal. – Mesmo que ela fosse a minha esposa e coisa e tal eu não teria nenhuma reclamação a fazer. Lost Mesa é diferente de algumas reservas porque sempre foi administrada por mulheres. É uma tradição da cultura pueblo, na qual as mulheres herdam as propriedades. Espero que Mara assuma a posição em pouco tempo. Ela é dura na queda, leal até dizer chega, mas nem um pouco simpática.

Hal abriu a porta e os conduziu pelo corredor até uma arejada sala de jantar. A hacienda estava menos quente e mais úmida do que o exterior. Kendra reparou em uma geladeira grande fazendo um ruído na janela. Warren e Dougan já estavam à mesa com Rosa e Mara.

– Nós estávamos imaginando quando vocês iam aparecer – disse Rosa. – Para onde você os levou? Pro Colorado?

– Alguns lugares por aí – disse Hal, imperturbável. – Demos comida pros zumbis e coisa e tal. – Ele roubou um salgadinho de milho de uma cesta que estava em cima da mesa e puxou a mão antes que Rosa pudesse lhe dar um tapa com uma colher.

– Devia estar gostoso – disse Warren, olhando de relance para Kendra.

– J-J-Já estamos p-p-prontos pra comer – disse Gavin.

– Já estamos prontos para alimentá-los – disse Rosa, com um sorriso. – Sopa de enchilada; tamales e caçarola de milho.

Tammy empurrou a cadeira de rodas de Javier até a sala, e eles começaram a passar a comida de um para o outro. Kendra tentou tirar da cabeça os zumbis quando Rosa lhe serviu a sopa avermelhada. A comida tinha a aparência e o gosto diferentes de qualquer outra iguaria mexicana que Kendra havia comido. Mesmo achando um pouco apimentada demais, ela gostou.

A conversa durante o jantar não passou de amenidades, com Hal falando a maior parte do tempo e Mara não abrindo a boca. Depois da refeição, Warren e Dougan pediram licença e saíram levando Kendra e Gavin com eles. Warren levou Kendra até um quarto com vista para o pátio e fechou a porta.

– Dougan está inteirando Gavin das últimas notícias – disse Warren. – Esse vai ser o seu quarto. Nós vamos sair a qualquer momento. Amanhã vamos atrás do artefato. Eles concordaram com a minha presença. Você só vai precisar ficar quieta.

– O que aconteceu na última tentativa? – perguntou Kendra.

Warren se aproximou e falou baixinho:

– Foi com Javier, Tammy e um cara chamado Zack. A entrada do cofre fica no topo de Painted Mesa, e eu imagino que deve ser um sufoco chegar lá. Neil conhecia um caminho, então guiou todo mundo lá para cima, mas ficou esperando do lado de fora da entrada. Rosa confiara a eles a chave do cofre, então eles entraram sem muita dificuldade e passaram por algumas armadilhas. Aí deram de cara com um dragão.

– Vivo? – perguntou Kendra.

– Zack, o líder, já estava morto antes de eles entenderem o que estava acontecendo. Javier perdeu uma perna e feriu a outra. Ele não foi mordido, recebeu, na verdade, uma pancada violenta do rabo. Ele e Tammy tiveram sorte de escapar vivos. Eles não conseguiram relatar muito acerca da aparência do dragão, mas os dois parecem ter certeza do que os atacou.

– O pai de Gavin trabalhava com dragões – disse Kendra.

– E é por isso que ele foi trazido. Aparentemente, Gavin é um domador de dragões inato. Você precisa manter isso em segredo para a segurança dele próprio. Esse é o principal motivo pelo qual o pai dele o mantinha em segredo. Ele poderia se transformar num alvo perfeito, exatamente como você.

– O que é um domador de dragão?

Warren sentou-se na cama.

– Para entender isso, primeiro você tem de entender os dragões, indiscutivelmente a mais poderosa raça de criaturas mágicas. Eles vivem milhares de anos e podem atingir o tamanho de um edifício, eles têm um intelecto assustadoramente aguçado e uma poderosa magia enraizada em cada fibra do corpo. Qualquer mortal que tente travar contato com dragões encontra-se instantaneamente transfigurado e torna-se desprovido de qualquer poder. Um domador de dragão consegue evitar esse efeito e sustenta uma conversação.

– E aí eles conseguem controlar o dragão? – perguntou Kendra.

Warren deu uma gargalhada.

– Ninguém controla um dragão. Mas os dragões são tão acostumados a sobrepujar todos os outros seres simplesmente com o olhar que acham um humano que eles não conseguem controlar bastante intrigante. É um jogo perigoso, mas às vezes os dragões cedem determinados favores a tais indivíduos, inclusive permitindo que eles continuem vivos.

– Então Gavin vai tentar passar pelo dragão na base da conversa? – perguntou Kendra.

– A ideia é essa. Eu acabei de ficar sabendo do dragão, mas ele foi informado antes. Imagino que ele esteja disposto a tentar. E eu sou suficientemente otário pra acompanhá-lo.

– E se a conversa falhar? Vocês vão conseguir matar o bicho?

– Você está falando sério? Matar como? As escamas deles são como pedra, os ossos parecem adamantino. Cada um possui um arsenal único de poderes à sua disposição, sem falar nos dentes, no rabo e nas garras. E não se esqueça, todos, com exceção de um pequeno número de pessoas, ficam petrificadas na presença deles. Os dragões são os predadores supremos.

– Hal deu a entender que Patton Burgess pode ter matado um dragão – disse Kendra.

– Como é que vocês chegaram a esse assunto de dragões sendo degolados?

– Eles têm um esqueleto de dragão no museu. Doado por Patton.

– Patton sempre negou os boatos que diziam que ele havia uma vez matado um dragão. Não vejo nenhum motivo pra duvidar dele. Nos tempos antigos, os grandes feiticeiros aprenderam como usar a magia para destruir os dragões, e foi assim que eles foram persuadidos a buscar refúgio nos Sete Santuários. Mas um feiticeiro com poderes pra chacinar um dragão não caminha sobre a Terra há centenas de anos. O único tipo de gente que eu sei que mata dragões em nossa época são caçadores ilegais que abusam de dragões-bebês. Caçadores assim são raros devido ao pouco tempo de vida que eles acabam tendo.

– O que são os Sete Santuários? – perguntou Kendra.

– Reservas superiores às que você já viu – disse Warren. – Algumas criaturas mágicas são poderosas demais para suportar a supervisão humana. Essas são enviadas aos Sete Santuários. Quase ninguém sabe onde eles se localizam, nem mesmo eu. Mas nós estamos fugindo do tópico principal.

– Você vai tentar roubar um artefato de um dragão – disse Kendra.

– Quase. Eu vou passar sorrateiramente por um dragão para poder ajudar Dougan a obter um artefato, depois poder roubá-lo de Dougan e escondê-lo em um lugar melhor.

– Você acha que Gavin pode realmente passar pelo dragão na base da conversa? – perguntou Kendra.

– Se ele for tudo isso que Dougan diz que ele é, pode ser que consiga. O pai dele era o mais renomado especialista em dragões do mundo. Mesmo entre zeladores e Cavaleiros da Madrugada, os dragões continuam sendo figuras lendárias. Eu mesmo nunca vi um vivo. Quase nenhum de nós viu. Mas Chuck Rose viveu entre eles durante meses numa época, estudando seus hábitos. Ele até fotografou um.

– Como ele morreu?

Warren suspirou:

– Comido por um dragão.

CAPÍTULO OITO

Homem-sombra

Seth espremeu pasta de dentes na escova e começou a escová-los. Ele mal conseguia enxergar seu reflexo no espelho do banheiro. As coisas em Fablehaven estavam ficando tão intensas que ele quase havia parado de sentir inveja da viagem de Kendra. Quase. Às vezes ele ainda a visualizava ao lado de Warren fazendo um rapel para entrar numa tumba egípcia e destruindo múmias e cobras com metralhadoras. Uma aventura tão maneira assim ofuscaria uma praga misteriosa que fazia com que as fadas perdessem sua luz.

Depois de cuspir na pia e jogar água no rosto, Seth saiu do banheiro e subiu as escadas que davam no sótão. Ele acabara de participar de uma longa conversa com vovô, vovó, Tanu e Dale, e estava tentando refletir acerca de todas as informações novas para poder bolar uma maneira de salvar todo mundo. Se ao menos ele pudesse provar que sua vitória sobre o espectro não havia sido um golpe de sorte, talvez eles o levassem junto na próxima vez que uma missão secreta se tornasse necessária.

No topo da escada ele parou, encostando na lateral do umbral. A tênue luz púrpura da penumbra atravessava a janela da sala de jogos do sótão. Vovô e os outros tentaram listar todas as origens possíveis da praga. De acordo com eles, havia quatro demônios principais em Fablehaven: Bahumat, que estava preso num local seguro debaixo de uma colina; Olloch, o Glutão, que estava petrificado na floresta até que algum idiota o alimentasse; Graulas, um demônio muito velho que estava basicamente hibernando; e um demônio que ninguém jamais havia visto, chamado Kurisock, que vivia num fosso de alcatrão.

Contra sua vontade, Seth olhou de relance para os diários empilhados ao lado da cama de Kendra. Ela já sabia a respeito do fosso de alcatrão por causa da leitura. Será que essas páginas poderiam conter informações que vovô e os outros haviam negligenciado? Provavelmente, não. E se fosse o caso, estavam convidados a fazer eles mesmos a leitura.

Os adultos haviam expressado a opinião de que, dos quatro demônios, Bahumat e Olloch eram atualmente os mais perigosos porque jamais haviam concordado com o tratado de Fablehaven. Normalmente, todas as criaturas mágicas admitidas em Fablehaven tinham de jurar obediência ao tratado, que estabelecia limites para até onde eles podiam se aventurar e limites para o quanto eles podiam causar danos a outras criaturas. Havia limites que Graulas e Kurisock haviam jurado não ultrapassar, regras que eles empenharam sua palavra no sentido de jamais quebrar. Apenas pessoas tolas o suficiente para entrar em seus domínios corriam sérios riscos com esses dois. Mas Bahumat vivia em Fablehaven desde antes de o tratado ser estabelecido, e Olloch viera para Fablehaven como convidado, o que impunha certas restrições automáticas, mas deixava espaço para ele causar problemas se adquirisse poder suficiente. Pelo menos era assim que Seth entendia a coisa.

A parte importante era que a praga tinha poucas chances de ter sido causada por algum dos quatro demônios, pelo menos não diretamente. Nenhum deles possuía acessibilidade suficiente. Havia alguns candidatos no calabouço, mas Dale verificara, e todos eles ainda estavam aprisionados em segurança. Havia uma feiticeira no pântano que ajudara a treinar Muriel, mas vovó sustentara que iniciar aquela praga era algo que estava além das habilidades dela, e os outros concordaram de imediato. Havia um brejo venenoso cheio de criaturas malignas, mas seus limites eram claramente definidos. A mesma coisa acontecia com os habitantes de um túnel não muito distante do local onde Nero morava. Vovô nomeara diversas outras criaturas das trevas que viviam na reserva, mas nenhuma que fosse forte o suficiente em magia negra para haver possivelmente iniciado a praga.

No fim, sem nenhum suspeito provável, Seth perguntara que criatura assombrava a antiga mansão de Fablehaven. Antes de responderem, os adultos quiseram saber como ele sabia que ali vivia uma criatura. Ele jamais tocara no assunto de como havia visitado a mansão depois de escapar de Olloch por temer que todos ficariam zangados com ele por ter escolhido entrar no local. Ele explicou como havia se perdido, e como tivera esperança de que de cima do telhado poderia ter alguma perspectiva acerca de qual era sua localização. Então contou como um misterioso redemoinho surgiu, caçando-o na casa, deixando-o abalado e aterrorizado.

Vovô explicou que eles não sabiam ao certo o que residia naquela mansão. Aparentemente, a mansão havia sido dominada no solstício de verão há mais de cem anos. O zelador à época, Marshal Burgess, perdeu a vida, e desde então os zeladores têm sido alertados a evitar a antiga mansão.

– Seja lá o que tenha passado a residir na mansão – concluíra vovô –, foi alguma coisa da reserva. Mesmo que a criatura tenha escapado do brejo venenoso, ela não teria poder para criar uma praga como a que estamos testemunhando. Uma vantagem do tratado é que nós sabemos quais criaturas vivem aqui. Nós temos todas catalogadas.

– Como alguma criatura poderia ter permanecido na mansão após o solstício de verão? – havia inquirido Tanu. – O criminoso teria sido forçado a retornar a seu lar adequado quando a noite tivesse acabado.

– Teoricamente qualquer um deles poderia permanecer se conseguisse mudar o livro de registros, o que parece ter acontecido – explicara vovô. – O livro de registros é usado para alterar determinados limites e admitir o acesso. Patton Burgess conseguiu arrancar o tratado do livro de registros e escapar com as páginas essenciais. Do contrário a reserva talvez tivesse caído. O tratado agora reside no livro de registros atual. Mas os danos feitos à antiga mansão foram irreparáveis.

Então o redemoinho não era a resposta. Os demônios não eram a resposta. Aparentemente, nenhuma das criaturas de Fablehaven era a resposta. E no entanto a praga estava ocorrendo. Por fim, eles haviam decidido que dormiriam pensando no assunto. A única ação decisiva tomada em todo o dia ocorreu quando vovô usou o livro de registros para proibir o ingresso de todas as fadas no jardim.

Seth foi até a janela olhar o entardecer, e deu um pulo para trás quando viu a silhueta de uma figura preta contra o pano de fundo do céu brilhante. Seth esbarrou no telescópio que estava por perto, abraçando o caro equipamento antes que ele pudesse cair. Em seguida Seth voltou-se para a janela, na expectativa de que a figura não estivesse mais lá.

A figura continuava lá, agachada, não mais uma silhueta, agora uma sombra tridimensional em forma de homem. O homem-sombra acenou para Seth. Hesitante, Seth acenou de volta.

O homem-sombra sacudiu as mãos, como se estivesse entusiasmado, e então fez um gesto para que Seth abrisse a janela. Seth balançou a cabeça em negativa. O homem-sombra apontou para si mesmo, depois apontou para o interior do quarto e, em seguida, fez um novo trejeito indicando que desejava que a janela fosse aberta.

Seth já arranjara uma encrenca das grandes no verão anterior ao deixar uma criatura entrar na casa abrindo aquela mesma janela do sótão. A criatura surgira disfarçada de bebê, mas transformara-se num duende e, uma vez lá dentro, o traiçoeiro intruso permitiu a entrada de vários monstros. Antes de a noite acabar, vovô havia sido sequestrado e Dale, transformado temporariamente em estátua. Seth aprendera a lição. Este ano, ele permanecera na cama durante a noite do solstício de verão. Olhar pela janela quase não foi tentador dessa vez.

Mas é claro que o solstício de verão era uma noite diferente de todas as outras, quando os limites de Fablehaven eram dissolvidos e todo tipo de monstro assustador podia entrar no jardim. Mas hoje era uma noite como outra qualquer. Numa noite comum como essa, criaturas perigosas não teriam como entrar no jardim para se agachar do lado de fora da janela de Seth. Será que isso significava que o homem-sombra era uma criatura amigável?

Mas, pensando bem, ultimamente algumas criaturas simpáticas vinham se comportando de um modo ameaçador. De repente esse homem-sombra já tivera algum dia livre acesso ao jardim e, agora que se tornou maligno, estava usando o privilégio para enganar Seth! Ou de repente ele é o próprio causador da praga! O pensamento causou um calafrio em Seth. Havia um contorno de verdade nele – a figura preta como piche parecia um candidato mais do que provável a iniciador de uma praga que substituía a luz pelas trevas.

Seth fechou bem as cortinas e se afastou da janela. O que deveria fazer? Precisava contar para alguém!

Seth desceu às pressas a escada de acesso ao sótão e correu para o quarto de seu avô. A porta estava trancada, o que o obrigou a bater.

– Entre – convidou vovô.

Seth abriu a porta. Nem vovô nem vovó haviam vestido ainda os pijamas.

– Tem alguma coisa querendo entrar pela janela do meu quarto – sussurrou Seth apressadamente.

– O que você está querendo dizer? – perguntou vovô.

– Um homem-sombra. Uma sombra viva em forma de homem. Ele queria que eu abrisse a janela e o deixasse entrar. Que criaturas podem entrar no jardim além das fadas?

– Hugo e Mendigo – disse vovó. – E os brownies, é claro, que vivem embaixo do jardim e têm acesso à casa. Mais alguma coisa, Stan?

– Tudo o mais só entra mediante convite – disse vovô. – Eu já permiti a entrada de sátiros numa ocasião.

– E se foi esse cara da sombra quem começou a praga? – especulou Seth. – Uma criatura que a gente não conhecia estava na reserva, algum inimigo sombrio que consegue entrar no jardim, mas não na casa.

Vovô franziu o cenho, pensativo.

– O jardim possui dispositivos de segurança que impedem a entrada da maioria das criaturas, inclusive visitas surpresa. Seja lá qual for a natureza desse homem-sombra, nem todas as regras parecem se aplicar a ele.

– Pelo menos a coisa não conseguiu entrar na casa – disse vovó.

Vovô começou a andar na direção da porta.

– É melhor chamarmos Tanu e Dale.

Seth seguia vovó e vovô enquanto eles convocavam Tanu e Dale e lhes explicavam a situação. Eles subiram os degraus da escada do sótão em fila, vovô na frente, Seth por último. Tiraram o telescópio do caminho e se juntaram perto da janela. Vovó com a besta, Tanu segurando uma poção pronta para ser usada.

Vovô puxou as cortinas para os lados e revelou uma faixa vazia do telhado praticamente invisível no crepúsculo. Seth avançou em direção ao vidro, espiando em todas as direções. O homem-sombra não estava mais lá.

– Ele estava aqui – jurou Seth.

– Eu acredito em você – disse vovô.

– Estava mesmo – afirmou Seth.

Eles esperaram, observando vovô direcionar o foco de uma lanterna através das vidraças ligeiramente encurvadas. Eles não encontraram nenhum sinal do intruso. Vovô apagou a lanterna.

– Mantenha a janela fechada esta noite – advertiu Tanu. – Se ele voltar, me chame. Se não, de manhã eu dou uma busca no telhado.

Tanu, Dale e vovô saíram do quarto. Vovó esperou na escada.

– Você vai ficar tranquilo?

– Eu não estou com medo – disse Seth. – Eu só estava com a esperança de ter descoberto alguma coisa útil.

– Provavelmente descobriu. Mantenha a janela fechada.

– Pode deixar.

– Boa-noite, querido. Você agiu corretamente ao nos chamar.

– Boa-noite.

Vovó saiu.

Seth vestiu o pijama e pulou na cama. Começou a desconfiar que o homem-sombra havia retornado e estava empoleirado do lado de fora da janela. Provavelmente, o demônio não quis que os outros o vissem. Mas se Seth olhasse agora, ele estaria lá, pedindo silenciosamente para entrar.

Incapaz de se livrar da suspeita, Seth foi até a janela e abriu a cortina. O homem-sombra não havia voltado.

※ ※ ※

Na manhã seguinte, Tanu subiu no telhado perto da janela e não achou nenhum rastro do visitante. Seth não ficou surpreso. Desde quando sombras deixavam pegadas?

No café da manhã, vovô tentou informar a Seth que ele ficaria confinado na casa o dia inteiro. Depois de persistentes reclamações do neto, vovô concordou em deixá-lo brincar com Mendigo no jardim se alguém os supervisionasse do deque.

Vovô, vovó, Tanu e Dale passaram o dia debruçados sobre diários e outros livros da extensa biblioteca tentando achar algum indício de alguma coisa similar à praga que estava afligindo as criaturas de Fablehaven. Eles se revezavam no deque. Mendigo tinha ordens para levar Seth para dentro ao primeiro sinal de qualquer coisa suspeita.

O dia transcorreu sem acontecimentos fora do comum. Seth jogou futebol e beisebol com Mendigo, e foi nadar de tarde. Durante o almoço e o jantar, Seth ouviu os adultos conversando sobre como estavam frustrados pela ausência total de informações que pudessem explicar o que estava acontecendo em Fablehaven. Vovô ainda não conseguira entrar em contato com o Esfinge.

Depois do jantar, Seth implorou para sair por alguns minutos. Hugo estava lá, tendo concluído pouco antes seus afazeres no celeiro, e Seth queria ver o que aconteceria se Mendigo arremessasse para o golem.

O bastão de beisebol parecia diminuto encaixado na enorme mão de Hugo. Seth disse para Hugo acertar a bola com o máximo de força que pudesse e em seguida instruiu Mendigo a arremessar uma bola rápida bem no meio. Seth saiu da frente, temendo ser atingido pela bola. Ele não imaginou que eles precisariam de um pegador.

Mendigo lançou a bola como um foguete, e Hugo, brandindo o bastão, a rebateu em direção ao céu. Seth tentou seguir a trajetória da bola à medida que ela sumia de vista, mas fracassou. Ele sabia que ela ainda estava subindo quando passou pelas árvores na extremidade do jardim, o que indicava que havia aterrissado bem no interior da floresta.

Seth virou-se para Tanu, que estava sentado no deque, desfrutando o pôr do sol enquanto tomava um chá de ervas.

— Posso mandar Mendigo pegar a bola?
— Vai em frente — disse Tanu. — Se você acha que vale a pena...
— Ela deve ter virado geleia — disse Seth, rindo.
— Foi um tiro e tanto.

Seth mandou Mendigo recuperar rapidamente a bola, mas o fantoche não acatou a ordem. Quando Tanu repetiu o comando, o gingador atravessou correndo o jardim em direção à floresta.

Foi quando Seth viu o homem-sombra entrando no jardim não muito distante do local onde Mendigo entrara na floresta. O fantasma se moveu na direção de Seth com passos rápidos e decididos. Seth retirou-se para o deque.

— Lá está ele — disse Seth a Tanu, apontando. — O homem-sombra.

O samoano olhou fixamente na direção que Seth estava indicando, aparentemente perplexo.

— Nas árvores?
— Não, bem ali no jardim, passando naquele canteiro!

Tanu mirou por mais tempo.

— Não estou vendo nada.
— Ele está no gramado agora, se aproximando da gente, andando rápido.
— Ainda não estou vendo nada — disse Tanu, com um olhar de preocupação dirigido a Seth.
— Você acha que eu fiquei maluco? — perguntou Seth.
— Eu acho que é melhor a gente entrar — disse Tanu, recuando em direção à porta. — O fato de eu não conseguir ver não significa que você não consegue. Onde ele está agora?
— Quase no deque.

Tanu fez um gesto para Seth segui-lo e foi até a porta dos fundos. Seth entrou depois de Tanu e os dois fecharam a porta.

— Estamos com um problema! — gritou Tanu.

Os outros correram para a sala.

— O que é agora? — perguntou vovô.

— Seth está vendo o homem-sombra no jardim, mas eu não — disse Tanu.

— Ele está no deque — disse Seth, olhando por uma janela perto da porta.

— Onde? — perguntou vovô.

— Bem ali, perto da cadeira de balanço.

— Alguém mais está conseguindo ver? — perguntou vovó.

— Eu, não — disse Dale.

— Ele está fazendo um gesto pra gente sair — disse Seth.

Colocando as mãos na cintura, vovó olhou para Seth, desconfiada.

— Você não está nos pregando uma peça, está? Seria uma piada horrorosa, Seth. A situação em Fablehaven está muito...

— Eu não estou inventando nada! Eu jamais mentiria sobre uma coisa tão importante. Não sei como vocês não conseguem ver o cara!

— Descreva-o — disse vovô.

— Como eu disse ontem à noite, a coisa parece a sombra de um homem, só que tridimensional — disse Seth. — É basicamente isso. Ele está erguendo a mão esquerda, apontando pra ela com a outra mão. Oh, meu Deus!

— O quê? — insistiu vovó.

— Ele está sem o dedo mindinho e sem uma parte do anelar.

— Coulter — disse vovô. — Ou alguma forma dele.

— Ou alguma coisa que quer que nós acreditemos que é alguma forma dele — acrescentou vovó.

Vovô correu para a porta.

— Avise-nos se ele se mover na minha direção — disse vovô para Seth, abrindo ligeiramente a porta. Curvando-se para a frente, vovô falou através da abertura: — Se você é um amigo, fique onde está.

— Ele não está se movendo — disse Seth.

— Você é Coulter Dixon? — perguntou vovô.

— Ele fez que sim com a cabeça — disse Seth.

— O que você quer?

— Ele está fazendo um gesto pra gente ir com ele.

— Você consegue falar?

— Ele fez que não. Ele está apontando pra mim, e fazendo um gesto pra eu ir.

— Seth não vai com você — disse vovô.

— Ele está apontando pra ele mesmo e depois pra casa. Ele quer entrar.

— Nós não podemos convidá-lo a entrar. Você poderia ser nosso amigo, com a mente intacta, simplesmente num estado alterado, ou...

— Ele está com o polegar levantado, indicando que sim — interrompeu Seth.

— Ou você poderia ser uma versão distorcida de Coulter, com todo o conhecimento dele, porém com intenções sinistras — disse vovô, fechando a porta e voltando-se para os outros. — Nós não podemos correr o risco de deixá-lo entrar ou de sermos levados para alguma armadilha.

— Ele está fazendo um gesto de súplica — relatou Seth.

Vovô fechou os olhos, esticou o corpo e abriu novamente a porta.

— Ajude-me a entender o que está acontecendo. Você tem liberdade para circular pela reserva?

— Levantou de novo o polegar — disse Seth.

— Até mesmo em lugares onde nós normalmente não seríamos capazes de ir?

— Os dois polegares levantados — disse Seth. — Isso deve ser bem importante.

— E você encontrou alguma coisa que nós precisamos ver.

— Ele está sacudindo a mão como quem diz mais ou menos.

— Você pode nos trazer informações vitais?
— Dois polegares levantados.
— E é urgente? A situação é grave?
— Polegares levantados.
— E se eu for sozinho? — sugeriu vovô.
— Polegares pra baixo.
— Seth precisa ir?
— Polegares pra cima.
— Eu e Tanu podemos ir com Seth?
— Ele está balançando os ombros — disse Seth.
— Você não sabe? Consegue descobrir?
— Polegares pra cima.
— Descubra se nós podemos ir. Eu não posso mandar Seth sozinho. Espero que você entenda. E nenhum de nós poderá acompanhá-lo até que possamos confirmar que você não é uma versão maligna de você mesmo procurando nos trair. Precisamos que você nos dê algum tempo para podermos discutir. Você pode voltar pela manhã?

— Ele está balançando a cabeça — retransmitiu Seth. — Está imitando uma bola. Agora está protegendo os olhos. Eu acho que ele está querendo dizer que não pode ficar na luz. É isso aí, ele me ouviu, ele está levantando o polegar.

— Amanhã de noite, então — disse vovô.
— Polegares levantados.
— Tente achar uma maneira de provar que nós podemos confiar em você.

— Ele está batendo com o dedo no lado da cabeça, como se estivesse dizendo que vai pensar no assunto. Agora ele está indo embora.

Vovô fechou a porta.

— Não consigo antever uma maneira de provar que ele é o mesmo Coulter que nós amamos e confiamos. Ele pode ter todo o conhecimento de Coulter a ainda assim representar uma ameaça.

— Por que ele não consegue entrar na casa por conta própria? — perguntou Dale.

— Eu acho que ele poderia, se nós deixássemos a porta aberta — disse Tanu. — Ele se encontra agora sem substância. Não suficientemente etéreo para passar por uma porta, mas incapaz de abrir uma por conta própria.

— Como é que a gente pode confirmar que ele está do nosso lado? — perguntou Seth.

— Seu avô pode estar certo — disse vovó. — Não vejo como.

— A situação é tão árdua que, se ele permitisse que eu o acompanhasse, eu assumiria o risco sem pensar duas vezes — disse vovô. — Mas não vou deixar que Seth faça algo assim.

— Eu assumo o risco — disse Seth. — Não estou com medo.

— Por que ele insiste que Seth deve acompanhá-lo? — perguntou Dale.

— Seth é o único que consegue enxergá-lo — disse Tanu.

— É claro — disse vovô. — Não é de admirar que ele tenha sido irredutível ao afirmar que nós não poderíamos ir sem Seth. Eu fiquei bastante atento para ver se descobria segundas intenções.

— Mas ainda assim — disse vovó —, ele hesitou em permitir que outros se juntassem a Seth. Por que será que apenas Seth consegue enxergá-lo?

Ninguém se aventurou a dar uma resposta.

— Posso ter certeza que você não está nos fazendo de bobo? — perguntou vovó mais uma vez, estudando-o com atenção.

— Eu juro — disse Seth.

— Isso não é um truque para sair de casa e entrar na floresta? — pressionou vovó.

— Pode confiar em mim. Se tudo o que eu quisesse fosse entrar na floresta, eu já estaria lá. Eu juro que nunca inventaria uma história como essa. E não faço a menor ideia de por que só eu o enxergo.

— Eu acredito em você, Seth — disse vovô. — Mas não estou gostando nada disso. Estou imaginando se nosso Coulter feito de sombra poderia se tornar visível a mais algum de nós, se quisesse. Será que ele poderia escolher deixar que apenas Seth o enxergasse? Nós precisamos fazer tudo o que pudermos para entender essa situação. Perguntas irrespondíveis estão se acumulando. Proponho falarmos novamente com Vanessa. Se ela puder realmente ajudar em alguma coisa, agora é o momento de recorrermos a ela. É possível que no trabalho que realizou para nossos inimigos ela tenha testemunhado alguma coisa parecida com esse fenômeno do homem-sombra.

— Ela não é a cura para todos os males — disse vovô. — Há uma boa chance de que ela nos ofereça apenas uma cópia de nossas próprias especulações.

— Nossas especulações não estão acrescentando muita coisa — disse vovô. — O tempo pode estar se esgotando. Deveríamos pelo menos verificar.

— Eu entro na caixa pra agilizar o processo — ofereceu-se Dale. — Contanto que vocês me tirem de lá depois.

— Ela vai voltar para lá — prometeu vovó.

Vovó pegou sua besta e vovô agarrou uma lanterna. Tanu foi buscar as algemas, mas voltou de mãos vazias.

— Alguém viu minhas algemas? Só consigo achar a chave.

— Você as retirou dela? — perguntou vovó. Algo na maneira pela qual ela fez a pergunta indicava que ela já sabia a resposta.

Eles desceram as escadas que davam acesso ao porão. Quando alcançaram a Caixa Quieta, Dale abriu a porta e entrou. Vovó fechou a porta e a Caixa Quieta fez uma rotação. Quando a abriu novamente, Vanessa apareceu algemada.

— Muito obrigada por me deixar acorrentada — disse ela, saindo da caixa. — Como se eu já não me sentisse fazendo parte de um número de mágica de quinta categoria. Quais são as últimas?

— Coulter está numa espécie de estado tenebroso e sombrio — disse vovô. — Ele não consegue falar. Parece que deseja compartilhar informações conosco, mas não sabemos se podemos confiar nele.

— Nem eu — disse Vanessa. — Vocês têm alguma hipótese sobre como a praga se originou?

— E você? — retrucou vovô, num tom acusatório.

— Eu tive um bom tempo para pensar no assunto. O que vocês conseguiram descobrir?

— Honestamente, nós não conseguimos compreender como a coisa poderia ter se originado aqui — disse vovô. — Bahumat está aprisionado, Olloch está petrificado, os outros demônios importantes estão presos ao tratado. Nós não conseguimos imaginar nenhum ser em Fablehaven com habilidade para iniciar algo assim.

À medida que ele falava, um sorriso aparecia no rosto de Vanessa, ampliando-se gradativamente.

— E a conclusão óbvia não ocorreu a nenhum de vocês?

— Que a praga veio de fora de Fablehaven? — adivinhou vovô.

— Não necessariamente — disse Vanessa. — Eu tenho em mente uma possibilidade diferente. Mas não quero voltar para a caixa.

— Não há nenhuma maneira de você reverter a conexão que forjou quando nos mordeu? — perguntou vovô.

— Eu poderia mentir e dizer que sim — disse Vanessa. — Você sabe que a conexão é permanente. Eu ficaria feliz em empenhar minha palavra no sentido de jamais usar essas conexões novamente.

— Nós sabemos muito bem quanto vale sua palavra — disse vovô.

— Tendo em vista que o Esfinge é agora mais meu inimigo do que de vocês, vocês podem confiar em mim muito mais do que imaginam. Eu sou suficientemente oportunista para reconhecer quando o momento é propício para se mudar de lado.

— E para reconhecer quando você pode cometer uma traição suficientemente significativa para o Esfinge a chamar de volta — disse vovó. — Ou quem sabe o Esfinge esteja do nosso lado e quem quer que a esteja empregando ficasse feliz por seu retorno assim que você desse um jeito de escapar.

— O que torna tudo bem mais complicado — admitiu Vanessa.

— Vanessa — disse vovô —, se não nos ajudar a salvar Fablehaven, você pode ficar presa nessa caixa por toda a eternidade.

— Nenhuma prisão dura para sempre — disse Vanessa. — Além do mais, por mais cegos que pareçam, mais cedo ou mais tarde vocês chegarão às mesmas conclusões que eu.

— Vamos privilegiar o mais cedo — disse vovô, erguendo o tom de voz pela primeira vez. — Estou a ponto de decidir que a Caixa Quieta é boa demais para você. Eu poderia transferi-la para o Hall dos Horrores. Sua habilidade para assustar nossos sonhos deixaria em pouco tempo de ser uma preocupação.

Vanessa empalideceu.

Seth não sabia muito a respeito do Hall dos Horrores. Ele sabia que o local ficava do outro lado do calabouço, atrás de uma porta vermelha, e que os prisioneiros de lá não precisavam de comida. Aparentemente, Vanessa conhecia mais detalhes do que ele.

— Eu conto — cedeu Vanessa. — Admito que preferiria muito mais ir para o Hall dos Horrores do que revelar a informação-chave que talvez me garantisse a liberdade. Mas não se trata dessa informação. E nem ela fará vocês se aproximarem mais da compreensão acerca de como a praga se originou, embora jogue alguma luz sobre a pessoa em quem deve ser depositada a culpa. Vocês têm certeza que o Esfinge saiu da reserva com o antigo ocupante da Caixa Quieta?

— Nós vimos os dois indo embora... — disse vovô, hesitante.

— Vocês os observaram de todos os ângulos o tempo todo? — perguntou Vanessa. — É possível que o Esfinge tenha soltado o prisioneiro antes de passar pelo portão?

Vovó e vovô trocaram olhares. Em seguida vovô olhou para Vanessa.

— Nós os vimos sair, mas não tão de perto a ponto de podermos garantir que você está errada. Sua teoria é plausível.

— Devido às circunstâncias, eu diria provável — disse Vanessa. — Não há nenhuma outra explicação.

A imagem daquele prisioneiro secreto coberto com um saco de aniagem vagando pela reserva e transformando nipsies e fadas em seres das trevas dava calafrios em Seth. Ele tinha de admitir, aquela era a hipótese mais provável que já surgira até aquele momento.

— O que você sabe sobre o prisioneiro? — perguntou vovó a Vanessa.

— Não mais do que vocês — disse Vanessa. — Não faço a menor ideia de quem ele era, ou como ele ou ela ou a coisa começou a praga, mas o processo de eliminação, com certeza, faz do prisioneiro o culpado mais provável. E isso, definitivamente, não reflete bem no Esfinge.

— Você está certa, nós deveríamos ter visto essa possibilidade — disse vovô. — Eu imagino se, no fundo, no fundo eu ainda não aceitei a realidade de que talvez o Esfinge seja o nosso maior inimigo.

— Tudo isso ainda não passa de conjectura — lembrou vovó a todos, embora sem muita convicção.

— Você possui alguma outra informação que possa nos ajudar? — inquiriu vovô.

— Não relacionada à solução do mistério da praga — disse Vanessa. — Eu precisaria de tempo para estudar o caso em primeira mão. Se vocês me deixarem ajudar, estou certa de que eu seria de alguma utilidade.

— Nós já estamos com escassez de pessoal mesmo sem ter de montar guarda sobre você — retrucou vovô.

— Ótimo — disse Vanessa. — Você pode levar as algemas desta vez?

Tanu abriu e retirou as algemas. Vanessa voltou para a caixa. Ela piscou para Seth. Ele mostrou a língua. Vovó fechou a porta, a caixa fez a rotação, e Dale surgiu.

— Eu estava começando a me preocupar com a possibilidade de tudo isso ser um estratagema para se livrar de mim — disse Dale, sacudindo os braços, como se estivesse arrancando teias de aranha invisíveis.

— Pareceu que foi muito tempo? — perguntou Seth.

— Tempo suficiente — respondeu Dale. — Você perde os sentidos lá dentro. Não dá pra ouvir nada, não dá pra ver nada, não dá pra sentir cheiro nenhum. Você começa a perder todas as sensações. Você se sente como uma mente sem corpo. É quase relaxante, mas no mau sentido. Você começa a perder a noção de quem você é. Não consigo imaginar como Vanessa consegue transformar palavras em sentenças depois de passar semanas naquele vazio.

— Acho que ninguém diria que ela tem alguma dificuldade com as palavras — disse vovó. — Ela é escorregadia como o seu próprio discurso. Independentemente do que fizermos, não podemos depositar nenhuma confiança nela.

— Nenhuma confiança — disse vovô. — Mas ela pode ter mais informações úteis. Age como se ainda possuísse uma carta na manga, e ela não é nenhuma tola, o que significa que provavelmente tem mesmo. Como podemos descobrir a identidade do prisioneiro encapuzado?

— Será que Nero pode ter visto alguma coisa com sua pedra? — perguntou vovó.

— Possivelmente — disse vovô. — Se não pôde, pode ser que ainda possa.

— Vou perguntar pra ele — ofereceu-se Seth. Sua visita anterior ao penhasco do troll fora bastante excitante. O ganancioso troll tivera a intenção de adquiri-lo como serviçal, como pagamento pela utilização de uma pedra para localizar vovô.

— Você não fará nada disso — disse vovó. — Uma massagem nos ajudou a convencê-lo a nos ajudar uma vez. A mesma oferta talvez não o seduza novamente.

— Se eu bem conheço o Nero, tendo experimentado suas habilidades uma vez, ele vai querer que você antes se comprometa a ser seu massagista permanente para depois nos ajudar — disse vovô. — Naquela ocasião, ele jamais havia recebido uma massagem. O ineditismo da situação era a chave. Vocês provaram que a curiosidade o motivaria mais do que os tesouros.

— Uma poção especial, talvez? — sugeriu Tanu.

— Alguma coisa moderna? — tentou Seth. — Tipo um celular ou uma câmera?

Vovô juntou as mãos na frente da boca como se estivesse rezando.

— É difícil dizer o que poderia funcionar, mas alguma coisa nessa linha valeria a pena ser tentada. Com tantas criaturas transformadas pela praga à espreita por aí, chegar até Nero talvez seja a parte mais difícil.

— E se Nero foi afetado pela praga? — imaginou Dale.

— Se ela torna malignas as criaturas do bem, talvez deixe as criaturas más ainda mais malignas — especulou Tanu.

— Talvez a gente tenha mais sorte seguindo Coulter — lembrou Seth.

— Nós só seremos capazes de responder a essas perguntas quando fizermos uma escolha e assumirmos o risco — disse vovô. — Vamos dormir pensando no problema e amanhã decidiremos.

CAPÍTULO NOVE

Caminhos

Um grito escapou de Kendra quando ela acordou no meio da noite, o rugido do trovão se dissipando. Ela se sentiu confusa e desorientada. O barulho a arrancara de seu sono tão abruptamente quanto um soco na cara. Embora essa fosse sua segunda noite em Lost Mesa, o quarto escuro pareceu estranho a princípio. Ela precisou de alguns instantes para situar a rústica mobília elaborada a partir de estacas de madeira cheias de nós.

Será que a casa havia sido atingida por um raio? Apesar de ter ocorrido enquanto ela estava adormecida, Kendra tinha certeza de que jamais havia ouvido um trovão tão forte. Parecia que uma dinamite havia explodido dentro de seu travesseiro. Ela se sentou e balançou as pernas na beira da cama. Uma luz estroboscópica tremeluziu, suficientemente brilhante para lançar sombras, acompanhada quase que instantaneamente de outra ensurdecedora detonação de trovão.

Cobrindo os ouvidos, Kendra andou até a janela e mirou o pátio parcamente iluminado. Com as nuvens bloqueando toda a luminosidade das estrelas e com todas as luzes da hacienda apagadas, o pátio deveria estar completamente escuro.

Ela conseguiu distinguir as formas dos cactos na penumbra. O pátio possuía uma fonte no centro, trilhas ladrilhadas, trilhas de cascalho e uma variedade de flora do deserto. Ela ficou na expectativa de avistar um dos cactos mais altos em chamas devido a algum raio, mas esse não parecia ser o caso. Não havia chuva. O pátio estava em silêncio. Kendra ficou tensa, esperando o próximo clarão e o som explosivo.

Em vez de mais raios e trovões, começou a chover. Chuviscou levemente por alguns segundos, mas logo começou de fato a chover. Kendra abriu a janela, desfrutando o aroma de chuva que evaporava do solo desértico. Uma fada com asas parecidas com as de uma joaninha surgiu na janela. Com um brilho esverdeado, seu rosto era lindo e ela era mais gorducha do que qualquer fada que Kendra já havia visto.

— A chuva te pegou de surpresa? — perguntou Kendra.

— Não me importo com a água — pipilou a fada. — Dá uma boa refrescada. O pequeno choque de nuvens vai passar em poucos minutos.

— Você viu os raios? — perguntou Kendra.

— Difícil não ver. Você brilha quase tanto quanto os raios.

— Já me disseram. Quer entrar?

A fada deu uma risadinha.

— A janela é o mais próximo que eu posso chegar. Já está muito tarde pra você estar acordada.

— O trovão me acordou. As fadas normalmente ficam acordadas a noite inteira?

— Nem todas. Eu normalmente não fico. Mas odeio perder uma tempestade. É tão raro. Adoro as monções.

A chuva já estava mais fraca. Kendra estendeu uma das mãos para sentir os grossos pingos. Raios iluminavam as nuvens, agora mais distantes do que antes, abafados pela névoa interveniente. Um trovão surgiu alguns segundos depois.

Kendra imaginou o que Warren estaria fazendo naquele instante. Ele partira em direção ao cofre com Dougan, Gavin, Tammy e Neil mais ou menos uma hora antes do pôr do sol. No entender dela, ele já poderia estar de volta. Ou poderia estar na barriga de um dragão.

– Talvez os meus amigos estejam no meio dessa tempestade – disse Kendra.

A fada deu um risinho abafado.

– Os que estão tentando escalar a mesa?

– Você os viu?

– Vi.

– Estou preocupada com eles.

A fada deu outro risinho contido.

– Não é engraçado. Eles estão numa missão perigosa.

– É engraçado, *sim*. Eu acho que eles não chegaram a lugar nenhum. Eles não conseguiram achar a subida.

– Eles não escalaram a mesa? – perguntou Kendra.

– Chegar lá em cima às vezes é bem problemático.

– Mas Neil conhece um caminho.

– *Conhecia* um caminho, ao que tudo indica. A chuva está diminuindo.

A fada estava certa. Quase não estava mais pingando. O ar úmido que evaporava da terra tinha um aroma maravilhoso.

– O que você sabe sobre Painted Mesa? – perguntou Kendra.

– Nós não subimos lá. Com certeza perto da mesa a formação toda tem uma aura esplêndida. Mas tem uma magia antiga naquele lugar. Seus amigos tiveram sorte de não conseguirem subir lá. Boa-noite.

A fada saltou da janela e zumbiu para a noite, sobrevoando o telhado e sumindo de vista. Depois da companhia dela, Kendra sentiu-se solitária. Um raio pulsou em algum lugar acima dela. Um trovão rugiu alguns segundos depois.

Kendra fechou a janela e deslizou de volta para a cama. Parte dela desejava verificar se Warren estava a salvo em seu quarto, mas a intrusão a faria se sentir desconfortável caso ele estivesse dormindo. Com certeza, pela manhã ela ouviria os detalhes do que havia acontecido.

※ ※ ※

Kendra nunca havia experimentado *huevos rancheros*, mas descobriu que gostava muito. A ideia de misturar ovos mexidos com *guacamole* fresco nunca havia lhe passado pela cabeça, e ela percebeu que não sabia o que estava perdendo. Warren, Dougan e Gavin estavam comendo com ela enquanto Rosa trabalhava na cozinha.

– Então vocês não conseguiram encontrar uma maneira de subir – disse Kendra, cortando a comida com o garfo. Ela os havia encontrado à mesa depois de ter acordado e tomado banho. Nenhum deles havia feito menção alguma à missão até aquele momento.

– Como é que você descobriu? – perguntou Warren.

– Nenhuma marca de mordida – disse Kendra.

– Muito engraçado – disse Dougan, olhando para trás como se estivesse preocupado com a possibilidade de alguém estar espionando.

– É sério – disse Warren.

Kendra se deu conta de que não deveria contar para Dougan e Gavin que tinha a capacidade de falar com fadas.

– Basta olhar pra cara de vocês que a gente vê tudo estampado. Vocês estavam agindo de modo normal demais.

– Neil disse que a mesa às vezes é instável – explicou Warren. – Há muitos caminhos de subida, mas nenhum deles é constante. Eles só se abrem para determinadas pessoas, em determinados momentos.

– Alugue um helicóptero – disse Kendra, dando outra mordida.

– Neil é de opinião que a mesa jamais permitiria isso – disse Dougan.

– Eu acredito nele – disse Gavin. – D-D-Dá pra sentir a magia do lugar; faz ficar meio entorpecido. Você devia ter visto a cara da Tammy quando a gente descobriu que a passagem não estava lá. Ela disse que da última vez estava inconfundível.

– Neil também não gostou – disse Warren. – Eu acho que o caminho dele lá pra cima é bem confiável.

– Subir a mesa sempre foi um desafio – disse Rosa, enxugando as mãos num pano de prato enquanto se aproximava da mesa. – Eu avisei a vocês que talvez não fosse fácil. Principalmente depois que os outros estiveram lá e atrapalharam tudo.

Kendra pensou no espectro que vigiava a entrada do cofre em Fablehaven. Será que aqui a própria mesa guardava o cofre?

– O caminho até o topo pode estar fechado por um bom tempo – disse Neil, chegando à sala, segurando seu chapéu branco de vaqueiro em uma das mãos. Ele estava de calça jeans e botas. – Houve períodos de cinquenta anos ou mais em que a passagem não esteve disponível.

– Não podemos esperar – disse Dougan. – Nós temos de chegar lá em cima.

– Forçar a mesa é impossível – disse Neil. – Por enquanto não percam as esperanças. Eu quero levar Kendra para fazer uma exploração em torno da base.

– Kendra? – perguntou Warren.

— Ela enxergou a cerca ao redor de Lost Mesa antes de entrarmos na reserva – disse Neil. – Se o Caminho do Crepúsculo estiver fechado, olhos iguais aos dela talvez ajudem a avistar outra trilha.

Kendra reparou em Gavin e Dougan olhando para ela com interesse.

— Eu olharia com o maior prazer, se vocês acham que poderia ajudar – disse ela.

— Vou com vocês – disse Warren.

Neil assentiu.

— Mara também vai com a gente. Quando vocês estarão prontos para partir?

— Daqui a uns vinte minutos – disse Warren, olhando Kendra de relance para se certificar de que o prazo era aceitável.

— Por mim está bom – disse ela.

Warren comeu às pressas o resto da comida, e Kendra fez o mesmo. Quando terminaram, ela o seguiu até o quarto dela. Ele fechou a porta.

— Como é que você soube realmente que a gente não tinha conseguido achar o caminho de subida pra Painted Mesa?

— Uma fada me contou ontem à noite – disse Kendra.

— Tenho certeza de que os outros não acreditaram que o seu comentário foi baseado apenas na intuição, mas duvido que eles espionem abertamente. Lembre-se de tomar cuidado para não insinuar os seus poderes. Dougan sabe que você consegue recarregar artefatos mágicos. E é só. Os outros nem isso sabem.

— Sinto muito – disse Kendra. – Eu vou tomar cuidado.

— Nós temos de ser cautelosos. Acho que a gente pode confiar em Dougan e em Gavin, mas não quero me arriscar com nada. Eu tenho certeza que a sociedade está com um pessoal a postos pra garantir que o artefato acabe nas mãos deles. Lembre-se de que, em Fablehaven, o plano original era Vanessa e Errol roubarem eles próprios o artefato.

Pode ser que o traidor aqui seja alguém que tenha vivido algum tempo na reserva. Ou pode ser Tammy, ou Javier.

— Vamos esperar que seja Zack — disse Kendra.

Warren deu um sorrisinho sarcástico.

— Isso não seria ótimo? Eu fiz algumas sondagens. Tammy está aqui porque tem talento pra achar e desmontar armadilhas. Javier é um experiente colecionador de ingredientes e trabalhava pra alguns negociantes de peso. Ele tem muita prática em escapar de situações difíceis. Sua reputação é sólida, mas a de Vanessa também era.

— Você está preocupado com Neil e Mara? — perguntou Kendra.

— Se o Esfinge é suspeito, todo mundo é suspeito — disse ele. — Não confie em ninguém. Tente ficar dentro da hacienda quando eu não estiver por perto.

— Você acha que vou conseguir achar algum caminho? — perguntou Kendra.

Warren deu de ombros.

— Você consegue neutralizar encantos dispersivos. Suas chances de encontrar uma trilha secreta são muito maiores do que as minhas.

— Acho melhor a gente ir andando.

Neil e Mara estavam esperando dentro de um jipe sujo, com o motor ligado. Warren e Kendra sentaram atrás. Eles não permaneceram em estradas por muito tempo. Pela janela da frente, Painted Mesa assomava com uma grandeza ainda maior. Em determinado momento, Neil forçou o jipe numa subida tão íngreme que Kendra chegou a temer que o veículo fosse dar marcha a ré e capotar. A estradinha esburacada e desnivelada acabou numa área plana com vários penedos pontudos espalhados.

Algumas centenas de metros de terreno acidentado separavam-nos do local onde uma face escarpada de pedra da mesa erguia-se em direção ao céu.

— Como é alto — disse Kendra, usando a mão para proteger os olhos do sol à medida que mirava o colorido platô. O céu azul e brilhante estava praticamente sem nenhuma nuvem.

Neil falou com ela:

— Você deve procurar grampos na rocha, uma corda, uma caverna, uma escada, uma trilha, qualquer coisa que possa dar acesso. Para a maioria dos olhos, na maioria das vezes, parece não haver nenhuma rota possível para o topo, mesmo para um escalador experiente. As trilhas ficam disponíveis apenas em determinados momentos. Por exemplo, até há pouco tempo, o Caminho do Crepúsculo aparecia no pôr do sol. Nós vamos contornar a mesa diversas vezes.

— Vocês conhecem outras trilhas além do Caminho do Crepúsculo? — perguntou Warren.

— Nós conhecemos outras, mas não sabemos onde procurar — disse Neil. — A única rota alternativa confiável é a Estrada Festiva. Ela se abre nas noites de festivais. A próxima oportunidade seria o equinócio do outono.

— Escalar a mesa numa noite de festival seria loucura — disse Mara, a voz ressonante. — Suicídio.

— É a minha praia — disse Warren, brincando. Mara não ligou para o comentário dele.

— E se você subir e não encontrar o caminho de volta? — perguntou Kendra.

— Normalmente existem muitos caminhos de descida — disse Neil. — A mesa fica feliz de ver os visitantes indo embora. Eu nunca tive nenhum problema, e nem ouvi falar de pessoas que tenham tido dificuldades pra descer.

— Pode ser que essas pessoas não estejam por perto pra contar as histórias — observou Warren.

Neil deu de ombros.

— O Caminho do Crepúsculo poderia se abrir novamente? — perguntou Kendra.

Neil levantou as mãos.

— Difícil dizer. Eu aposto que ela só se abrirá daqui a várias estações. Mas vamos verificar hoje à noite. Pode ser que seus olhos aguçados enxerguem alguma coisa que eu não tenha percebido.

Kendra notou pés de coelho de cor bege pendurados nas orelhas de Neil.

— Isso dá sorte? — perguntou Kendra, indicando os brincos.

— Chacalupo — disse Neil. — Precisaremos de toda a sorte que pudermos para achar uma trilha.

Ela se conteve para não dizer a Neil o óbvio: que os pés, com toda a certeza, não deram muita sorte ao chacalupo.

Eles contornaram a mesa, a pé. Pouco foi dito. Neil passou grande parte do tempo estudando as faces escarpadas da rocha, de uma certa distância. Mara de vez em quando se aproximava, acariciando a rocha, às vezes encostando o rosto na superfície firme. Kendra inspecionou a mesa da melhor forma possível, de perto e de longe, mas não notou nenhuma evidência de trilha.

O sol brilhava incessantemente. Neil entregou a Kendra um chapéu de abas largas e filtro solar. Quando finalmente voltaram ao jipe, Neil pegou um isopor. Eles comeram sanduíches e barras energéticas na sombra.

Durante a tarde, uma brisa morna começou a soprar. Kendra via coisas interessantíssimas quando afastava os olhos da mesa para avistar vez por outra uma fada e um chacalupo ao longe. Ela imaginou se os chacalupos ressentiam-se de Neil por causa de seus brincos. Nenhuma criatura, inclusive insetos, aventurava-se a subir à mesa. A atmosfera estava pesada. Gavin estava certo, havia alguma coisa no ar que deixava você sonolento, que deixava você entorpecido.

Eles completaram outra meticulosa volta em torno da mesa antes de desabar na sombra para comer frutas secas e carne marinada que Neil trouxera para o jantar. Ele lhes disse que um último giro ao redor da mesa os colocaria no ponto exato para procurar o Caminho do Crepúsculo quando o sol tivesse baixado.

À medida que caminhavam, pesadas nuvens escuras de tempestade começavam a surgir no céu vindas do sul. Quando fizeram uma pausa para beber água, Mara avaliou as nuvens que já estavam a caminho.

– Vai ser uma tempestade daquelas hoje à noite – previu ela.

Quando o sol aproximou-se do horizonte, o vento já estava assoviando nas rochas. Um gemido constante e fantasmagórico que se transformou em apupos agudos e gritos durante as rajadas de vento. Nuvens agourentas obscureceram grande parte do céu, mescladas com cores magníficas nos pontos onde o sol estava se pondo.

– Deveria estar aqui – disse Neil, olhando para um penhasco vazio. – Uma trilha sinuosa.

Mara curvou-se na base do precipício, os olhos fechados, as palmas das mãos pressionadas contra a pedra. Kendra olhou fixamente, tentando forçar os olhos a ver quaisquer encantos que pudessem estar ocultando a trilha. Neil andava de um lado para o outro, visivelmente frustrado. Warren estava parado com os braços cruzados. Nada nele se movia além dos olhos. Atrás deles, o sol finalmente desapareceu no horizonte.

Uma rajada de vento especialmente forte arrancou o chapéu de Kendra e a fez perder um pouco o equilíbrio. O vento chiava em uivos desarmônicos.

– Nós deveríamos voltar para o jipe – disse Neil, os olhos dando uma última varredura na mesa.

– O Caminho do Crepúsculo está fechado – declarou Mara solenemente.

Quando eles estavam andando de volta ao local onde haviam estacionado o jipe, a chuva começou a rufar nas pedras ao redor deles, deixando no chão marcas de pingo do tamanho de moedinhas de um centavo. Em questão de minutos, as rochas ficaram escurecidas devido à umidade, escorregadias e traiçoeiras em alguns pontos.

Assim que avistaram o jipe, eles foram saltando por cima e em torno de pilhas desordenadas de pedras molhadas. A chuva caía intensamente agora. Embora suas roupas estivessem encharcadas, o ar quente impedia que Kendra tremesse. Ela olhou para trás e viu uma queda-d'água desembocando na lateral da mesa. A visão a fez parar. A água não estava caindo em linha reta, estava formando um ângulo, saltando e rolando, a frondosa cachoeira de um riacho íngreme. Não um riacho natural: a água estava tombando numa escadaria íngreme esculpida na face da mesa.

– Parem – falou Kendra, apontando. – Olhem a queda-d'água!

Os outros três se viraram e encararam a mesa.

– Queda-d'água? – perguntou Warren.

– Não uma verdadeira queda-d'água – emendou Kendra. – Água escorregando pelos degraus de uma escadaria.

– Você está vendo uma escada? – perguntou Neil.

Kendra apontou para a área entre a base e o topo da mesa.

– Parece que vai até lá em cima. Agora está bem óbvia. Não consigo acreditar que ela estava oculta antes! Vocês vão achar melhor esperar até que fique seca. Subir com toda aquela água seria bem difícil.

– A Escada Inundada – disse Mara, maravilhada.

– Ainda não estou vendo nada – disse Warren.

– Nem a gente – retrucou Neil. – Leve-nos até o sopé da escada.

Os outros seguiram Kendra de volta à base da mesa. Não demoraram muito para alcançar a escada. Um pouco além do fim da escada, a água escorria para o interior de uma fissura no chão. Kendra subiu até a greta e espiou. Não dava para ver o fim. Ela conseguia ouvir o barulho da água bem no fundo do buraco.

— Estou surpresa de a gente não ter caído no buraco quando estávamos contornando a mesa agora há pouco — disse Kendra, voltando-se para os outros.

— Não estou vendo buraco nenhum — disse Warren.

— Você pode me levar até a escada? — perguntou Neil.

Kendra pegou a mão dele e o conduziu até a abertura no chão. Eles contornaram o buraco e seguiram ao longo de uma saliência rochosa até pararem no último degrau. Água fria jorrava ao redor de suas canelas.

— Está vendo agora? — perguntou Kendra.

— Leve-me mais alguns degraus acima — disse Neil.

Andando com cuidado, porque, apesar de o local não ser fundo, a água jorrava em velocidade, Kendra colocou o pé no primeiro degrau de pedra escorregadio. Com Neil a tiracolo, ela escalou quatro degraus e escorregou, mergulhando uma das mãos e os joelhos na água gélida do riacho até ser erguida por Neil.

— Já chega — disse Neil.

Eles voltaram cuidadosamente para a saliência, e em seguida contornaram a greta para se reunir novamente com Warren e Mara.

— Eu só vi a escadaria quando vocês começaram a subir — disse Warren. — E parecia que ela só ia até uns cinco degraus além do ponto em que vocês chegaram. Eu tive de me concentrar bem pra manter os olhos em vocês.

— Eu vi quinze passos na minha frente até a escada acabar — disse Neil.

— Ela continua a subir — atestou Kendra —, virando aqui e ali, atingindo patamares ou saliências em alguns pontos. A escada vai até o topo. A tempestade já vai ter terminado de manhã?

– Quando parar de chover, a escada não estará mais visível – disse Mara. – É por isso que, mesmo com sua visão privilegiada, você não percebeu a escada e nem a fissura antes. Fazia séculos que ninguém descobria a Escada Inundada. Muitos imaginavam que a trilha não passava de lenda.

– É preciso subir a escada durante a chuva? – perguntou Kendra. – Vai ser bem difícil!

– Essa pode ser a nossa única oportunidade – disse Neil a Warren.

Warren anuiu.

– Precisamos chamar os outros.

– Vamos precisar que Kendra nos guie – disse Neil. – Eu senti a força do encanto. Tive de fazer um esforço enorme para segui-la. Sem ela, não teremos a menor chance.

Warren franziu o cenho, água escorrendo do cabelo encharcado em direção ao rosto.

– Vamos ter de encontrar um outro caminho.

Neil balançou a cabeça.

– Isso aqui foi um golpe de sorte, um milagre. Não espere encontrar um outro caminho. Nem daqui a vários anos. Talvez nós devêssemos deixar em paz o que quer que esteja lá em cima. Está muito bem guardado.

– Eu levo vocês lá em cima, se precisam de mim – disse Kendra. – Vou precisar de alguém do meu lado pra impedir que a água me leve pra longe.

– Não, Kendra – disse Warren. – Não há nenhum risco iminente que te obrigue a fazer isso. Você não precisa ir.

– Se a gente não pegar o que viemos buscar, talvez outra pessoa pegue – disse Kendra. – Eu não preciso entrar no cofre. Só preciso subir na mesa.

– Ela pode esperar comigo do lado de fora – ofereceu Neil.

– Pode ser que haja atividades estranhas em cima da mesa durante as tempestades – alertou Mara. O vento uivou, sublinhando as palavras dela.

– A gente pode se abrigar na velha cabana – disse Neil. – Na última excursão eu passei um bom tempo lá sem perturbações.

Kendra olhou para Warren. Ele não parecia estar completamente disposto a acatar a ideia. Ela desconfiava que ele desejava que ela fosse, mas não queria que parecesse uma imposição.

– Isso é importante – insistiu Kendra. – Qual é o motivo da minha presença aqui se não é pra ajudar no que posso? Vamos lá.

Warren voltou-se para Neil.

– Você não encontrou nenhum problema no topo da mesa da última vez?

– Nenhum perigo real – disse Neil. – Pode ter sido, em parte, por sorte. A mesa certamente não é um local seguro em todas as ocasiões.

– Você acha que consegue proteger Kendra?

– Espero que sim.

– Essa chuva ainda vai durar muito tempo? – perguntou Warren a Mara.

– Vai e volta, por pelo menos mais algumas horas.

Eles se encaminharam para o jipe.

– Nós podemos reunir os outros e voltar em meia hora – disse Warren. – Você tem equipamento de escalada? Cordas? Freios? Mosquetões?

– Pra nós seis? – perguntou Neil. – Pode ser. Vou pegar tudo o que nós temos.

Eles ficaram em silêncio. Pronto. A decisão havia sido tomada. Eles fariam uma tentativa.

Enquanto seguia os outros, pulando as pedras molhadas, Kendra tentava não imaginar a si mesma congelada de medo numa escadaria de água, a magnífica vista do deserto sobrepujando-a com uma vertigem paralisante. Apesar da confiança que Warren depositava nela, ela gostaria de poder rever a oferta que fizera.

CAPÍTULO DEZ

Feridas de sombra

Sentado numa cadeira no deque, Seth examinava o tabuleiro de damas com total descrença. Tanu acabara de comer duas damas suas, e agora o vencia por sete a três. Mas não era essa a causa do assombro. Seth reexaminou seu provável movimento, colocou a mão em um de seus dois reis e comeu seis peças de Tanu, ziguezagueando pelo tabuleiro.

Ele olhou para Tanu. O samoano retribuiu com olhos arregalados.

– Você pediu – disse Seth, rindo, deixando somente uma das damas vermelhas do adversário. Tanu já o vencera duas vezes seguidas, e as coisas não estavam nada boas até a jogada mais fantástica que ele fez na vida clarear tudo. – E eu que considerava comer três peças de uma vez o máximo...

– Eu nunca vi alguém comer tantas peças numa única jogada – disse Tanu, um sorriso surgindo no rosto.

– Espera aí! – disse Seth. – Você armou pra cima de mim! Você fez isso de propósito!

– O quê? – perguntou Tanu, com excessiva inocência.

– Você queria ver se conseguia criar a maior sequência de peças comidas da história do jogo de damas. Você deve ter manobrado a partida o tempo todo pra armar essa possibilidade!

– Foi você que fez a jogada – lembrou Tanu.

– Eu sei reconhecer quando alguém está sentindo pena de mim. Prefiro muito mais perder do que ter alguém me ajudando por debaixo dos panos. É assim que você me critica por sempre ficar em primeiro lugar?

Tanu agarrou um punhado de pipoca numa vasilha de madeira.

– Quando você está preto, você diz "carvão antes de fogo". Quando você está vermelho, você diz "fogo antes de fumaça". Como eu consigo atualizar isso?

– Bem, mesmo que você tenha encenado a coisa toda, comer seis peças de uma vez foi muito maneiro.

O sorriso de Tanu revelou uma casquinha presa entre os dentes.

– A maior sequência possível seria nove, mas eu acho que não conseguiria realizar uma dessas durante uma partida real. O máximo que eu consegui até hoje foi cinco.

– Olá! – disse alguém do limite do jardim. A voz vinha fraca devido à distância. – Stan? Seth? Vocês estão aí? Olá!

Seth e Tanu olharam na direção da floresta. Doren, o sátiro, estava parado além do perímetro do gramado, acenando com os dois braços.

– Oi, Doren! – gritou Seth.

– O que você acha que ele quer? – perguntou Tanu.

– É melhor a gente dar uma olhada – disse Seth.

– Depressa! – instou Doren. – É uma emergência!

– Vamos, Mendigo – disse Tanu. O fantoche superdimensionado pulou o parapeito do deque seguindo Seth e Tanu, que atravessaram correndo o jardim em direção ao sátiro. O rosto de Doren estava vermelho e seus olhos estavam inchados. Seth jamais havia visto o jovial sátiro em tal estado.

– O que houve? – perguntou Seth.

– Newel – disse o sátiro. – Ele estava tirando uma soneca. Aqueles pequenos nipsies perversos se vingaram dele, o atacaram enquanto ele dormia.

– Como ele está? – perguntou Tanu.

Doren puxou os cabelos e sacudiu a cabeça.

– Nada bem. Ele está mudando, eu acho, da mesma maneira que os nipsies mudaram. Vocês precisam ajudá-lo! Stan está em casa?

Seth balançou a cabeça. Vovô havia ido com vovó, Dale e Hugo negociar com Nero, na esperança de que o troll pudesse fornecer alguma informação através de sua pedra vidente.

– Stan vai passar a tarde fora – disse Tanu. – Descreva o que aconteceu com Newel.

– Ele acordou gritando com vários nipsies do mal em cima dele como se fossem pulgas. Eu o ajudei a se livrar deles, mas não antes de eles infligirem várias pequenas feridas em seu pescoço, braços e peito. Assim que a gente conseguiu expulsar todos eles, tomando cuidado pra não matar ninguém, pensamos que estava tudo bem. As feridas eram muitas, porém minúsculas. A gente até deu umas boas risadas e começamos a bolar um plano pra contra-atacar. Tivemos a ideia de encher de excremento os palácios mais grandiosos deles.

– Então aconteceu o pior com Newel – avisou Tanu.

– Não muito depois disso, ele começou a suar e a delirar. Parecia que dava pra fritar um ovo na testa dele. Ele se deitou, e logo começou a gemer. Quando eu estava saindo, ele parecia estar atormentado por sonhos horrorosos. O peito e os braços dele pareciam estar mais peludos.

— Talvez a gente consiga descobrir alguma coisa observando-o — disse Tanu. — Ele está muito longe daqui?

— Nós temos um abrigo perto da quadra de tênis — disse Doren. — Ele ainda não estava muito ruim quando eu saí de lá. Pode ser que a gente consiga reverter o quadro. Poções são a sua especialidade, certo?

— Não tenho certeza do que estamos enfrentando, mas vou tentar — disse Tanu. — Seth, volte para casa e espere até que...

— Sem chance — disse Seth. — Ele é meu amigo, não está longe e eu tenho tido um bom comportamento ultimamente. Eu vou.

Tanu encostou o dedo espesso no peito dele.

— Você tem estado mais paciente do que o normal nesses últimos dias e talvez seja imprudente deixá-lo sozinho. Seus avós talvez coloquem minha cabeça a prêmio, mas se você prometer deixar que Mendigo o leve de volta para a casa sem reclamações, se eu assim ordenar, deixo você se juntar a nós.

— Combinado! — exclamou Seth.

— Vá na frente — disse Tanu a Doren.

O sátiro partiu num passo veloz. Eles correram pela trilha que Seth conhecia, tendo visitado a quadra de tênis muitas vezes durante aquele verão. Newel e Doren haviam construído a quadra gramada, e Warren providenciara equipamentos de primeira categoria. Ambos os sátiros eram ótimos no esporte.

Em pouco tempo, Seth já estava sentindo uma pontada na lateral do corpo. Para um homem com todo aquele tamanho, Tanu era bem veloz. A corrida não parecia deixá-lo cansado.

— Newel está no abrigo? — perguntou Seth, arfando, enquanto eles se aproximavam da quadra de tênis.

— Não no abrigo de equipamento — respondeu Doren, nem um pouco cansado por causa da corrida. — Nós temos abrigos espalhados por toda a reserva. Nunca se sabe onde vai dar vontade de descansar a cabeça. Não é distante da quadra.

— Mendigo, carregue Seth — ordenou Tanu.

O fantoche de madeira recolheu Seth em seus braços. Seth sentiu-se ligeiramente ofendido — Tanu nem se preocupara em pedir permissão! A quadra não estava muito distante. Mesmo que fosse um alívio ser carregado — o que ainda por cima permitia que Tanu e Doren corressem ainda mais rápido —, Seth gostaria de ter sido ele a sugerir. Ele não gostava de ser subestimado.

Eles saíram da trilha, avançaram em meio à vegetação rasteira e emergiram no imaculado gramado da quadra de tênis recentemente reformada. Sem parar, Doren atravessou correndo a quadra e entrou na floresta que ficava depois dela. Galhos chicoteavam Seth enquanto Mendigo corria atrás dos outros, desviando-se de árvores e arbustos.

Por fim, um caprichado barraco de madeira surgiu. As paredes pareciam gastas e lascadas, mas não havia buracos ou falhas, e a sólida porta encaixava-se com perfeição. Havia uma única janela ao lado da porta com quatro vidraças e cortinas verdes. Uma chaminé projetava-se do telhado. Quando eles alcançaram a pequena clareira onde ficava o barraco, Mendigo colocou Seth no chão.

— Mantenha distância, Seth — alertou Tanu, aproximando-se com Doren do barraco. O sátiro abriu a porta e entrou. Tanu esperou na soleira. Seth ouviu um rugido selvagem, e Doren saiu voando pela porta. Tanu o pegou, cambaleando para longe da porta enquanto absorvia o impacto do sátiro.

Uma criatura desgrenhada emergiu do barraco. Era Newel, e no entanto não era Newel. Mais alto e mais corpulento, ele ainda caminhava como um homem, mas uma pelagem escura o cobria dos chifres aos cascos. Os chifres estavam mais compridos e mais pretos, espiralando-se em pontas afiadas. Seu rosto estava quase irreconhecível, o nariz e a boca tendo se fundido num focinho, os lábios trêmulos se abriam para revelar dentes afiados como os de um lobo. O aspecto mais perturbador estava nos olhos: amarelos e bestiais, com fendas verticais onde deveriam estar as pupilas.

Rosnando como um animal selvagem, Newel precipitou-se porta afora, empurrando Tanu para o lado e agarrando Doren. Newel e Doren atracaram-se no chão. Doren pegou Newel pelo pescoço, os músculos distendendo-se para manter afastadas as presas potentes.

– Mendigo, imobilize Newel! – ordenou Tanu.

O gingador correu na direção dos sátiros engalfinhados. Pouco antes de Mendigo os alcançar, Newel livrou-se de Doren, agarrou um dos braços estendidos do fantoche e o arremessou em direção ao barraco. Em seguida, Newel avançou em direção a Seth.

Seth percebeu que não havia jeito de evitar o maligno sátiro. Correr só o faria ganhar alguns segundos, e o afastaria ainda mais da ajuda dos outros. Ao contrário, ele se agachou, e quando Newel o estava quase alcançando, ele mergulhou na direção de suas pernas.

A tática surpreendeu o ensandecido sátiro, que tropeçou sobre Seth e deu um salto-mortal antes de se levantar novamente. A cabeça de Seth estava latejando onde o casco o havia atingido. Ele levantou os olhos para Newel a tempo de ver Tanu atacá-lo pelo lado, jogando o sátiro no chão como se fosse um zagueiro com permissão para matar.

Newel recuperou-se rapidamente, rolando para longe de Tanu e conseguindo ficar de joelhos no chão. Newel saltou em direção a Tanu, que se desviou do ataque e envolveu o enlouquecido sátiro num golpe que imobilizou seus braços atrás do pescoço. Newel lutou e se contorceu, mas Tanu o segurou implacavelmente, usando força bruta para manter a pegada. Mendigo e Doren correram em direção ao combate.

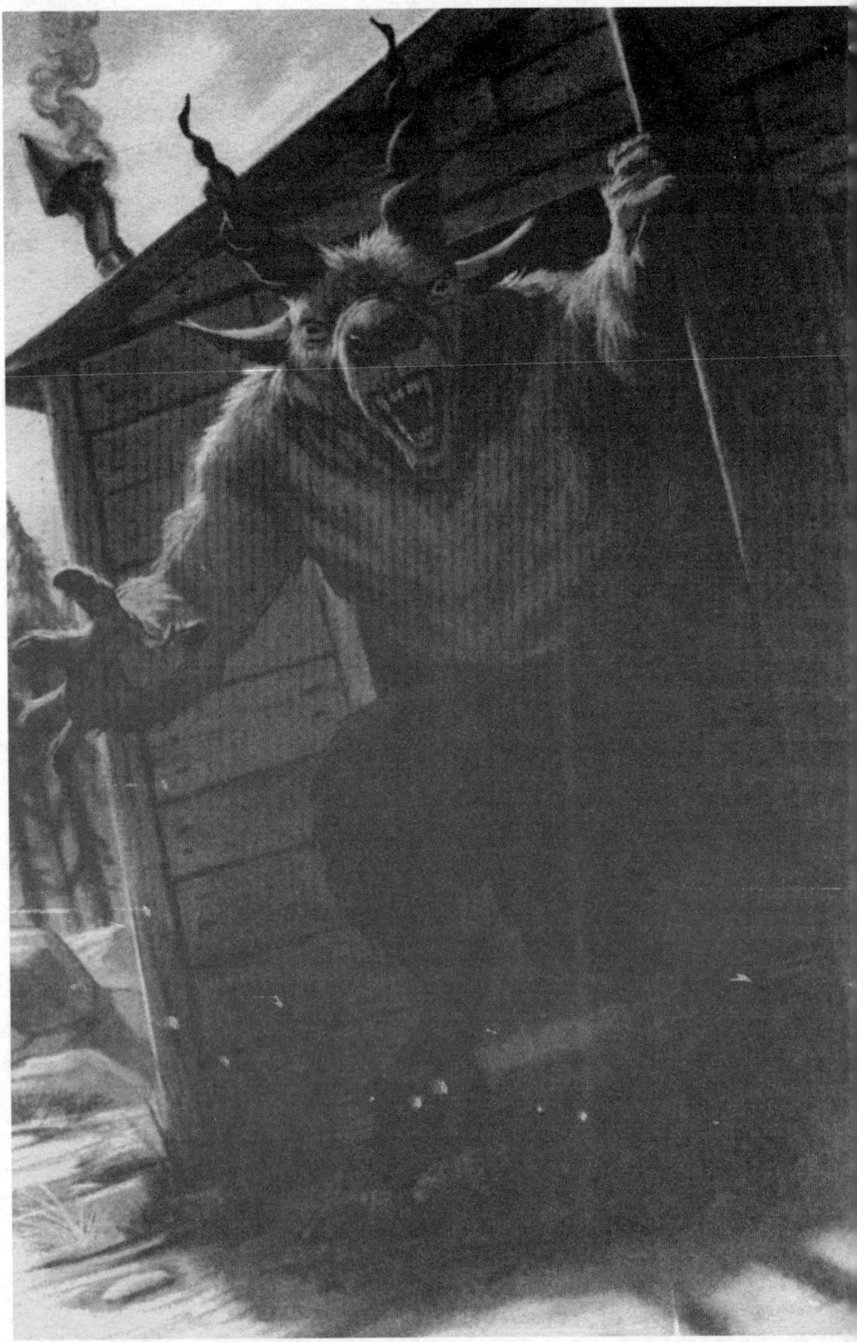

Depois de um grito que se situava numa posição intermediária entre um rugido e um balido, Newel esticou a cabeça e enterrou os dentes no sólido antebraço de Tanu. Com as mandíbulas fechadas, Newel se contorceu e se abaixou, erguendo Tanu sobre sua cabeça, livrando-se do aperto e deixando o samoano estatelado no chão.

Doren avançou sobre seu amigo transmutado, mas Newel o acertou com um golpe que soou como um tiro. Doren desabou no chão. Então Newel saltou para longe de Mendigo. Por duas vezes Newel tentou agarrar o fantoche gigante, mas Mendigo desviava-se. De quatro, Mendigo deslocou-se para a frente e para trás num movimento de aranha, até se aproximar e envolver as pernas de Newel. Pisando e chutando, o enraivecido sátiro se soltou, deixando Mendigo com um braço quebrado.

– Vá! – gritou Doren, erguendo seu rosto já inchado. – Não vai dar pra vencer dessa vez. Já é tarde. Eu vou contê-lo!

Tanu jogou uma garrafinha aberta para Seth. Um líquido escorria da boca do frasco quando ele a pegou.

– Beba! – disse Tanu.

Seth levantou a garrafinha e bebeu o líquido, que borbulhou e efervesceu enquanto descia com um sabor amargo e frutado. Newel correu em direção a Doren, que se virou, colocou as duas mãos no chão e deu um coice no peito do amigo com os dois cascos. O golpe fez Newel voar.

– Corra, Doren – instou Tanu. – Não deixe ele te morder. Mendigo, ajude-me a voltar pro jardim o mais rápido possível.

O gingador foi correndo até Tanu, que lhe subiu às costas. Mendigo não parecia suficientemente encorpado para carregar um homem tão grande, mas zarpou em alta velocidade.

Seth sentiu um formigamento pelo corpo todo, quase como se a gaseificação da poção estivesse agora gorgolejando por todas as suas veias. Newel, resfolegando, levantou-se e voltou sua atenção para Seth, avançando com os dentes à mostra e os braços estendidos. Seth tentou correr, mas, apesar de suas pernas se moverem, seus pés não conseguiam sair do lugar.

Newel passou bem no meio dele, e o formigamento borbulhante irrompeu por todo o corpo de Seth. À medida que a sensação diminuía, Seth dava-se conta de que seu corpo estava se desintegrando. Ele estava em estado gasoso!

– Newel! – disse Doren, com a voz incisiva, afastando-se de seu amigo descontrolado. – Por que você está agindo assim? Seja sensato!

Newel escarneceu:

– Você vai me agradecer mais tarde.

– Me deixa em paz – disse Doren, com delicadeza. – Nós somos amigos.

– Vai ser rápido – rosnou Newel em sua voz gutural.

Seth tentou dizer "Vem me pegar, seu maníaco com cara de cabra", mas embora sua boca pudesse fazer os movimentos corretos, nem um som escapava.

Rosnando, Newel correu até Doren, que se virou e correu na direção oposta à que Tanu estava seguindo. Aparentemente, Newel estava mais interessado em perseguir seu amigo do que ir atrás do samoano, porque nem se deu ao trabalho de olhar para Tanu e Mendigo. Doren avançou em meio à vegetação rasteira com Newel em seu encalço. Seth reparou pela primeira vez que um fio de sombra estava conectado a Newel. A sinuosa linha preta ocultou-se no interior da floresta.

Seth estava agora sozinho na pequena clareira, pairando alguns centímetros acima do chão, diminutas partículas de si mesmo evaporavam de seu corpo sem jamais se dissiparem efetivamente. Ele tentou novamente se mover, balançando os braços e as pernas. Embora sua incapacidade de gerar tração fosse idêntica à de antes, Seth começou a planar para a frente. Logo ele descobriu que o que importava não era mexer os braços ou as pernas. O importante era o desejo de se mover para determinada direção, o que ele começou gradualmente a fazer.

Braços e pernas pendentes, Seth planou lentamente em direção a Tanu na esperança de alcançar a casa, antes de se corporificar, para a eventualidade de Newel decidir voltar. Em seu estado gasoso, Seth poderia ter abandonado as trilhas e viajado em linha reta em meio à floresta, mas as trilhas seguiam uma direção razoavelmente reta, e ele não nutria nenhuma predileção particular pela sensação de se dissolver em galhos e em outros obstáculos.

Com sua velocidade máxima mal alcançando a passada de um troll despreocupado, ele continuou ansioso durante toda a tediosa viagem. Ele estava preocupado em saber como Tanu estaria se virando, e se Doren conseguira escapar de Newel, e o que fazer caso Newel reaparecesse. Mas Newel não retornou, e Seth permaneceu gasoso até atingir o jardim e subir no deque.

Tanu abriu a porta e deixou Seth entrar na casa. Mendigo esperou nas proximidades, um grande buraco no antebraço de madeira. Tanu parecia preocupado.

– Doren conseguiu fugir da coisa? – perguntou ele.

Incapaz de falar, Seth deu de ombros e cruzou os dedos.

– Também espero que sim. Eu acho que o meu ferimento vai ser um problema. Olha só.

Tanu ergueu seu braço forte. Não havia sangue, mas grande parte do antebraço parecia sombra, em vez de carne.

– Oh, não! – disse Seth.

– Está ficando invisível – disse Tanu. – Como aconteceu com Coulter, só que mais lentamente. A parte invisível está se espalhando. Não faço a menor ideia de como fazer pra que o processo pare de progredir.

Seth balançou a cabeça.

– Não se preocupe. Eu não esperava mesmo que você tivesse a resposta.

Seth balançou a cabeça com mais intensidade, fazendo com que as partículas de seu rosto se dispersassem com um formigamento efervescente. Ele vagou em direção a uma prateleira e apontou para uma lombada preta, e em seguida apontou para o braço de Tanu.

– Você quer que eu faça alguma anotação sobre o estado do meu braço? Você vai poder informar os outros. Logo, logo você vai se corporificar.

Seth olhou ao redor da sala. Planou em direção a uma janela, onde a luz do sol estava fazendo um pote de flor lançar uma sombra. Ele apontou para a sombra e depois indicou o braço de Tanu.

– Sombreado? – perguntou Tanu. Subitamente, a compreensão registrou-se em sua expressão. – Meu braço parece sombreado, não invisível. Como você vê Coulter, como um homem-sombra. É isso?

Seth levantou o polegar para Tanu.

– É melhor eu ir lá pra fora, caso eu me torne maligno como Newel.

Tanu foi para o deque. Seth flutuou atrás dele. Os dois ficaram parados, mirando silenciosamente o jardim. Uma sensação espumosa tomou conta de Seth, uma sensação de formigamento por todo o corpo, como se ele fosse uma garrafa de refrigerante que alguém acabara de chacoalhar com toda a força. Depois de um chiado efervescente, o formigamento cessou, e ele ressurgiu no deque, o corpo novamente sólido.

– Isso foi muito maneiro – disse Seth.

– Sensação única, não é, não? – disse Tanu. – Eu só tenho mais uma poção gasosa. Vem comigo, eu quero fazer um teste.

– Sinto muito pelo seu braço – disse Seth.

– Não foi culpa sua. Fico contente por você ter conseguido evitar a mordida dele. – Eles desceram os degraus do deque, passando por baixo da aba do telhado, e chegaram ao ar livre. Estremecendo e agarrando o antebraço sombreado, Tanu pulou para a sombra. – Era isso o que eu temia – grunhiu ele, com os dentes cerrados.

– Dói? – perguntou Seth.

– Coulter disse que só podia nos visitar quando o sol tivesse se posto. Eu acho que acabei de confirmar o motivo. Quando a luz do sol atingiu o meu braço, a parte invisível queimou com um frio insuportável. Mal posso imaginar como seria a sensação por todo o corpo. Talvez eu devesse cobrir o braço e tentar encontrar um local sombreado distante da casa.

– Eu não acho que você vai ficar maligno – disse Seth.

– E qual seria o motivo?

– Newel não estava se comportando como Newel – disse Seth. – Ele estava fora de controle. Mas Coulter estava calmo. Ele parecia normal, fora o estado de sombra.

– Pode ser que Coulter seja ainda mais maligno do que Newel – disse Tanu. – Ele poderia ter avançado sobre nós, se tivéssemos dado a chance. – Tanu ergueu o braço. A área que ia do pulso até o cotovelo estava perdida em sombra. – Está se espalhando com muita rapidez. – Sua testa estava cheia de gotinhas de suor. Ele se sentou pesadamente nos degraus do deque.

Do outro lado do gramado, Seth viu vovô Sorenson emergindo da floresta. Atrás dele vinha Dale, e depois Hugo dando carona a vovó em seu ombro.

– Vovô! – gritou Seth. – Tanu está ferido!

Vovô se virou e disse alguma coisa inaudível a Hugo. O golem o pegou, ajeitou vovó e disparou pelo gramado. Dale saiu correndo atrás dele. Hugo depositou os avós de Seth ao lado do deque. Tanu ergueu o braço ferido.

– O que aconteceu? – perguntou vovô.

Tanu contou o incidente com Newel, narrando como o sátiro havia mudado, como ele o havia atacado, como eles haviam fugido e como o ferimento parecia sombreado na visão de Seth. Vovó se ajoelhou ao lado de Tanu, inspecionando seu braço.

– Uma única mordida fez isso? – perguntou ela.

– Foi uma mordida bem grande – disse Seth.

– Pequenos machucados feitos por nipsies foram suficientes para transformar Newel – disse Tanu.

– Como você está se sentindo? – perguntou vovó.

– Febril. – A sombra cobrira toda a sua mão, exceto as pontas dos dedos, e estava se espalhando pelo braço. – Eu acho que não vou ter muito tempo. Vou mandar lembranças de vocês a Coulter.

– Nós faremos tudo o que pudermos para fazer você voltar ao normal – prometeu vovó. – Tente resistir a quaisquer inclinações maléficas.

– Eu vou levantar os dois polegares se vocês puderem confiar em mim – disse Tanu. – Vou tentar tudo o que puder para não enganar vocês com esse gesto. Vocês têm alguma ideia melhor para eu provar que ainda estou do lado de vocês?

– Não imagino que haja muitas outras coisas que você possa fazer – disse vovô.

– Ele vai ter de ficar longe do sol – disse Seth. – O frio é doloroso pra ele.

– O sol parecia não afetar Newel? – perguntou vovó.

– Não – disse Seth.

– E nem diminuiu a velocidade das fadas que atacaram Seth – disse vovô. – Tanu, fique no deque até o pôr do sol. Converse com Coulter quando ele chegar.

– Mais tarde, se eu ainda estiver com capacidade de raciocínio, vou explorar a reserva, ver o que consigo achar – resmungou Tanu, a boca contorcida numa careta. – Vocês descobriram alguma coisa sobre Nero?

– Nós o achamos ferido no chão da ravina, preso debaixo de um pesado pedaço de madeira – disse vovô. – Aparentemente, ele havia caído numa armadilha de anões das trevas. Eles roubaram a pedra vidente e grande parte de seu tesouro. Ele não conseguiu nos dizer como a praga havia se originado. Os ferimentos que ele havia sofrido não pareciam estar transformando-o de modo algum. Hugo removeu o pedaço de madeira e Nero foi capaz de cambalear de volta a seu covil.

Tanu começou a respirar pesadamente, os olhos fechados, suor escorrendo pelo rosto. Todo o seu braço estava perdido em sombra.

– Sinto muito... saber que foi um fracasso – gemeu ele. – É melhor... vocês entrarem... caso alguma coisa aconteça.

Vovô colocou a mão no ombro saudável de Tanu para confortá-lo.

– Nós vamos trazer você de volta. Boa sorte. – Ele se levantou. – Hugo, quero que você fique no estábulo vigiando Viola. Esteja preparado para voltar se nós o chamarmos.

O golem dirigiu-se ao estábulo com suas passadas pesadas. Dale deu um tapinha no ombro bom de Tanu. Vovô conduziu os outros ao interior da casa, deixando Tanu grunhindo nos degraus do deque.

– Não tem nada que a gente possa fazer por ele? – perguntou Seth, espiando pela janela.

– Não para impedir o que está acontecendo – disse vovô. – Mas nós não descansaremos até trazermos Tanu e Coulter de volta.

Dale pôs-se a examinar o braço fraturado de Mendigo.

– Vocês viram alguma criatura maligna quando estavam indo ver o Nero? – perguntou Seth.

– Nenhuma – disse vovô. – Nós permanecemos nas trilhas e andamos rapidamente. Só agora eu comecei a reparar na sorte que tivemos.

Se pudermos ter certeza de confiar em Tanu e Coulter, poderemos tentar uma última incursão pela manhã, antes de o sol nascer. Se não pudermos, talvez seja a hora de começarmos a pensar na possibilidade de abandonar Fablehaven até podermos voltar munidos de algum plano.

— Não ignorem a ajuda de Tanu e Coulter só porque vocês precisam de mim para conseguir enxergá-los — suplicou Seth.

— Goste você ou não, eu devo levar isso em consideração — disse vovô. — Não posso colocá-lo em situações de risco.

— Se eu sou mesmo a única pessoa que consegue enxergá-los, de repente isso significa que tem alguma coisa que só eu vou poder fazer pra ajudá-los — raciocinou Seth. — Pode ser que existam motivos mais importantes pra que eu vá além do fato de simplesmente ter condições de ver pra onde eles estão indo. Pode ser que essa seja a nossa única esperança de sucesso.

— Eu não descartarei essa possibilidade — disse vovô.

— Stan! — disse vovó, em tom reprovador.

Vovô virou-se para encará-la, e a expressão dela suavizou-se.

— Você piscou pra ela? — perguntou Seth. — Vocês estão tentando me tirar da jogada?

Vovô olhou para Seth com uma expressão jocosa.

— A cada dia que passa você fica mais observador.

CAPÍTULO ONZE

O velho pueblo

Gavin juntou-se a Kendra no hall de entrada carregando uma lança de madeira com uma pedra preta esculpida no topo. Apesar do desenho primitivo, a arma parecia ágil e poderosa, o topo afixado de modo seguro, a ponta e as extremidades afiadas. Ainda assim, Kendra imaginava por que ele preferia a lança a uma arma mais moderna.

Kendra estava usando botas robustas e um poncho sobre as roupas novas e secas.

– Você acha que a gente vai ver algum mamute? – perguntou ela.

Gavin deu um sorrisinho.

– Você não estava com a gente ontem, então não sabe de todos os detalhes. Tecnicamente falando, a mesa não faz parte da reserva. É mais antiga. Indomável. O tr-tr-tratado que fundou essa reserva não vai nos proteger quando a gente estiver lá em cima. Rosa disse que apenas armas confeccionadas pelo povo que vivia em Painted Mesa são de alguma serventia contra as criaturas que vamos encontrar pela frente. Essa lança tem mais de mil anos. Eles dão um tratamento especial pra ela continuar nova.

– Os outros tiveram de usar armas, da última vez? – perguntou Kendra.

– Supostamente não – disse Gavin. – Eles levaram armas, mas conseguiram chegar ao cofre sem dificuldades. O problema começou quando eles alcançaram o dragão. Mas eu temo que as coisas tenham mudado desde a última vez. A trilha que eles usaram sumiu. E mais, havia uma densidade perturbadora no ar quando a gente tentou escalar a mesa ontem. Com toda a honestidade, eu acho que você deveria sair dessa, Kendra.

Kendra teve a sensação de estar de volta a Fablehaven no início daquele verão, quando Coulter se recusou a incluí-la em determinadas excursões com Seth simplesmente porque ela era uma garota. Suas hesitações quanto a escalar ou não a mesa desapareceram repentinamente.

– Como é que você espera encontrar a escadaria sem mim?

– Eu não me importo de você nos guiar até o pé da escada – disse Gavin. – Mas se a gente não conseguir escalar o local sem você, de repente é porque a gente não tem mesmo o que fazer lá em cima.

Kendra respirou fundo.

– Mesmo eu sendo a única pessoa que pode encontrar o caminho de subida, você de alguma maneira imagina que se identifica mais com a mesa do que eu?

– Não tive intenção de ofender – disse ele, levantando a mão livre. – A única coisa que eu acho é que você parece não ter muita experiência de combate. – Ele girou a lança casualmente, agitando-a no ar.

– Isso ia ficar uma gracinha num desfile – disse Kendra, categoricamente. – É muita gentileza sua ficar preocupado. – Sem nenhuma experiência específica, ela não liderara as fadas numa investida que capturara um poderoso demônio? Ela não ajudara Warren a recuperar o artefato do cofre em Fablehaven? O que Gavin fizera?

Gavin mirou-a fixamente e falou com convicção:

– Você acha que eu sou um adolescente imbecil que fica falando um monte de baboseiras sobre como as garotas deviam ficar longe desse negócio de aventura. Não é bem assim. Eu estou preocupado com o fato de *eu mesmo* não conseguir sobreviver. Eu odiaria ver você se ferindo, Kendra. Eu insisto que você deveria dizer para o Warren que preferia ficar afastada.

Kendra não conseguiu conter o riso. A surpresa no rosto dele, a maneira com a qual ele foi da plena convicção para a incerteza, apenas adicionou combustível ao fogo. Foram necessários alguns instantes para reconquistar o poder da fala. Gavin dava a impressão de estar tão arrasado que ela sentiu vontade de tranquilizá-lo.

– Tudo bem. Eu antes estava sendo sarcástica, mas você foi legal mesmo. Agradeço o sentimento. Eu também estou assustada. Um pedaço de mim ia adorar seguir o seu conselho. Mas eu não vou entrar no cofre, só vou acampar na mesa com Neil. Eu não faria isso só pra tirar onda. Eu acho que vale a pena o risco.

Tammy entrou no corredor vestindo uma jaqueta leve com capuz e carregando um tomahawk. Ela tinha apertado tanto o capuz que apenas os olhos, o nariz e a boca estavam visíveis.

– Não dá pra acreditar que a gente vai escalar uma queda-d'água – disse ela. – Percorrer a trilha já foi supercansativo.

– Vocês não viram nada no topo da mesa da última vez? – perguntou Kendra.

– Nós vimos uma coisa – corrigiu Tammy. – Uma coisa grande. Tinha pelo menos dez pernas e ficava enrugada quando se mexia. Mas em momento algum chegou perto da gente. A mesa não deve ser problema. O que me preocupa mesmo é passar novamente por algumas daquelas armadilhas.

Warren, Neil, Dougan, Hal e Rosa vieram pelo corredor em direção à porta. Dougan estava segurando um pesado machado de pedra. Warren carregava uma lança.

Hal caminhou em direção a Kendra, os polegares enfiados na calça jeans.

– Você vai realmente conduzir esses loucos de pedra até o topo da mesa? – perguntou ele.

Kendra assentiu:

– Acho que eu posso te emprestar isso. – Ele estendeu uma faca de pedra numa capa de pele de cervo.

– Eu preferia que ela fosse desarmada, como o Neil – disse Warren.

Hal coçou o bigode.

– Neil possui um talento nato pra se manter vivo. Quem vive com a espada, morre com a espada. É assim que se diz? Talvez não seja uma má ideia. – Ele recolheu a faca.

– Nós só temos equipamentos de escalada pra cinco pessoas – anunciou Warren. – Eu vou subir atrás de todo mundo sem a cadeirinha, apenas segurando a corda.

– Vocês estão com a chave? – perguntou Rosa.

Dougan deu um tapinha na mochila.

– Não adiantaria muito chegar ao topo sem ela.

– É melhor a gente ir andando – recomendou Neil.

Do lado de fora, a chuvinha continuava. Neil dirigiu o jipe com Kendra, Warren e Tammy. Dougan seguiu na picape com Gavin como copiloto. Os limpadores de para-brisa movimentando-se freneticamente, o jipe patinhava em poças e ocasionalmente derrapava na lama. Em um determinado ponto, Neil acelerou e eles passaram por um riacho, a água jorrou de ambos os lados do jipe como asas. Eles se aproximaram da mesa a partir de uma rota menos direta do que a anterior, mais sinuosa e menos íngreme. A viagem durou quase duas vezes mais.

Por fim, eles pararam na mesma área plana e cheia de pedras onde haviam estacionado antes. Neil desligou o motor e apagou os faróis. Todos saíram dos veículos e colocaram os equipamentos nas costas. Warren, Dougan e Gavin acenderam enormes lanternas à prova d'água.

– Está vendo a escada? – perguntou Dougan a Kendra, estreitando os olhos para a escuridão chuvosa.

– Um pouco – disse Kendra. Na verdade, ela distinguia a Escada Inundada com muito mais clareza do que estava admitindo, mas não queria deixar óbvio que conseguia ver no escuro.

Eles seguiram caminho por sobre pedras molhadas, contornando diversas depressões onde a água havia formado poças. Uma parte de Kendra imaginava por que eles se preocupavam em desviar da água, tendo em vista a escalada que estavam a ponto de empreender. O capuz de seu poncho aumentava o barulho da chuva caindo.

Quando eles se aproximaram da fissura ao pé da escada, Kendra viu-se ao lado de Neil.

– O que acontece se a chuva parar enquanto a gente estiver na escadaria? – perguntou ela.

– Com toda a sinceridade, não faço a menor ideia. Eu gostaria de pensar que a escada continuaria enquanto nós estivéssemos subindo por ela. Nós provavelmente correríamos, se fosse o caso.

Warren ajudou Kendra a entrar na cadeirinha, apertou algumas correias e amarrou uma corda por entre alguns mosquetões. Assim que todos ficaram atados uns aos outros, Kendra conduziu os outros ao longo do estreito ressalto que ficava entre o penhasco e a fissura.

— Não se concentrem na escada — instruiu Neil. — Focalizem sua atenção em seguir a pessoa à sua frente. Isso pode ser um pouco difícil.

Kendra pisou na água corrente na base da escada e começou a subir. As botas davam-lhe uma aderência melhor do que os tênis que ela usara antes. À medida que os degraus ficavam mais íngremes, tornava-se impossível ascender sem usar as mãos. As mangas de sua camisa e as calças ficaram ensopadas. A água corrente fazia com que cada passo à frente tivesse uma sensação de instabilidade.

Depois de pelo menos cem degraus, eles alcançaram o primeiro patamar. Kendra se virou e olhou para baixo, chocada com o quanto a perspectiva lá de cima tornava a subida mais íngreme do que o que ela sentira ao subir. Se ela caísse, seria sem sombra de dúvida uma queda livre pela tosca escadaria de pedra, e seu cadáver seria levado pelas águas em direção à fissura. Ela se afastou da borda, temerosa de escorregar no mais doloroso tobogã de água que jamais vira em toda a sua vida.

Kendra se virou. À frente, a água caía em linha reta por mais ou menos trinta metros antes de espirrar ruidosamente no patamar. A escadaria ficou tão íngreme quanto uma escada doméstica, erguendo-se na lateral da cascata.

Kendra guiou os outros à frente e começou a subir os mais íngremes degraus até aquele momento, tentando ignorar o som e os esguichos da cachoeira ao seu lado. Nenhum degrau era suficientemente largo para que ela pudesse colocar a sola inteira de sua bota sobre ele, e os degraus eram frequentemente separados por mais de sessenta centímetros de distância. Ela subia cautelosamente, sempre mantendo as mãos no degrau mais alto à medida que escalava, o aroma de pedra molhada preenchendo suas narinas. Ela concentrava-se exclusivamente no degrau seguinte, ignorando o vazio atrás de si, ignorando a ideia de escorregar e derrubar todos os outros da escada junto com ela. O vento ficou mais forte, soprando seu capuz para trás e fazendo com que seu longo cabelo flutuasse como um galhardete. Seus braços tremiam devido ao medo e ao esforço.

Por que ela se oferecera para fazer isso? Deveria ter escutado Gavin. Ele tentara convencê-la a dizer não, mas o orgulho a impedira de avaliar o conselho.

Kendra alcançou o degrau seguinte, segurou-o da melhor maneira que pôde, ergueu o pé direito e depois o esquerdo. Ela fingia para si mesma estar a apenas alguns metros do chão à medida que repetia o extenuante processo.

Finalmente, Kendra alcançou o topo da queda-d'água e outro amplo ressalto. Neil impulsionou o corpo atrás dela. Olhando para cima, ela percebeu que ainda faltava um bom trecho a ser escalado. Ela reprimiu a tentação de olhar para trás ou para baixo.

– Você está indo bem – estimulou-a Neil. – Está precisando dar uma parada?

Kendra assentiu. Estivera tão cheia de adrenalina enquanto escalava ao lado da queda-d'água que não reparara no quanto seus membros estavam fatigados. Kendra puxou o capuz e esperou alguns minutos no ressalto antes de seguir em frente.

A escadaria agora erguia-se para a frente e para trás em vários andares curtos. Às vezes a água fluía seguindo a trilha da escada; outras vezes ela transbordava e pegava algum atalho. Eles escalaram degrau após degrau e ressalto após ressalto. As pernas de Kendra estavam doendo, e ela começou a ficar sem fôlego, requerendo pausas mais frequentes à medida que a escalada se intensificava.

O vento começou a soprar com mais força, chicoteando seu poncho, fazendo a chuva açoitar-lhe o rosto, fazendo com que até os degraus mais estáveis parecessem traiçoeiros. Era difícil dizer se a tempestade em si estava piorando ou se o vento estava apenas um pouco mais violento quanto mais alta a elevação.

Depois de alcançar lentamente um ressalto estreito, Kendra encontrou-se na base do último lance de degraus, o vento chicoteando seu cabelo pelos lados. O último lance era quase tão íngreme quanto os degraus ao lado da queda-d'água, só que dessa vez eles teriam de escalar diretamente através da cascata.

— Esses são os últimos degraus! — gritou Kendra para Neil, tentando superar o barulho da tempestade. — Eles são íngremes e a água está caindo com rapidez. Será que não é melhor a gente esperar pra ver se a tempestade não passa?

— A mesa está tentando fazer a gente desistir — respondeu Neil. — Vá em frente!

Kendra chapinhou em frente e subiu, escalando com mãos e pés. A água escorria por suas pernas e espirrava de seus braços em direção ao rosto. Independentemente de ela estar se movendo ou parada, a sensação era de que a correnteza estava a ponto de fazê-la perder o equilíbrio nos degraus escorregadios. Cada degrau era um risco, levando-a cada vez mais para cima, aumentando a distância de uma eventual queda. Os outros a seguiam de perto.

Um pé escorregou assim que ela colocou o peso do corpo sobre ele, e seu joelho bateu dolorosamente em um degrau, com água espirrando ao redor de sua coxa. Neil colocou a mão nas costas dela para ajudá-la a se erguer. Ela subiu e subiu, até que só faltavam dez degraus para o topo, depois cinco, então sua cabeça enxergou acima da borda da mesa, e ela subiu os últimos degraus. Kendra se afastou da escadaria e da corrente e se dirigiu a rochas sólidas com várias poças espalhadas em volta.

Os outros terminaram a escalada e se reuniram ao redor dela, o vento açoitando-os ainda com mais violência, agora que eles estavam amontoados no topo da mesa. Um raio surgiu no céu, o primeiro que

Kendra havia notado desde que eles haviam partido. Por um instante, toda a extensão da mesa ficou visível devido ao clarão. Ao longe, na direção do centro, Kendra viu antigas ruínas, camadas e camadas de muros e escadas caindo aos pedaços que antes devem ter formado um complexo pueblo ainda mais impressionante do que a estrutura vizinha à hacienda. Por segundos, os olhos dela foram atraídos para o movimento de muitos dançarinos saltitando loucamente na chuva, nas proximidades das ruínas. Antes que ela pudesse avaliar a cena, o clarão do raio terminou. A distância, a escuridão e a chuva combinaram-se para obscurecer os foliões até mesmo dos olhos agudos de Kendra. Ouviu-se um trovão, abafado pelo vento.

— Kachinas! — gritou Neil.

O navajo de meia-idade soltou rapidamente o equipamento de escalada de Kendra, não se preocupando em retirar a cadeirinha. Mais um raio riscou o céu, revelando que as figuras não estavam mais engajadas em sua frenética dança. Os foliões estavam avançando na direção deles.

— O que isso significa? — gritou Warren.

— São kachinas, ou seres aparentados a eles! — berrou Neil. — Espíritos ancestrais da natureza. Nós interrompemos a cerimônia de boas-vindas à chuva. Temos de ir para o esconderijo das ruínas. Fiquem com as armas a postos.

Tammy estava tendo dificuldades para soltar a corda atada a ela, de modo que a arrebentou com seu tomahawk.

— Como é que a gente chega lá? — perguntou Warren.

— Não passando por eles — disse Neil, começando a correr agachado ao longo da mesa.

— Vamos tentar contornar.

Kendra seguiu, não gostando do fato de que a boca do precipício estava a menos de dez metros de distância. Feixes de lanterna oscilavam e balançavam na chuva, deixando visíveis listras formadas pelos pingos brilhantes acompanhados de marcas ovais no chão. Kendra preferiu não acender sua lanterna; ela achava que a luz confundia. Ela conseguia enxergar pelo menos a uma distância de quinze metros em todas as direções.

— Temos companhia! — falou Dougan, sua voz quase inaudível no vendaval. Kendra olhou por cima do ombro. A faixa de luz da lanterna dele estava direcionada para uma figura magra e desgrenhada com a cabeça de um coiote. A criatura humanoide segurava um cajado encimado por chocalhos e vestia um elaborado colar de contas. Ele jogou a cabeça para trás e soltou um uivo alto e trinado que perfurou a noite tempestuosa.

Neil parou de súbito. À frente dele, bloqueando o avanço do grupo, sua lanterna iluminou um gigante desengonçado de quase três metros de altura, com o peito nu e usando uma enorme máscara pintada. Ou será que aquela era realmente a cara dele? Ele estava brandindo um tacape longo e curvo.

Neil desviou-se e correu na direção do interior do platô. Subitamente, figuras bizarras encontravam-se por toda parte. Um ser alto e cheio de penas, com a cabeça de um gavião, agarrou o braço de Tammy, arrastou-a por vários metros, girou o corpo como se fosse arremessar um disco e lançou-a para fora da borda da mesa. Kendra observou horrorizada Tammy girar no ar, balançando os braços como se estivesse tentando nadar, e depois desaparecer de vista. A criatura a jogara tão longe, e a mesa era tão íngreme em quase todos os pontos, que Kendra imaginou que a mulher talvez estivesse em queda livre em direção ao chão.

Kendra esquivou-se de um homem corcunda e olhar malicioso que carregava uma flauta comprida, e acabou nas mãos de uma criatura lisa e peluda com o corpo de mulher e a cabeça de um lince. Kendra deu um berro e lutou, mas a mulher-lince agarrou-a com firmeza e a arrastou para a borda da mesa. Os saltos de suas botas deslizavam no piso escorregadio e pedregoso. Ela podia sentir o cheiro do pelo molhado da criatura. Como seria a sensação de mergulhar em direção ao chão em meio à noite tempestuosa e os pingos de chuva?

Em seguida Gavin apareceu da escuridão brandindo sua lança. A mulher-lince uivou e recuou, soltando Kendra, as mãos cheias de garras erguidas para se proteger do ataque, um ferimento diagonal aberto em seu rosto felino. Gavin golpeou, rodopiou e vergastou, obrigando a feroz criatura a andar para trás, enquanto evitava contra-ataques com precisão, rasgando-a e furando-a à medida que ela recuava lentamente, as presas expostas.

De quatro, Kendra viu Dougan brandir seu machado para afugentar o homem-coiote. Lá estava Warren usando sua lança para manter um escorpião de bronze gigantesco afastado. E lá vinha Neil, correndo na direção dela. Olhando por cima do ombro, Kendra viu que estava a apenas alguns centímetros da beira do majestoso precipício. Ela cambaleou para longe.

O homem de penas com aspecto de gavião havia se juntado à mulher-lince no ataque a Gavin. Ele usou uma extremidade da lança para acertar a mulher-lince enquanto golpeava com a outra para ferir a atacante de penas que gania sem parar.

Neil alcançou Kendra e a pôs de pé.

– Suba nas minhas costas e segure firme – ordenou ele, esbaforido.

Kendra não tinha muita certeza de como Neil superaria aquela quantidade de inimigos com ela nas costas, mas subiu nele sem discutir. Assim que suas pernas engataram-se na cintura dele, ele começou a se transformar. Tombou para a frente, como se quisesse rastejar, mas não caiu tão próximo do chão quanto Kendra imaginara. Seu pescoço ficou mais grosso e mais alongado, suas orelhas cresceram acima da cabeça e seu torso inchou. Em um instante, Kendra encontrou-se escarranchada num galopante garanhão marrom.

Sem sela ou rédeas, não havia muito em que se segurar, e Kendra se sacudia e saía de posição à medida que o animal cavalgava. O homem gigante com um rosto parecido com uma máscara obstruiu a fuga deles, o pesado tacape em posição de ataque. O garanhão diminuiu a velocidade e deu marcha a ré, acertando o grandalhão com possantes coices. A enorme figura tombou, mas Kendra se desequilibrou e também caiu no chão, aterrissando numa poça de lama.

O garanhão corcoveou ao redor da área, dando marradas e pinotes, pisoteando o inimigo caído e obrigando os outros a se dispersarem. Kendra olhou em torno e viu Gavin dar uma cambalhota para recuperar o tomahawk de Tammy que estava no chão. Girando a lança com destreza, ele agora estava enfrentando quatro oponentes. Dois corpos inertes estavam deitados perto dele.

Seu olhar encontrou o dela, e depois de um último movimento da lança ele correu na sua direção. As criaturas foram atrás deles. Kendra levantou-se. Enquanto se aproximava, Gavin jogou um dos braços para trás e arremessou o tomahawk na direção dela. A arma passou a centímetros dela, a pedra preta enterrando-se no ombro de um homem largo e coberto com uma cabeça imensa e um rosto deformado. Kendra não percebera a aberração aproximando-se por trás. O homem desfigurado caiu com um grito gutural, e então Gavin pegou a mão dela e os dois começaram a correr juntos na chuva.

Kendra ouviu cascos batendo no chão ao lado dela. Gavin entregou-lhe a lança, agarrou-a pela cintura e colocou-a em cima do garanhão marrom com uma força impressionante. Um instante depois ele já estava em cima do animal atrás dela. Ele pediu a lança de volta e usou a mão livre para equilibrá-la.

– Vai, Neil! – gritou ele.

Neil aumentou a velocidade para um galope furioso, irrompendo em meio à algazarra da mesa numa velocidade que Kendra jamais imaginaria ser possível. Cega pela pesada chuva, ela ficou grata por Gavin a haver equilibrado. Ele parecia não ter nenhum problema em permanecer em cima do veloz garanhão, segurando a lança com a mão livre como se estivesse num duelo.

Piscando rapidamente para tentar enxergar em meio ao dilúvio, Kendra reconheceu as ruínas surgindo à frente. O cavalo saltou por cima de uma cerca baixa, dando um friozinho na barriga de Kendra, e então eles começaram a se desviar de destroços e de paredes destruídas. Com um ruído de cascos no chão, o cavalo parou do lado de fora da construção mais conservada das ruínas.

O cavalo evaporou abaixo de Kendra e Gavin, deixando-os ao lado de Neil na chuva. Suas roupas não existiam mais. Tudo o que ele usava eram peles de animal.

– Fiquem aqui até eu voltar – ordenou ele, indicando com o polegar o umbral escancarado. Passou a mão na lateral do corpo, como se estivesse sentindo dor.

– Você está bem? – perguntou Gavin.

– Aguentar a minha outra forma é duro – disse Neil, dando uma cutucada em Kendra para que ela entrasse no prédio.

Raios riscavam o céu, lançando estranhos clarões e sombras nas ruínas. Um trovão explosivo foi ouvido quase que imediatamente, e Neil voltou a ser um cavalo, galopando em direção à tempestade.

Gavin pegou a mão de Kendra, e ela o conduziu até o abrigo da construção. Parte do telhado havia desabado, mas as paredes estavam intactas, mantendo o vento do lado de fora, exceto quando ele soprava através do umbral.

– Perdi minha lanterna – disse Gavin.

A de Kendra estava pendurada na cadeirinha de escalada. Não era tão grande quanto algumas das lanternas dos outros, mas quando ela a acendeu, o feixe de luz era brilhante. A água vazando pela parte aberta do telhado estava correndo pelo piso enlameado e escorrendo através de um alçapão aberto em direção a uma câmara subterrânea.

– Olha só – disse ele, admirado. – Você conseguiu reter o equipamento mesmo com dançarinos selvagens tentando jogar você penhasco abaixo.

– Estava preso na cadeirinha – disse ela. – Obrigada por me salvar. Você foi fantástico.

– É p-p-por... é p-p-por isso que eles me trouxeram. Todo mundo tem suas habilidades. É nisso que eu brilho. Arrebentar monstros com lanças primitivas.

Kendra sentiu-se constrangida. Seu comportamento quando eles foram atacados deixara flagrante que ela não fazia a menor ideia de como se comportar numa luta. Ela se preparou, percebendo que era melhor reconhecer o problema antes que ele começasse a apontar suas deficiências.

– Você estava certo, Gavin. Eu não deveria ter vindo. Eu não sei o que eu estava esperando. Você foi obrigado a cuidar de mim em vez de ajudar os outros.

– C-C-Como assim? Por sua causa, eu tive uma desculpa pra fugir do perigo cavalgando Neil. Você se saiu muito melhor do que eu imaginava.

Kendra tentou sorrir. Ele estava sendo delicado em não censurá-la, mas ela sabia que havia sido um estorvo.

– Não consigo acreditar que Tammy tenha morrido – disse ela.

– Espero que você não se culpe por isso – disse ele. – Aconteceu rápido demais pra alguém ter tido alguma chance de salvá-la. A gente não sabia realmente o que eles tinham em mente até que o cara com pinta de falcão mandou-a pelos ares. – Ele balançou a cabeça. – Eles queriam a todo custo que a gente saísse da mesa. Nós entramos na festa errada.

Para fazer a perda parecer menos dolorosa, Kendra descobriu-se com a esperança de que Tammy estivesse trabalhando em sigilo para a Sociedade da Estrela Vespertina. Eles esperaram em silêncio, ouvindo o vento do lado de fora chiando estridentemente em meio às ruínas. A tempestade estava mais violenta do que nunca, como se estivesse realizando um último esforço para varrê-los do platô.

Alguém atravessou o umbral com passadas fortes. Kendra direcionou a lanterna na esperança de que fosse Neil. Em vez disso, o homem-coiote surgiu na entrada, um talho horrendo visível abaixo do pelo molhado e emaranhado de seu peito. Ela conteve um grito e quase deixou cair a lanterna. O intruso sacudiu o cajado. Mesmo com o vento uivando, Kendra conseguia ouvir os chocalhos. O coiote falava com voz humana, entoando uma língua estranha e trinada.

– E-E-Entendeu alguma coisa? – perguntou Gavin, suavemente.

– Nada.

O homem-coiote foi andando de lado em direção à sala, rosnando. Gavin parou em frente a Kendra, e em seguida avançou com a lança. Quando o coiote e Gavin ficaram próximos um do outro, Kendra sentiu vontade de desviar o olhar. Em vez disso, ela apertou a lanterna como se fosse um bote salva-vidas e direcionou o feixe de luz para os olhos do homem-coiote. Ele contorceu a cabeça para evitar o brilho intenso, mas Kendra manteve o feixe de luz sobre ele, e Gavin acertou-o com a lança.

Lentamente, Gavin afugentou o intruso com a lança. Num movimento brusco, o homem-coiote agarrou a lança pouco abaixo da cabeça e puxou Gavin para perto de si. Em vez de resistir, Gavin avançou e acertou em cheio o local onde o peito do homem-coiote estava ferido. Cambaleando para trás e gemendo de dor, o homem-coiote soltou a lança e deixou o cajado cair. Gavin atacou, a ponta de pedra da lança espetando o inimigo, até que o homem-coiote saiu da sala com novos ferimentos.

Arquejando, Gavin afastou-se do umbral.

– Se ele voltar, eu vou fazer um suvenir pra você: coiote no espeto.

– Ele mesmo deixou um suvenir – disse Kendra.

– Isso significa que você quer ficar com esse negócio? – perguntou Gavin, abaixando-se para pegar o cajado com os chocalhos presos na ponta. Ele sacudiu delicadamente o objeto. – Com toda a certeza é mágico. – Ele o jogou para Kendra.

– Será que ele vai me caçar pra recuperar a coisa? – perguntou Kendra, apreensiva.

– Se por acaso algum dia ele for atrás de você, devolva-lhe o objeto. Eu não me preocuparia com isso. Como a reserva circunda essa mesa, eu imagino que o cara de coiote fique preso aqui.

– E se ele vier atrás da coisa hoje à noite mesmo?

Gavin sorriu cheio de si, e disse:

– Coiote no espeto, lembra?

Kendra sacudiu com força o bastão, ouvindo o ruído dos chocalhos. Do lado de fora, o vento ficou mais intenso, os raios produziram clarões, e trovões irromperam em seguida, sufocando o som do chocalho. Ela continuou sacudindo-o vigorosamente, tentando escutar o ruído dos chocalhos em meio ao sopro lamurioso do vento no exterior. O vento chiou ainda mais alto. O granizo começou a se chocar com o telhado e a cair com força através da parte quebrada. Pedacinhos de gelo deslizaram pelo chão.

– Eu sacudiria essa coisa com mais cuidado – disse Gavin.

Ela parou, mantendo o chocalho inerte. Em poucos segundos o granizo parou de cair e o vento deixou de soprar com a mesma intensidade.

– Isso aqui controla a tempestade? – perguntou Kendra.

– Pelo menos influencia – disse Gavin.

Kendra estudou o cajado, maravilhada. Ela o entregou a Gavin.

– Você merece ficar com ele.

– N-N-Não – disse Gavin. – O s-s-suvenir é seu.

Kendra segurou o cajado cuidadosamente, mantendo-o parado. Em um minuto a tempestade entrou em calmaria. O vento deixou de soprar com tanta fúria. A chuva diminuiu e virou uma garoa.

– Você acha que os outros estão bem? – perguntou Kendra.

– Espero que sim. Dougan está com a chave. Se eles não aparecerem, pode ser que a gente seja obrigado a lutar pra voltar pra escada. – Apoiando-se na lança, Gavin olhou de relance para Kendra. – Da maneira como as coisas ocorreram, parece que eu estava certo ao avisar sobre o perigo, mas a coisa foi muito pior do que eu previra. Se soubesse, eu teria sido muito mais insistente com todo mundo pra que você não viesse. Está aguentando bem?

– Eu estou bem – mentiu ela.

– Foi muita esperteza sua direcionar a lanterna pros olhos do coiote. Obrigado.

O vento e a chuva recomeçaram, mas ainda assim não açoitaram a mesa com a mesma fúria de antes. Relâmpagos difusos tremeluziam regularmente, acompanhados de trovoadas. No quinto clarão, três homens passaram cambaleando pelo umbral. Warren, Dougan e Neil atravessaram o recinto em direção a Kendra e Gavin. Dougan não estava mais com o machado. Warren estava segurando a parte de cima de sua lança quebrada. Neil estava mancando entre os dois, apoiado pelos dois outros homens.

— Que coisa horrível — disse Dougan. — Vocês tiveram alguma visita?

— O-O-O homem-coiote passou por aqui — disse Gavin.

— Ele entrou aqui? — perguntou Neil, a aparência selvagem.

Gavin anuiu:

— Eu tive de repeli-lo com a lança.

— Então Kendra e eu não estaremos seguros aqui, afinal de contas — disse Neil. — No passado, as criaturas que assombram a mesa não teriam ousado colocar os pés aqui na sala do tempo. Mas, enfim, eu sei pouco sobre o rito que nós interrompemos. Nós podemos ter tornado todas as proteções sem efeito.

— Ele entrou mesmo — disse Kendra. — E deixou isso aqui. — Ela ergueu o cajado. Neil franziu o cenho para o objeto.

— É o suvenir dela — insistiu Gavin.

— Nós precisamos entrar no cofre — disse Neil. — Qualquer lugar vai ser mais seguro do que essa mesa hoje à noite. — Dougan e Warren o ajudaram a chegar ao alçapão no chão.

— Sinto muito por não ter sido um bom guarda-costas — desculpou-se Warren com Kendra. — Eles atacaram tão de repente, e eu vi Gavin tomando conta de você com muito mais capacidade do que eu. Gavin, eu nunca encontrei alguém que pudesse superar seu pai numa briga, mas você daria trabalho pra ele numa disputa.

— Graças a tudo o que ele me ensinou — disse Gavin, com um sorrisinho orgulhoso.

Abaixo deles o alçapão estava escancarado. Uma longa e reta tora de madeira com pinos funcionava como escada. Direcionando as lanternas para o vazio, eles viram o chão mais ou menos quatro os metros abaixo. Gavin desceu primeiro a escada, segurando a lanterna de Kendra. Em seguida Dougan, depois Kendra e então Neil, descendo com os braços e apenas uma das pernas. Depois que Neil atingiu o chão,

Warren não o seguiu, e eles ouviram os sons de uma briga. Lança na mão, Gavin subiu a escada com incrível velocidade.

Depois de alguns instantes de tensão, Warren e Gavin desceram a escada.

– O que aconteceu? – exclamou Kendra. – Vocês dois estão bem?

– Nenhum coiote no espeto – disse Gavin, lamentando. – Ele não apareceu.

– Mas outros seres, sim – disse Warren. – O homem-gavião e um brutamontes assustador. Estou com o Neil. Não podemos deixar ninguém acima do nível do chão. Tem muito inimigo por aí.

– Encarar um dragão vai ser mais seguro? – questionou Kendra.

Warren deu de ombros.

– Nenhuma das opções é convidativa, mas pelo menos os cofres são desenhados pra serem potencialmente seguros.

Kendra esperava que Warren estivesse certo. Ela não pôde deixar de se lembrar de que apenas uma pessoa e meia – das três que haviam entrado naquele cofre da última vez – conseguira sair.

Dougan retirou a chave da bolsa. Era um grosso disco de prata do tamanho de um prato. A sala subterrânea possuía uma espaçosa depressão circular no centro. Fluía água para dentro da depressão, mas em vez de formar uma poça no local, continuava sendo drenada. Com Warren ajudando Neil, todos eles pisaram no interior do buraco circular.

– Essa sala era uma kiva – explicou Neil. – Um local onde se realizavam cerimônias sagradas.

Dougan apertou uma pequena protuberância no disco, e diversos dentes de metal com um formato estranho apareceram nos lados como lâminas de um canivete. Quando ele soltou o botão, os dentes pontudos retraíram-se. Ele ajoelhou-se no centro da depressão circular e colocou o disco numa reentrância onde o objeto se encaixou com perfeição. Em seguida, ele apertou o centro do disco e o girou.

Com um estalo repentino e um estrondo subterrâneo, o piso da depressão circular começou a rodar. Dougan havia tirado a mão da chave, mas ainda assim o chão continuava girando e, à medida que girava, descia, como se eles estivessem na cabeça de um parafuso gigantesco. Girando cada vez mais, eles foram descendo gradualmente em direção a uma vasta câmara onde as paredes irregulares tinham a aparência de uma caverna natural. Ao olhar para cima, Kendra observou o buraco redondo no teto ficar cada vez mais distante. Os sons da tempestade ficaram para trás. Um último baque ecoou anunciando a parada no chão.

CAPÍTULO DOZE

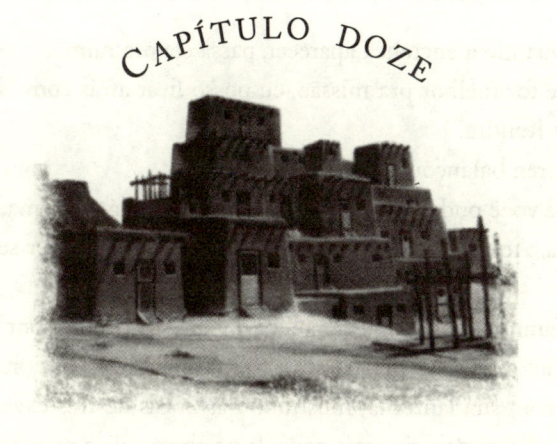

Obstáculos

Dougan agachou-se ao lado de Neil.
– Como está sua perna?

Com a testa vincada, Neil examinou o joelho.

– Acho que rompi um tendão. Vai demorar um bom tempo até eu voltar a andar normalmente.

– Quem te feriu? – perguntou Kendra.

– Eu mesmo – disse Neil, lamentando-se. – Isso aqui é o ferimento de um homem velho, adquirido por correr em alta velocidade em terreno duro demais.

– Vamos chamar de ferimento de um herói – disse Warren. – Vocês deveriam ter visto como ele caiu em cima de umas criaturas que tinham me agarrado.

– Você pode usar a minha lança como muleta – ofereceu Gavin.

– Todos nós teremos mais chances de sobreviver se a lança ficar em suas mãos – disse Neil.

Gavin entregou a lança a Neil.

— Quando a encrenca aparecer, passa ela pra mim.

— Se for melhor pra missão, eu posso ficar atrás com Neil — ofereceu-se Kendra.

Warren balançou a cabeça.

— Se você pudesse ter ficado em segurança lá em cima, isso seria uma boa. Aqui, nós teremos mais chances de sobreviver se ficarmos juntos.

— Tammy mencionou uma fera gigantesca coberta por tantas facas que até pareciam penas — disse Dougan. Ele inspecionou a vasta câmara com sua lanterna, mostrando as bocas de três cavernas diferentes. — A fera deveria estar naquela passagem ali, a mais larga de todas. Ela disse que o bicho fica à espreita esperando o momento de atacar algum desavisado.

— Por falar em Tammy — disse Kendra —, a gente vai conseguir fazer isso sem ela? Passar pelas armadilhas não era o trabalho dela?

Dougan levantou-se e esticou o corpo.

— A morte dela foi uma tragédia, e um sério golpe na missão, mas ela nos forneceu informações suficientes pra que a gente não ande às cegas, pelo menos até chegarmos ao dragão. — Ele inclinou a lanterna para iluminar a saída mais estreita da câmara. — Por exemplo, aquele túnel ali vai ficando cada vez mais íngreme até atingir uma profundidade insondável. Nós queremos a caverna de tamanho médio.

— M-M-Melhor a gente ir andando — sugeriu Gavin.

Warren saiu da plataforma circular que os havia abaixado até o recinto, dando umas batidinhas com a extremidade quebrada de sua lança para testar o chão. Os outros seguiram. Dougan tentou auxiliar Neil, mas o navajo recusou qualquer ajuda, preferindo mancar apoiando-se na lança. Embora Neil não reclamasse de nada, a rigidez de seu rosto e a constrição em torno dos olhos tornavam evidentes a dor que ele estava sentindo.

Obstáculos

Warren estava segurando uma lanterna, a exemplo de Dougan. Gavin, na retaguarda, ficou com a lanterna de Kendra. Gavin direcionou a luz para uma reluzente formação rochosa encostada em um paredão com o formato de tubos de órgão derretidos. A entrada de tamanho médio era guardada por estalagmites, cônicas projeções rochosas da cor de caramelo em consonância com as estalactites acima.

Depois de serpentearem pelas estalagmites, eles desceram pela passagem íngreme e sinuosa. Pequenas estalactites similares a canudinhos de refrigerante pendiam em frágeis aglomerados. As paredes contorcidas tinham uma tonalidade amarelada. Alguns trechos da descida eram tão íngremes que Neil se sentou e desceu deslizando. Kendra se agachou, agarrando ressaltos de pedra com a mão livre e segurando com firmeza o cajado com os chocalhos na outra, fazendo o possível para que ele não fizesse barulho.

Kendra ouviu som de água corrente. O fluxo contínuo ficou mais alto até que eles encontraram o caminho bloqueado por um abismo com uma correnteza profunda e veloz. A única maneira de atravessar era saltando pela coleção de colunas de pedras ásperas espalhadas pelo local, nenhuma delas da mesma altura.

Warren direcionou o foco da lanterna para as três colunas mais largas e mais convidativas.

– Tammy alertou que essas três são armadilhas, dispostas de modo a desabar assim que pisarmos nelas. Como vocês podem ver, existem colunas suficientes ao redor dessas três maiores. Alternativas não faltam.

Warren desenrolou uma corda, entregou uma ponta a Dougan e foi em direção às colunas, pulando de uma para a outra sem pausas significativas ou passos em falso. Apesar da confiança que ele demonstrava, Kendra sentiu uma tensão interior até ele chegar inteiro ao outro lado do abismo.

– Amarrem a corda na cadeirinha de Kendra – disse Warren.

Dougan se ajoelhou e amarrou a corda nas fivelas de metal e nos mosquetões.

– Você viu como ele fez?

Kendra anuiu.

– Não pense na queda – sugeriu Gavin, devolvendo a lanterna dela. – Eu seguro seu bastão de chuva. – Ela entregou a ele o cajado do homem-coiote.

Kendra foi em direção à borda do abismo. O topo achatado da primeira coluna ficava bem próximo. Ela tentou imaginar que estava pisando numa pedra num riacho rasinho e seguiu em frente. A coluna seguinte era mais arredondada, e ela teria de dar um salto para poder alcançá-la, mas havia espaço suficiente para ambos os pés aterrissarem. Não fosse pelo negrume do vazio abaixo, o salto não traria maiores preocupações. No entanto, ela não conseguia sair do lugar.

– Coloque a mão na corda – falou Warren com ela. – Lembre-se, se você cair, eu estou aqui pra te puxar de volta.

Kendra comprimiu os lábios. Se caísse, seu corpo iria se chocar com a parede na extremidade do abismo, provavelmente batendo em várias colunas ao longo do trajeto. Mas segurar a corda dava uma ilusão de segurança. Lembrando-se que deveria pensar como Seth, o que para ela significava simplesmente não pensar, saltou para a coluna seguinte, cambaleou e equilibrou-se.

Salto após salto, passo após passo, ela contornou duas das três maiores colunas. Perto da extremidade do abismo, para poder contornar a última coluna convidativa e traiçoeira, ela teria de usar colunas tão pequenas que cada uma delas suportaria apenas um pé de cada vez.

– Vai pisando uma atrás da outra – aconselhou Warren. – Cinco pisadas rápidas, uma partidinha rápida de amarelinha e pronto. Você já está quase aqui. Se cair, não vai ser grande coisa.

Kendra planejou os passos. Warren estava certo, se ela caísse agora e seu corpo balançasse até a outra parede o risco não seria mais tão grande. Reunindo coragem uma última vez, ela saltou, saltou, saltou, saltou e caiu desequilibrada nos braços estendidos de Warren.

Dougan, Neil e Gavin comemoraram do outro lado do abismo. Warren desamarrou Kendra, amarrou sua corda de escalada em sua lanterna e lançou-a para Dougan, que a agarrou.

– Neil não quer tentar atravessar as colunas com um pé só – disse Dougan. – Ele acha que uma única balançada pelo abismo é melhor, o que significa que é melhor eu ser o próximo a atravessar pra poder te ajudar a pegá-lo.

– Tudo bem – respondeu Warren.

– Eu acho que consigo carregá-lo – interveio Gavin. Ninguém respondeu. – Isso não seria muito diferente de um dos exercícios do treinamento que o meu pai costumava me obrigar a fazer. Sou mais forte do que pareço.

– De uma forma ou de outra, é melhor eu atravessar antes pra dar uma ajuda – disse Dougan, amarrando a corda em si mesmo.

– Como Javier conseguiu voltar com as pernas feridas? – perguntou Kendra.

– Tammy o carregou – disse Warren. – Javier tinha uma poção que reduziu seu peso.

– Por falar nisso, como é que eles conseguiram sair daqui? – perguntou ainda Kendra. – Eu achava que esses cofres eram desenhados pra impedir que as pessoas saíssem se não conseguissem pegar o tesouro.

Warren anuiu, observando Dougan começar sua travessia.

– Era isso o que eu achava também. Tammy e Javier tiveram a sensação de que o dragão significava morte certa, então eles se arriscaram a voltar, e a aposta acabou dando certo.

Embora seus movimentos não fossem nem um pouco graciosos, Dougan atravessou o abismo sem contratempos. Warren jogou a lanterna com a corda atada para Gavin, que a pegou com uma das mãos e começou a amarrar a corda em Neil.

— Tem certeza que Neil não é pesado demais? — gritou Dougan.

Gavin se abaixou e colocou Neil apoiado em um dos ombros. Sem responder, ele pisou na primeira coluna, e então saltou para a segunda. Além de Neil em seu ombro, Gavin estava segurando o cajado, que chocalhava sempre que ele saltava. Kendra sentia uma tensão interior a cada salto curto, e então seu estômago se contraiu quando ele balançou canhestramente em cima de um pequeno ressalto arredondado. Gavin hesitou na pedra em que Kendra fizera sua última pausa, estudando os cinco saltos consecutivos que completariam a travessia. Mudando Neil levemente de posição, Gavin pulou de coluna em coluna, caindo de joelhos quando alcançou o outro lado do abismo.

— Muito bem! — gritou Dougan, entusiasmado, dando um tapinha nas costas de Gavin. — Juro nunca mais subestimar a força de um jovem.

— F-F-Foi mais difícil do que eu imaginei — disse Gavin, arfando. — Pelo menos a gente conseguiu.

Warren ajudou Neil a sair do ombro de Gavin. Ele enrolou a corda e depois seguiu à frente na caverna, que continuava descendo, embora não tão íngreme como antes. Gavin usou o feixe de sua lanterna para destacar manchas brilhantes de calcita nas paredes úmidas da caverna. Ele também iluminou faixas ondulares coloridas que pareciam bacon. Kendra praticamente podia sentir o sabor das pedras ao respirar. O ar estava desconfortavelmente frio. Ela gostaria que suas roupas secassem.

A passagem ficou ainda mais estreita, até que todos foram obrigados a andar de lado para prosseguir. Então, subitamente, o espaço ficou tão largo quanto uma espaçosa caverna. Warren parou e fez um gesto para que os outros fizessem a mesma coisa.

– Globuloides? – perguntou Dougan.

– Você não faz ideia da quantidade – disse Warren. – Avancem lentamente. Não saiam inteiramente da cobertura da passagem.

Os outros seguiram em frente até que todos puderam ter uma visão da caverna congestionada. Milhares de bulbos flutuavam no ar. Em tons bege, marrom e preto, eram na maioria esféricos, embora os cimos parecessem um pouco contraídos. A textura era fibrosa, como palha de milho. Os menores eram do tamanho de bolas de tênis, os maiores se pareciam mais com bolas de vôlei. Todos permaneciam em constante movimento, vagando preguiçosamente até flutuarem juntos. Quando isso acontecia, eles repeliam delicadamente uns aos outros.

– O que são essas coisas? – perguntou Kendra.

– Se você tocar neles, eles explodem, liberando um gás altamente tóxico – explicou Dougan. – O gás pode entrar no seu organismo por meio da respiração ou simplesmente pelo contato com a pele. Você morre quase que instantaneamente e a toxina vai aos poucos te derretendo. Por fim, seus restos viram um vapor que pode ser absorvido por outros globuloides.

– Se algum de nós tocar num desses globuloides, por menor que ele seja, todos na caverna vão morrer, e a entrada ficará perigosa por horas – disse Warren.

Kendra tentou imaginar como seria atravessar o local serpeando entre aquelas bolinhas. Os globuloides flutuavam uns trinta centímetros acima do chão ou abaixo do teto sem jamais roçarem nas paredes. Havia espaço entre eles, mas não muito, e o constante vagar significava que intervalos grandes o suficiente para acomodar uma pessoa estavam constantemente se abrindo e fechando.

– Aonde a gente está tentando ir? – perguntou Kendra.

— Existem diversas passagens falsas ao longo desse espaço — disse Dougan. — Mas o caminho verdadeiro é através de um buraco no centro.

Kendra viu uma área elevada no centro da caverna. Cercado por rochas, o buraco não estava visível. Era um bom esconderijo para a passagem, especialmente pelo fato de que os globuloides estavam mais densamente reunidos no meio do recinto.

— Tammy explicou que o segredo é ficar abaixado — relatou Warren. — Os globuloides nunca tocam o chão, nem o teto, nem as paredes, nem as estalagmites, nem as estalactites, nem eles mesmos. Ela disse que os globuloides raramente descem a uma altura que impossibilita uma pessoa de passar rastejando pelo chão da caverna. Então a gente vai fazer exatamente isso, e vamos ficar próximos às estalagmites sempre que for possível.

— Você consegue, Neil? — perguntou Dougan.

Neil anuiu estoicamente.

— Vou tentar primeiro — disse Warren. — Vocês todos, voltem para o corredor. Eu vou dar um grito de advertência se encostar em algum globuloide e poluir a caverna. Se isso acontecer, retornem ao abismo e esperem. Se não, eu vou gritar assim que estiver em segurança no buraco.

Os outros recuaram para o fundo da estreita passagem, iluminando o local com duas lanternas.

— Você vai em seguida, Kendra — informou Dougan.

— Não seria melhor Gavin ir depois? — sugeriu Kendra. — Se tudo o mais falhar, ele e Warren poderiam seguir em frente e pegar o artefato. E depois você, Dougan, pra dar uma ajuda a eles, depois eu e por último Neil.

— Faz sentido — concordou Neil.

— Só tem um porém: eu sou o maior, portanto com mais riscos de tocar um globuloide por mais abaixado que eu vá — disse Dougan. — Primeiro Gavin, depois Kendra, depois eu e depois Neil.

Eles esperaram em silêncio. Atrás de si, Kendra ouviu um rugido distante, tênue como os estertores de um eco.

– Você ouviu isso? – sussurrou Kendra no ouvido de Gavin.

– Ouvi – sussurrou ele de volta, apertando a mão dela, como que para confortá-la.

Mesmo numa caverna escura cercada pela possibilidade da morte, Kendra não pôde deixar de imaginar se talvez não houvesse algum viés romântico naquele gesto. Ela não tirou a mão, desfrutando o contato, pensando no contraste entre sua fala gaguejante e a confiança com a qual ele a havia protegido na mesa.

– Cheguei! – gritou Warren, por fim.

– Acho que chegou a minha vez – disse Gavin. – Vou levar o cajado, Kendra. E a lança, Neil. Pode ser que ela te atrapalhe no caminho. V-V-Vejo vocês do outro lado, pessoal. – Ele entregou a Kendra a lanterna e, erguendo a voz, disse: – Warren, dá pra iluminar o caminho pra mim?

– Claro – respondeu Warren.

Ele sumiu de vista na passagem. Parecia que Gavin havia levado muito menos tempo do que Warren quando ele gritou:

– É a vez de Kendra!

A boca seca, as palmas das mãos úmidas, Kendra avançou lentamente. Onde a passagem acabava, ela mirou o interior da caverna, observando globuloides subindo e descendo e movimentando-se para os lados em todas as combinações possíveis, como em um sonho. Ela podia ver a cabeça de Warren no centro do local. Ele estava segurando uma lanterna.

– Kendra – disse Warren –, vou ser o seu guia. Basta rastejar e seguir o feixe de luz da minha lanterna. Vou dizer como você deve se mover. Eu tenho a vantagem de ser capaz de ver o seu corpo por inteiro e todos os globuloides ao seu redor. Deu muito certo com o Gavin.

— Mas se eu explodir um deles você vai morrer comigo.

— Se você explodir um globuloide, e o gás não me atingir, quem vai morrer é o seu avô. Vamos lá.

Kendra prostrou-se e começou a rastejar. O piso da caverna não era nem liso nem particularmente rugoso. Ela foi se esgueirando lentamente, usando os joelhos e os cotovelos e meneando a cintura, grata por ter o feixe de luz da lanterna de Warren para seguir. Ela mantinha os olhos baixos, quase sem notar os bulbos saltitando acima dela como se fossem grotescos balões.

Ela já havia ultrapassado a metade do caminho até o centro da caverna quando ouviu Warren respirar fundo e dizer:

— Fique o mais abaixada que puder, Kendra! — Ela encostou o rosto na pedra, exalando o ar dos pulmões, desejando penetrar na rocha. — Quando eu der o comando, vire-se para a esquerda e fique deitada de costas. Pense em qual direção está a esquerda pra você; não role para a direita. Prepare-se, está quase, quase. Agora!

Kendra rolou para a esquerda e ficou de costas, mantendo o corpo tão perto do chão quanto possível. Embora ela quisesse fechar os olhos, não pôde deixar de olhar. Globuloides amontoavam-se em torno dela. Ela observou um enorme descer e ficar bem ao lado dela, a centímetros do chão da caverna, precisamente onde ela havia estado, até subir e ficar na altura de sua cintura.

— Fique parada — ordenou Warren, a voz tensa.

Embora o imenso globuloide não tocasse nenhum dos outros, sua passagem espalhou os glóbulos circundantes em todas as direções. Um par de globuloides do tamanho de bolas de basquete quase colidiu bem acima do nariz de Kendra, tão perto de seu rosto que ela achou que ambos fossem roçar sua pele e se romper. Em vez disso, eles vagaram para longe, deixando de tocar nela por um fio de cabelo.

Trêmula, Kendra respirou lentamente, observando o ajuntamento de globuloides acima dela se dispersar sem pressa. Uma lágrima escapou do canto de um de seus olhos.

– Muito bem, Kendra – disse Warren, parecendo aliviado. – Role novamente para a sua esquerda e continue seguindo o feixe de luz da minha lanterna.

– Agora? – perguntou Kendra.

– Isso.

Ela rolou e foi em frente, tentando acalmar a respiração.

– Ande rápido agora – instruiu Warren. – Você alcançou uma área vazia.

Seus cotovelos doíam à medida que ela impulsionava o corpo com rapidez no chão da caverna. O feixe da lanterna guiou-a para a direita e depois para a esquerda.

– Mais devagar – disse Warren. – Espere, um pouco mais pra trás.

Kendra levantou os olhos e viu um globuloide do tamanho de uma bola de vôlei caindo em cima de sua cabeça numa diagonal. E estava definitivamente numa rota de colisão!

– Não role! – alertou Warren. – Eles estão dos dois lados! Sopre!

Franzindo os lábios, Kendra esvaziou os pulmões no globuloide que se aproximava. A corrente de ar fez com que o bulbo malhado se desviasse.

– Fique bem abaixada! – ordenou Warren.

Dessa vez ela realmente fechou os olhos, esperando no escuro um globuloide beijar sua pele e explodir.

– Tudo bem – disse Warren. – Está quase, Kendra. Rasteje mais um pouco.

Ela abriu os olhos e seguiu o feixe até a barreira rochosa na extremidade do buraco. Warren estava tão perto! Ele pediu que ela esperasse e depois que andasse rapidamente por sobre as rochas quando o ar estivesse momentaneamente limpo. Em seguida ele estava ajudando-a a segurar os degraus de ferro presos na parede de pedra do buraco. Surpresa por estar viva, tremendo devido ao choque, ela desceu os degraus até o local onde Gavin estava esperando.

— Parece que você teve uns contatos bem pessoais — disse Gavin.

— Eu odiei aquilo — admitiu Kendra. — Pensei que fosse o fim. Tive de soprar um deles pra longe.

— Eu s-s-soprei t-t-três — disse Gavin. — Dei uma de convencido e tentei correr. Quase me dei mal. Acho melhor você se sentar um pouco.

Kendra desabou no chão com as costas na parede e levou os joelhos até o peito. Ela ainda não estava conseguindo acreditar que havia sobrevivido. Por duas vezes os globuloides estiveram próximos demais. Ela arqueou a cabeça, lutando para endireitar a postura. A aventura ainda não havia acabado.

Antes que ela pudesse perceber, Dougan havia descido os degraus e estava ao lado de Gavin.

— Eu poderia ter passado a minha vida toda sem essa experiência. — Ele parecia abalado. — Eu já estive em alguns lugares perigosos, mas nunca senti a morte tão próxima.

Kendra sentiu um alívio por não ser a única pessoa a achar traumatizante a experiência de atravessar a caverna rastejando no chão.

— Por acaso o dragão não é o nosso principal problema seguinte? — perguntou Gavin.

— De acordo com Tammy — afirmou Dougan —, ela chegou até aqui.

Foi então que eles ouviram uma explosão, seguida da voz estrangulada de Neil gritando:

— Corram!

Um instante depois, Warren desabou no chão, na base da escada.

– Vai, vai, vai – instou ele, obrigando Kendra a se levantar. Eles correram desembestados pela passagem desnivelada, virando em vários pontos antes de parar.

– Você está bem? – perguntou Dougan a Warren, colocando a mão em seus ombros.

– Acho que sim – disse Warren. – Eu vi eles vindo, muitos globuloides convergindo sobre Neil. Eu avisei a ele, e depois me preparei pra descer caso acontecesse alguma coisa. Deixei a lanterna em cima das rochas no topo do buraco. Quando ouvi a explosão do globuloide, dei um salto, e de alguma maneira consegui aterrissar sem torcer o tornozelo. Acho que escapamos. – Ele se virou e deu um soco tão forte na parede da caverna que sua mão sangrou.

– V-V-Você fez o certo – disse Gavin a Warren. – Se não fosse por você, eu não teria conseguido passar pela caverna.

– Nem eu – disse Kendra.

– Nós devemos isso a você – concordou Dougan.

Warren assentiu, livrando-se delicadamente de Dougan.

– E eu devia a Neil. Ele salvou a minha pele. Lugarzinho perigoso. Falta de sorte. É melhor seguirmos em frente.

Os outros seguiram Warren e a caverna deu uma guinada para cima pela primeira vez. Kendra tentou não pensar em Neil deitado inerte naquele lugar cavernoso cheio de bizarros bulbos flutuantes. Ela compreendia a que Warren estava se referindo quando disse que tinha uma dívida com ele. Se não tivesse sido por Neil, ela também estaria morta. E agora Neil perdera a vida.

Gavin passou entre Kendra e Dougan e agarrou Warren.

– Espere – disse ele, com um sussurro insistente.

– O que é? – perguntou Warren.

— Senti o cheiro do dragão — respondeu Gavin. — Chegou a hora de eu começar a justificar a minha presença aqui. Se eu conseguir uma maneira de a gente passar em segurança, eu assovio. Quando vocês entrarem lá, não olhem pro dragão, principalmente nos olhos dela.

— Os olhos *dela*? — perguntou Dougan.

— É cheiro de fêmea — disse Gavin. — Independentemente do que acontecer, nem cogitem a possibilidade de atacá-la. Se as coisas derem errado, corram.

Warren deu um passo para o lado. Gavin passou por ele e sumiu de vista. Warren, Dougan e Kendra ficaram esperando em silêncio. Não tiveram de esperar muito.

Um grito de estourar os tímpanos rasgou o ar, fazendo com que os três tapassem imediatamente os ouvidos. Uma sucessão de rugidos e berros se seguiu, aparentemente poderosos demais para pertencerem a algum animal. A única criatura que Kendra ouvira produzir sons dessa magnitude era Bahumat, o que não era uma lembrança das mais alegres.

Os urros ensurdecedores persistiram, fazendo a pedra vibrar embaixo de seus pés. Para Kendra, o tumulto soou como uma centena de dragões e não apenas um. Finalmente, o clamor diminuiu, o silêncio agora parecendo mais acentuado do que anteriormente. Eles tiraram as mãos dos ouvidos. Um instante depois, ouviram um assovio alto e estridente.

— Esse é o sinal — disse Dougan. — Eu vou primeiro. Warren, fique atrás com Kendra.

Dougan seguiu na frente, ao passo que Warren e Kendra mantiveram-se a uma certa distância. Logo avistaram luz à frente. Dougan apagou a lanterna. Eles alcançaram a abertura de uma câmara tão imensa que Kendra teve dificuldades para imaginar como o espaço podia se encaixar no interior da mesa. A tremenda sala a lembrou da ocasião na qual Hal descrevera cavernas grandes o suficiente para conter um estádio de futebol inteiro. Ela achara que ele estivesse exagerando. Tudo indicava que não.

A câmara colossal estava iluminada por pedras brancas reluzentes colocadas nas paredes, fazendo Kendra lembrar-se das pedras no interior da torre invertida. O teto alto estava tão distante que Kendra tinha sérias dúvidas se Hugo conseguiria arremessar uma pedra a uma altura suficiente para tocá-lo. Ela e Warren observaram Dougan, que avançou ainda mais no interior da câmara, avaliou a cena e então acenou para que eles prosseguissem.

O espaço era mais amplo e mais comprido do que alto. Algumas estalagmites chegavam a uma altura de doze metros do chão. Embora soubesse que não deveria olhar, Kendra não pôde evitar uma olhadinha rápida em Gavin, que estava a quase cinquenta metros de distância, de costas para ela, braços e pés bem estendidos, encarando um dragão empoleirado num penedo oblongo. Eles pareciam estar presos num intenso concurso de olhares, ambos absolutamente imóveis.

O dragão resplandecia como uma moeda nova, escamas cúpricas sobrepostas encapsulando-a numa armadura metálica. Uma barbatana alta ia do topo da selvagem cabeça até a base do pescoço. Sem incluir o rabo em forma de chicote e o longo pescoço arqueado, o corpo do dragão era do tamanho de um elefante. Duas asas cintilantes estavam dobradas dos lados.

O dragão pousou os olhos em Kendra. Eles eram brilhantes como ouro derretido. O dragão abriu a boca repleta de presas numa imitação de sorriso.

– Você ousa olhar para mim, pequenina? – perguntou o dragão, as palavras sedosas ressonando como um sino de igreja.

Kendra não sabia o que fazer. Ela se sentiu tola por haver desobedecido às instruções. Ficara preocupada com Gavin, e depois o dragão tinha um aspecto tão fascinante. O calor do olhar fez com que ela sentisse frio. Seus membros ficaram dormentes. O que Warren havia dito mesmo sobre domadores de dragões? A maioria das pessoas ficava congelada quando algum dragão falava com elas. Os domadores de dragão tinham a habilidade de manter a conversação.

– Você é muito bela – disse Kendra, com a voz mais alta que conseguiu. – Meus olhos não conseguiram resistir!

– Essa aí é quase eloquente – refletiu o dragão, mantendo os olhos grudados em Kendra. – Aproxime-se, minha querida.

– Kendra, olha pro outro lado! – exigiu Gavin. – Chalize, não se esqueça de nosso acordo.

Kendra tentou virar a cabeça, mas os músculos do pescoço não se moviam. Ela tentou fechar os olhos, mas as pálpebras se recusavam a funcionar. Embora se sentisse imobilizada pelo medo, sua mente permanecia lúcida.

– Seus companheiros não tinham permissão de olhar para mim – cantou Chalize, os olhos brilhantes ainda fixos sobre Kendra. O dragão mexeu-se pela primeira vez, agachando-se ainda mais, como se estivesse se preparando para atacar.

– Não se esqueça, verme! – berrou Gavin.

O dragão olhou para ele, os olhos estreitos.

– Você disse verme?

Kendra mirou o chão. Warren apareceu segurando um de seus cotovelos e Dougan o outro, incentivando-a a se afastar dali às pressas. Ela seguiu lentamente, escutando a conversa sem levantar os olhos.

– Ela falou com você educadamente, Chalize – disse Gavin. – Os da sua espécie não costumam devorar ninguém sem um motivo.

– Ela descumpriu sua promessa e pousou os olhos em mim. Que outro motivo eu deveria precisar? – As palavras eram tão ásperas quanto duas espadas se chocando.

Obstáculos

Gavin começou a falar uma língua ininteligível, tão distinta das linguagens humanas quanto os guinchos dos golfinhos ou o canto das baleias. O dragão respondeu na mesma língua. O volume da conversa era mais alto do que quando eles estavam falando em inglês.

Kendra sentiu um impulso de voltar a olhar. Será que o dragão ainda a estava influenciando ou será que ela estava simplesmente ficando louca? Resistindo ao impulso, ela manteve os olhos distantes de Gavin e Chalize.

Naquele momento, Kendra, Warren e Dougan estavam na base de uma longa e ampla escadaria. Enquanto subiam, a discussão se encerrou. Kendra podia imaginar Gavin olhando novamente para o dragão. Como ele havia conseguido escapar do insulto que fizera a ela? Como ele era capaz de conversar na língua dela? Uma linguagem que, evidentemente, nem mesmo as fadas sabiam, já que Kendra não entendera parte alguma da conversação. Certamente Gavin era muito mais do que aparentava.

Com as pernas queimando, eles chegaram ao topo da escadaria e avistaram uma alcova muito bem escondida com uma porta de ferro na frente. Avançando em direção à porta, eles a encontraram trancada e sem nenhum sinal de chave. Eles esperaram, ninguém ousando olhar para trás.

Finalmente, eles ouviram passos rápidos na escada. Gavin se aproximou por trás, enfiou uma chave dourada na fechadura e abriu a porta.

– Rápido – disse ele.

Eles correram pela porta em direção a um corredor com paredes formadas por blocos de pedra. Gavin parou para fechar a porta e depois correu para alcançá-los. O piso era ladrilhado. Pedras brilhantes cintilavam de bocais nas paredes.

– Você falou como um dragão – disse Dougan, maravilhado.

— Está começando a ver por que meu pai sempre me manteve em segredo? — perguntou Gavin.

Dougan permanecia impressionado.

— Eu tinha entendido que você era um domador nato de dragões, mas isso...

— Se vocês gostam de mim, por favor jamais compartilhem com ninguém o que ouviram hoje.

— Sinto muito por ter olhado pro dragão — disse Kendra.

— N-N-Não fala isso — disse Gavin. — Como você conseguiu responder?

— Não sei — disse Kendra. — Meu corpo não se mexia, mas minha mente continuou funcionando. Eu me lembrei que domadores de dragões falavam com dragões, então depois que eu fiquei presa no olhar dela, eu resolvi fazer uma tentativa. Eu estava inteirinha congelada, mas minha boca ainda trabalhava.

— Normalmente a mente fica paralisada junto com o corpo — disse Gavin. — Você tem um grande potencial pra ser domadora de dragões.

— Como você foi capaz de olhar nos olhos dela? — perguntou Warren. — Eu sempre entendi que os domadores de dragões evitavam contato visual.

— V-V-Você também estava olhando? — acusou Gavin.

— Só o suficiente pra ver você.

— Eu desafiei Chalize a tentar contrariar a minha vontade sem me tocar — disse Gavin. — Nosso acordo foi que, caso ela fracassasse, nós teríamos liberdade pra passar.

— O que fez você imaginar que conseguiria? — perguntou Dougan, surpreso.

— Eu sempre fui imune ao charme dos dragões — disse Gavin. — Por causa de alguma peculiaridade inata, os olhares dos dragões não me deixam mesmerizado. Ela poderia ter me decapitado com um movimento do rabo, mas ela é jovem e tem vivido isolada, então acabou curtindo muito o desafio. Claro que, pra ela, parecia uma competição em que não tinha nenhuma possibilidade de perder.

— Pelo que eu percebi, ela parecia bem pequena – disse Warren.

— M-M-M-M-Muito misterioso – disse Gavin. – Chalize é jovem, e ainda tem muito o que crescer. Ela não pode ter muito mais do que uns cem anos. No entanto, esse cofre está aqui há mil anos. A caverna onde ela mora estava cheia de marcas de garras de algum dragão muito maior e muito mais velho.

— Eu reparei – disse Warren. – Então onde está o pai?

— Eu perguntei como ela chegou aqui – disse Gavin. – Ela se recusou a responder. Tem alguma coisa muito obscura na situação toda. Pelo menos ela entregou a chave, como havia prometido.

— A juventude dela explica por que ela atacou os outros com tanta rapidez – disse Dougan.

— Exato – concordou Gavin. – Normalmente os dragões preferem se divertir com sua comida. Os jovens são mais impulsivos.

— Todos os dragões são tão metálicos quanto ela? – perguntou Kendra. – Ela parecia quase um robô.

— Cada dragão é único – disse Gavin. – Eu já vi outros com escamas de metal, mas Chalize é a mais metálica que eu vi na vida. Todo o corpo dela é revestido com uma cobertura de cobre. Até a voz dela é metálica.

Dougan abraçou Gavin.

— Eu acho que nem precisa dizer, mas você foi ótimo. Você é um verdadeiro prodígio.

— O-O-Obrigado – disse Gavin, baixando os olhos timidamente.

Enquanto eles seguiam pelo corredor, Warren ia na frente, testando o chão com a lança quebrada. Ele alertou-os para que não tocassem nas paredes e para que ficassem de olho em possíveis armadilhas. Agora que haviam ultrapassado o limite até onde Tammy chegara, qualquer perigo era possível.

O corredor terminou numa porta de bronze. Atrás dela eles encontraram uma escadaria em espiral que ia para baixo. Testando cada degrau antes de colocar o peso sobre ele, eles desceram ainda mais para o interior da terra. Depois de centenas de degraus ininterruptos, a escada terminou em outra porta de bronze.

– Essa pode ser a residência do guardião – sussurrou Warren. – Fique aqui, Kendra.

Warren atravessou a porta aberta, seguido por Dougan e Gavin. Kendra ficou espiando atrás deles. A sala com teto alto fez Kendra pensar no interior de uma catedral sem bancos e sem janelas. Estátuas podiam ser vistas em nichos elevados; pequenas salas abrigando vários ornamentos estendiam-se a partir da câmara principal; murais desbotados decoravam as paredes e o teto, e um gigantesco altar cheio de adornos dominava a extremidade da sala.

Warren, Dougan e Gavin atravessaram a sala cautelosamente, cada um olhando para uma direção diferente, enquanto Kendra observava da porta. Eles alcançaram o altar e olharam em torno, relaxando gradativamente. Começaram a procurar em todas as salas adjacentes, manuseando diversos tesouros, mas não acharam nenhum guardião para opor-se a eles.

Cansada de esperar, e duvidando da existência de perigo, Kendra entrou na sala. Warren estava examinando mais detidamente o altar, hesitando em tocar nas joias.

– Nada? – perguntou Kendra.

Warren olhou para cima.

– Pode ser que a gente ainda não tenha despertado ou ativado o guardião. Mas se você me perguntar, eu acho que alguém roubou esse artefato há muito tempo. Não estou vendo nada suspeito. Essa sala deveria conter o nosso desafio mais assustador, a menos que o guardião já tenha caído.

– Talvez isso explique por que Tammy e Javier foram capazes de sair das cavernas sem encontrar o artefato – observou Kendra.

– Certo, e por que um novo dragão foi colocado aqui um século atrás – concordou Warren.

Kendra dirigiu-se à extremidade do altar e ficou paralisada, lendo a inscrição que havia sido deixada ali em letras prateadas.

– Você leu isso? – perguntou Kendra, suavemente.

– Não é uma língua com a qual eu esteja familiarizado – disse Warren.

– Deve ser linguagem de fada – sussurrou Kendra. – Eu leio como se fosse inglês.

– O que diz?

Espiando ao redor para se certificar de que Dougan e Gavin não tinham condições de escutar, ela leu tranquilamente as palavras em voz alta:

Cortesia do maior aventureiro do mundo,
Esse artefato possui um novo lar em Fablehaven.

CAPÍTULO TREZE

Admirador secreto

Seth estava debaixo das cobertas em sua cama, inteiramente vestido, exceto pelos sapatos, as mãos cruzadas atrás da cabeça, mirando o teto oblíquo do escuro quarto do sótão. Ele estava pensando na diferença entre coragem e estupidez, uma distinção que vovô Sorenson tentara enfatizar repetidamente. Ele considerava-se munido de definições úteis. Estupidez era quando você corria riscos por um motivo ruim. Coragem era quando você assumia um risco calculado para poder obter êxito em algo importante.

Será que ele havia sido estúpido no passado? Com certeza! Olhar pela janela na noite do solstício de verão depois de ter sido alertado para não olhar fora uma atitude estúpida. O único benefício foi satisfazer sua curiosidade, e ele quase matou sua família inteira. Neste verão ele assumira alguns riscos também por motivos fúteis. É claro que, quando o risco parecia pequeno, ele às vezes não se importava de agir de modo um pouco estúpido.

Mas ele também agira de maneira corajosa. Ele tomara uma overdose de poção de coragem para enfrentar o espectro, na esperança de salvar sua família. Aquele risco valera a pena.

Sair de casa às escondidas para seguir as aparições sombrias de Coulter e Tanu na floresta seria perigoso? Certamente. A questão era saber se o risco era justificado.

No início daquela tarde, Tanu concluíra sua transformação em homem-sombra embaixo de sua janela. Ele havia esperado na sombra do deque até o pôr do sol, quando correu em direção à floresta. Algumas horas mais tarde, já bem de noite, as sombras silenciosas de Tanu e Coulter haviam retornado. Visíveis apenas a Seth, ficaram parados na metade do caminho entre o jardim e a casa, permitindo que vovô se dirigisse a eles do deque. Tanu indicara que tudo estava bem levantando os dois polegares, e eles haviam feito um gesto para que Seth os seguisse, convidando vovô a vir também. Por meio de uma linguagem corporal, Coulter expressara que seguiria na frente durante o caminho, para impedir encontros com criaturas perigosas.

Mas vovô declinara do convite. Ele sustentara que se Tanu e Coulter pudessem bolar uma maneira de ele os acompanhar sem Seth, ele aceitaria de bom grado ir com eles. Quando ele lhes disse isso, Seth ficou parado atrás dele fazendo gestos sutis, apontando dissimuladamente para vovô e balançando a cabeça, depois apontando para si mesmo, depois apontando para eles e finalmente piscando. Ninguém além de Seth pôde ver Tanu fazendo uma saudação para indicar que recebera a mensagem.

A casa ficara quieta por algum tempo. Se ele ia mesmo dar prosseguimento à mensagem que sinalizara a Tanu e Coulter, o momento era agora. Mas ele hesitou. Será que ele ia mesmo desrespeitar uma ordem direta de vovô e confiar sua vida às versões sombrias de Tanu e Coulter? Se Tanu e Coulter estivessem bem-intencionados com relação a ele, eles estariam dispostos a deixar que saísse sorrateiramente de casa contra a vontade de vovô? Ele esperava que os amigos tivessem certeza de que Seth ficaria em segurança e confiança de que vovô agradeceria a todos eles depois.

Quais eram as possibilidades? Talvez eles o levassem para uma armadilha. Talvez ele morresse ou fosse transformado em sombra. Mas pensando bem, talvez ele conseguisse resolver o mistério da praga, curar Tanu e Coulter e salvar Fablehaven.

Seth saiu das cobertas, pegou os sapatos e começou a amarrar os cadarços. A conclusão era de que vovô estaria disposto a arriscar sua vida na aposta de que as sombras de Tanu e Coulter quisessem realmente oferecer um auxílio significativo. Ele os teria seguido se pudesse fazer isso sozinho. O que ele simplesmente não queria era arriscar a vida de Seth. Para Seth, isso provava que o risco valia a pena. Se vovô o amava tanto a ponto de impedir que ele assumisse um risco que valia a pena, então ele ignoraria vovô.

Com os sapatos amarrados, Seth puxou seu kit de emergência de baixo da cama. Em seguida desceu as escadas do sótão na ponta dos pés, recuando a cada ruído. No fim da escada a casa permanecia escura e quieta. Seth correu pelo corredor e desceu as escadas em direção ao hall de entrada. Ele entrou no estúdio de vovô, puxou uma correntinha para acender a luminária de mesa e remexeu na bolsa de poções de Tanu. Depois de examinar diversas garrafas, Seth achou a que queria, pegou-a e fechou a bolsa.

Ele apagou a luz e se esgueirou até a porta dos fundos. Abriu-a e saiu, onde o luar banhava o jardim com uma luz argêntea.

– Tanu? – sibilou Seth com um sussurro forçado. – Coulter?

Um par de sombras humanoides emergiu de trás de uma sebe, uma mais alta e corpulenta do que a outra. Seth saltou por cima da amurada do deque e caiu no gramado. Imediatamente, duas outras figuras foram na direção dele, uma bem maior do que Tanu, a outra um pouco mais alta do que Coulter.

Seth tirou a tampa da poção que havia surrupiado e tomou o conteúdo da garrafa. Quando Mendigo e Hugo o alcançaram, um formigamento efervescente já estava percorrendo seus membros, e ele pairou no ar, uma representação vaporosa de si próprio. Mendigo e Hugo tentaram em vão colocar as mãos nele.

É claro que vovô não confiara nele. É claro que Mendigo e Hugo haviam recebido ordens de ficar ali plantados para impedir que ele saísse do jardim. Será que era culpa de Seth o fato de vovô ter deixado de esconder as poções de Tanu?

Coulter e Tanu fizeram um gesto para que Seth os seguisse. Impulsionando-se para a frente com o pensamento, Seth vagou atrás deles com o máximo de rapidez que conseguiu impor. Mendigo ficou com ele, tentando incessantemente agarrá-lo e proporcionando um formigamento borbulhante onde quer que suas mãos de madeira tentavam pegá-lo. Seu progresso era frustrantemente lento. Hugo foi até a casa e começou a bater na parede. Seth tentou ignorar as luzes que começaram a ser acesas.

Estava quase chegando à floresta quando Dale gritou para ele:

– Seth, tenha consideração com seu avô e volte já! – Recusando-se até mesmo a olhar para trás, Seth balançou a cabeça.

Quando Seth alcançou o limite da floresta, vovô falou do deque:

– Espere, Seth, volte! Tanu! Coulter! Esperem, escutem! Se vocês vão fazer isso, pelo menos deixem-me ir junto. – As sombrias figuras pararam. Balançando a cabeça enfaticamente, Seth cruzou e descruzou os braços. Isso era algum truque. Assim que ele ficasse sólido, vovô o arrastaria de volta para a casa. Ele balançou a mão, estimulando-os a continuar.

— Seth — exigiu vovô —, não acene para eles seguirem em frente. Tanu, Coulter, se vocês realmente estão em sã consciência, esperem por mim.

As figuras sombrias deram de ombros para Seth e pararam. Ele acenou ainda mais freneticamente para que eles prosseguissem. Será que eles realmente conheciam seu avô?

— Mendigo, pare — chamou vovô. — Você acompanhará Seth e a mim. Hugo, pegue a carroça. Imagino que a carroça deva ser o meio mais rápido de chegar ao nosso destino. Estou certo?

Tanu assentiu. Seth se virou e balançou a cabeça para vovô.

— Nós teremos de esperar que você volte a ficar sólido — disse vovô. — Deixe-me pegar uma lanterna e vestir roupas mais apropriadas.

Ele voltou para dentro de casa. Seth acenou para Tanu e Coulter seguirem em frente, mas eles se negaram.

— Eu vi isso — disse Dale, do deque. — Pare de instigá-los. Seu avô é um homem de palavra. Ele quer mesmo ir com vocês. E se você me perguntar, vocês têm mais chances com ele do que sem ele.

Seth relaxou, pairando na escuridão próximo às sombras de seus amigos. Se vovô estivesse armando alguma para cima dele, ele achava que sempre poderia dar um jeito de bolar uma nova estratégia para escapar.

Vovô voltou vestido apropriadamente. Ele deu instruções para que Dale ficasse esperando com vovó. Salientou que eles deveriam fugir de Fablehaven caso o grupo não conseguisse retornar da missão ou se retornasse na forma de sombra. Seth planou em direção ao local onde Hugo estava pronto para puxar a carroça como se fosse um gigantesco riquixá. Tanu e Coulter subiram no veículo, assim como vovô e Mendigo. Seth flutuou ao lado, esperando recorporificar.

Por fim a tediosa espera acabou numa azáfama efervescente, e Seth juntou-se aos outros na carroça. Os homens-sombra sentaram-se na frente. Vovô e Seth ficaram agachados atrás.

— Estou fazendo isso contra o meu bom-senso — disse vovô.

— Nós precisamos correr esse risco — sustentou Seth com sua mais elaborada voz de adulto. — Eu não vou abandonar Tanu e Coulter tendo condições de ajudá-los a sair dessa.

— Vamos, Hugo — ordenou vovô.

A carroça seguiu em frente com Hugo pisando firme na trilha em alta velocidade. A noite morna abraçava Seth à medida que a carroça avançava em meio à escuridão. Quando a trilha se bifurcou, Tanu indicou qual direção seguir, Seth retransmitiu o gesto e vovô emitiu a diretiva a Hugo.

Com Hugo saltando incansavelmente na frente da carroça, eles seguiram viagem pela estrada em direção ao local onde antes ficava a Capela Esquecida, e depois pegaram diversas trilhas até alcançarem um caminho de terra batida no qual Seth jamais havia passado. A carroça seguiu aos solavancos pela estradinha desnivelada até Tanu e Coulter acenarem para que parassem.

Vovô acendeu a lanterna, revelando um declive gradual e gramado que dava numa colina íngreme com uma caverna ao lado.

— Diga-me que eles não estão apontando para a caverna — disse vovô.

— Estão — respondeu Seth. — Eles já saltaram da carroça.

— É melhor darmos meia-volta agora mesmo — disse vovô. — Esse é o covil de Graulas, um dos principais demônios de Fablehaven. Se entrarmos aí, ficaremos subjugados ao poder dele. Será suicídio.

Coulter fez um gesto indicando a caverna e então deu um tapinha na têmpora com um dedo sombrio.

— Graulas sabe alguma coisa importante — retransmitiu Seth.

Tanu e Coulter assentiram conjuntamente e fizeram um gesto para que eles os seguissem.

Vovô inclinou-se na direção de Seth, falando apenas para seus ouvidos:

— Graulas é sem dúvida nenhuma o demônio mais poderoso de Fablehaven, embora estivesse hibernando nos últimos anos. Ele seria o último ser que compartilharia informações conosco de livre e espontânea vontade.

Tanu apontou para a caverna, levantou o polegar, abriu e fechou a mão livre imitando uma boca falando e apontou para Seth.

— Graulas quer falar comigo? — perguntou Seth. — Vovô, os dois estão levantando os polegares. É lá mesmo que eles querem me levar. Espere aqui que eu vou ver.

Vovô agarrou o braço de Seth.

— Eu vim com vocês para ver o que eles tinham em mente. Se o empreendimento fosse promissor, eu continuaria. Mas isso é insanidade. Mendigo e Hugo não serão capazes de pisar no território dele. O tratado não nos garantirá nenhuma proteção. Vamos voltar.

— Tudo bem — disse Seth, encostando-se na traseira da carroça.

Vovô relaxou o aperto no braço de Seth.

— Tanu, Coulter, esse pedido é excessivo. Nós vamos voltar.

Livrando-se de vovô com uma investida repentina, Seth afastou-se da carroça e começou a correr em direção à boca da caverna no alto do declive. Se Mendigo e Hugo não podiam segui-lo, então vovô não poderia detê-lo.

— Mendigo, traga Seth de volta! — ganiu vovô.

O fantoche de madeira saiu às pressas da carroça, alcançando Seth rapidamente, para logo em seguida parar abruptamente uns vinte passos depois da estrada. Seth continuou subindo, mas o fantoche não pôde prosseguir.

Vovô se levantou e pôs as mãos na cintura.

— Seth Michael Sorenson, volte já para essa carroça!

Seth olhou de volta, mas não parou. Os sombrios Coulter e Tanu corriam ao lado dele. A boca da caverna estava cada vez mais próxima.

– Seth, espere! – gritou vovô, ansiosamente, lá de baixo. – Eu vou com você! – Seth não gostou do tom de resignação na voz dele.

Seth fez uma pausa, observando vovô avançar em meio à grama alta, lanterna na mão.

– Pode vir, mas não fica muito perto de mim.

Vovô olhou com raiva, os músculos da mandíbula contraídos.

– A única coisa mais assustadora do que o que existe naquela caverna será o seu castigo, se por acaso nós sobrevivermos.

– Se nós sobrevivermos, eu terei feito uma boa escolha. – Seth esperou até que vovô estivesse a cerca de dez passos de distância e depois começou a andar novamente em direção à caverna.

– Você percebe que nós estamos caminhando em direção a nossas mortes? – disse vovô, em tom sinistro.

– Quem melhor do que um demônio pra dizer o que é uma praga do mal? – opôs-se Seth.

Um poste alto de madeira encontrava-se do lado de fora da caverna. Argolas enferrujadas pendiam do topo. Evidentemente, vítimas haviam sido acorrentadas ali no passado. O pensamento fez Seth estremecer. As sombras de Tanu e Coulter não foram além do poste. Seth acenou para que eles o seguissem. Eles balançaram a cabeça e fizeram um gesto para que ele continuasse.

A boca da caverna era grande o suficiente para acomodar um ônibus escolar. À medida que adentrava o local, Seth percebia que o fato de haver se preocupado com a tentativa de vovô impedi-lo de salvar Fablehaven fizera com que ele se esquecesse parcialmente de pensar na possibilidade de parar com aquela aventura. Ele esperava que Tanu e Coulter não estivessem escravizados pela vontade desse demônio.

As paredes e o chão sujos e lisos davam a Seth a impressão de que a caverna não havia sido formada naturalmente – era uma escavação. Seguindo em frente, a caverna fez duas curvas e depois ampliou-se e se transformou numa sala abafada com um teto em forma de domo através do qual projetavam-se algumas raízes retorcidas.

Mobiliário quebrado e apodrecido misturava-se com pilhas desordenadas de ossos esbranquiçados. Uma enorme mesa arqueada comportava inúmeros livros mofados e restos de velas derretidas. Barris quebrados estavam empilhados ao acaso contra uma parede, de onde vazavam líquidos pútridos. Em meio a uma mixórdia de engradados despedaçados, Seth notou joias brilhando.

Nas paredes curvas da extremidade da sala, teias de aranha formavam um véu sobre uma forma imensa e corcunda. A figura enrugada estava sentada no chão com as costas voltadas para a parede imunda, tombada de lado. Seth olhou de relance para vovô por cima do ombro. Ele estava imóvel, exceto pela mão trêmula segurando a lanterna.

– Ilumina aquela coisa ali no canto – disse Seth. – O feixe de luz estava direcionado para a mesa amontoada de objetos.

Vovô não deu resposta. Ele não se moveu.

E então uma voz foi ouvida, mais profunda do que qualquer voz que Seth jamais imaginara ouvir, lenta e elaborada, como se estivesse no limiar da morte:

– Você... não... sente... medo... de... mim?

Seth estreitou os olhos para enxergar a figura envolta em teias que estava sentada no canto.

– Claro que sinto – disse ele, aproximando-se. – Mas meus amigos disseram que você queria falar comigo.

A figura se agitou, fazendo com que as teias ondulassem e que o ar se enchesse de pó.

— Você... não... sente... medo... como... sentiu... no... bosque? — O falante soava triste e cansado.

— Com o espectro? Como é que você sabe disso? Eu não sinto medo como senti lá. Lá o medo era incontrolável.

A figura se mexeu novamente. Uma das teias maiores se rompeu, ondulando preguiçosamente. A voz tonitruante adquiriu um pouco de força:

— Seu avô... está com um medo similar agora. Pegue... a luz dele... e aproxime-se.

Seth caminhou até vovô, que ainda estava imóvel. Seth deu um tapinha de leve em suas costas, mas recebeu de volta somente uma leve contração. Por que vovô estava tão incapacitado? Será que Graulas estava dirigindo a magia especificamente para ele? Uma parte inescrupulosa da mente de Seth desejava que vovô permanecesse assim para que ele não ficasse encrencado se conseguissem retornar vivos. Seth arrancou a lanterna da mão dele.

— O vovô vai ficar legal? — perguntou Seth.

— Vai.

— Você é Graulas?

— Sim. Aproxime-se.

Abrindo caminho em meio aos destroços espalhados, Seth se aproximou do demônio. Com a mão grossa e retorcida, o demônio estava arrancando teias de aranha. Poeira escapava de suas roupas. Enjoado, Seth cobriu o nariz e a boca para evitar o fedor pútrido. Embora o demônio estivesse sentado no chão e curvado para o lado, Seth atingia, no máximo, o ombro inchado da criatura.

Seth recuou involuntariamente quando a lanterna iluminou o rosto do demônio. Sua pele era como a cabeça de um peru, vermelha, enrugada e caída, como se estivesse acometida por uma horrível infecção. Ele era careca e não tinha orelhas visíveis. Um par de chifres de carneiro curvados projetava-se das laterais de seu amplo crânio, e uma tênue camada leitosa enevoava seus olhos pretos e frios.

– Você acreditaria... que eu já fui... um dos seis... demônios... mais temidos... e respeitados... do mundo? – perguntou ele, respirando com dificuldade. Seu corpo inteiro vibrava com o esforço de cada inspiração.

– Com certeza – disse Seth.

O demônio balançou a cabeça pendente, dobras de carne vermelha movendo-se lentamente.

– Não me bajule.

– Não estou bajulando, não. Eu acredito em você.

Graulas tossiu. Teias de aranha vibraram no ar, soltando poeira.

– Não acho nada... interessante... há centenas de anos – grunhiu ele, fatigado. Ele fechou os olhos. Sua respiração ficou mais lenta e a voz, mais firme: – Eu vim para este zoológico desgraçado para morrer, Seth, mas morrer é algo demorado para os da minha espécie, extremamente demorado. A fome não pode me abater. Doenças não são páreo para mim. Eu cochilo, mas não descanso.

– Por que você veio pra cá pra morrer? – perguntou Seth.

– Para abraçar o meu destino. Eu conheci a verdadeira grandeza, Seth. Decair da grandeza, das alturas mais estonteantes para o abismo mais profundo, sabendo que isso podia ter sido evitado, tendo certeza que jamais se reivindica o que se perdeu, aleija a vontade. O significado da vida se resume às escolhas que fazemos para nós mesmos, e faz muito tempo que eu não tenho mais a que aspirar.

– Sinto muito – disse Seth. – Você está com uma aranha enorme no braço.

– Pouco importa – exalou o demônio. – Eu não o convoquei aqui para sentir pena da minha condição. Por mais inativo que eu tenha me tornado, não posso esconder todos os meus poderes. Sem esforço consciente, sem ferramentas ou encantos, esta reserva está aberta ao meu escrutínio. Tudo, com exceção de alguns espaços seletos. Eu abomino a fútil monotonia de tudo o que está lá fora e procuro ignorá-la, voltar-me para dentro, e ainda assim não consigo evitar perceber grande parte do que acontece. Nada jamais me deixou intrigado... até você aparecer. – Graulas abriu os olhos transparentes.

– Eu?

– Sua coragem no bosque me deixou surpreso. Surpresa é uma reação que eu havia praticamente esquecido. Eu já vi tantas coisas que sempre sei o que esperar. Eu avalio as possibilidades de vários desdobramentos, e minhas predições nunca falham. Antes de você terminar seu confronto com o espectro, a poção falhou. Eu vi a fanfarronice abandonando você. Sua derrota era certa. No entanto, apesar da minha certeza, você removeu o prego. Se você fosse um adulto, um experiente herói lendário e renomado, bem-treinado, armado com sortilégios e talismãs, eu teria ficado profundamente impressionado. Mas um simples garoto colocar em prática um feito tão grandioso? Eu fiquei verdadeiramente surpreso.

Seth não tinha certeza do que dizer. Ele observou o demônio e esperou.

Graulas curvou-se para a frente.

– Você imagina por que eu o trouxe aqui?

– Pra saber qual é o meu sabor?

O demônio olhou para ele, mal-humorado.

– Eu o trouxe aqui para te agradecer pela surpresa que eu tive em séculos.

– Fique à vontade.

O demônio balançou ligeiramente a cabeça. Ou será que apenas seus olhos se moveram?

– Eu tenho a intenção de te agradecer concedendo-te aquilo que você necessita atualmente. Conhecimento. Provavelmente ele não o salvará, mas quem pode garantir? Quem sabe você não me surpreende novamente? Tendo por base seu desempenho no bosque, talvez seja um julgamento ingênuo considerá-lo incapaz de alguma coisa. Sente-se.

Seth agachou-se sobre uma caixa de livros revirada e corroída.

– O espectro não era nada sem o prego – disse Graulas, a voz áspera. – Um ser frágil fortificado por um talismã dotado de uma tremenda força maligna. Seus amigos deveriam ter se empenhado mais em recuperá-lo.

– Tanu procurou por horas – disse Seth. – Finalmente ele decidiu que o troço devia ter sido destruído depois que eu arranquei.

– Um talismã com tamanha potência não se desfaz com tanta facilidade. Quando seu amigo começou a procurar já era tarde demais.

– O que aconteceu com o prego?

– Primeiro pense no que aconteceu com você. Por que será que somente você consegue discernir as sombras de seus amigos?

– Foi o prego que me deixou assim?

Graulas recostou-se e fechou os olhos, uma expressão de dor estampada em seu semblante hediondo, como se ele estivesse lidando com um súbito acesso de agonia. Depois de um instante, ele falou, os olhos escuros ainda fechados:

– O talismã deixou sua marca em você. Fique contente por não ter tocado o prego, porque senão ele teria tomado posse de você. Você foi capacitado a ver determinadas propriedades malignas que são invisíveis para a grande maioria dos olhos. E adquiriu uma imunidade ao medo mágico.

– Jura?

Admirador secreto

— Minha presença inspira um terror paralisante nos seres humanos, similar à aura que cerca o espectro. Transpirar terror faz parte da minha natureza. Olhe para o seu avô, se você tem alguma dúvida.

Seth se levantou, sacudindo os braços e flexionando os dedos.

— Eu realmente não sinto medo nenhum. Enfim, estou preocupado com a possibilidade de você estar me enganando e de você me matar e matar também o meu avô, mas eu não estou me sentindo paralisado como fiquei na presença do espectro.

— Essa visão que você recebeu como dádiva talvez te ajude a localizar a fonte da magia que está transformando as criaturas de Fablehaven — disse Graulas. — Seus amigos sombrios continuam confiáveis. Apesar de serem criaturas tão frágeis, os humanos às vezes possuem poderes surpreendentes. Um deles é o autocontrole. A mesma magia que alterou as criaturas de Fablehaven fracassou em sobrepujar as mentes de Coulter e Tanugatoa.

— Bom saber disso — disse Seth.

Graulas fez uma pausa, os olhos ainda fechados, a respiração forte.

— Você gostaria de ouvir o que eu tenho a dizer sobre como o atual problema de Fablehaven se originou?

— Tem alguma coisa a ver com o prisioneiro que o Esfinge soltou?

Graulas abriu os olhos.

— Muito bom. Você por acaso conhece a identidade do cativo?

— Quer dizer então que o Esfinge é mesmo um traidor?! — exclamou Seth. — Não, ninguém sabe quem era o prisioneiro. Você sabe?

Graulas lambeu os lábios, sua língua com tons arroxeados e com marcas de feridas.

— A presença dele era inconfundível, embora a maioria das pessoas não fosse capaz de perceber sua verdadeira identidade. Ele era Navarog, o príncipe-demônio, lorde dos dragões.

– O prisioneiro era um dragão?

– O mais importante de todos os dragões malignos.

– Ele parecia do tamanho de um ser humano.

– Ele estava disfarçado, naturalmente. Muitos dragões podem assumir forma humana quando é conveniente para eles. Navarog não usava sua verdadeira forma enquanto estava nessa propriedade. Seus negócios em Fablehaven eram de natureza mais sigilosa.

Seth sentou-se novamente na caixa de livros corroída.

– Você disse "era". Ele foi embora?

– Ele saiu de Fablehaven no mesmo dia que o Esfinge o libertou – disse Graulas. – Ele nunca foi admitido formalmente na reserva, de modo que os muros não tinham como retê-lo aqui. Mas ele só partiu após desempenhar alguns atos malignos. Primeiro ele foi até o bosque e pegou o prego. O talismã do mal já estava bem entocado no chão, motivo pelo qual Tanugatoa não o viu. Mas ele voltou à tona quando convocado. Assim Navarog levou o prego para Kurisock.

– O outro demônio?

– Existem alguns poucos locais em Fablehaven onde os meus sentidos não conseguem penetrar. Um deles é a casa e o jardim onde você mora com seus avós. Outro é a mansão que um dia foi a residência do zelador. E um terceiro é o pequeno domínio governado por Kurisock. Não posso dizer precisamente o que Navarog fez com o prego, mas o objeto estava em seu poder quando ele entrou no domínio de Kurisock. E quando saiu, o talismã não estava mais com ele. Depois de entregar o prego, Navarog fugiu da reserva.

– Pra onde ele foi? – perguntou Seth.

– Desde que eu estabeleci laços com esta reserva, minha visão não ultrapassa seus limites – explicou Graulas. – Não faço ideia do local para onde um dragão tão poderoso quanto Navarog possa ter ido.

— Então, pra salvar Fablehaven, eu tenho de deter Kurisock? — disse Seth.

— Seria intrigante ver como você o enfrentaria — disse Graulas, meditativo, com um brilho nos olhos. Alguma coisa naquele olhar convenceu Seth de que o demônio estava, de alguma maneira, se divertindo com ele. — Não me pergunte por que Navarog foi até Kurisock. Se Kurisock realizou grandes feitos, eu jamais ouvi falar deles. Ele produziu devastações eventuais, mas falta a ele as faculdades necessárias a um mestre estrategista. Em outros tempos, Navarog teria trazido o talismã diretamente para mim.

— Você só quer me usar pra passar a perna num rival?

— Rival? — rugiu Graulas, quase gargalhando. — Faz muito tempo que eu deixei de medir forças com outros.

— Como eu faço pra deter Kurisock?

— Kurisock é mais sombra do que substância. Para interagir com o mundo material, ele se liga a um hospedeiro. Em retribuição à forma física que tomou emprestado, ele imbui poder no hospedeiro. Dependendo do ser com quem Kurisock está estabelecendo uma relação simbiótica, os resultados podem ser impressionantes.

— Então ele não está agindo sozinho.

— Em meus longos anos, eu jamais vi as trevas transformarem seres de maneira tão infecciosa quanto o que está acontecendo nesta reserva. Eu não sei como isso está sendo obtido. Devido a um juramento, Kurisock não pode ir além dos limites de seu domínio aqui em Fablehaven. Ele deve ter se associado a alguma entidade poderosa, e o prego deve estar ampliando suas habilidades.

— O prego poderia dar a Kurisock poderes diferentes do que os que ele deu ao espectro?

— Sem dúvida — concordou Graulas. — O prego é uma reserva de poder maligno. Sem ele, o espectro não teria sido tão intimidador.

Com ele, o espectro era uma das criaturas mais perigosas e poderosas de Fablehaven. Kurisock era formidável sem o prego. Com o talismã, suas habilidades podem ter aumentado o suficiente para explicar essa malignidade virulenta.

– Você é um demônio, certo? – disse Seth, de maneira ambígua. – Não quero ofender, mas você não deveria estar feliz com uma praga como essa?

Graulas tossiu, o corpo moribundo se erguendo.

– O pêndulo oscila entre a luz e as trevas. Perdi o interesse há muito tempo. O que o reacendeu foi você, Seth. Estou curioso para ver como enfrentará essa ameaça.

– Vou fazer o possível. O que mais você tem pra me contar?

– Você deve descobrir o resto com a ajuda de seus amigos – disse Graulas. – Você não dispõe de muito tempo. A malignidade infecciosa está se espalhando inexoravelmente. Existem apenas dois refúgios seguros na reserva, e nem mesmo eles poderão aguentar indefinidamente. Eu não consigo ver o santuário da Fada Rainha. Ele repele a malignidade. Muitas das criaturas da luz buscaram abrigo em torno do lago. E os centauros, entre outros, retiraram-se para um território protegido num canto recôndito da reserva, no interior de um anel de pedras que não admite as trevas. Esses serão os últimos locais a cair.

– E a casa – acrescentou Seth.

– Se você assim entende – disse Graulas. – Agora eu preciso descansar. Pegue seu avô e vá. Esse é mais um triunfo que você poderá acrescentar à sua lista. Poucos mortais estiveram diante de mim e continuaram vivos para contar.

– Mais uma coisa – disse Seth. – Como Coulter e Tanu sabiam que eu podia confiar em você?

– Coulter estava explorando, procurando a causa da praga. Ele veio a mim. Em seu estado atual, embora eu possa vê-lo e ouvi-lo claramente, não posso fazer nenhum mal a ele. Eu disse a ele que possuía informações a compartilhar com você, e o convenci de que era um admirador sincero. Mais tarde eu também persuadi Tanugatoa. Para sua sorte, eu estava dizendo a verdade. Vá salvar esse zoo ridículo e insignificante, se puder.

Graulas fechou os olhos. Seu rosto molenga e enrugado pendeu, e em seguida tombou para a frente, como se ele tivesse ficado inconsciente.

Com a lanterna pendurada numa corda em volta do pulso, Seth voltou para vovô e o pegou pelos braços. O contato pareceu tirar vovô de seu estado letárgico, e Seth o ajudou a sair da caverna. Coulter e Tanu estavam esperando do lado de fora. Assim que voltaram ao ar livre, vovô teve um sobressalto histérico, debatendo-se loucamente. Seth o soltou.

– Estamos do lado de fora! – arquejou vovô.

– Graulas deixou a gente ir embora – disse Seth. – Você conseguiu captar alguma coisa do que ele contou pra gente?

– Um trecho aqui e outro ali – disse vovô, a testa vincada. – Era difícil se concentrar. Como você suportou o medo? E o frio?

– Pra falar a verdade, estava meio abafado lá dentro – disse Seth. – Eu acho que sou imune ao medo mágico. Tem alguma coisa a ver com ter escapado do espectro. Nós precisamos ter uma longa conversa.

Vovô curvou-se e tirou a poeira das calças.

– Você entende que nós não podemos confiar numa palavra do que Graulas contou a você, não entende?

– Eu sei. Mas a gente precisa pelo menos avaliar. Tenho certeza absoluta de que ele me disse a verdade. Se ele quisesse nos fazer algum mal, só precisaria ficar parado, na dele, assistindo à gente se dar mal. Pelo menos agora a gente tem alguma pista.

Vovô anuiu, caminhando na direção de Hugo e da carroça.

– Cada coisa em seu devido tempo. Vamos voltar logo para casa.

CAPÍTULO CATORZE

Volta para casa

O sol nascente banhava o topo de Painted Mesa com uma luz dourada, as ruínas do pueblo lançando longas sombras além da borda do precipício mais próximo. Um lagarto esquelético deslizou ao longo de uma parede em ruínas, seu progresso interrompido por pausas imprevisíveis. O piso seco e o ar árido já haviam exaurido a chuva. Uma brisa morna e umas poucas nuvens sugeriam que a tempestade talvez não houvesse passado de um sonho.

Kendra, Dougan, Gavin e Warren marchavam sobre pedras avermelhadas para longe das ruínas. Quando alcançaram a borda da mesa, Kendra espiou uma ave de rapina girando no ar, as asas marrons balançando na brisa. O ar estava claro de maneira arrepiante. O panorama do deserto – largas extensões de terra e pedra cortadas por desfiladeiros e observadas por colinas íngremes e escarpadas – parecia tão nítido que Kendra tinha a sensação de haver colocado um par de óculos de grau indispensáveis.

Volta para casa

Sair da caverna provara-se quase tão árduo quanto entrar. Após extensas buscas tentativas, eles haviam concluído que o artefato não estava escondido nem disfarçado: realmente não estava mais lá. Warren alertara Kendra a não compartilhar com Dougan e Gavin a tradução que fizera da inscrição encontrada no altar. No final, cada um tomou posse de diversos tesouros da câmara e partiram.

Ao passar novamente pelo covil de Chalize, Kendra conseguira manter os olhos distantes do dragão metálico, e Gavin presenteara a fera cúprica com uma seleção dos mais adoráveis tesouros que eles haviam pilhado. Mais tarde, Warren testou com sucesso o ar da caverna que continha os globuloides. Atravessar a caverna obrigou-os a uma boa dose de astúcia, mas todos saíram-se bem. Kendra evitara olhar para Neil, que, de acordo com as palavras de Warren, já estava quase todo liquefeito.

Kendra caíra no abismo, mas o balanço em direção à parede não fora muito acentuado, e Warren a puxara de volta sem maiores problemas. Os outros atravessaram a fenda sem incidentes. Quando alcançaram a plataforma onde haviam começado, Dougan inseriu a chave e eles foram espiralados em direção à kiva.

Sem saberem ao certo quais inimigos poderiam estar à espera deles, a volta ao topo da mesa foi um empreendimento tenso. Mas, com Gavin à frente, eles ficaram aliviados ao descobrir que não havia nem sinal das criaturas que os tinham atacado na noite anterior.

Agora, flanando ao longo da borda da mesa, Kendra segurava com firmeza o cajado da chuva roubado do homem-coiote. Joias chacoalhavam em seus bolsos. Gavin ficara com uma pesada coroa de ouro cravejada de safiras, que ele agora usava na cabeça. Dougan segurava um cálice feito de cristal e platina. Warren usava diversos novos anéis e segurava uma espada embainhada com o cabo de madrepérola.

Mais ou menos na metade do perímetro da mesa, eles encontraram uma trilha que descia do platô numa série de zigue-zagues íngremes. Não tiveram nenhum problema na descida. À medida que o dia ficava mais quente e a brisa refrescante começava a rarear, a mesa permanecia envolta em tranquilidade.

Assim que alcançaram a base da mesa, Kendra não se surpreendeu ao olhar para trás e ver que a trilha ziguezagueante que eles haviam utilizado desaparecera. Estavam contornando a mesa em direção aos veículos quando Gavin avistou o corpo de Tammy entre dois penedos em forma de bala de revólver. Enquanto Dougan e Gavin se aproximavam para inspecionar mais detidamente, Warren escoltou Kendra ao longo de um caminho que passava ao largo do corpo.

O jipe e a picape não estavam estacionados muito além do local onde Gavin havia encontrado Tammy. Warren e Kendra esperaram perto dos veículos até que Dougan e Gavin aparecessem carregando um volume coberto. Warren correu para ajudar. Juntos eles colocaram cuidadosamente os restos mortais de Tammy na caçamba da picape.

– Nós não estamos com as chaves do jipe – disse Dougan. – Elas ficaram com Neil.

– Eu vou atrás – ofereceu-se Gavin.

– Antes de voltarmos pra hacienda, eu tenho uma proposta a fazer – disse Dougan. – Caso ainda tenhamos um traidor entre nós, alguém que trabalhe na reserva, por exemplo, eu sou de opinião que devemos fingir que a missão foi um sucesso. – Dougan ergueu o cálice de platina e cristal. – Eu recomendo que a gente guarde este objeto em nossa caixa-forte como se ele fosse o artefato, se por acaso a isca ajudar a estimular o nosso inimigo. – Ele enrolou o objeto com firmeza em seu poncho.

— Grande ideia — aprovou Warren.

— Além do mais, espalhar a mensagem de que o artefato foi recuperado não pode fazer mal nenhum — disse Kendra. — Talvez a informação falsa impeça a sociedade de caçar a coisa em outro lugar.

— Se não foram eles próprios que pegaram o artefato — murmurou Gavin.

— É possível — reconheceu Dougan. — Mas até nós descobrirmos mais a respeito do artefato desaparecido, nossa maior esperança de atrapalhar os planos da sociedade é cantar vitória.

Kendra sentou-se entre Dougan e Warren na viagem de volta à hacienda. Ela estava se sentindo um pouco culpada por não contar a Dougan e a Gavin que o artefato provavelmente não estava nas mãos da Sociedade da Estrela Vespertina, que havia sido realocado em Fablehaven. Eles haviam pagado um preço altíssimo para alcançar a câmara final do cofre, e Kendra odiava deixá-los com a sensação de que a missão fora um fracasso total. Mas se o Esfinge era um traidor, ela e Warren não podiam correr o risco de permitir que informações vitais chegassem aos seus ouvidos através de Dougan e Gavin.

Kendra tentou não pensar em Tammy estendida na caçamba da picape. Estava se sentindo mal por Gavin estar viajando lá com o cadáver. Ela se recusou a pensar em Neil, corajoso e quieto, cuja recompensa por um salvamento heroico foi ser lentamente devorado por estranhos balões de caverna.

Kendra falara pouco durante toda a manhã, e não mudou de atitude durante a viagem. Ela estava se sentindo esgotada. Seus olhos estavam coçando. O perigo a havia mantido tensa a noite toda. Agora que o perigo havia passado, sua fadiga tornava-se difícil de ser ignorada.

Rosa, Hal e Mara saíram da hacienda quando a picape parou. Hal caminhou até eles, olhando de relance para a caçamba da picape enquanto os outros saíam.

– Tammy? – perguntou Hal, com a atenção voltada para o volume enrolado.

Dougan assentiu.

– Sem jipe – observou Hal. – Imagino que Neil arrumou encrenca.

– Globuloides – relatou Dougan.

Hal assentiu, evitando os olhos dele. Mordendo os nós das mãos, Rosa reprimiu o choro. Ela encostou-se em Mara, que mantinha uma expressão estoica, os olhos escuros inflexíveis. Testemunhar o pesar das mulheres deixou Kendra com lágrimas nos olhos.

– Ele entrou no cofre – disse Hal, uma afirmação que continha uma pergunta implícita.

– Nós tivemos sérios problemas na mesa – explicou Warren. – Neil foi um verdadeiro herói. Nenhum de nós teria chegado à caverna sem ele. Passar a noite fora do cofre teria significado o fim certo, de modo que Kendra e ele entraram conosco.

– Calculo que vocês tenham visto que ele era um dupla-pele – disse Hal.

– Ele virou um garanhão castanho e tirou todos nós do perigo – disse Gavin.

– Vocês encontraram o que estavam procurando? – perguntou Hal.

Dougan ergueu o cálice, que ainda estava enrolado em seu poncho.

– Nós vamos deixar vocês em paz assim que conseguirmos marcar um voo.

– Nós vamos falar com Stu pelo rádio – ofereceu Hal. – Ele pode acessar a internet e marcar o voo. Vocês devem ter passado uma noite e tanto. – Ele colocou a mão na lateral da picape. – Entrem, eu cuido da garota aqui.

Kendra seguiu Warren em direção à hacienda evitando contato visual com Rosa e Mara. O que elas deviam estar pensando deles? Estranhos que chegavam em sua reserva, carregavam um de seus amigos para uma montanha perigosa para recuperar um artefato e retornavam com notícias de que ele havia morrido, sem nem mesmo um corpo para sepultar.

– Você está bem? – perguntou Warren.

Kendra não podia imaginar que ele quisesse realmente a verdade. Em vez disso, ela balançou a cabeça em concordância.

– Você foi fantástica – disse Warren. – Aquilo lá foi um pesadelo. Descanse um pouco, certo? Se precisar de alguma coisa, me avise.

– Obrigada – disse Kendra, entrando em seu quarto e fechando a porta. Depois de tirar as botas e as meias, ela mergulhou na cama, enterrou o rosto no travesseiro e começou a chorar. Suas lágrimas e os soluços abafados ajudaram a purgar o medo e a tristeza da noite anterior. Logo a exaustão tomou conta dela, e Kendra afundou num sono sem sonhos.

※ ※ ※

Uma luz rosada entrava pela janela quando Kendra acordou. Ela esfregou os olhos e estalou os lábios. Sua boca estava seca e com um sabor amargo. Ela se sentou e percebeu que estava tonta e com uma leve dor de cabeça. Kendra nunca se dera muito bem com horários irregulares de sono.

Alguém havia deixado um copo de água em sua mesinha de cabeceira. Kendra tomou um gole, grata por se livrar do desagradável sabor em sua boca. Ela pisou no chão, foi até o corredor e andou em direção à cozinha. Mara levantou os olhos. Ela estava limpando a mesa.

– Você deve estar com fome – disse Mara, com sua voz rouca.

– Mais ou menos – respondeu Kendra. – Sinto muito por Neil.

— Ele sabia dos riscos — disse ela, demonstrando equilíbrio. — Você prefere alguma coisa leve? Sopa com torradas?

— Não se preocupe comigo. Eu como alguma coisa mais tarde. Você viu Warren?

— Ele está no pátio.

Kendra saiu correndo pelo corredor, os ladrilhos frios contra seus pés descalços, e entrou no pátio. Embora o sol estivesse se pondo, as pedrinhas da trilha de cascalho continuavam mornas, estalando embaixo de seus pés e pinicando as solas. Diversas fadas zuniam no ar. Warren estava em pé numa trilha ladrilhada ao lado de um cacto, as mãos juntas nas costas. Ele se virou e sorriu para Kendra.

— Acordou.

— Provavelmente vou ficar acordada a noite inteira.

— Talvez não. Aposto que você está mais cansada do que imagina. Estamos com um voo marcado para as onze horas de amanhã.

— Ótimo.

Ele andou até ela.

— Estive pensando. Sem divulgar tudo o que nós sabemos, eu quero alertar Dougan sobre o Esfinge. Dizer apenas o suficiente pra que ele preste atenção.

— Tudo bem.

— Nós não queremos avisar ao Esfinge que estamos atrás dele, mas acho que a gente também pode estar cometendo algum erro ao manter nossas suspeitas secretas demais. Eu estava te esperando. Quero que você esteja lá pra corroborar a história. Não conte para ele mais do que eu. Isso parece tolice?

Kendra pensou no assunto por um momento.

— Contar pra qualquer pessoa é um risco, mas eu acho que a gente precisa de alguém como o Dougan de olho nele.

— Eu concordo. Como Tenente dos Cavaleiros da Madrugada, Dougan tem ótimos contatos, e eu não consigo imaginar nenhum outro Cavaleiro do alto escalão que me pareça mais confiável. — Ele a conduziu de volta ao interior da casa. Eles andaram até uma porta fechada e bateram.

— Pode entrar — convidou Dougan.

Eles entraram num quarto bem-arrumado, não muito diferente do de Kendra. Dougan estava sentado a uma escrivaninha, escrevendo num caderno.

— Precisamos conversar — disse Warren.

— Claro. — Dougan fez um gesto indicando a cama. Ele estava sentado na única cadeira. Kendra e Warren sentaram-se no colchão.

— Estamos vivendo uma época de incertezas — começou Warren. — Eu preciso participar uma coisa a você. Kendra está aqui pra atestar a veracidade de minhas palavras. Você se lembra de quando te interroguei acerca da identidade do Capitão?

— Lembro — disse Dougan, seu tom dando a entender que não estava disposto a ouvir de novo a pergunta.

— Nós acabamos falando sobre o Esfinge. Seja lá qual for a relação dele com os Cavaleiros da Madrugada, no mínimo ele tem sido um de nossos colaboradores mais confiáveis. Na condição de Tenente, você é bem próximo do Capitão, então tem uma coisa que eu quero que saiba. Você está ciente de que Fablehaven é uma das cinco reservas secretas.

— Estou.

— Você está ciente de que o Esfinge removeu o artefato escondido em Fablehaven no início deste verão?

Dougan mirou-o em silêncio, os lábios ligeiramente franzidos. Ele balançou a cabeça quase que imperceptivelmente.

– Então eu desconfio que você também tenha ouvido que ele levou consigo um prisioneiro que estava confinado na cela mais segura da propriedade. Um detento que estava lá desde que a reserva havia sido fundada. Um cativo anônimo com uma reputação infame.

Dougan limpou a garganta.

– Eu não estava ciente disso.

– Ocorreram algumas circunstâncias não muito bem explicadas cercando todo o acontecimento – disse Warren. – Nada que provasse que o Esfinge é um traidor. Mas como os riscos são acentuados, junto com a natureza de nossa missão atual, eu quero ter certeza de que o Esfinge não é a única pessoa ciente de que o artefato de Fablehaven foi removido, se é que você me entende.

Dougan anuiu.

– Você viu o artefato? – perguntou ele a Kendra.

– Eu o vi em uso – disse ela. – Eu mesma o recarreguei. O Esfinge chegou a Fablehaven e levou o objeto pessoalmente.

– Se o que disse pra gente antes for verdade, ou seja, que o Esfinge não está liderando os Cavaleiros, você vai querer ter certeza de que o Capitão sabe disso – disse Warren. – Se você mentiu pra gente, e o Esfinge é o Capitão, cuide para que pelo menos um dos outros Tenentes saiba os detalhes que nós estamos compartilhando aqui. Nenhuma pessoa deveria ter controle sobre múltiplos artefatos.

– Compreendo as implicações – disse Dougan, a voz equilibrada.

– Implicações é o que nós temos, e nada mais – disse Warren. – Isso aqui é apenas uma precaução. Nós não temos nenhum desejo de acusar um aliado inocente indevidamente. No entanto, caso o Esfinge esteja realmente trabalhando para o outro lado, por favor não permita que as nossas preocupações cheguem aos ouvidos dele. Se ele for mesmo um traidor, disfarçou o segredo muito bem, e não vai poupar esforços pra impedir que ele vaze.

– Uma maneira de vocês se protegerem seria acusá-lo abertamente – disse Dougan.

– O que nós hesitamos em fazer... – começou a dizer Warren.

– Porque se ele estiver do nosso lado, vamos precisar desesperadamente da ajuda dele – finalizou Dougan. – Espalhar acusações falsas sobre a lealdade dele provocaria um sentimento de falta de confiança e de desagregação generalizado.

– E, se como nosso verdadeiro aliado ele estiver escondendo com sucesso o artefato, por sorte tomando medidas de modo a que ninguém saiba onde múltiplos objetos estão abrigados, nós não vamos querer frustrar os esforços dele. Dougan, nós esperamos que nossa suspeita esteja errada. Mas eu não posso ignorar a possibilidade de nós estarmos com a razão, por mais ínfima que ela seja. Os resultados poderiam ser devastadores.

– Catastróficos – concordou Dougan. – Agora eu entendo por que você estava perguntando pelo Capitão. Eu vou abafar os boatos e prestar muita atenção.

– Isso é tudo o que eu estou pedindo – disse Warren. – Eu tinha a sensação de que podia confiar em você. Sinto muito por ser obrigado a te perturbar com isso.

– Não se desculpe – disse Dougan. – É assim que os Cavaleiros se policiam. Ninguém está acima de qualquer suspeita. Compartilhar suas preocupações comigo foi a escolha correta. Mais alguma coisa? – Ele estudou Warren e Kendra.

– Nada que me venha à cabeça – disse Kendra.

– Só pra registrar – mencionou Warren –, nós conhecemos quatro das cinco reservas ocultas. Esta aqui, Fablehaven, Brasil e Austrália. Não sabemos qual é a quinta.

– Para ser honesto, nem eu sei – disse Dougan, com seriedade.

– E é por isso que nós estamos solicitando com vigor todas as informações existentes sobre as reservas ocultas. Por muito tempo nossa política foi deixar esses mistérios em paz. Embora as reservas ocultas raramente fossem discutidas abertamente, a maioria de nós imaginava que, se reuníssemos nosso conhecimento, todas cinco seriam conhecidas dos Cavaleiros coletivamente. Os boatos dizem que vocês têm empreendido algumas pesquisas particulares sobre o assunto.

Levantando-se, Warren riu ligeiramente.

– Aparentemente não tão particulares como eu supunha. As quatro reservas que nomeei são tudo o que consegui, e eu sabia da existência delas antes de efetivamente começar a procurar.

– Vou mergulhar a fundo nesse assunto do Esfinge, e vou alertá-lo a respeito de quaisquer descobertas significativas. Avisem-me se vocês tiverem qualquer outra informação.

– Pode contar com isso – disse Warren, conduzindo Kendra para fora do recinto.

※ ※ ※

Kendra acordou pouco depois do amanhecer. Ao lado dela, na cama, encontrava-se uma obra de Louis L'Amour em capa dura que ela pegara emprestada numa estante na sala de estar. Ela acabara precisando muito menos da companhia de um livro do que imaginara. Antes da meia-noite, quando havia lido apenas um terço do faroeste, seus olhos ficaram cansados e ela pousou a cabeça no travesseiro. Foi a última coisa que lembrava ter feito.

Kendra colocou o romance na mesinha de cabeceira e apagou a luz do abajur. Ela estava se sentindo descansada demais para empreender qualquer tentativa extra de dormir, de modo que vestiu as roupas. Será que os outros ainda estariam de pé?

O corredor estava quieto. Ela andou até a cozinha e não encontrou ninguém. Kendra nunca era a primeira a acordar na hacienda, e não conseguia imaginar que todos haviam dormido até depois do amanhecer.

Ela abriu a porta da frente e achou Gavin caminhando na entrada de carros.

– Bom-dia – cumprimentou Kendra.

– Se você acha – respondeu ele.

– O que aconteceu?

– Javier sumiu, junto com a caixa-forte.

– O quê?

– Dá uma olhada no jipe.

Kendra olhou por cima de Gavin para o jipe estacionado na entrada de carros. Hal e Mara haviam utilizado chaves sobressalentes para trazer o veículo na noite anterior. Os quatro pneus estavam vazios.

– Ele esvaziou os pneus?

– E não conseguiram achar a picape – disse Gavin. – Estão todos de moto ou a cavalo procurando pistas.

– Então Javier era um espião?

– P-P-Parece que sim. Pelo menos o artefato que ele levou era uma isca. Mesmo assim, Dougan pareceu ter ficado bastante preocupado. Mesmo que Javier tivesse tido um passado questionável, na época em que vendia seus serviços pelo preço mais alto, ele provara ser uma pessoa bastante confiável nos últimos anos. Dougan disse que, se Javier estava trabalhando secretamente para a sociedade, qualquer um poderia também.

– E agora? – imaginou Kendra.

– Nós vamos deixar como o planejado. Eu estava indo tomar meu café da manhã.

– Por que ninguém me acordou? – perguntou Kendra.

– Ninguém me acordou também – disse Gavin. – Eles queriam que a gente descansasse depois do que aconteceu ontem. As motos me acordaram. M-M-Minha janela dá para a frente da casa. Está com fome?

Ele caminhou até a hacienda e deu alguns passos em direção à cozinha. Pegou leite na geladeira e cereal da despensa.

– Vou comer um pouco – disse Kendra. – Tá a fim de suco de laranja? Torradas?

– Por favor.

Enquanto Kendra servia o suco e colocava o pão na torradeira, Gavin botava a mesa, colocando o leite entre as tigelas de cereal e dispondo a geleia de amora. Kendra passou manteiga na torrada e a colocou sobre a mesa, pôs leite na tigela e começou a comer.

Eles estavam colocando as tigelas na pia quando Dougan entrou na hacienda a passos rápidos. Warren o seguia de perto.

– Descobriram alguma coisa? – perguntou Gavin.

– Nós achamos a picape abandonada perto da entrada da reserva – reportou Dougan, amargamente. – Ele estourou os pneus. Deve ter tido um cúmplice esperando por ele na extremidade da cerca.

– Será que a gente ainda consegue chegar ao aeroporto? – perguntou Kendra.

– Hal tem pneus de reserva. – Dougan serviu-se de um copo de água. – Ainda assim, nós conseguiremos chegar ao horário. – Ele deu um grande gole. – Depois de tudo o que aconteceu, parecia apropriado que nós terminássemos nossa estada aqui com mais um fato melancólico. Eu não vou me surpreender se os Cavaleiros da Madrugada passem a ser, de hoje em diante, proibidos de se aproximar deste local.

– Nós parecemos ser o oposto dos pés de chacalupo – concordou Warren. – Mas, se olharmos pelo lado positivo, pelo menos não estamos a ponto de confessar ao nosso empregador maligno que arruinamos nossas pernas e acabamos com os disfarces para poder roubar um artefato falso. Eu acho que talvez o velho Javier acabe tendo o pior dia de todos que estão aqui. – Ele juntou as mãos e as esfregou. – Hora de um pouco de terapia culinária. O que temos pro café da manhã?

※ ※ ※

No chão ao lado de sua cama, Seth estava debruçado sobre um diário bolorento, vasculhando páginas e mais páginas atrás de palavras como *Graulas* e *Kurisock*. Olhou de relance para o relógio. Quase meia-noite. Kendra chegaria a qualquer momento. Ele não queria que ela descobrisse que ele havia começado a ler os diários de Patton. Kendra jamais o deixaria em paz se soubesse disso.

Seus olhos acharam a palavra *Kurisock*, e ele diminuiu o ritmo da leitura para se concentrar na passagem:

Hoje eu visitei novamente o território concedido a Kurisock. Ainda desconfio que o demônio desempenhou um papel central na tragédia que destruiu meu tio, os detalhes sobre a qual eu não tenho intenção de relatar num volume tão desguarnecido como este diário. Na verdade, se meu pesar acerca da calamidade não diminuir, talvez eu jamais seja capaz de comunicar as particularidades do ocorrido.

É suficiente narrar que eu atravessei a fronteira que delimita o domínio de Kurisock e espionei seu fosso ardente, um empreendimento repugnante que não proporcionou nenhuma revelação. Não ousarei aventurar-me mais profundamente em seu território temendo que, despido de todas as proteções, ponho-me indefeso e coloco minha vida em risco por nada. Concedo, embora relutantemente, que investigar Kurisock dessa maneira é um empreendimento infrutífero, e pretendo finalmente aquiescer ao conselho de que devo evitar futuras incursões em seu domínio.

Hesito em abandonar minha tia a seu destino, mas a mulher que eu conhecia não existe mais. Temo que sua horrenda condição seja irreversível.

Seth havia encontrado referências a Kurisock e seu fosso de alcatrão antes, embora nenhuma passagem revelasse tanto acerca da natureza do demônio quanto o que Graulas havia compartilhado. Seth também encontrara múltiplas menções à tragédia envolvendo o tio de Patton. Mas aquela era a primeira passagem onde Patton deixara escapar que Kurisock talvez pudesse estar envolvido na ruína de seu tio. E até agora Seth nunca lera nada sobre a estranha condição que afligira a tia de Patton.

Ele ouviu passos nas escadas do sótão. Seth sobressaltou-se, atrapalhando-se com o diário antes de conseguir enfiá-lo embaixo da cama. Ele tentou fazer uma pose de que nada estava acontecendo quando a porta se abriu e Dale enfiou a cabeça no quarto.

– Eles voltaram.

Seth levantou-se, grato pelo fato de ser Dale e não Kendra quem subira. Sua irmã possuía uma habilidade incomum para adivinhar quando ele estava armando alguma coisa, e ele não queria que ela soubesse que havia cedido e virado uma traça de livro durante sua ausência, vivendo as maiores aventuras.

Seth seguiu Dale até o térreo, alcançando o hall de entrada exatamente no momento em que vovó passava pela porta da frente abraçada a Kendra. Warren e vovô entraram carregando bagagens e fecharam a porta.

Seth foi em direção a Kendra e aceitou seu abraço com uma certa relutância. Ele deu um passo para trás e ralhou com a irmã:

– Se vocês enfrentaram outra pantera voadora com três cabeças, vão ter de comprar pra mim uns comprimidos contra a depressão.

– Nada disso – disse Kendra. – Foi só um dragão.

– Um dragão! – disse Seth, estupefato e cheio de inveja. – Eu perdi uma luta contra um dragão?

— Não uma luta — esclareceu Warren. — Nós tivemos de passar pela fera.

— Que lugar é esse que vocês foram onde era preciso passar por um dragão? — perguntou Seth, gemendo, com medo da resposta, porém incapaz de resistir à pergunta.

— Uma outra reserva secreta — disse Kendra, vagamente, olhando de relance para vovó.

— Pode contar para ele — disse vovó. — Hoje à noite todos nós trocaremos informações. Muita coisa aconteceu por aqui e eu tenho certeza que vocês têm muitas histórias para contar. Nós precisamos juntá-las todas para podermos avançar.

— A gente estava numa reserva chamada Lost Mesa, que fica no Arizona — disse Kendra. — Fomos atrás de outro artefato. Eu ajudei a dar comida pra um monte de zumbis.

Seth empalideceu.

— Você deu comida pra zumbis? — sussurrou ele, maravilhado. Ele deu um soco na perna. — Por que você me tortura desse jeito? Com toda a certeza você nem achou legal!

— Não achei mesmo — admitiu ela.

Seth cobriu os olhos com as mãos.

— É como se as coisas mais maneiras do mundo acontecessem com você só porque você é fresca demais pra poder aproveitar!

— Você conversou com um antiquíssimo e poderoso demônio — lembrou-lhe vovô.

— Eu sei, e foi maneiro demais, mas ela não vai dar a mínima — reclamou Seth. — Vai ficar até contente por não ter sido ela. Kendra só ficaria com inveja se eu tivesse liderado um desfile cavalgando um unicórnio com um monte de bailarinas cantando músicas românticas.

— Não tente projetar em mim seus sonhos secretos — disse Kendra, com um sorriso afetado.

Seth sentiu as faces quentes.

— Não tente fingir que você ia preferir um dragão a um unicórnio.

— Pode ser que você esteja certo — admitiu Kendra. — Principalmente se o unicórnio não tentasse me hipnotizar pra depois me devorar. Mas o dragão era muito legal. Ela tinha um brilho de cobre.

— Ela? — disse Seth. — Era um dragão fêmea? Ah, isso me deixa um pouco mais tranquilo.

— Eu sei que já está tarde — interrompeu vovô —, mas eu tenho a impressão de que não podemos esperar até amanhã para trocarmos informações e começarmos a montar um plano. Podemos ir para a sala de estar?

Vovô, vovó, Kendra, Seth, Warren e Dale deixaram as bagagens no hall e se sentaram na sala de estar. Para espanto de todos, com exceção de Kendra, Warren compartilhou a informação de que o artefato de Lost Mesa havia sido trazido para Fablehaven por Patton Burgess e mais os detalhes acerca de Javier roubando o artefato falso. Vovô relatou a Warren e Kendra como Coulter e Tanu haviam se tornado sombras e todas as particularidades que Seth havia aprendido com Graulas.

— Não consigo acreditar que aquele demônio velho tenha deixado vocês dois escaparem — disse Warren. — Vocês realmente acham que podem confiar nele?

— Tenho certeza que não podemos confiar nele — disse vovô. — Mas depois de refletir e pesquisar, agora acredito que pode ser que ele estivesse dizendo a verdade, talvez por puro tédio, ou como parte de algum esquema sinuoso da sociedade, ou até mesmo para executar algum tipo de vingança pessoal contra um rival.

— Pode ser que ele realmente tenha ficado impressionado com o meu heroísmo — acrescentou Seth, ligeiramente ofendido.

— Desconfio que ele tenha ficado, ou não teria reparado em você, para começo de conversa. Ainda assim, não creio que pura e simples admiração tenha feito com que ele divulgasse voluntariamente informações tão cruciais.

— Eu não creio que ele tenha dito um pingo de verdade — disse vovó. — Graulas é um conspirador. Nós não temos meios de corroborar nenhuma das afirmações que ele apresentou a respeito de Kurisock.

— Ao mesmo tempo, nada do que nós encontramos está em contradição com qualquer coisa que ele disse a Seth — rebateu vovô. — Um demônio como Graulas não convida humanos a seu covil e permite que eles saiam vivos. Ele está inativo há séculos, e hibernando há décadas. Alguma coisa deve ter despertado genuinamente seu interesse e o tirado de seu estupor.

— A praga em si pode ter penetrado na hibernação dele — disse vovó. — Seu único motivo pode ser participar na destruição desta reserva. Será que nós lemos os mesmos diários? Graulas jamais escondeu seu desdém por Fablehaven. Ele vê esta reserva como sua ignominiosa sepultura.

— Eu também não tenho como compreender inteiramente as atitudes dele, mas existem muitos aspectos plausíveis na explicação que ele forneceu — sustentou vovô. — Ela se harmoniza com o que Vanessa nos disse a respeito do Esfinge. Está em concordância com o fato de que nós jamais encontramos o prego maligno que Seth extraiu do espectro. Ela nomeia uma fonte viável para a praga. Hoje de tarde, Hugo e eu investigamos o lago onde Lena agora reside, e a magia que guarda aquele santuário está efetivamente contendo o avanço das trevas. Como Graulas afirmou, muitas das criaturas que permanecem na luz juntaram-se lá.

— Você não acha que o desespero pode estar maculando a sua opinião? — perguntou vovó.

— É claro que sim! Se quisermos nos salvar, precisamos agarrar o salva-vidas! Essa é a nossa primeira pista razoável desde que Vanessa sugeriu que o prisioneiro da Caixa Quieta talvez pudesse estar envolvido. Ela nos dá um ponto onde fixar nossa atenção, e contém uma boa dose de credibilidade.

— Vocês falaram com Vanessa? — perguntou Kendra.

— Duas vezes — disse Seth, com ar presunçoso, desfrutando a raiva de Kendra.

— O que foi que ela disse? — inquiriu ela.

Vovó explicou como Vanessa implicara o prisioneiro como uma provável fonte da praga, oferecera auxílio para encontrar uma cura e dera a entender que conhecia outros espiões entre os Cavaleiros da Madrugada.

— Pensei que talvez ela tivesse informações úteis — disse Kendra.

— Qual vai ser o próximo passo na investigação de Kurisock? — perguntou Warren.

— Essa é a questão — disse vovô. — Se o demônio pode se amalgamar em outras criaturas, produzindo com isso um novo ser, somos obrigados a considerar, em caráter imediato, todas as entidades dessa reserva como uma possível fonte da praga. Quem pode dizer qual relacionamento pode ter gerado esse mal?

Seth tinha uma contribuição a dar, mas queria elaborar a frase com cuidado.

— Quando eu estava brincando no sótão hoje cedo, esbarrei num diário que caiu aberto numa página que falava de Kurisock. — Todos estavam olhando para ele. Ele engoliu em seco e continuou: — Patton pensava que Kurisock estava envolvido na morte de seu tio.

— Um dos grandes segredos de Patton — murmurou vovó. — Ele nunca explicou inteiramente como seu tio encontrou seu fim, mas estava evidentemente ligado à queda da antiga mansão e ao motivo pelo qual ninguém deve invadir aquele local. Será que Kurisock pode ter, de algum modo, ultrapassado os limites de seu domínio?

Vovô balançou a cabeça.

— Ele não poderia ter abandonado pessoalmente o seu domínio. Como Graulas, ele está preso ao pedaço de terra que governa, inclusive em dias de festival. Mas ele certamente poderia ter orquestrado o tumulto de longe.

— Minha pergunta é se nós não deveríamos abandonar Fablehaven por enquanto — disse vovó. — Essa praga evoluiu tanto em tão pouco tempo.

— Eu estaria pronto para sair se não tivéssemos descoberto novas pistas — disse vovô. — Mas surgiram dois novos motivos para permanecermos. Temos uma possível fonte da praga para investigarmos, e temos motivos para suspeitar que um segundo artefato pode estar escondido na propriedade.

Vovó suspirou:

— Não há nada nos diários ou nos relatos históricos que...

Vovô ergueu o dedo.

— Patton jamais teria divulgado informações tão sensíveis, pelo menos não abertamente.

— Mas ele as divulgou no local do crime? — perguntou vovó, dubiamente.

— Numa linguagem rúnica que nem mesmo Warren, Dougan ou Gavin reconheceram — vovô lembrou a ela. — Alguma obscura língua de fadas que apenas Kendra conseguiu decifrar. Ruth, se há a possibilidade de um artefato estar aqui, eu devo permanecer até que nós o recuperemos ou que consigamos refutar sua presença.

— Nós não deveríamos pelo menos tirar as crianças daqui? — perguntou vovó.

– Ainda existem muitos perigos para as crianças além dos muros de Fablehaven – disse vovô. – Podemos atingir um ponto em que eles deverão fugir da reserva, em que todos vocês deverão, mas por enquanto, contanto que as crianças fiquem em casa, acho que elas estão seguras aqui.

– Exceto eu – corrigiu Seth. – Eu não posso ficar dentro de casa. Graulas disse que preciso descobrir uma maneira de deter Kurisock.

Vovô ficou rubro.

– E é precisamente por causa disso que você não deve se envolver. Graulas estava provavelmente seduzindo você para o perigo. Se o prego abriu sua mente para determinados elementos malignos, quem sabe que outras influências ele pode estar exercendo sobre você? Mais do que qualquer um de nós, você não deve correr nenhum risco.

Warren riu.

– Então é melhor a gente trancá-lo na Caixa Quieta.

Seth deu uma risadinha.

– Então ajude-me, Seth; para seu próprio bem, se você não se comportar com maturidade nessa crise, eu vou levar em consideração a ideia de Warren – jurou vovô.

– E os nossos pais? – perguntou Kendra. – Vocês tiveram mais notícias deles?

– Eu disse para eles que nós mandaríamos vocês para casa na quinta-feira – disse vovô.

– Quinta-feira! – exclamou Kendra.

– Hoje é sexta – disse Seth. – Nós vamos voltar pra casa daqui a menos de uma semana?

– Hoje já é sábado de manhã, tecnicamente falando – observou Dale. – Já passamos da meia-noite.

– Foi a única maneira de acalmá-los – disse vovô. – A escola de vocês começa daqui a duas semanas. Nós vamos dar um jeito até lá.

Seth deu um tapinha na têmpora, meditativo.

– Isso significa não ter de ir à aula. De repente a gente devia trancar mamãe e papai no calabouço!

– Nós faremos o que precisar – disse vovô, suspirando, aparentemente não achando o comentário tão engraçado quanto Seth pretendera.

CAPÍTULO QUINZE

Domingo de brownie

Kendra estava sentada diante de um prato de panquecas de maçã quentes salpicadas de açúcar, já satisfeita depois de engolir a terceira. Sorrindo para vovó, ela cortou mais um pedaço com o garfo e mergulhou-o no melaço. Vovó olhou-a radiante. As panquecas das manhãs de sábado eram uma tradição dos Sorenson, e as de maçã eram as favoritas de Kendra.

O pouco apetite de Kendra não tinha nada a ver com a comida. Ela ainda estava tentando se livrar do sonho que tivera na noite anterior.

Kendra voltara ao parque de diversões, o mesmo do sonho que tivera na limusine, o mesmo onde ela vagara perdida quando ainda era uma criança, exceto que dessa vez ela estava na roda-gigante – subindo bem alto, até que as luzes coloridas começaram a perder o brilho bem longe no chão e o som do órgão começou a ficar quase inaudível – e depois mergulhando de volta nos aromas e visões e sons do animado playground. Ela estava sozinha no banquinho, mas outros amigos e pessoas de sua família também estavam na roda-gigante. Em posições alternadas acima e abaixo dela estavam sentados seus pais, Seth, vovô, vovó, Lena, Coulter, Tanu, Vanessa, Warren, Dale, Neil, Tammy, Javier, Mara, Hal e Rosa.

À medida que o passeio prosseguia, a velocidade da roda-gigante aumentava vertiginosamente, até que Kendra estava balançando precariamente com o vento batendo forte enquanto ela tombava repetidamente para a frente, para trás, depois erguia-se para trás e erguia-se para a frente, a marcha da máquina chiando, as pessoas gritando. A enorme roda-gigante sacudia e se inclinava, não mais girando verticalmente. Com o som de madeira se quebrando e o metal se envergando, os assentos individuais começaram a se soltar e a despencar pátio abaixo.

Kendra não fora capaz de distinguir quais de seus amigos e familiares estavam caindo. Ela tentou se forçar a acordar, mas era difícil se ater à noção escorregadia de que a cena aterradora era fruto de sua imaginação. À medida que ela ascendia na direção do ápice de sua rotação, a roda inclinava-se ainda mais, ameaçando desabar completamente a qualquer momento. Ela reparou em Seth abaixo dela, agarrando um mastro, as pernas balançando no ar.

E então a roda tombou para o lado, e ela foi alçada para longe de seu assento, mergulhando na escuridão com seus entes amados, as luzes coloridas do parque de diversões cada vez mais brilhantes à medida que ela se aproximava do solo. Ela acordou um segundo antes do impacto.

Kendra não precisava de um analista profissional para interpretar o sonho. A trágica aventura em Painted Mesa a deixara traumatizada, e depois voltar para casa e descobrir como a praga havia se espalhado, infectando não apenas as criaturas de Fablehaven, mas também Coulter e Tanu, fez com que ela sentisse que o perigo a estava perseguindo por todos os lados. Pessoas más estavam atrás dela. Muitas pessoas que deveriam ser boas não eram confiáveis. Não era seguro ir para a casa de seus pais. Não era seguro se esconder em Fablehaven. Ela e todas as pessoas que ela amava estavam em perigo.

— Não se force a comer — disse vovó. Kendra percebeu que estivera brincando com a panqueca, procrastinando a mordida seguinte.

— Estou meio tensa — confessou Kendra, comendo mais um pedaço na esperança de que seu rosto demonstrasse algum prazer à medida que ela mastigava.

— Eu como a dela — ofereceu-se Seth, tendo quase terminado sua pilha.

— Quando a sua fase de crescimento acabar, você vai ficar tão gordo quanto um balão inflável — predisse Kendra.

— Quando a minha fase de crescimento acabar, eu não vou comer tanto — disse ele, devorando a última panqueca. — Além do mais, eu não estou cuidando do meu visual por causa do Gavin.

— Não é nada disso — protestou Kendra, tentando não ficar vermelha.

— Ele enfrentou a mulher-lince e domou o dragão pra te salvar — acusou Seth. — E outra, que ele tem dezesseis anos, então deve até ter carteira de motorista.

— Eu nunca mais te conto nada.

— Nem vai precisar. Você vai ter o Gavin.

— Não implique com a sua irmã — advertiu vovó. — Ela teve uma semana difícil.

— Aposto que eu conseguiria domar dragões — disse Seth. — Por acaso mencionei que sou imune ao medo?

— Umas cem vezes — murmurou Kendra, empurrando o prato para ele. — Quer saber, Seth, eu estava aqui pensando. Parece uma enorme coincidência um daqueles diários cair aberto bem numa página falando de Kurisock. Na verdade, eu estou tendo a maior dificuldade do mundo pra visualizar um jogo em que um livro pode cair aberto no chão, pra começo de conversa. Como é que uma coisa dessas acontece, hein? Se eu não soubesse o quanto a leitura é uma atividade inútil, poderia até suspeitar que você estava estudando aqueles diários de propósito.

Seth manteve os olhos no prato, enfiando comida na boca sem dizer uma única palavra.

— Você não precisa se envergonhar de mostrar sua nova paixão pela leitura — prosseguiu Kendra. — Quer saber? Eu posso te ajudar a conseguir um cartão da biblioteca. Aí você vai poder adicionar um pouco de variedade a todos aqueles antigos e tediosos...

— Foi uma emergência! — rebateu Seth. — Leia os meus lábios: *leitura de emergência*, não foi nenhuma tentativa demente de me divertir. Se eu estivesse faminto, comeria aspargo. Se alguém colocasse uma arma na minha cabeça, eu assistiria a um capítulo de novela. E pra salvar Fablehaven, eu leria um livro, beleza. Está satisfeita agora?

— É melhor você tomar cuidado, Seth — disse vovó. — O amor pela leitura pode ser bastante contagioso.

— Acabei de perder o apetite — declarou ele, levantando-se da mesa e saindo correndo.

Kendra e vovó começaram a rir.

Vovô entrou na cozinha, olhando por cima do ombro na direção para a qual Seth partira.

— O que houve com ele?

— Kendra o acusou de ler de livre e espontânea vontade — disse vovó, seriamente.

Vovô ergueu as sobrancelhas.

— Será que eu devo telefonar para a polícia?

Vovó balançou a cabeça.

— Não vou permitir que meu neto seja submetido à humilhação de ter seu hábito de leitura tornado público. Temos de lidar com essa desgraça discretamente.

— Eu tenho uma ideia, vovô — anunciou Kendra.

— O quê? Colocar umas tábuas nas janelas para impedir que os *paparazzi* o peguem em flagrante? — tentou adivinhar vovô.

Kendra conteve uma risadinha.

— Não, sem brincadeira. Uma ideia sobre Fablehaven.

Vovô fez um gesto para que ela prosseguisse.

— A gente devia falar com a Lena. Se o que aconteceu com o tio de Patton é segredo, e Kurisock estava envolvido, de repente Lena pode saber de alguns detalhes importantes. A gente precisa descobrir tudo o que puder sobre o demônio.

Vovô exprimiu um sorriso sapiente.

— Minha concordância é tamanha que já até planejei dar uma passada no lago por esse mesmo motivo. Sem falar que eu adoraria descobrir se ela já ouviu falar do artefato que Patton supostamente trouxe para cá.

— Eu falo a língua delas — disse Kendra. — Eu posso falar com ela diretamente.

— Eu gostaria de poder aceitar sua ajuda — disse vovô. — Você é brilhante e desenvolta. Imagino que você seria um trunfo para tentarmos localizar Lena. Mas essa praga é perigosa demais. Nós dois poderíamos ser transformados em sombra no trajeto até lá. A condição sob a qual estou permitindo que você e seu irmão permaneçam em Fablehaven é vocês não colocarem os pés fora de casa até que nós tenhamos um melhor conhecimento do que está acontecendo lá fora. Vocês dois já comprometeram demais sua segurança.

— Você é quem manda — disse Kendra. — Só pensei que talvez eu pudesse ter mais sorte em convencer Lena a conversar. Nós precisamos de informações.

– Verdade – disse vovô. – Mas eu devo declinar da oferta. Não permitirei que você se torne uma sombra. Por acaso eu estou vendo mais algumas panquecas na minha frente?

– Você já comeu demais – disse vovó.

– Três horas atrás – respondeu vovô, sentando-se na cadeira utilizada anteriormente por Seth. – Mesmo depois de termos dormido muito tarde, nós, os mais velhos, acordamos com o sol. – Ele piscou para Kendra.

Warren entrou na cozinha carregando uma corda enrolada.

– Mais panquecas?

– Só estou cuidando de algumas que ficaram para trás – disse vovô.

– Você está indo ao lago com o vovô? – perguntou Kendra.

– Primeiro nós vamos lá – respondeu Warren. – Depois Hugo e eu vamos sair em uma missão de reconhecimento. Vou chegar o mais próximo que puder de Kurisock.

– Não chegue tão próximo a ponto de voltar como sombra – advertiu Kendra.

– Vou fazer o possível pra voltar intacto – disse ele. – Se eu virar sombra, não se preocupe. Não vou ficar ressentido pelo fato de o meu último desejo de mais algumas panquecas de maçã não ter sido realizado.

– Tudo bem – disse vovô. – Pegue um prato. Eu divido com você.

❧ ❧ ❧

Naquela noite, Kendra estava recostada na cama vasculhando um diário, olhando de vez em quando para Seth, que também estava folheando páginas em ritmo acelerado, fazendo pausas ocasionais para estudar alguma passagem. Ela tentava se concentrar em sua leitura, mas a visão do irmão debruçado sobre o livro não parava de lhe chamar a atenção.

— Dá pra ver que você está me observando — disse ele, sem levantar os olhos. — Eu vou começar a cobrar.

— Encontrou alguma coisa interessante?

— Nada de útil.

— Nem eu — disse Kendra. — Nenhuma novidade.

— Fico surpreso de você conseguir achar alguma coisa, lendo o livro assim tão lentamente.

— Eu fico surpresa de você não deixar passar tudo, passando as páginas com tanta rapidez.

— Quem sabe quanto tempo a gente ainda tem? — disse Seth, fechando o diário e esfregando os olhos. — Ninguém achou nada hoje.

— Eu disse pro vovô que ele devia me deixar falar com a Lena — disse Kendra. — Ela não vai nem sair da água, quanto mais falar com ele.

— A gente podia dar uma chegada no lago hoje à noite — sugeriu Seth.

— Você ficou maluco?

— É só brincadeira. Em parte. Além do mais, Hugo e Mendigo nunca iriam deixar a gente sair do jardim. Fiquei aliviado de saber que vovô viu Doren no lago. Eu tinha certeza que Newel nunca o pegaria.

Kendra fechou o livro.

— Vovô conseguiu algumas informações boas com alguns sátiros e dríades.

— Apenas confirmando o que a gente já sabia — contra-argumentou Seth. — Grande novidade: a praga se alastrou por todos os cantos.

— Warren voltou em segurança do domínio de Kurisock.

— Sem nenhuma informação nova, exceto que uma bruma gigante está montando guarda. Ele nem chegou ao fosso de alcatrão.

Kendra levou a mão até o abajur.

— Será que não é melhor a gente apagar a luz?

— De repente. Eu acho que os meus olhos vão derreter se eu tentar ler mais um pouco.

Ela apagou a luz.

— Eu não entendo por que você ficou tão irritado por ser pego lendo.

— Foi constrangedor, só isso. E se o pessoal descobrisse?

— Eles iam pensar que você era uma pessoa normal e inteligente. A maioria das pessoas que vale a pena conhecer gosta de ler. Todos na nossa família gostam. Vovó era professora universitária.

— Beleza, eu estava gozando com a sua cara antes e agora estou parecendo um hipócrita.

Kendra sorriu.

— Não, você está parecendo ter ficado finalmente inteligente. — Ele não respondeu. Kendra mirou o teto, imaginando que a conversa acabara.

— E se a gente não conseguir resolver o problema? — perguntou Seth, quando ela estava começando a adormecer. — Eu sei que nós sobrevivemos a algumas situações assustadoras no passado, mas essa praga parece bem diferente. Ninguém nunca viu nada parecido. A gente nem sabe direito o que é, quanto mais o que fazer pra consertar os estragos. E a coisa se espalha com muita rapidez, transformando amigos em inimigos. Você tinha de ver como o Newel estava.

— Eu também estou preocupada — disse Kendra. — Tudo o que eu sei com certeza é que Coulter estava certo: por mais que você tente dar o melhor de si, essas reservas podem ser mortíferas às vezes.

— Sinto muito pelas pessoas que se deram mal em Lost Mesa — disse Seth, suavemente. — Estou feliz por não ter testemunhado isso.

— Eu também — disse Kendra, tranquilamente.

— Boa-noite.
— Boa-noite.

※ ※ ※

— Kendra, Seth, acordem, não tenham medo. — A voz ribombou no quarto escuro, como se estivesse emanando das paredes.

Kendra sentou-se na cama, os olhos turvos, porém alerta. Seth já estava apoiado em um dos braços, piscando na escuridão.

— Kendra, Seth, quem fala é o seu avô — disse a voz. Soava como vovô, mas com um volume amplificado. — Estou falando do sótão secreto, onde Dale, Warren, sua avó e eu nos refugiamos. Os brownies foram infectados e se voltaram contra nós. Não abram a porta até que nós cheguemos pela manhã. Sem adultos no quarto, vocês estarão totalmente seguros. Esperamos que a noite transcorra sem incidentes, inclusive aqui onde estamos.

Seth mirou Kendra, mas não diretamente nos olhos. Ela percebeu que ele não conseguia vê-la com tanta perfeição quanto ela conseguia vê-lo.

Vovô repetiu a mensagem usando as mesmas palavras, presumivelmente por imaginar que eles talvez não estivessem acordados da primeira vez. Depois ele reiterou a mensagem uma terceira vez, acrescentando mais detalhes no final:

— Os brownies só têm permissão para entrar na casa do pôr do sol ao nascer do sol, então nós evacuaremos o local pela manhã. Os brownies são uma comunidade insular, que quase nunca mantêm contato com outras criaturas de Fablehaven. As habitações deles abaixo do jardim desfrutam muitas das mesmas proteções que esta casa. Mesmo assim, nós deveríamos ter imaginado que essa praga encontraria uma maneira de penetrar nos domínios deles. Sinto muito por perturbá-los. Tentem dormir um pouco.

— Tudo bem, beleza — disse Seth, acendendo o abajur.

— Era tudo o que a gente precisava — suspirou Kendra. — Brownies malignos.

— Como será que deve estar a aparência deles?

— Nem pense em olhar!

— Eu sei, é claro que não. — Seth saiu da cama e deu uma corridinha até a janela.

— O que você está fazendo?

— Verificando um negócio. — Ele afastou as cortinas. — Tanu está aqui. A sombra dele.

— Não ouse abrir essa janela! — ordenou Kendra, levantando-se da cama para se juntar ao irmão.

— Ele está fazendo um gesto pra gente ficar atento — relatou Seth.

Olhando por cima do ombro de Seth, Kendra não viu nada no telhado. Então uma fada pairou no ar com uma sombra lilás intensamente brilhante, como se estivesse sendo iluminada por uma luz preta.

— Ele está apontando para as fadas e sinalizando pra gente deixar a janela fechada — disse Seth. — Está vendo? Tem mais fadas para além do telhado. É bem difícil de distinguir, elas estão escuras demais. — Ele ergueu o polegar para Tanu e fechou as cortinas. — Nenhuma fada do mal aparece por aqui há um bom tempo. Aposto que isso é uma armadilha. Os brownies tinham a missão de obrigar a gente a sair pras fadas transformarem a gente em sombra.

— Eu pensei que vovô tivesse banido as fadas do jardim — disse Kendra, voltando para a cama.

Seth começou a andar de um lado para o outro.

— Isso não deve ter funcionado por algum motivo. Eu não sabia que vovô podia se comunicar assim com a casa inteira.

— Tem um monte de coisas maneiras no sótão secreto.

— Que pena que não tem uma porta do nosso lado.

— Não importa. Eles vão vir nos pegar de manhã. É melhor a gente tentar dormir. Provavelmente amanhã vai ser um dia agitado.

Seth encostou o ouvido na porta.

— Não dá pra ouvir nada.

— Deve ter uns dez deles esperando com toda a calma do outro lado, prontinhos pra atacar.

— Os brownies são umas coisinhas de nada. Basta umas botas pesadas, um par de caneleiras e um cortador de grama.

A imagem fez Kendra dar uma risada.

— Você disse que os nipsies são bem menores do que os brownies, mas isso não impediu que eles contaminassem Newel.

— É mesmo – disse Seth. Ele abriu o guarda-roupa e pegou algumas peças.

— O que você está fazendo? – perguntou Kendra.

— Eu quero ficar vestido. Sei lá se a gente não vai precisar fugir daqui às pressas. Não olhe.

Quando ficou pronto, Seth voltou para a cama. Kendra juntou suas roupas, apagou a luz do abajur, avisou Seth para não espiar, e se trocou. Ela pulou na cama com sapato e tudo.

— Como é que eu vou conseguir dormir? – perguntou Seth, depois de alguns minutos.

— É só fingir que não tem nada acontecendo. Eles estão quietos demais, parece uma noite como outra qualquer.

— Vou tentar.

— Boa-noite, Seth.

— Não deixe os brownies te morderem.

❧ ❧ ❧

Seth teve um sono leve durante o restante da noite, frequentemente acordando sobressaltado, o corpo rígido, sentindo-se agitado e desorientado. Algumas vezes ele acendeu a luz do abajur para se certificar de que não havia nenhum brownie enlouquecido no chão do quarto. Ele até se deu ao trabalho de olhar embaixo da cama. Nunca se sabe.

Finalmente, ele acordou com uma luz rosada vazando em meio às cortinas. Saiu da cama sem perturbar Kendra, foi em direção à janela e esperou que a luz cada vez mais intensa do sol clareasse o horizonte. Não notou a presença de nenhuma fada enquanto esperava.

Alguns minutos depois de a luz do sol começar a iluminar diretamente a manhã, Seth ouviu os degraus da escada que dava para o sótão rangendo. Ele sacudiu Kendra para acordá-la, e em seguida foi até a porta.

– Quem está aí?

– Que bom que você está acordado – disse Warren. – Não abra a porta.

– Por que não?

– Tem uma armadilha instalada aqui. Na verdade, pensando bem, se você quiser, pode abrir a porta rapidamente. Mas fique atrás dela e ao lado. Kendra também tem de ficar afastada.

– Tudo bem.

Kendra saiu da cama e ficou em pé ao lado da porta. Seth agarrou a maçaneta, girou-a lentamente e então deu um puxão para abrir a porta, permanecendo atrás e ao lado. Três flechas zuniram em direção ao quarto e se chocaram contra a parede oposta.

– Perfeito – aprovou Warren. – Dá só uma olhadinha na escada.

Seth espiou pelo umbral. Inúmeros fios estavam entrecruzados nas escadas, de alto a baixo, na horizontal e na diagonal. Muitos dos fios passavam por roldanas ou ganchos que haviam sido afixados nas paredes. Diversas bestas haviam sido dispostas nos cantos altos da escadaria, a maioria das quais apontando para a porta do sótão. Outras defendendo-a. Lá embaixo no corredor, uma espingarda apoiada num aparador muito bem-desenhado estava com a mira voltada para o alto das escadas. Warren agachou-se contra a parede a um terço do caminho escada acima, tendo já passado cuidadosamente por várias armadilhas.

— De onde vieram todas essas armas? — perguntou Kendra, atrás de Seth.

— Os brownies fizeram um ataque surpresa a um arsenal no calabouço — disse Warren. — Muitas armas adicionais foram feitas artesanalmente. A escadaria é só o começo. A casa inteira está com armadilhas. Nunca vi nada parecido.

— Como é que a gente vai descer a escada? — perguntou Kendra.

Warren balançou ligeiramente a cabeça.

— Eu estava planejando desmontar as armadilhas, mas as cordas são bem complicadas. Algumas delas estão dispostas de maneira a disparar múltiplas armadilhas ao mesmo tempo; algumas são apenas iscas. Eu estou tendo um trabalhão pra saber ao certo o que cada fio desencadeia. Quando você abriu a porta, uma das flechas passou de raspão na minha orelha. Eu não a vi vindo.

— De repente a gente sobe no telhado e sai da casa pulando — sugeriu Seth.

— Deve ter pelo menos uma dúzia de fadas malignas esperando lá fora pra dar o bote. Sair não é uma opção viável nesse exato momento.

— Vovô não tinha banido as fadas do jardim? — perguntou Kendra.

Warren anuiu.

— Antes do banimento, algumas fadas malignas devem ter se escondido perto da casa. O livro de registros não expulsa criaturas que já tiveram acesso ao jardim. Só impede a entrada de outros seres.

— Problemático — disse Seth.

— O que aconteceu ontem à noite foi bem planejado — disse Warren. — Essa praga não está se espalhando ao acaso. Alguém promoveu um ataque direcionado e coordenado. E o pior de tudo foi que, antes de seus avós acordarem, os brownies tomaram posse do livro de registros.

— Ah, não! — gemeu Kendra. — Se os brownies alteraram o livro de registros, pode ser que isso também seja a explicação para as fadas malignas.

— Boa observação. — Warren deu um passo para trás e se esticou. — Em pouco tempo qualquer coisa vai poder ter acesso à casa. Nós temos que dar o fora daqui.

— Hugo está bem? — perguntou Seth.

— O golem tem passado as noites num local seguro dentro do estábulo. Seu avô está fazendo tudo o que pode pra impedir que Hugo seja infectado. Hugo vai aparecer quando o chamarmos. Ele vai ficar tranquilo no estábulo até que isso aconteça.

— Então agora a gente vai ter de descer com todo o cuidado a escada com nossas cabeças a prêmio — disse Kendra.

— Não dá pra eu jogar o cavalinho de balanço escada abaixo? — sugeriu Seth. — A gente podia simplesmente ficar atrás e deixar todas as armadilhas disparando.

Warren mirou-o durante um tempo.

— Pra falar a verdade, talvez isso funcione muito bem. Me dá um minutinho pra eu retroceder. Afastem-se da porta e fiquem abaixados caso eu acione uma ou outra armadilha acidentalmente.

Seth foi até o unicórnio de balanço e arrastou-o até o umbral. Ele imaginou que a base curvada do cavalo o ajudaria a deslizar pela escada. Na verdade, em circunstâncias diferentes, talvez ele tivesse tentado descer a escada em cima do cavalo só para se divertir. Por que ideias fabulosas normalmente só ocorriam a ele em maus momentos?

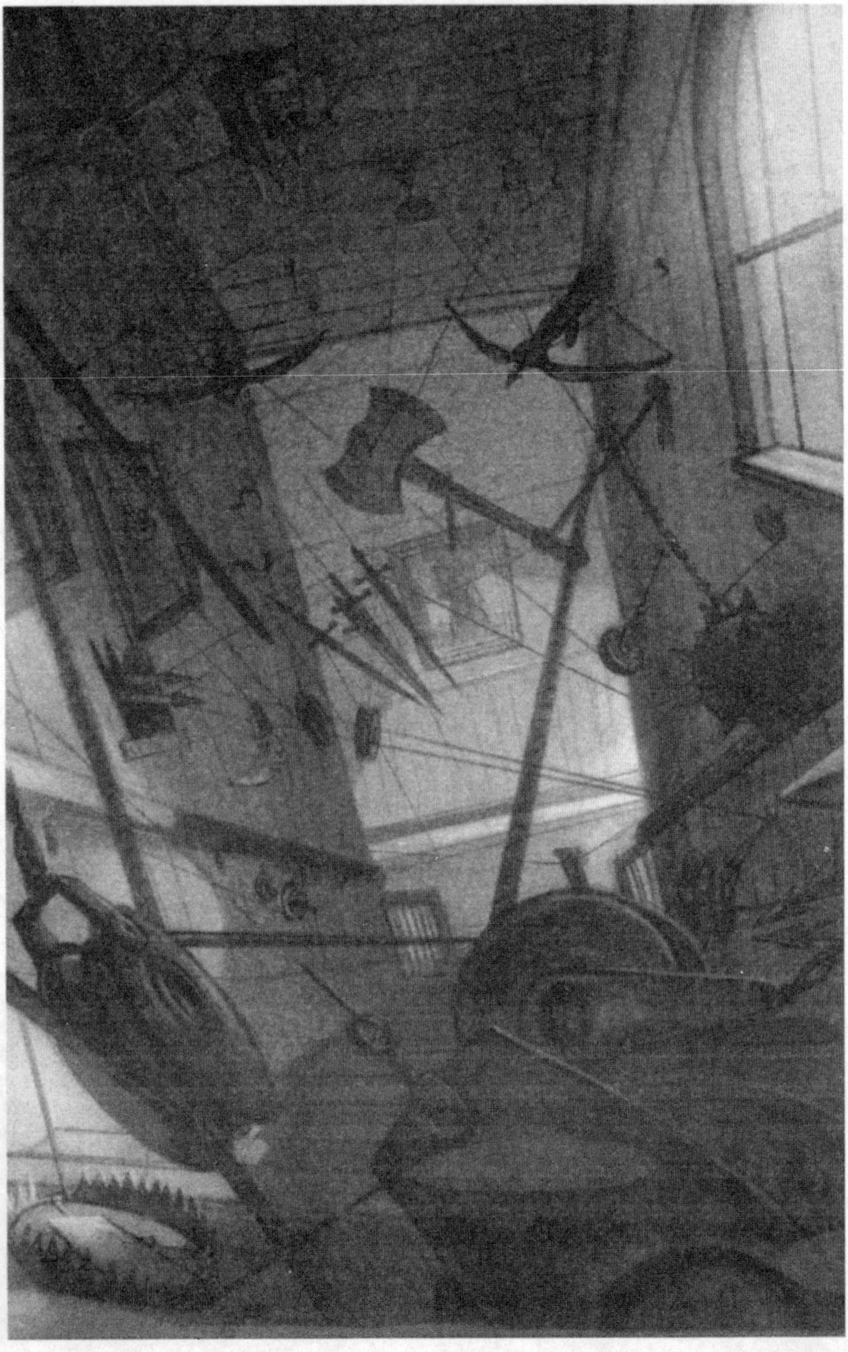

– Estou pronto – chamou Warren. – Fiquem bem afastados do umbral. Eu acho que ele vai ser bombardeado com uma saraivada de setas, dardos e flechas.

Seth posicionou o cavalo de balanço no topo da escada e se abaixou atrás dele.

– Eu vou empurrá-lo com os pés e depois rolar pra longe.

Kendra ficou em pé ao lado da porta.

– Eu vou bater a porta com força assim que ele estiver descendo e depois vou me afastar.

Seth colocou as solas de seus sapatos sobre as ancas do cavalo.

– Um... dois... três!

Ele deu um empurrão no cavalinho e rolou para o lado. Kendra bateu a porta e se afastou.

Uma espingarda soou, produzindo um buraco na parede. A flecha de uma besta zuniu através do buraco, grudou-se na parede oposta e ficou lá balançando. Seth ouviu o cavalinho de balanço descendo desabalado a escadaria, fazendo muito barulho, o som das cordas retesadas e os ruídos sobrepostos de diversos outros projéteis chocando-se contra a parede.

– Irado! – disse Seth a Kendra.

– Você é um psicótico mesmo – respondeu Kendra.

– Muito bem! – chamou Warren lá de baixo. – O cavalo acabou tropeçando e deixando escapar alguns fios mais altos, mas agora o caminho está razoavelmente limpo.

Seth olhou para a escada e viu diversas flechas com penas enfiadas no chão em torno do local onde Warren estava agora parado. O cavalinho de balanço estava caído de lado, encostado no último degrau, saturado de flechas e sem o chifre.

– Vai dizer que isso não foi muito irado? – perguntou Seth.

Warren ergueu a cabeça, sua expressão ligeiramente constrangida.

— Sinto muito, Kendra, mas isso foi muito maneiro.

— Todos os homens do mundo fazem parte do mesmo hospício — disse Kendra.

— Cuidado onde pisa ao descer — instruiu Warren. — Pelo menos duas bestas ainda estão engatilhadas. E vocês estão vendo o machado amarrado naquela corda? Ele vai se soltar e disparar na direção de vocês se alguém tocar aquela corda à esquerda.

Seth começou a descer a escada, abaixando-se para não tocar nos fios de arame e tentando evitar até mesmo as cordas soltas que o cavalo de balanço já havia arrebentado. Kendra esperou até ele ficar de pé ao lado de Warren, e então desceu cuidadosamente a escadaria.

O hall na base da escada continha uma nova teia de fios. Embora houvesse algumas bestas, a maioria das armadilhas girava em torno de catapultas curiosamente desenhadas para lançar facas e machados.

Seth reparou em um pequeno pedaço de madeira marrom pendurado na parede por um gancho dourado.

— Aquilo ali é um pedaço do Mendigo?

Warren anuiu.

— Eu vi alguns pedaços dele espalhados por aí. Ele tem passado as noites dentro de casa. Os brownies o desmantelaram.

Seth foi pegar o pedaço do fantoche. Warren colocou um braço na frente para detê-lo.

— Espere. Todos os pedaços de Mendigo estão ligados a armadilhas.

Vovó e vovô Sorenson apareceram no fim do hall.

— Graças a Deus vocês estão bem — disse vovó, colocando a mão no colo. — Não venham por aqui. Nosso quarto é um ninho de armadilhas peçonhentas. Além do mais, a qualquer momento todos nós teremos de descer a escada.

— Vocês deviam ter visto a escada do sótão — disse Warren. — Estava mais atulhada de armadilhas mortíferas do que qualquer outra parte da casa até agora. Seth empurrou o cavalo de balanço escada abaixo para disparar deliberadamente a maioria delas.

— Nós ouvimos o barulho e ficamos preocupados — disse vovô. — O que faremos agora, Warren?

— Vai ser difícil acionar todas as armadilhas de propósito — disse Warren. — Muitas são protegidas por contra-armadilhas. Acho que teremos mais chances se descermos cada um de uma vez, ultrapassando individualmente os obstáculos. Eu ajudo a orientar o percurso de vocês.

— Primeiro eu — disse vovô.

— Onde está Dale? — perguntou Kendra.

— Ele estava comigo — respondeu Warren. — Enquanto eu ajudava vocês a escapar do sótão, ele prosseguiu pelo corredor em direção à garagem. Ele quer ter certeza de que os veículos estão em ordem.

— Todo mundo fora do corredor — disse vovô.

Vovó se afastou. Seth e Kendra sentaram-se no pé da escada do sótão.

— Fique atento, Stan — disse Warren. — Algumas das armadilhas são mais aparentes do que outras. A maioria é bem visível, mas algumas são feitas com linha de pesca ou barbante. Como a que está bem à sua frente, na altura de seus joelhos.

— Estou vendo — disse vovô.

— Se você roçar num fio acidentalmente, fique abaixado no chão. A maioria das armadilhas parece ter sido desenhada para atingir um alvo que está em posição ereta.

Warren começou a guiar Stan pelo corredor. Seth e Kendra escutavam as instruções de Warren enquanto vovô descia a escada em direção ao hall de entrada. Vovô fazia um número crescente de comentários mordazes à medida que a impaciência erodia sua compostura.

Por fim, vovô alcançou a sala de estar, e Warren começou a dirigir vovô. Enquanto vovô estava na escada, ouviu-se um tremendo barulho de alguma coisa se partindo no hall de entrada. Warren avisou que ninguém se ferira. Logo ele apareceu e pegou Kendra, e Seth ficou esperando sozinho no degrau de baixo.

Finalmente Warren voltou para buscá-lo. Seth não achou muito difícil desviar-se por cima e por baixo das cordas no corredor, embora algumas delas fossem quase invisíveis. Ao alcançar o topo da escada que dava para o hall de entrada, Seth deu uma risada. Um relógio de pêndulo, um armário, um mostruário, uma armadura e uma pesada cadeira de balanço coberta de pregos estavam pendurados no teto do hall de entrada. Um gabinete de porcelana havia aparentemente sido pendurado ali também, mas caíra, a se julgar pelo barulho que ele ouvira.

Seth seguiu caminho cuidadosamente escada abaixo, prestando atenção nos conselhos de Warren sobre qual fio ele deveria passar por cima, qual fio ele deveria passar por baixo e como deveria posicionar seu corpo. Os fios ocorriam em maior quantidade nas escadas do que no hall, e algumas vezes Seth sentiu-se como um contorcionista. Ele estava impressionado com o fato de vovó e vovô terem sido capazes de descer.

Quando alcançou a sala de estar, Seth ficou aliviado de ver que havia menos armadilhas no chão do que no hall de cima e na escada, que estavam infestados delas. Quaisquer pedaços de mobília não associados a armadilhas haviam sido transformados em formas destroçadas e inúteis.

– Alguns desses fios estavam bem próximos uns dos outros – comentou Seth, enxugando o suor da testa.

– Pensei que você fosse imune ao medo – implicou Kendra.

– Ao medo mágico – esclareceu Seth. – Eu ainda tenho as emoções normais. Tenho tanto medo quanto qualquer pessoa de ser esmagado por um relógio de pêndulo.

DOMINGO DE BROWNIE

Passando simultaneamente por baixo de uma corda espessa e por cima de um fio de barbante, Dale entrou na sala de estar.

— Os veículos foram sabotados — disse ele. — Há pedaços de motor espalhados por toda a garagem e ligados a armadilhas.

— E o telefone? — perguntou vovô.

— Desligado — relatou Dale.

— Você não está com o seu celular? — perguntou Kendra.

— Os brownies o roubaram de meu quarto — disse vovô. — Sua avó e eu tivemos sorte de não termos sido contaminados. Havia diversos brownies no quarto quando nós acordamos. Se Warren e Dale não tivessem interferido e disparado o alarme, tenho certeza de que os monstrinhos teriam nos transformado em sombras enquanto dormíamos.

— Seu avô foi impressionante — disse Warren. — Ele usou a colcha para manter os brownies afastados enquanto a gente fugia para o sótão através da porta do banheiro.

Vovô balançou a mão, como quem não dá tanta importância assim ao feito.

— E o portão da frente, Dale?

— Eu percorri a entrada de carros até onde foi possível, detendo as fadas com pó de luz, como você disse. O portão está fechado e barrado, e tem um monte de criaturas montando guarda.

Vovô fez uma carranca, batendo com o punho na palma da mão.

— Não consigo acreditar que eu tenha perdido o livro de registros. Eles o utilizaram para nos deixar trancados aqui dentro.

— E agora eles podem deixar entrar em Fablehaven quem eles quiserem — disse Kendra.

— Se assim eles quiserem — disse vovô. — Acho que Vanessa tinha razão. A Sociedade não tem mais interesse em Fablehaven. Eles não fazem a menor ideia de que um segundo artefato pode estar escondido aqui. Ninguém entrará aqui. O Esfinge deseja que essa reserva simplesmente se autodestrua.

— O que a gente faz? — perguntou Seth.

— Nos retiramos para o bastião de relativa segurança que esteja mais próximo de nós — disse vovô. — Tenho esperanças de que no lago nós poderemos formular um plano.

— Nós devíamos ter tirado vocês, crianças, daqui quando tivemos a chance — lamentou vovó.

— A gente não ia abandonar vocês mesmo se pudesse — assegurou-lhe Seth. — Vamos descobrir uma maneira de acabar com essa praga.

Vovô franziu o cenho, pensativo.

— Será que nós conseguimos chegar às barracas?

— Acho que sim — disse Dale. — Elas estão na garagem.

— O que mais deveríamos levar? — perguntou vovô.

— Eu tenho uma dose extra de pó de luz que peguei no sótão e a minha besta — disse vovó.

— As poções de Tanu estão espalhadas pelo quarto dele, atadas a armadilhas — disse Warren. — Vou tentar pegar algumas.

— Enquanto você estiver lá em cima, veja se consegue pegar uma foto de Patton — disse Kendra. — Precisamos de alguma isca pra Lena.

— Boa ideia — disse vovô.

— E o Mendigo? — perguntou Seth, inclinando a cabeça na direção do canto da sala onde o torso do gingador estava pendurado no teto, conectado por uma rede de fios a duas bestas e a duas pequenas catapultas.

— São peças demais para esse quebra-cabeça — disse vovô. — Nós o remontaremos se escaparmos dessa situação.

— Você e as crianças não saiam daqui — disse vovô a vovó. — Eu vou pegar algumas provisões na despensa. Ruth, dê a Seth um pouco de manteiga de morsa.

Seth deu um tapa na testa.

— Foi por isso que eu olhei pela janela hoje de manhã e não vi nenhuma fada das trevas no jardim. Como foi que eu consegui enxergá-las ontem à noite, depois de ter dormido um pouco?

— É difícil prever em que hora da noite o leite perde o efeito — disse vovó. — A única maneira segura de mantê-lo funcionando é ficar acordado. Nós mantemos um estoque de manteiga de morsa no sótão, de modo que já tomamos nossa dose diária.

Seth mergulhou um dedo na manteiga que ela lhe ofereceu e experimentou-a.

— Prefiro o leite.

Warren deu um tapinha no braço de Seth.

— Se abrir a geladeira significar a possibilidade de levar uma flechada na garganta, é melhor ficar com a manteiga mesmo.

— Vamos nos separar e pegar tudo o que precisamos — disse vovô. — Essa casa não é mais um local confiável. Eu não quero permanecer aqui um minuto além do necessário.

Seth agachou-se no chão ao lado de Kendra enquanto Warren, Dale e vovô partiam. Vovó encostou-se na parede. Com uma grande quantidade de esporões, lâminas e arames farpados dispostos neles, nenhuma peça do mobiliário parecia apta a recebê-los.

CAPÍTULO DEZESSEIS

Refúgio

Hugo atravessou rapidamente o jardim com suas pisadas vigorosas, puxando a carroça vazia em meio às sebes e por cima dos canteiros de flores, alcançando finalmente o deque. Warren abriu a porta dos fundos e saltou do deque para dentro da carroça, vasculhando o ar em busca de fadas, as mãos cheias de pó de luz. Depois de um instante, ele fez um gesto para que os outros o seguissem.

Vovô, vovó, Kendra, Seth e Dale acotovelaram-se no interior da carroça, cada um carregando uma barraca ou alguns sacos de dormir.

— Hugo, corra até o lago o mais rápido possível — mandou vovô.

A carroça seguiu em frente, aos solavancos, à medida que Hugo atravessava o jardim numa velocidade furiosa. Kendra perdeu o equilíbrio, caindo de joelhos. Ela apanhou um punhado de pó de luz na sacola que vovó confiara a ela. Os outros também estavam com o pó de prontidão, com exceção de Dale, que segurava uma rede com uma das mãos, um arco composto com a outra e estava com uma aljava de flechas sobre um dos ombros.

Eles avançaram barulhentamente através do jardim sem avistar nenhuma fada, e em seguida Hugo avançou em direção a uma estradinha de terra. Kendra sabia que a entrada para o lago não ficava muito distante. Ela estava começando a ter esperanças de que talvez eles pudessem alcançar seu destino sem encontrar nenhuma resistência, quando um enxame de fadas malignas apareceu à frente.

– Bem na nossa frente – disse vovô.

– Eu as vi – disse Dale.

– Esperem até elas se aproximarem – alertou Warren. – Na velocidade em que estamos, o pó não vai ficar no ar pra nos proteger. Precisamos acertar no alvo.

As fadas pairaram e rodopiaram em direção à carroça de todas as direções. Em pé na frente da carroça, vovô lançou seu pó à frente, espalhando-o bastante. Algumas das fadas que estavam avançando desviaram a rota assim que os raios de luz espocaram e fagulhas crepitaram. Kendra lançou seu punhado de pó prateado e cintilante. Como num choque elétrico, as fadas eram repelidas assim que entravam em contato com a substância volátil.

Hugo correu para a frente, balançando periodicamente a carroça para evitar o ataque das velozes fadas. Elas berravam à medida que novos punhados de pó eram lançados. As fadas malignas disparavam rajadas sombrias em direção à carroça. Rajadas ofuscantes brilhavam intensamente sempre que a energia maligna atingia o pó.

A sebe alta que cercava o lago surgiu à frente. Uma trilha de pedestres desviava-se da estrada e levava a um buraco na sebe. Três sátiros tenebrosos vigiavam a entrada do lago, a cabeça tão caprina quanto as pernas.

Dale balançou a rede para afugentar as fadas. Uma formação coesa de fadas tenebrosas zuniu na direção deles pela lateral da carroça, mas vovó fritou-as com o pó.

— Hugo, avance em direção aos sátiros! — gritou vovô.

Hugo baixou a cabeça e disparou para a entrada. Dois dos sátiros agarraram o terceiro e o arremessaram acrobaticamente no ar, depois saíram do caminho do golem que se aproximava. O sátiro voador pairou sobre Hugo, braços peludos esticados, dentes expostos. Warren tirou vovô do caminho no momento exato. O homem-cabra aterrissou agilmente na caçamba da carroça um instante antes de Dale se jogar sobre ele, fazendo com que ambos tombassem para o lado.

Sem nenhuma ordem expressa, Hugo saltou da frente da carroça, dando um último empurrão no veículo para garantir sua passagem pelo buraco da sebe. O golem galopou até Dale, que ainda estava rolando no chão com o homem-cabra. Cerca de metade das flechas havia escapado da aljava de Dale. Os outros dois sátiros malignos correram até Hugo, cada um por um lado. Sem diminuir a velocidade, o golem fez um movimento parecido com o de um árbitro indicando que o jogador pode seguir correndo, simultaneamente afastando de si os dois agressores e os lançando pelos ares.

Dale conseguiu se livrar do homem-cabra e estava tentando se levantar quando Hugo agarrou o sátiro maligno pelo braço, ergueu-o bem alto e chutou o demônio que rosnava para o meio da estrada. Hugo acomodou Dale em seus braços e passou correndo pela sebe em direção ao prado que cercava o lago.

Kendra vibrou com os outros quando a carroça parou. Dezenas de fadas tenebrosas voaram para pontos diferentes ao longo da sebe, pairando bem alto, mas nenhuma delas atravessou-a. Os sátiros maculados se levantaram e ficaram parados no buraco da sebe rosnando em frustrada fúria. Hugo depositou delicadamente Dale no chão. Dale parecia trêmulo, suas roupas rasgadas e manchadas de terra, um cotovelo arranhado e sangrando.

— Bom trabalho, garotão — disse Warren, saltando da carroça. Ele começou a examinar Dale. — Aquele selvagem não te mordeu, mordeu?

Dale balançou a cabeça em negativa. Warren o abraçou.

Vovô desceu da carroça e começou a inspecionar Hugo, estudando as manchas em seu corpo onde as fadas o haviam acertado com energia maligna.

— Mandou bem, Hugo! — vibrou Seth.

— Pensou rápido, Hugo — aprovou vovô.

O golem escancarou a boca e sorriu.

— Ele vai ficar bem? — perguntou Seth.

— Boa parte da terra e das pedras que formam Hugo tem caráter temporário — disse vovô. — Ele perde e ganha matéria orgânica o tempo todo. Como você viu, ele consegue inclusive regenerar um membro gradativamente. A praga teria de exercer um impacto profundo para afetá-lo.

À medida que vovô falava, Hugo sacudia a terra descolorida, deixando seu corpo sem marcas.

De sua posição elevada na carroça, Kendra avaliava a cena. O lago estava exatamente como ela se lembrava, cercado por uma passarela de madeira pintada de branco que conectava doze gazebos muito bem-feitos. As partes interiores das sebes estavam meticulosamente aparadas, e a vegetação do prado parecia ter sido podada há pouco tempo.

Mas a familiaridade terminava ali. A clareira similar a um estacionamento ao redor do lago jamais recebera uma ínfima fração que fosse da multidão que lá se encontrava naquele momento. Fadas planavam por todos os lados, centenas delas, em todos os matizes e variedades. Pássaros exóticos estavam empoleirados nos galhos das árvores, incluindo algumas corujas douradas com rostos humanos.

Sátiros brincavam na passarela e nos gazebos, os cascos pisando as placas de madeira enquanto eles perseguiam animadamente algumas donzelas entusiasmadas que pareciam mal ter saído da adolescência. Em um dos lados do lago encontrava-se um acampamento muito bem-arrumado de homens e mulheres corpulentos em trajes toscos. Do outro lado, diversas mulheres altas e graciosas estavam paradas conversando, usando vestes delicadas que lembravam a Kendra ramos de flores. Numa das extremidades do campo, encostados à sebe, Kendra observou um par de centauros mirando-a.

— Seth, Stan, Kendra! — berrou uma voz jovial. — Que bom que vocês vieram!

Kendra virou-se e viu Doren dando piruetas em direção à carroça, seguido de um sátiro desconhecido cujas pernas brancas e lanosas possuíam pontinhos marrons.

— Doren! — gritou Seth, saltando da carroça. — Que bom que você conseguiu fugir do Newel!

— Eu o obriguei a participar de uma caçada épica — vangloriou-se Doren, radiante. — Curvas fechadas me salvaram. Ele ficou maior, mas não ficou mais veloz. De qualquer forma, obstinado. Se eu não tivesse pensado em vir pra cá, ele teria me agarrado em algum momento.

Kendra saltou da carroça.

O sátiro com as pernas brancas deu uma leve cotovelada em Doren.

— Esse aqui é Verl — disse Doren.

Verl pegou a mão de Kendra e beijou-a.

— Encantado — exprimiu ele cheio de candura, com uma voz insinuante e um ridículo sorrisinho surgindo no rosto. Ele tinha chifres hirsutos e uma cara infantil.

Doren deu um soco no ombro de Verl.

— Ela não é pro seu bico, seu idiota! É neta do homem que cuida da reserva.

— Eu poderia cuidar de você — persistiu Verl, retirando a mão lentamente.

— Por que você não vai nadar um pouco, Verl? — disse Doren, empurrando-o para longe antes de voltar. Kendra ignorou Verl quando este se virou e lhe deu uma piscadela, mexendo os dedinhos no ar.

— Não ligue pro Verl — disse Doren. — Ele fica um pouco embriagado com todas essas ninfas presas no mesmo local que ele. Normalmente elas não ficam tão próximas. O cara só pensa em avançar nelas.

— Não dá pra acreditar em quantas criaturas estão aqui — disse Seth.

Kendra acompanhou o olhar dele em direção a um grupo de criaturas desgrenhadas, com coloração amarelada e aparência de macaco que estavam saltando acrobaticamente de um gazebo. Cada uma delas parecia dispor de pernas e braços extras.

— Não restaram muitos locais seguros — disse Doren. — Até mesmo alguns nipsies buscaram refúgio aqui. Os únicos que não se tornaram malignos, não chega nem a metade de um reino. Eles estão erguendo um vilarejo embaixo de um dos gazebos. Os caras trabalham rápido.

— Quem são aquelas mulheres altas ali? — perguntou Kendra.

— Aquelas damas imponentes são as dríades. Ninfas das árvores. Mais receptivas do que as ninfas das águas, mas sem um décimo da animação das hamadríades, que adoram flertar.

— O que são hamadríades? — perguntou Seth.

— Dríades são seres da floresta como um todo. As hamadríades são ligadas a árvores específicas. As hamadríades são as garotas mais espirituosas que você pode ver socializando com os sátiros entre os pavilhões.

— Você pode me apresentar a um centauro? — perguntou Seth.

— Você teria mais sorte se apresentasse a si mesmo — respondeu Doren, com um tom de amargura. — Centauros são muito metidos. Eles adotaram a noção de que os sátiros são frívolos. Aparentemente, nos divertirmos um pouco de vez em quando nos torna inaptos ao companheirismo. Mas vá em frente, diga um oi pra eles, de repente você pode se juntar a eles e ficar olhando de cara feia pra todo mundo.

– Aquelas pessoas pequenas ali são anões? – perguntou Kendra.

– Eles não se sentem nem um pouco felizes por serem obrigados a sair do subsolo. Mas qualquer porto é bem-vindo numa tempestade. Todas as espécies buscaram abrigo aqui. Até alguns brownies deram as caras, o que só pode ser um mau agouro pra vocês.

– Nós perdemos o controle da casa – disse Seth. – Brownies do mal surrupiaram o livro de registros.

Doren balançou a cabeça, entristecido.

– Algumas situações possuem uma característica desagradável que as fazem ir de mal a pior.

– Doren – disse vovô, aproximando-se. – Como você está se virando? Eu sinto muito mesmo por Newel.

O semblante de Doren foi tomado de pesar.

– Estou seguindo em frente. Ele era um tratante sem nada na cabeça, chato e mulherengo, mas era meu melhor amigo. Sinto muito pelo seu amigo grandalhão.

– Nós precisamos montar essas barracas – anunciou vovô. – Poderia nos dar uma ajuda?

Doren pareceu subitamente desconfortável.

– Tudo bem, sem problema. A questão é que eu prometi a alguns anões que ia dar um chega pra ver como eles estavam. – Ele começou a se afastar. – Vocês todos são muito mais importantes pra mim do que eles, mas eu não posso deixar que nossa ligação especial interfira em nosso compromisso inflexível, principalmente quando os pequeninos se encontram tão fora de seu hábitat.

– Compreensível – disse vovô.

– A gente se vê mais tarde, depois que vocês montarem as... bem... enfim, depois que vocês se assentarem melhor. – Ele se virou e trotou para longe.

Vovô esfregou as mãos como se estivesse tirando poeira.

– A maneira mais certa de se livrar da companhia de um sátiro é mencionar a palavra trabalho.

– Por que você quis que ele fosse embora? – perguntou Seth.

– Porque os sátiros falam horas e horas sem parar, e eu preciso que Kendra vá comigo ao píer.

– Agora? – perguntou Kendra.

– Não há motivo para adiarmos.

– Deixa eu adivinhar – disse Seth. – Eu não estou convidado pra isso.

– Espectadores em excesso podem impedir o contato – disse vovô. – Você é muito bem-vindo para auxiliar Warren e Dale na montagem das barracas. Kendra, não vamos esquecer aquela fotografia de Patton.

❧ ❧ ❧

Seth caminhou com Kendra e vovô até a carroça antes de mudar de rumo e correr para se reunir a uma fileira de anões agrupados num pelotão. Nenhum deles atingia sua cintura.

– E aí, rapaziada, tudo bem? – perguntou ele.

Quando eles levantaram os olhos, ele viu que apesar das esparsas costeletas eram todos mulheres. Uma delas cuspiu nos pés dele. Ele deu um pulo para escapar.

– Desculpe, eu tenho um problema na vista – disse Seth.

As anãs seguiram em frente, sem prestar mais atenção nele. Seth deu uma corridinha até o lago. Quem ia querer montar barracas com todas essas criaturas fantásticas cercadas ali para a diversão dele?

Além do mais, a atitude possibilitaria uma excelente oportunidade para Warren e Dale estreitarem os laços fraternos.

Seth estava impressionado com a quantidade de sátiros. Passara vagamente por sua cabeça que Doren e Newel talvez fossem os únicos. Mas ele contou pelo menos cinquenta zanzando para cima e para baixo, alguns mais velhos do que os outros, alguns sem camisa, outros com batas, as pelagens variando entre o preto e o marrom, passando por tons ruivos, dourados, grisalhos e brancos.

Os sátiros possuíam uma energia que não conhecia limites. Eles perseguiam hamadríades, dançavam em grupo, lutavam uns com os outros e faziam acrobacias. Apesar de as suas turbulentas brincadeiras serem convidativas, a associação de Seth com Newel e Doren retirara um pouco da mística dos sátiros. Ele tinha mais curiosidade de interagir com as criaturas que jamais havia visto.

Ele se aproximou do grupo de dríades. Havia mais ou menos vinte moças esguias, nenhuma delas com menos de 1,80m de altura. Várias tinham a pele bronzeada dos americanos nativos. Algumas eram louras, outras ruivas. Todas tinham folhas e galhos entrelaçados nas longas vestes.

– Você teve a ideia certa, irmão – disse uma voz em seu ouvido. Sobressaltado, Seth se virou e encontrou Verl ao seu lado, olhando apalermado para as dríades. – As hamas são garotas. Essas aqui são mulheres.

– Eu não estou querendo arrumar uma namorada – assegurou-lhe Seth.

Verl deu um sorriso lupino e piscou.

– Certo, ninguém aqui está, somos todos cavalheiros bem viajados, acima de toda essa mesmice. Escute, se você precisar de apoio, é só me fazer um sinal. – Ele deu uma cutucada em Seth, incentivando-o a se aproximar das majestosas mulheres. – Deixe a ruiva pra mim.

As duas ruivas que Seth via tinham pelo menos um palmo a mais do que Verl. A presença do embevecido sátiro ao seu lado deixou-o subitamente acanhado. As mulheres eram não apenas lindas, como também intimidadoras na quantidade e na altura incomum. Ele se afastou, envergonhado.

— Não, Seth, não! — disse Verl, entrando em pânico, afastando-se com ele. — Não hesite agora. Você estava lá! A negra à esquerda estava te olhando com o canto dos olhos. Você precisa quebrar o gelo?

— Você me deixou confuso — murmurou Seth, continuando sua retirada. — Eu só queria travar contato com uma dríade.

Verl balançou a cabeça, como quem entende, e deu-lhe um tapinha nas costas.

— E não é isso o que todos nós queremos?

Seth afastou-se dele.

— Preciso ficar um pouco sozinho.

Verl ergueu as mãos.

— O homem precisa de um pouco de espaço. Eu posso entender. Quer que eu evite as interferências? Quer que eu mantenha os parasitas longe de você?

Seth encarou o sátiro, incerto sobre o que ele queria dizer.

— Acho que sim.

— Pode contar com isso — disse Verl. — Diga-me, como foi que você conheceu Newel e Doren?

— Eu estava roubando comida de uma ogra sem saber. Por quê?

— *Por quê?*, ele pergunta. Você está me gozando? Newel e Doren são simplesmente os sátiros mais maneiros de Fablehaven! Aqueles caras conseguem ganhar gatas piscando a quase cinquenta metros de distância!

Seth estava começando a sacar que Verl era a versão satírica de um nerd. Se ele quisesse dar o fora, ia precisar de uma certa sutileza.

— Ei, Verl! Acabei de ver aquela ruiva dando mole pra você.

Verl empalideceu.

— Não.

Seth tentou manter a postura.

— Com certeza. Agora ela está sussurrando alguma coisa no ouvido da amiga. Ela não para de olhar pra você.

Verl passou a mão no cabelo.

— O que ela está fazendo agora?

— Eu nem sei direito como descrever isso. Ela está louca por você, Verl. Você precisa ir lá falar com ela.

— Eu? — guinchou ele. — Não, não, ainda não. É melhor eu deixar as coisas esquentarem um pouco mais.

— Verl, a hora é essa. Não vai existir oportunidade melhor.

— Eu estou te entendendo, Seth, mas é que, sinceramente, não acho certo ficar invadindo o seu território. Eu não sou nenhum usurpador. — Ele ergueu o punho e disse: — Boa caçada.

Seth observou Verl afastar-se rapidamente, e então pousou os olhos nos centauros. Eles não haviam se mexido desde que Seth os avistara. Ambos eram homens da cintura para cima, extraordinariamente largos e musculosos e com expressões fechadas. Um tinha o corpo de um cavalo prateado, o outro tinha cor de chocolate.

Depois das dríades, os arrogantes centauros pareceram, de repente, muito menos intimidadores.

Seth correu até eles. Os dois observaram sua aproximação, de modo que ele manteve os olhos baixos durante grande parte do trajeto. Não havia como negar: aqueles eram os centauros mais impressionantes nas redondezas.

À medida que se aproximava, Seth foi levantando os olhos. Eles olharam para ele de modo ameaçador. Seth cruzou os braços e olhou para trás, tentando dar a impressão de estar cansado e indiferente.

— Esses sátiros idiotas estão me deixando pirado.

Os centauros olharam para ele sem fazer nenhum comentário.

— É o seguinte: é difícil a gente conseguir um momento de paz pra processar todos esses problemas que têm acontecido ultimamente. E pra dissecar os pontos mais importantes. Não é, não?

— Você está se divertindo à nossa custa, jovem? — perguntou o centauro prateado num melodioso tom de barítono.

Seth decidiu acabar com o disfarce:

— Eu só queria conhecer vocês dois.

— Nós não costumamos socializar — disse o centauro prateado.

— Estamos todos presos aqui — respondeu Seth. — A gente podia se conhecer melhor, de repente.

Os centauros olharam para ele com severidade.

— Nossos nomes são difíceis de ser pronunciados na sua língua — disse o centauro marrom, sua voz mais profunda e mais ríspida do que a do outro. — O meu traduz-se como Casco Largo.

— Pode me chamar de Asa de Nuvem — disse o outro.

— Meu nome é Seth. Meu avô é o zelador daqui.

— Ele precisa de mais prática em zelar pelas coisas — escarneceu Casco Largo.

— Ele já salvou Fablehaven antes — contrapôs Seth. — Dê um pouco de tempo a ele.

— Nenhum mortal está apto a uma tarefa como essa — asseverou Asa de Nuvem.

Seth livrou-se de uma mosca.

— Espero que você esteja errado. Eu não vi muitos centauros por aqui.

Asa de Nuvem esticou os braços, os tríceps inchados.

— A maioria dos indivíduos de nossa espécie reuniu-se em outro refúgio.

— O círculo de pedras? — perguntou Seth.

— Você conhece Grunhold? — Casco Largo pareceu surpreso.

— Não o nome. Eu só ouvi falar que havia outro lugar em Fablehaven onde as criaturas do mal eram repelidas.

— Nós deveríamos estar lá, com os nossos — disse Casco Largo.

— Por que vocês não correm pra lá? — perguntou Seth.

Asa de Nuvem bateu com o casco.

— Grunhold é muito distante daqui. Tendo em vista a maneira com a qual a praga se espalhou, seria uma atitude irresponsável tentar empreender a viagem.

— Alguns de vocês foram contaminados? — perguntou Seth.

Casco Largo fez uma carranca.

— Alguns. Dois que estavam conosco foram transformados e nos perseguiram até aqui.

— Não que alguma parte de Fablehaven continuará servindo de refúgio por muito tempo — disse Asa de Nuvem. — Eu questiono se alguma magia poderá resistir indefinidamente a uma malignidade que se espalha com tamanha rapidez.

— Nós nos apresentamos — declarou Casco Largo. — Se nos der licença, jovem, preferimos conversar em nossa própria língua.

— Beleza, legal conhecer vocês — disse Seth, acenando ligeiramente para eles.

Os centauros não deram resposta nem começaram a falar um com o outro. Seth afastou-se, decepcionado por não ouvir o som da língua deles, certo de que seus olhos inóspitos estavam fixos em suas costas. Doren estava certo. Os centauros eram uns idiotas.

~ ~ ~

Kendra olhou para a fotografia em sépia, emoldurada. Mesmo com um penteado antiquado e o farto bigode, Patton fora um homem de uma beleza arrebatadora. Ele não estava sorrindo, mas alguma coisa em seu olhar exprimia uma petulância jocosa. É claro, a percepção dela talvez estivesse maculada por todas as passagens que lera dos diários.

Vovô caminhou ao lado dela em direção ao pequeno píer que se projetava da base de um dos gazebos. Em um dos lados do píer flutuava a casa de barcos que Patton havia construído. O lago estava basicamente parado. Ela não via nenhum sinal das náiades. Seu olhar vagou em direção à ilha no centro do lago, onde o minúsculo santuário em homenagem à Fada Rainha estava escondido em meio aos arbustos.

– Eu acho que também vou perguntar pra Lena se a gente pode pegar o vaso de volta – disse Kendra.

– O vaso do santuário? – perguntou vovô.

– Eu conversei com uma fada chamada Shiara no início do verão que me disse que as náiades consideravam o vaso um troféu.

Vovô franziu o cenho.

– Elas guardam o santuário. Eu imaginei que confiar o vaso ao cuidado delas seria a melhor maneira de garantir que ele fosse devolvido, já que pisar na ilha é proibido.

– Shiara disse que eu não teria sido punida por devolver pessoalmente o vaso. Ela parecia estar falando a verdade. Eu estava pensando, se eu conseguisse pegar o vaso...

– Talvez você pudesse usá-lo como desculpa para poder entrar em segurança na ilha e indagar se a Fada Rainha sabia algo a respeito da praga. As chances de sucesso não são exatamente fantásticas, mas nós podemos pelo menos perguntar pelo vaso.

– Certo – disse Kendra. Ela foi andando rapidamente em direção ao píer, e olhou para trás quando percebeu que vovô não a estava acompanhando.

– Vou ficar por aqui e deixar você chamar Lena – disse vovô. – Não tive muita sorte da última vez.

Kendra caminhou até a extremidade do cais, parando a alguns metros da margem. Ela sabia que não devia se aproximar muito da borda para não ser agarrada por alguma náiade.

– Lena, é a Kendra! Precisamos conversar.

– Olha só quem deu as caras com os lavradores sem-teto – disse uma voz feminina insinuante vinda da água.

– Eu pensei que aquele fantoche tivesse estrangulado essa aí há muito tempo – respondeu uma segunda falante.

Kendra franziu o cenho. Em uma de suas visitas anteriores ao lago, as náiades haviam libertado Mendigo. Ainda sob as ordens da bruxa Muriel, o gingador agarrara Kendra e a levara até a colina onde antes ficava a Capela Esquecida.

– É melhor vocês chamarem a Lena – afirmou Kendra. – Eu trouxe um presente que ela vai querer muito ver.

– É melhor você sair mancando daqui nessas suas pernas de pau desajeitadas – advertiu uma terceira voz. – Lena não quer saber de achacadoras vindas da terra.

Kendra ergueu a voz ainda mais:

– Lena, eu trouxe um retrato do seu lavrador predileto. Uma foto de Patton.

– Cave um buraco e deite-se dentro dele – sibilou a primeira voz com um quê de desespero. – Até mesmo uma engolidora de ar sem nada na cabeça consegue reconhecer quando sua companhia é indesejada.

– Envelheça e morra – cuspiu uma outra náiade.

– Kendra, espere! – chamou uma voz familiar, vaga e melodiosa. Lena apareceu, o rosto virado logo abaixo da superfície da água. Ela parecia ainda mais jovem do que da última vez que Kendra a vira. Nenhum fio grisalho permanecia em seu cabelo preto.

– Lena – disse Kendra –, nós precisamos de sua ajuda.

Lena olhou para Kendra com seus olhos escuros e amendoados.

– Você mencionou uma fotografia.

– Patton está muito bonito nela.

– Por que Lena se importaria com uma fotografia velha e seca? – guinchou uma voz. Outras náiades sufocaram um riso.

– O que você precisa? – inquiriu Lena, calmamente.

– Eu tenho bons motivos pra acreditar que Patton trouxe um segundo artefato pra Fablehaven. Eu estou falando dos artefatos importantes, aqueles que a sociedade deseja. Você sabe alguma coisa sobre isso?

Lena mirou Kendra.

– Eu lembro. Patton me obrigou a jurar que jamais contaria o segredo, a menos que fosse absolutamente necessário. Aquele homem era tão engraçado com seus mistérios. Como se algum deles tivesse realmente importância.

– Lena, nós precisamos localizar esse artefato de qualquer maneira. Fablehaven está à beira do colapso.

– Novamente? Você espera trocar a fotografia por informações acerca do artefato? Kendra, a água estragaria a foto.

– Não a foto em si – disse Kendra. – Só uma olhadinha. Quanto tempo faz que você não vê o rosto dele?

Por um instante, Lena pareceu magoada, mas sua serenidade retornou quase que imediatamente.

– Você não vê que encontrar o artefato é irrelevante? Tudo aí em cima acaba. Tudo é fugidio, ilusório, temporário. Tudo o que você pode me mostrar é uma imagem bidimensional do meu amado, uma lembrança desprovida de vida. O homem real não existe mais. Como você também deixará de existir.

– Se isso realmente não importa, Lena – disse vovô da parte mais afastada do píer –, por que não nos contar? A informação não significa nada para você, mas aqui, agora, para o período curto que nós vivemos e respiramos, importa muito para nós.

– Agora o velho começou a tagarelar – reclamou uma náiade que não estava visível.

– Não responda, Lena – incentivou uma segunda voz. – Deixa ele esperando. Ele estará morto antes mesmo de você perceber.

Várias vozes gargalharam.

– Você esqueceu nossa amizade, Lena? – perguntou vovô.

– Por favor, conte pra gente – disse Kendra. – Por Patton. – Ela ergueu o retrato.

Os olhos de Lena se arregalaram. Seu rosto rompeu a superfície da água e ela pronunciou o nome de Patton.

– Não nos obrigue a arrastar você aqui para baixo – alertou uma voz.

– Toquem em mim e estarão me ajudando a abandonar vocês – murmurou Lena, extasiada pela imagem que Kendra estava segurando.

Lena dirigiu o olhar para Kendra.

– Tudo bem, Kendra. Talvez isso seja o que ele gostaria que eu fizesse. Ele escondeu o artefato na antiga mansão.

– Em que local na mansão?

– Será difícil achar. Vá até o quarto mais ao norte do terceiro andar. O cofre que contém o artefato aparece a cada segunda-feira ao meio-dia por um minuto.

– O cofre tem algum segredo?

– Uma combinação: direita duas vezes para 33, esquerda uma vez para 22 e depois direita para 31.

Kendra olhou de volta para vovô. Ele estava tomando nota dos números.

– Pegou? – perguntou ela.

– 33-22-31 – disse ele, olhando de maneira engraçada para Lena.

Sua antiga governanta evitou seu olhos timidamente.

– Eu tenho uma outra pergunta – pediu Kendra. – O que Kurisock fez com o tio de Patton?

– Eu não sei – disse Lena. – Patton nunca me contou essa história. Era bastante dolorosa para ele, de modo que eu nunca o pressionei. Ele tinha a intenção de me contar, acho eu, durante seus últimos anos de vida. Ele dizia repetidamente que algum dia eu ouviria a narrativa.

– Então você não sabe nada sobre Kurisock? – perguntou Kendra.

– Apenas que ele é um demônio que vive nesta reserva. E ele pode ter tido alguma relação com a aparição que usurpou a mansão.

– Que aparição? – perguntou Kendra.

– Aconteceu antes de meu rebaixamento à mortalidade. Como disse, eu nunca soube os detalhes. A aparição que destruiu Marshal sem dúvida nenhuma ainda reside na mansão. Patton escondeu o artefato lá porque ficaria bem guardado.

– Marshal era o tio de Patton?

– Marshal Burgess.

– Uma última coisa. Existe um vaso de prata. A Fada Rainha me deu.

Lena anuiu.

– Esqueça o vaso. Você o lançou ao lago e nós tomamos posse dele.

– Preciso pegá-lo de volta – disse Kendra. Ouviu-se um coro de possantes gargalhadas da parte das outras náiades. – É o motivo que eu preciso pra me aproximar em segurança da Fada Rainha novamente. Ela pode ser a nossa única chance de vencer essa praga.

– Venha até a borda e eu lhe entrego – disse com sarcasmo uma náiade que não podia ser vista. Vários outros risinhos puderam ser ouvidos.

— O vaso é o tesouro mais inestimável que elas possuem — disse Lena. — Elas, nós, jamais renunciaremos a ele. É melhor eu ir. Minhas irmãs ficam um pouco instáveis quando eu passo muito tempo perto da superfície.

Kendra sentiu lágrimas nos olhos.

— Lena, você está feliz?

— Bastante feliz. Minhas irmãs esforçaram-se para me reabilitar. Permitir que eu vislumbrasse Patton foi um ato deferente de sua parte, apesar de abrir antigas feridas. Em retribuição à delicadeza do gesto, eu contei o que você queria. Desfrute o tempo que lhe resta.

Lena mergulhou no lago. Kendra continuou olhando para ela, mas o lago era profundo, e Lena logo sumiu de vista.

Vovô aproximou-se de Kendra, colocando as mãos em seus ombros.

— Muito bom, Kendra. Muito bom, mesmo.

— O desgastado agarrou a detestável — observou uma voz.

— Empurra ela aqui dentro! — gritou uma outra.

— Vamos sair daqui — disse Kendra.

CAPÍTULO DEZESSETE

Preparativos

A maior das três barracas que Dale trouxera da casa era a maior barraca de uso particular que Seth já havia visto na vida. A monstruosidade quadrada possuía listras largas em amarelo e púrpura, um telhado íngreme e curvo montado em cima de um poste central com um estandarte encaixado no pináculo. A aba por sobre a ampla entrada estava amparada em hastes de ferro formando um toldo de bom tamanho. As barracas menores também eram razoavelmente espaçosas, mas suas dimensões e cores eram menos excêntricas.

Seth estava sentado na entrada da barraca onde ele, Warren e Dale ficariam alojados. Vovó e vovô estavam dividindo a grandona. E Kendra tinha sua própria barraca, o que não deixou Seth satisfeito, mas infelizmente ele não conseguia imaginar nenhum argumento razoável para sugerir que a disposição fosse feita de uma outra maneira. Ele decidira que, se o tempo permanecesse agradável, iria dormir em um dos gazebos.

Uma dríade de pés descalços aproximou-se da barraca de vovô. Seu longo cabelo castanho-avermelhado que passava da cintura e suas vestes evocavam lembranças de brilhantes folhas de outono. Ela se abaixou para poder passar pela entrada. Que altura isso indicaria que ela tinha? Dois metros? Talvez mais?

Seth vira diversos personagens interessantes entrando e saindo da barraca de vovô ao longo da última hora. Mas quando ele tentou entrar, vovó não permitiu, prometendo que logo, logo ele participaria da conversa.

Uma fada ruiva com asas parecidas com pétalas de flores passou voando. Seth não tinha como dizer se ela havia saído da barraca de vovô ou se viera zunindo por cima do teto da parte de trás da barraca. Ela pairou por um momento, não muito distante de Seth, antes de sumir de vista.

Arrancando inadvertidamente um punhado de grama do solo, Seth decidiu que não seria mais excluído dos acontecimentos. Estava claro que vovô e vovó preferiam recolher notícias e opiniões de uma maneira que permitiria a eles regular as informações, compartilhando somente aqueles fatos e ideias que eles próprios julgavam palatáveis a seu frágil cérebro. Mas ouvir os detalhes das próprias criaturas, sem nenhuma censura, era boa parte da diversão e, independentemente de seus avós acreditarem ou não, Seth sabia que era suficientemente maduro para lidar com qualquer coisa que eles ouvissem. Além do mais, não era culpa dele se as paredes da barraca eram finas demais.

Ele se levantou, caminhou até os fundos da barraca amarela e púrpura e sentou-se na sombra com as costas voltadas para a parede de tecido. Esforçando-se para escutar, ele tentava dar um ar de ociosidade e tédio. Ouviu apenas o barulho dos sátiros brincando na passarela.

— Você não vai ouvir nada — disse Warren, contornando a barraca.

Seth deu um salto e ficou de pé, como se estivesse se sentindo culpado.

— Eu só quis dar uma relaxada aqui na sombra.

— A barraca tem uma proteção mágica que impede que se ouça qualquer coisa que é dita lá dentro. Um detalhe que você saberia se tivesse nos ajudado a montá-la.

— Desculpa, eu estava...

Warren ergueu a mão.

— Se nossos papéis estivessem invertidos, eu também estaria ansioso para conhecer todas as criaturas que estão aqui. Não se preocupe, eu teria ido te pegar na marra se a gente precisasse mesmo de ajuda. Você se divertiu?

— Os centauros não foram muito simpáticos – disse Seth.

— Eu tive a impressão de que eles conversaram com você. Isso em si já é um feito e tanto.

— Qual é a deles?

— Em resumo: arrogância. Eles se veem como o ápice da criação. Nada mais merece a atenção deles.

— Mais ou menos como as fadas – disse Seth.

— Sim e não. As fadas são vaidosas, e acham chato a maioria dos nossos interesses, mas por mais que elas finjam, elas se importam com o que a gente acha delas. Os centauros nem procuram, nem agradecem a nossa admiração. No máximo, ignoram. Ao contrário das fadas, os centauros acreditam, com toda a sinceridade, que todas as outras criaturas são inerentemente menos importantes do que eles.

— Eles parecem o meu professor de matemática – disse Seth.

Warren deu um risinho.

Seth notou algumas fadas malignas flutuando pouco depois da parte mais próxima do muro de sebe.

— Essa praga atingiu os centauros assim como todas as outras criaturas.

— Não fosse por isso, duvido muito que eles demonstrassem algum interesse — disse Warren. — Pra ser justo, eles têm uma desculpa pra altivez deles. Os centauros costumam ser pensadores brilhantes, artesãos dotados e guerreiros formidáveis. O orgulho em si é a grande falha deles.

— Seth! — chamou vovó do outro lado da barraca. — Dale! Warren! Kendra! Venham participar de nossa reunião.

— Pronto — disse Warren, parecendo ele próprio aliviado. — Acabou a espera.

Uma parte de Seth imaginava se Warren fora até os fundos da barraca para verificar, sem alarde, se ela era realmente tão à prova de som como fora apregoado. Eles contornaram a barraca, passando pela gigantesca dríade com as vestes outonais e um sátiro idoso com uma barbicha grisalha e profundas rugas proporcionadas pelo riso. Kendra puxou o zíper da barraca e saiu. Dale deu uma corridinha até eles na direção em que estava o acampamento dos anões. Vovó e vovô estavam esperando na entrada da barraca dando-lhes as boas-vindas. Tanto Stan quanto Ruth pareciam cansados e ansiosos.

A barraca era tão grande que Seth meio que esperava encontrá-la mobiliada, mas havia apenas um par de sacos de dormir enrolados no canto e alguns equipamentos. Todos se sentaram no chão, o que era bem confortável graças à relva macia que estava por baixo. A luz do sol filtrada pelo tecido amarelo e púrpura dava ao local uma coloração estranha.

— Eu tenho uma pergunta — disse Kendra. — Se os brownies do mal roubaram o livro de registros, eles não vão poder simplesmente mudar as regras e deixar que as criaturas malignas entrem aqui?

— A maioria dos limites e fronteiras de Fablehaven é fixada pelo tratado que estabeleceu a reserva, portanto ele é imutável enquanto vigorar – disse vovó. – O livro de registros nos permite simplesmente regular o acesso à reserva como um todo e ditar quais criaturas podem cruzar as barreiras que guardam nossa casa. As barreiras mágicas que protegem essa área são diferentes da maioria das fronteiras em Fablehaven. A maioria das fronteiras é estabelecida para limitar o acesso a tipos específicos de criaturas – há determinados setores onde as fadas são permitidas, e também sátiros, e brumas gigantes, e por aí vai. Algumas criaturas têm permissão para circular por uma área maior do que a permitida a outras, com base no grau de perigo que elas podem representar às outras. Como a maioria das fronteiras é dividida de acordo com a espécie, quando as criaturas benfazejas começaram a se tornar malignas, elas mantiveram o acesso a essas mesmas áreas.

– Mas o limite em torno do lago e desse campo funciona de acordo com a filiação à luz ou às trevas – disse vovô. – Uma vez que uma criatura começa a se inclinar mais para o lado das trevas do que da luz, ela deixa de ter permissão para entrar aqui.

– Por quanto tempo esse lugar vai rechaçar as trevas? – perguntou Seth.

– Gostaríamos de saber – disse vovó. – Talvez por um bom tempo. Talvez por uma hora. Nós só podemos ter certeza absoluta de que estamos num estado desesperador. Quase não nos restam opções. Se fracassarmos em tomar medidas efetivas, a reserva logo sucumbirá.

– Eu fiz uma conferência com meus contatos mais confiáveis entre as criaturas que estão reunidas aqui – disse vovô, sua postura tornando-se mais oficial –, num esforço para avaliar o nível de apoio que poderíamos esperar das diversas raças. Troquei palavras com pelo menos um delegado de quase todas elas, excluindo os brownies e os centauros. Como um todo, as criaturas aqui sentem-se tão encurraladas e intimidadas por essa praga que eu creio que nós podemos contar com uma assistência considerável se necessário for.

— Mas nós não queríamos a presença de nenhum deles aqui enquanto discutíamos a estratégia — disse vovó. — Ocultamos determinadas informações essenciais. Caso eles sejam contaminados, a grande maioria deles, se não todos, nos trairia inteiramente.

— Por que todas as criaturas mudam tão completamente? — perguntou Kendra. — Seth disse que Coulter e Tanu continuaram ajudando a gente depois de serem transformados.

— Essa é uma pergunta difícil — disse vovô. — A resposta curta é que, na condição de seres não mágicos e mortais, os humanos são afetados pela praga de modo diferente. O resto requer especulação. Sem querer fazer nenhuma defesa, as criaturas mágicas são, em sua maioria, o que são e pronto. Elas tendem a ser menos cientes de si do que os humanos, confiando mais no instinto. Nós, humanos, somos seres conflituosos. Nossas crenças nem sempre se harmonizam com nossos instintos, e nosso comportamento nem sempre reflete nossas crenças. Nós estamos constantemente lutando com o certo e o errado. Nós travamos uma guerra entre a pessoa que somos e a pessoa que gostaríamos de ser. Nós temos muita prática em lutar contra nós mesmos. Como resultado, em comparação com as criaturas mágicas, nós, humanos, somos muito mais capazes de sufocar nossas inclinações naturais para poder escolher deliberadamente nossas identidades.

— Não entendi — disse Seth.

— Cada ser humano tem um potencial significativo para a luz *e* para as trevas — continuou vovô. — Durante o período de uma vida inteira, nós adquirimos muita experiência nos inclinando para um lado ou para o outro. Tendo feito escolhas diferentes, um herói renomado poderia ter sido um vilão horrendo. Meu palpite é que no momento em que Coulter e Tanu foram transformados, suas mentes resistiram às trevas de um modo que a maioria das criaturas não consegue conceber.

– Ainda não estou conseguindo entender como alguém como Newel poderia se transformar instantaneamente num ser tão maligno – disse Seth.

Vovô ergueu um dedo.

– Eu não vejo a maioria das criaturas mágicas como boa ou má. O que elas são em grande parte governa a maneira como elas agem. Para ser bom, você deve reconhecer a diferença entre o certo e o errado e se esforçar para escolher o certo. Para ser verdadeiramente mau você deve agir de modo contrário. Ser bom ou mau é uma escolha.

"Ao contrário, as criaturas de Fablehaven são benignas ou malignas. Algumas são inerentemente construtoras, outras são zelosas, algumas são brincalhonas. Algumas são inerentemente destruidoras, algumas são enganadoras, algumas têm ânsia de poder. Algumas adoram a luz, outras adoram as trevas. Mas mude sua natureza e suas identidades mudarão sem muita resistência. Como, por exemplo, uma fada se transformando num diabrete ou um diabrete voltando à sua condição de fada." Vovô olhou para vovó. "Estou sendo excessivamente filosófico?"

– Um pouquinho – disse ela.

– Perguntas que começam com "por que" são as mais difíceis de responder – disse Dale. – Você acaba adivinhando mais do que propriamente sabendo.

– Eu acho que estou entendendo o que você está dizendo – disse Kendra. – Um demônio como Bahumat odeia e destrói automaticamente porque não vê nenhuma outra opção. Ele não está questionando suas ações ou resistindo a uma consciência. Alguém como Muriel, que deliberadamente escolheu servir às trevas, é uma pessoa mais maligna.

– Então Newel agiu de maneira diferente porque não é mais o mesmo Newel – concluiu Seth. – A praga o dominou completamente. Ele é outra coisa agora.

— Essa é a ideia básica — disse vovô.

Warren suspirou:

— Se um urso esfomeado devorou minha família, mesmo que ele não tenha tido nenhuma intenção maligna, mesmo que ele tivesse agido apenas como um urso, sua natureza o tornou uma ameaça, e eu vou atirar nele.

Ele parecia exasperado por causa da conversa.

— O urso teria de ser detido — concordou vovó. — Stan está apenas fazendo a distinção de que você não culparia o urso da mesma maneira que culparia uma pessoa responsável.

— Entendi a distinção — disse Warren. — Eu tenho uma opinião diferente acerca das criaturas mágicas. Eu consigo imaginar muitas criaturas que escolheram realizar ações boas ou ações más independentemente de sua natureza. Eu responsabilizo mais as criaturas malignas pelo que elas são e pelo que elas fazem do que Stan.

— O que é um direito seu — disse vovô. — A questão é em grande medida acadêmica, embora algumas pessoas que compartilham sua visão a usariam como pretexto para erradicar todas as criaturas malignas, uma ideia que eu considero detestável. Concordo que criaturas benignas podem ser mortíferas — as náiades, por exemplo, que afogam o inocente por esporte. A própria Fada Rainha acaba com aqueles que se aproximam de seu santuário sem serem convidados. E criaturas malignas podem ser prestativas — Graulas, por exemplo, fornecendo informações cruciais, ou os gnomos que patrulham nosso calabouço de maneira absolutamente confiável.

— Não obstante o debate ser fascinante — disse vovó, irritada —, o assunto em pauta é deter a praga a qualquer custo. Estamos à beira da destruição.

Todos concordaram.

Preparativos

Vovô ajeitou a camisa, a aparência um pouco melancólica, e mudou de assunto:

– Lena não sabia muito a respeito de Kurisock, exceto o bastante para confirmar que ele esteve envolvido com o demônio que agora controla a antiga mansão. Mas ela foi capaz de nos contar muitas coisas sobre o segundo artefato. – Ela relatou os detalhes acerca da localização do cofre, a hora em que ele apareceria e a combinação.

– Algum palpite sobre que artefato é esse? – perguntou Warren.

– Ela não disse – respondeu Kendra.

– O artefato poderia exercer poder sobre o espaço e o tempo – disse vovô. – Ele poderia aperfeiçoar a visão. Ou poderia proporcionar imortalidade. Esses são supostamente os poderes dos quatro artefatos que permanecem sem dono.

– Vocês acham que o artefato poderia nos ajudar a reverter a praga? – perguntou Seth.

– Podemos ter essa esperança – disse vovô. – Por enquanto, recuperá-lo é a tarefa mais urgente. Além do fato de nos apossarmos do artefato, arriscar uma incursão à antiga mansão também serviria como um reconhecimento do local. Qualquer coisa que pudermos descobrir sobre Kurisock e aqueles associados a ele poderia ajudar a esclarecer o mistério da praga.

Dale limpou a garganta.

– Não desejo me opor a você, Stan, mas tendo em vista o que nós sabemos sobre a antiga mansão, as chances de algum de nós voltar não são das maiores.

– Nós sabemos que uma presença aterradora assombra a propriedade – admitiu vovô. – Mas esses boatos foram iniciados por Patton, que tinha boas razões para afugentar as pessoas.

– Porque ele escondeu o artefato lá – disse Kendra.

— E ainda por cima — continuou vovô — nós conhecemos uma pessoa que entrou inadvertidamente na mansão e sobreviveu para contar a história.

Todos os olhos se voltaram para Seth.

— É, acho que eu entrei lá, sim. Ainda não tinha bebido o leite naquele dia. Tinha acabado de escapar de Olloch, então não dava pra ver direito o que era a coisa. O que eu acho é que, de repente, foi exatamente por isso que consegui escapar de lá com vida.

— Eu imaginei a mesma coisa — disse vovó.

— Circular pela reserva sem consumir leite tem vantagens e desvantagens — disse vovô. — Há evidências que indicam que se você for incapaz de perceber as criaturas mágicas, elas precisam exercer um poder bem maior para serem capazes de te perceber. Além disso, muitas criaturas malignas se alimentam do medo. Se você não consegue identificá-las como elas são, o medo diminui e a motivação delas para infligir danos é reduzida.

— Mas o fato puro e simples de você não poder ver criaturas mágicas não significa que elas não estejam lá — interveio Dale. — Vagar pela reserva sem leite é uma maneira perfeita de andar todo animado em direção a uma armadilha mortífera.

— Essa é a parte desvantajosa — afirmou vovô.

Vovó curvou-se para a frente ansiosamente.

— Mas se nós sabemos aonde estamos indo e temos ideia do que nos espera, e nos mantemos na trilha na ida e na volta, deixar de beber o leite pode nos dar a vantagem que precisamos para passar pela aparição e alcançar o cofre. Seth, quanto tempo você ficou na mansão até começar a perseguição do redemoinho?

— Vários minutos — disse Seth. — Tempo suficiente pra subir ao último andar, pisar no telhado, me orientar em relação à localização, voltar ao quarto e passar pelo corredor.

Preparativos

— Ficar sem o leite parece a melhor opção — disse Warren. — Você disse que o cofre vai aparecer amanhã?

— Ao meio-dia — disse vovô. — E depois só na próxima semana. Não podemos nos dar ao luxo de esperar tanto tempo.

— E o horário de verão? — perguntou vovó. — Nessa época do ano nós reconhecemos a hora-padrão do meio-dia como uma da tarde.

— Com uma aparição tomando conta do cofre, a questão do tempo é de suma importância — disse vovô. — Quando o horário de verão começou?

— Por volta da Primeira Guerra Mundial — disse vovó. — Provavelmente depois que o cofre foi criado.

— Então vamos nos pautar pelo horário-padrão e esperar que o cofre não seja tão esperto quanto o meu celular, que atualiza a hora automaticamente — disse vovô. — Nós temos de chegar àquela sala à uma da tarde de amanhã.

— Dale e eu podemos cuidar disso — ofereceu Warren.

— É melhor eu ir — disse Seth. — Se eu estiver lá, Coulter e Tanu podem procurar a gente.

— Eles não podem ficar ao sol — lembrou vovô. — E nós temos de fazer isso por volta do meio-dia. Na realidade, em prol da cautela, como eles não podem ajudar, não mencione nada disso a eles.

— Pode ser que amanhã esteja nublado — tentou Seth. — Além do mais, sou a única pessoa que esteve dentro da mansão antes. Eu conheço esse lugar que a Lena mencionou. E se a aparição utilizar o medo mágico? Pode ser que eu seja o único de nós que não vai ficar paralisado!

— Nós pensaremos a respeito de sua corajosa oferta — disse vovô.

— Não vejo como nós teremos sucesso sem que haja perdas — disse vovô, a testa franzida. — Há muita probabilidade de fracassarmos. Nós precisamos de várias pessoas atrás do cofre, em várias direções. Alguns de nós sucumbiremos, mas outros estão fadados a conseguir.

— Concordo — disse vovô. — Dale, Warren, Ruth e eu faremos uma ofensiva em conjunto.

— E eu — insistiu Seth.

— Eu poderia ir também — ofereceu-se Kendra.

— Seus olhos não podem deixar de ver as criaturas mágicas — lembrou vovô a Kendra. — Sua habilidade para ver e ser vista pode revelar inadvertidamente a nossa posição.

— Talvez venha a calhar ter alguém junto que possa dizer o que realmente está acontecendo — sustentou Kendra.

— Nós vamos levar manteiga de morsa — disse Warren. — Se a necessidade surgir, tiraremos as vendas dos olhos.

— Então nós cinco — disse Seth, como se o assunto estivesse decidido. — E mais o Hugo.

— Hugo, sim — disse vovô. — Cinco é que eu não estou certo.

— Eu posso até ficar atrás, se vocês quiserem — propôs Seth. — Só vou entrar se tiver alguma coisa a ver. Senão eu volto. Pensem nisso. Se a coisa fracassar, vai ser o fim de tudo de qualquer modo. Eu poderia estar lá pra ajudar no sucesso da operação.

— A argumentação dele é boa — admitiu Warren. — E nós vamos ficar felizes de tê-lo conosco se o medo tomar conta de nós. A gente sabe que esse tipo de medo existe.

— Tudo bem — disse vovô. — Você pode se juntar a nós, Seth. Mas não Kendra. Não é nada pessoal, querida. Sua habilidade para ver poderia realmente atrapalhar nossa única vantagem possível.

— Nós vamos precisar da ajuda de algumas das outras criaturas? — perguntou Seth.

— Duvido muito que elas possam entrar na mansão — disse vovô.

— Mas elas poderiam funcionar como um chamariz — sugeriu Warren. — Podiam fazer com que a atenção se voltasse para algum outro lugar. Muitas criaturas malignas estão à nossa espera do lado de lá da sebe.

Preparativos

— Boa ideia — disse vovô, animando-se. — Nós podíamos enviar vários grupos para locais diferentes. Fadas, sátiros e dríades.

— O ideal seria mandar os centauros — acrescentou vovó.

— Boa sorte — resmungou Dale.

— Seth conversou com eles hoje cedo — disse Warren. — Se a gente enaltecer o orgulho deles pode ser que dê certo.

— Talvez se as crianças pedissem com ares de desespero — disse vovô, pensativo. — Independentemente disso, vou falar com representantes das outras criaturas aqui. Nós vamos agregar o máximo de ajuda que pudermos para causar um rebuliço amanhã. Lembrem-se, nada de manteiga de morsa de manhã. Amanhã o lago deve estar repleto de borboletas, cabras, marmotas e cervos.

— E as corujas douradas com rosto humano? — perguntou Kendra.

— As astrides? — disse vovô. — Sabemos muito pouco sobre elas. São seres que raramente se interessam por outras criaturas.

— Vou preparar a carroça — disse Dale. — Se nós estivermos todos cegos e disfarçados, talvez Hugo possa nos infiltrar na mansão despercebidos.

— As criaturas não vão atacar o Hugo? — perguntou Seth.

— Um golem não é um alvo fácil — disse vovó. — É possível que muitos inimigos potenciais não se interessem em perturbá-lo se ele der a impressão de estar sozinho.

Vovô juntou as mãos e as esfregou animadamente.

— O tempo é curto. Vamos começar a montar o plano.

※ ※ ※

O sol estava se pondo quando Kendra e Seth percorriam uma extensão de terra vazia em direção aos centauros. O brilho dourado salientava os músculos inflados do peito, ombros e braços da dupla de centauros que estava parada mirando estoicamente o lago.

— Eu acho que você não deveria ter vindo — sibilou Kendra. — Você é nervoso demais. Nós precisamos implorar com sinceridade.

— Você acha que eu sou tão idiota assim? — perguntou Seth. — Qualquer pessoa sabe implorar!

Kendra lançou um olhar dúbio na direção dele.

— Você consegue pedir humildemente um favor a um idiota que fica esfregando isso no seu nariz o tempo todo?

Ele hesitou.

— É claro.

— É melhor você não estragar tudo — alertou Kendra, baixando a voz num sussurro: — Lembre-se de que quando a gente estiver de joelhos na frente deles, a gente vai estar na verdade manipulando os caras. O orgulho é o ponto fraco deles, e vamos explorar isso pra conseguir o nosso objetivo. Eles podem ser metidos, mas se fizerem o que a gente pedir, quem vai estar no comando somos nós.

— E se eles não derem a mínima pra gente? — perguntou Seth.

— Pelo menos nós teremos tentado — disse Kendra, pura e simplesmente. — E vai ficar por isso mesmo. A gente não pode se dar ao luxo de arrumar outros problemas, principalmente com tanta coisa pra fazer amanhã. Vai se comportar?

— Vou — disse ele, parecendo mais convicto do que antes.

— Siga o meu comando — disse Kendra.

— Primeiro deixa eu te apresentar a eles.

À medida que eles se aproximavam, os centauros pareciam não reparar na presença deles. Quando Kendra e Seth finalmente pararam diante deles, os centauros mantiveram os olhos solenes constantemente fixos sobre algum inescrutável objeto de interesse em outro ponto.

— Casco Largo, Asa de Nuvem, essa aqui é a minha irmã, Kendra — disse Seth. — Ela queria conhecer vocês.

Preparativos

Asa de Nuvem olhou para eles. Casco Largo, não.

– Nós viemos aqui numa missão urgente – disse Kendra.

Asa de Nuvem olhou para ela por um momento. A pelagem prateada em seus quadris se mexeu.

– Nós já declinamos do convite para participar da reunião com seu avô.

– Eu não vim aqui repetir o convite – disse Kendra. – Nós bolamos um plano para reaver um objeto que pode ajudar a acabar com a praga. Muitas outras criaturas aqui ofereceram ajuda, mas sem vocês nós ficamos sem líderes.

Agora os dois centauros olharam para ela.

Kendra continuou:

– Nós precisamos desviar a atenção das criaturas malignas que estão vigiando essa área para que o meu avô e algumas outras pessoas possam escapulir pra pegar o objeto. Nenhuma outra espécie possui a velocidade ou a habilidade pra liderar o ataque pelo buraco principal da sebe.

– Somente os centauros maculados poderiam verdadeiramente nos desafiar – observou Asa de Nuvem, os olhos sobre Casco Largo.

– Nós poderíamos deixar para trás as sentinelas satíricas sem dificuldade – disse Casco Largo.

– Como nós podemos saber que esse esquema garante nossa liderança? – perguntou Asa de Nuvem.

Kendra vacilou, olhando para Seth.

– Meu avô está disposto a arriscar a própria vida e a de seus familiares pra colocar o plano em prática – disse Seth. – A gente não pode garantir que vai funcionar, mas pelo menos vai representar uma chance pra todos nós.

– Sem a ajuda de vocês, nunca vamos saber – exagerou Kendra. – Por favor.

– A gente precisa de vocês – disse Seth. – Se o plano funcionar, vocês terão salvado Fablehaven da administração incompetente de meu avô. – Ele olhou para Kendra em busca de aprovação.

Os centauros alinharam-se, trocando palavras inaudíveis.

– Sua falta de liderança é de fato um problema – pronunciou Casco Largo. – Mas Asa de Nuvem e eu não percebemos o problema como nosso. Nós declinamos.

– O quê? – gritou Seth. – É sério? Então eu vou me divertir com metade da reserva aqui dentro assistindo de camarote a quem é que fica à parte sem fazer nada com Fablehaven correndo sérios riscos.

Kendra fulminou o irmão com os olhos.

– Pouco nos importamos com o destino dos sátiros e dos humanos, e menos ainda por suas reações à nossa indiferença – afirmou Asa de Nuvem.

– Obrigada assim mesmo – disse Kendra, agarrando o braço de Seth para tirá-lo dali. Ele se livrou dela.

– Beleza – rebateu Seth. – Mas eu vou estar lá amanhã. Espero que vocês consigam ignorar o fato de que não possuem nem a coragem de um garoto humano.

Os centauros se enrijeceram.

– Estou enganado ou o rapazinho insolente nos rotulou de covardes? – perguntou Asa de Nuvem num tom de voz ameaçador. – Nosso veredicto sobre não liderá-los não tem nada a ver com temor. Nós identificamos a atividade como algo fútil.

Casco Largo olhou duramente para Seth.

– Certamente o humano confundiu as palavras.

Seth cruzou os braços e mirou-o em silêncio.

– Se ele pretende manter o insulto – disse Casco Largo, agourento –, eu demandarei satisfações imediatas. Nenhum ser, pequeno ou grande, menospreza minha honra.

Preparativos

— Você está se referindo a um duelo? — perguntou Seth, incrédulo.

— Você vai provar sua coragem batendo numa criança?

— Ele levanta uma questão válida — disse Asa de Nuvem, pousando uma das mãos no ombro de Casco Largo. — Conviver com porcos só pode nos aviltar.

— Vocês dois estão mortos para nós — declarou Casco Largo. — Partam já.

Kendra tentou arrastar Seth, mas ele era forte demais.

— Músculos em excesso e nenhum cérebro — rosnou Seth. — Vamos chamar alguns sátiros pra nos ajudar. Ou, de repente, um anão. Deixa os cavalinhos medrosos continuarem fingindo que têm honra.

Kendra queria estrangular o irmão.

— Nós deixamos passar seu insulto por pura pena — disse Casco Largo, furioso. — Você persiste?

— Pensei que eu já estivesse morto — disse Seth. — Fica na boa, seu pangaré.

Casco Largo cerrou os punhos, a majestosa musculatura inflando em seus antebraços. Veias surgiram em seu pescoço encorpado.

— Muito bem. Amanhã, ao nascer do sol, você e eu resolveremos a pendenga em relação à minha honra.

— Não vamos, não — disse Seth. — Eu não luto com mulas. O grande problema sabe qual é? A quantidade de pulgas. E também o problema real que precisa ser resolvido. Você está convidado a me assassinar na minha barraca.

— Casco Largo está em seu direito de desafiá-lo para um duelo após um insulto deliberado — asseverou Asa de Nuvem. — Eu represento uma testemunha da contenda. — Ele estendeu a mão, indicando a área em volta. — E além do mais, este local é um refúgio para criaturas benfazejas. Na condição de humano, aqui você é um intruso. A exemplo das náiades no lago, Casco Largo poderia matá-lo quando bem entendesse com garantias de total impunidade.

Kendra sentiu o estômago revirar. Seth parecia abalado.

– O que não provaria nada sobre a sua honra – disse Seth, sua voz tentando manter a firmeza. – Se você liga pra honra, então comporte-se como um líder amanhã.

Os centauros juntaram as cabeças e conversaram baixo. Depois de um instante, separaram-se.

– Seth Sorenson – entoou Casco Largo, gravemente. – Jamais em meus longos anos de vida fui afrontado tão abertamente. Suas palavras são imperdoáveis. E no entanto não sou ignorante à realidade de que elas foram proferidas num artifício mal engendrado que tinha o intuito de conquistar a minha assistência, em contraposição à descabida bajulação tentada anteriormente. Pela insolência de negar meu desafio, eu deveria dar um fim a você aqui e agora. Mas em deferência ao desesperado valor por trás de suas palavras, conterei minha mão por enquanto, e esquecerei que essa conversa aconteceu se você se puser de joelhos, suplicar meu perdão, reconhecer seu estado de insanidade e declarar-se um covarde consumado.

Seth hesitou. Kendra deu-lhe uma cotovelada. Ele balançou a cabeça.

– Não, eu não vou fazer nada disso. Se eu fizesse, aí sim eu seria um covarde. A única coisa que vou tirar das minhas palavras é que meu avô administrou mal a reserva. Você tem razão quando diz que a gente estava fingindo bajular vocês.

Com um clangor, Casco Largo desembainhou uma enorme espada. Kendra não havia reparado na bainha da lâmina pendurada ao lado dele. O centauro suspendeu a espada no ar.

– Isso não me proporciona nenhum prazer – grunhiu Casco Largo, acabrunhado.

— Eu tenho uma ideia melhor — disse Seth. — Se você liderar amanhã, e eu voltar vivo, duelo com você. Aí você vai poder defender sua honra da maneira correta.

Kendra teve a impressão de que o centauro pareceu estar aliviado. Ele falou brevemente com Asa de Nuvem.

— Muito bem — disse Casco Largo. — Você obteve êxito, embora pagando um preço. Amanhã nós lideraremos a operação. No dia seguinte, pela manhã, resolveremos a sua desfaçatez.

Kendra agarrou a mão de Seth. Dessa vez ele permitiu que ela o levasse. Ela esperou até ficarem bem distantes dos centauros para falar:

— Você ficou maluco, ou o quê? — Ela precisou reunir todas as forças para resistir à vontade de berrar.

— Eu consegui que eles nos ajudassem — disse Seth.

— Você sabia que eles eram arrogantes, você sabia que talvez eles não fossem ajudar, mas você insistiu em insultar os caras! A sua morte é não apenas uma péssima ideia, como também piora as nossas chances de salvar Fablehaven!

— Só que eu não estou morto — disse ele, dando um tapinha no peito, sentindo-se aparentemente chocado por se achar intacto.

— Mas deveria estar. E provavelmente vai.

— Só daqui a dois dias.

— Nem me fala. A gente ainda nem contou pra vovó e pro vovô o que aconteceu aqui.

— Não conta pra eles — implorou Seth, subitamente desesperado. — As coisas já estão bem ruins. Eu faço tudo o que você quiser, mas não conta pra eles.

Kendra jogou as mãos para o alto.

— *Agora* você implora.

– Se você contar, eles não vão deixar eu ir à mansão, mas eles vão precisar de mim. E outra, eles vão se preocupar desnecessariamente. Vão se desconcentrar e vão cometer erros. Escuta, no fim você conta pra eles. Você pode até me fazer ficar com cara de idiota, como preferir. Mas espera até a gente entrar naquela mansão.

O raciocínio por trás da súplica fazia algum sentido.

– Certo – consentiu Kendra. – Vou esperar até amanhã de tarde.

O risinho que ele deu deixou-a com a tentação de mudar de ideia.

CAPÍTULO DEZOITO

A velha mansão

Sozinha, Kendra debruçou-se sobre o parapeito liso do gazebo e ficou observando dezenas de criaturas posicionando-se ao redor do campo. Dríades e hamadríades reuniam-se em torno das falhas onde a sebe era penetrável. Doren liderava um pelotão de sátiros pela trilha em direção ao buraco principal. Grupos de fadas patrulhavam o céu em formações cintilantes. Casco Largo e Asa de Nuvem posicionavam-se no centro do campo próximos de Hugo e da carroça.

Nem todas as criaturas estavam participando. A maioria das fadas planava sobre as treliças da passarela, brincando em meio às flores. Os anões haviam, todos eles, se refugiado em suas barracas, após reclamarem com vovô que correr não era o seu forte. A maioria das criaturas com feições animalescas resolvera se esconder. Muitos sátiros e ninfas observavam a operação de outros gazebos.

Mesmo na sombra, o calor do meio-dia estava desconfortável. Kendra abanava-se ligeiramente com uma das mãos. Ela não estava conseguindo ver Seth, vovó, Warren nem Dale. Todos eles haviam desarmado uma barraca e estavam escondidos embaixo da lona disposta sobre a caçamba da carroça. Vovô estava na frente da carroça, com as mãos na cintura, supervisionando os últimos preparativos.

Kendra mantivera a palavra e se abstivera de contar a quem quer que fosse o acordo firmado entre Seth e Casco Largo. Vovó e vovô ficaram empolgadíssimos ao saber que os centauros participariam da operação. Kendra esforçara-se ao máximo para parecer igualmente satisfeita.

Vovô ergueu um lenço no ar, balançou-o levemente e em seguida deixou-o cair. Enquanto o quadrado de seda flutuava em direção ao chão, Asa de Nuvem começava a recuar, os músculos equinos agitando-se sob o pelo prateado. Ele segurava um imenso arco em uma das mãos e mantinha pendurada nas amplas costas uma aljava com flechas do tamanho de lanças. Casco Largo desembainhou sua enorme espada com vigor, a lâmina lustrosa refletindo a luz do sol.

Juntos, os centauros correram sobre a grama em direção ao buraco na sebe, cascos indiscerníveis arrancando do chão tufos de relva, galopando numa velocidade tão fluida que Kendra sentiu-se sem fôlego. Ombro a ombro eles avançaram através da falha, atropelando os sátiros malignos que tentavam impedir sua passagem.

Com um grito de vitória, vinte sátiros soltaram-se da sebe nos dois lados do buraco e seguiram os centauros, espalhando-se em todas as direções. Umas poucas hamadríades corriam com eles. Apesar da rapidez e da agilidade dos sátiros, as ninfas os deixavam numa situação constrangedora, parecendo muito mais voar do que correr, deixando para trás quaisquer perseguidores sem nenhum esforço.

Kendra sorriu para si mesma. Nenhum sátiro metido a charmoso jamais conseguiria agarrar uma hamadríade que não estivesse disposta a ser pega!

Ao redor do campo, dríades e sátiros enfiavam-se através de aberturas escondidas na sebe, frequentemente de joelhos. Fadas voavam por sobre o muro da sebe, alçando voo em direção ao céu à medida que suas irmãs malignas as perseguiam. Os sátiros que assistiam a tudo da passarela assobiavam, batiam com os cascos no chão e gritavam vivas. Muitas náiades vieram à tona, as cabeças respingando, os olhos arregalados assistindo ao tumulto.

Em meio à comoção geral, Hugo avançou puxando a carroça. Vovô havia se escondido debaixo da lona da barraca com os outros. Kendra prendeu a respiração quando o gigantesco golem investiu contra o buraco da sebe sem ser molestado e a carroça sumiu de vista.

Depois que a carroça atravessou o buraco principal, algumas dríades altas foram atrás, separando-se em direções diferentes, suas vestes abundantes e os longos cabelos seguindo a trilha. Sátiros e hamadríades começaram a voltar por baixo da sebe. Alguns riam, outros pareciam agitados.

Kendra olhou para as náiades, seus cabelos brilhando cheios de limo, seus rostos molhados surpreendentemente frágeis e jovens para criaturas que tinham como passatempo favorito afogar seres humanos. Kendra fixou o olhar em uma delas e acenou. Em resposta, todas elas mergulharam rapidamente.

Durante os minutos seguintes, mais fadas, sátiros e dríades voltaram. À medida que entravam novamente no campo, eles recebiam os abraços de boas-vindas de seus amigos. A maioria então passava a esperar ansiosamente a chegada dos outros companheiros adorados.

Mais minutos se passaram, e as chegadas foram ficando cada vez mais esparsas. Correndo bastante, os flancos suados, os centauros galoparam através do buraco, forçando um emaranhado de fadas malignas a abandonar a perseguição. Somente duas flechas permaneciam na aljava de Asa de Nuvem.

Menos de um minuto depois, desviando-se e lutando contra vários sátiros malignos, Doren reapareceu no buraco liderando um desesperado grupo de sátiros. Empurrando os oponentes para o lado, meia dúzia de sátiros enfiaram-se de qualquer maneira pela abertura e foram amparados pelos braços dos amigos.

Kendra viu uma figura familiar parada no limiar do campo. Verl, o pelo branco salpicado de terra, o peito e os ombros marcados por mordidas e arranhões, esforçava-se para dar um passo à frente. Ele conseguira alcançar o campo, mas seus olhos ficaram arregalados de pânico quando uma barreira invisível impediu sua entrada. Kendra viu seu rosto infantil começar a se contorcer e a adquirir um aspecto mais caprino; observou seu pelo branco começar a escurecer. Sátiros malignos baliram, puxaram-no de volta e caíram em cima dele. Instantes depois, quando Verl se levantou, ele tinha a cabeça de uma cabra e o pelo tão preto como piche.

Os sátiros e as hamadríades retiraram-se do buraco. Kendra desceu os degraus do gazebo e correu até Doren.

– Eles conseguiram fugir? – perguntou o sátiro, arfando.

– Conseguiram – disse Kendra. – Foi uma pena o que aconteceu com Verl.

– Essa parte foi chata mesmo – concordou Doren. – Pelo menos a maioria voltou. O problema pior foi quando um enxame de fadas malignas encurralou uma das dríades mais poderosas. Elas a transformaram rapidamente, e ela começou a atacar um monte de gente do nosso lado. Estou vendo que os centauros conseguiram voltar. – Ele balançou a cabeça na direção do local onde Casco Largo e Asa de Nuvem estavam parados, cercados por sátiros entusiasmados, suportando firmemente a adulação.

– Eles foram rápidos – disse Kendra.

Doren anuiu enquanto tentava tirar a lama do pescoço.

— Eles correm e lutam muito bem. Asa de Nuvem prendeu um par de sátiros malignos numa árvore com uma única flechada. Casco Largo lançou a dríade maligna numa fossa. Lá pelo fim, um centauro maligno apareceu e os forçou a recuar.

Casco Largo e Asa de Nuvem trotaram para longe de seus admiradores. Kendra mirou em desespero a topografia altamente musculosa das costas de Casco Largo. Se Seth sobrevivesse à incursão na mansão, o musculoso centauro estaria esperando por ele. Kendra imaginou se seu irmão não estaria melhor se virasse sombra.

※ ※ ※

Debaixo da lona da tenda com mais quatro outros corpos, Seth respirava o ar quente e viciado. Ele fechou os olhos e tentou se concentrar em algo que não fosse seu desconforto, imaginando como seria refrescante colocar a cabeça para fora e sentir o vento soprando à medida que Hugo pisava fundo na estrada. O dia estava quente e úmido, mas nada comparado à atmosfera sufocante embaixo da barraca.

A manhã fora surreal para Seth, assistindo a cabras e cervos vagando pelo campo e marmotas congregando em seu acampamento perto do lago. Vovô passara um bom tempo acompanhando os planos com um par de cavalos e dando ordens para uma pilha de rochas estranhamente móvel.

Kendra apontara para ele qual das cabras era Doren, e fizera as vezes de tradutora quando eles desejavam boa sorte uns aos outros. Tudo o que Seth ouvia eram balidos e ganidos.

Toda a cena ao redor do lago parecia tão ridícula que Seth imaginara por um breve instante se o leite não deixava todas as pessoas simplesmente loucas. Mas quando a pilha de rocha o ergueu e o depositou delicadamente na carroça, ficou claro que havia muito mais coisas acontecendo do que seus olhos podiam distinguir.

A carroça sacudia intensamente, e Seth encostou a cabeça na lateral. Aconchegando-se, rastejou até o centro da carroça lotada e então descansou a cabeça nos braços dobrados, tentando relaxar enquanto inalava o ar quente e abafado.

Durante o primeiro trecho da viagem de carroça, estivera ansioso, ciente de que as criaturas malignas poderiam cair sobre ele a qualquer momento. Mas à medida que a viagem progrediu, a interferência começou a parecer menos provável. O plano aparentemente estava funcionando. Tudo o que eles tinham a fazer era alcançar a mansão sem ficarem sufocados.

O desconfortável tédio da viagem tornou-se a principal preocupação de Seth. Deitado e virtualmente imóvel, seu corpo empapado de suor, ele visualizou seu rosto na frente da saída de um ar-condicionado, a refrescante sensação tomando conta dele. Imaginou-se bebendo sofregamente um copo de água gelada, o copo tão gelado que doía suas mãos, a água tão fria que deixava seus dentes dormentes.

Ele estava esticado ao lado de Warren e queria começar uma conversa, ou pelo menos trocar algumas reclamações em forma de sussurro, mas havia sido estritamente advertido a não proferir nenhuma palavra. Ele obedeceu às ordens resolutamente, mantendo-se imóvel e em silêncio, inclusive contendo tosses quando a ânsia aparecia. Enquanto isso, a carroça seguia em frente numa viagem que parecia não ter fim.

Seth deslizou a mão para dentro do bolso e passou o dedo na manteiga de morsa que estava enrolada num pedaço de plástico. Cada um deles tinha um pouco, caso chegasse o momento em que ver criaturas mágicas fosse preferível à cegueira deliberada. Ele desejava poder ingeri-la simplesmente para ter a sensação de desviar a atenção de sua mente da falta de sorte que o cercava. Por que ele não havia trazido balas? Ou água? Ele lamentava pensar em seu precioso kit de emergência que ficara embaixo da cama. Como ele podia ter se esquecido de levá-lo quando descera a escadaria cheia de armadilhas? Tinha um saco de balas lá dentro!

A viagem ficou ainda mais ingrata, como se Hugo estivesse arrastando a carroça por cima de uma gigantesca tábua de lavar roupa. Seth cerrou a mandíbula para impedir que os dentes batessem uns contra os outros. As vibrações proporcionadas pelos solavancos faziam com que o ato de pensar se tornasse uma tarefa difícil.

Por fim, a carroça parou abruptamente. Seth ouviu um farfalhar quando vovô deu uma espiada.

– Estamos no limite do jardim – anunciou vovô. – Como eu temia, Hugo não pode seguir adiante. Aqui nós descemos; não vejo nenhuma ameaça no momento.

Seth deu graças a Deus por poder sair de debaixo da barraca, confirmando que pelo menos os outros estavam com o rosto tão vermelho e com o corpo tão encharcado de suor quanto ele. Suas roupas estavam grudentas e pegajosas, e embora o ar não estivesse tão fresco quanto ele esperara, ainda assim era bastante preferível à sensação de sufoco que experimentara na carroça.

Atrás da carroça encontrava-se uma estradinha de lajotas em más condições, margeada pelos restos dos antigos barracões e cabanas. Muitas das lajotas estavam fora do lugar, e o mato crescera nos espaços entre elas. A estradinha de pedra desnivelada explicava a sensação anterior de passar por cima de uma tábua de lavar roupa. Seth caminhara por aquela estrada antes. Ele devia ter adivinhado!

À frente deles, a estrada dobrava novamente sobre si mesma para formar uma entrada de carros em forma de U que dava acesso a uma impressionante mansão. Comparada à estradinha caindo aos pedaços e aos decrépitos barracões que a margeavam, a mansão estava em excelente estado de conservação. A construção possuía três pavimentos e contava com quatro pilares na frente. Plantas trepadeiras haviam invadido as paredes acinzentadas, e pesadas venezianas verdes escudavam as janelas.

Seth olhou boquiaberto para a mansão, reparando na aterradora diferença desde sua visita anterior. Agora, centenas de longas cordas pretas convergiam sobre a mansão, vindas de todas as direções, entrando pelas paredes, algumas das quais bastante espessas, a maioria delgada e difícil de enxergar. As cordas sombrias serpeavam da propriedade em todas as direções, muitas desaparecendo no chão, algumas seguindo um sentido sinuoso por meio da vegetação circundante.

– Qual é a desses fios? – perguntou Seth.

– Fios? – perguntou vovô.

– Cordas, fios, sei lá – esclareceu Seth. – Tem fio por tudo quanto é canto.

Os outros olharam para ele demonstrando preocupação.

– Vocês não conseguem ver? – Seth já sabia a resposta.

– Não vejo fio nenhum – confirmou Warren.

– Eu já notei esse tipo de corda antes – disse Seth. – Conectadas às criaturas malignas. Parece que todas as cordas vão dar na mansão.

Vovô franziu os lábios e exalou ruidosamente.

– Nós descobrimos indícios de que o culpado era uma criatura que havia de algum modo se misturado com Kurisock. E tivemos informações de que a aparição que assombra essa propriedade tem alguma relação com o demônio.

– Que espécie de criatura podia ser essa? – perguntou Warren.

– Qualquer espécie – disse vovô. – Quando ela se misturou com Kurisock, tornou-se uma nova entidade.

– Mas se ela se misturou com o demônio, como é que ela pode estar aqui? – perguntou Dale. – Kurisock é obrigado a permanecer em seu domínio.

Vovô deu de ombros.

– O palpite mais provável? Algum tipo de conexão distante. Algo como as cordas malignas que aparentemente unem o monstro na mansão às criaturas malignas por toda a reserva.

– Nós ainda vamos atrás do artefato? – perguntou Warren.

– Não vejo alternativa – disse vovô. – Fablehaven pode não sobreviver a mais uma semana. Essa pode ser a nossa única chance. Além do mais, só poderemos derrotar o que quer que seja que habite este local quando confirmarmos o que a coisa efetivamente é.

– Concordo – disse vovó.

Dale e Warren anuíram.

Vovô olhou para o relógio.

– É melhor irmos andando ou então perderemos a oportunidade.

Deixando Hugo para trás, vovô conduziu-os até a frente da mansão. Seth permaneceu em estado de alerta máximo, vigiando possíveis animais suspeitos, mas não viu nenhum sinal de vida. Nenhum pássaro, nenhum esquilo, nenhum inseto.

– Silêncio – murmurou Dale, desconfiado.

Vovô ergueu a mão e curvou o dedo, sugerindo que eles dessem uma volta em torno da mansão. Tão próximo da propriedade, Seth não pôde evitar tocar algumas cordas escuras. Ele ficou aliviado ao ver que elas eram tão intangíveis quanto sombras. À medida que avançavam, Seth mantinha-se preparado para um ataque a qualquer momento, principalmente quando passavam pelos cantos da casa. Mas eles terminaram um circuito completo em torno da mansão sem encontrar nenhuma interferência. Identificaram algumas janelas baixas o suficiente para lhes dar acesso ao interior, assim como uma porta dos fundos.

– Da última vez a porta dos fundos estava destrancada? – sussurrou vovô para Seth.

— Estava.

— Ruth e eu vamos entrar pela frente — disse vovô. — Warren vai entrar pela porta dos fundos. Dale, escolha uma janela lateral. Seth, espere do lado de fora. Se fracassarmos, a menos que haja um motivo monumental para agir de outra maneira, volte imediatamente para Hugo e divulgue o acontecido a sua irmã e às outras criaturas. Se nos tornarmos sombras, tentaremos entrar em contato com você. Lembrem-se todos: nós queremos chegar ao quarto mais ao norte do terceiro andar. — Ele fez um gesto para mostrar qual era o lado norte da mansão. — Provavelmente no fim do corredor. A combinação é 33-22-31. — Ele verificou o relógio. — Temos aproximadamente sete minutos.

— Qual vai ser o sinal de partida? — perguntou Warren.

— Eu vou assobiar — disse vovô, levando dois dedos aos lábios.

— Vamos logo com isso — disse Dale.

Warren e Dale deram uma corridinha para contornar a mansão enquanto vovô e vovó começaram a subir os degraus. Vovô tentou abrir a porta da frente, encontrou-a destrancada e deu um passo para trás, os olhos no relógio. Seth estava com os punhos tão cerrados que assim que soltou os dedos percebeu que suas unhas haviam deixado pequenas meias-luas nas palmas de suas mãos.

Os olhos grudados no relógio, vovô levou lentamente os dedos aos lábios. Um assobio penetrante esfacelou o silêncio. Com a besta em uma das mãos e pó de luz na outra, vovó seguiu vovô e passou pela porta da frente. Vovô fechou a porta atrás deles.

Da lateral da casa, Seth escutou um barulho de madeira se partindo e vidro se quebrando. Ele imaginou que era Dale entrando pela janela. O silêncio retornou.

Seth flexionou os dedos e começou a tamborilar os dedos do pé. Ele conseguia sentir o coração batendo em seu pulso. Mirar a casa quieta era uma tortura. Ele precisava ver o que estava acontecendo lá dentro. Como ele poderia julgar se havia um grande motivo para entrar e ajudar se não sabia o que estava acontecendo?

Seth subiu os degraus da varanda frontal, abriu um pouquinho a porta e espiou pela fresta. A casa era exatamente como ele se lembrava – bem mobiliada, porém com uma pesada camada de poeira e repleta de teias de aranha. Vovó e vovô estavam paralisados aos pés de uma vasta escadaria. No topo da escada, poeira girava formando um vórtice que ia do chão ao teto. Todos os fios e cordas de espessuras variáveis convergiam no redemoinho para o interior de um coágulo de sombra com o formato vagamente semelhante ao de uma figura humana.

Seth pisou do outro lado do umbral. O ar estava bastante frio. Sua respiração produzia um vaporzinho branco à sua frente. A mão de vovó que estava segurando a besta tremia como se ela estivesse lutando para erguê-la contra uma força tremenda.

A rodopiante coluna de poeira deslizou escada abaixo. Os avós petrificados de Seth não fizeram nenhum movimento no sentido de sair da frente. Embora ele não estivesse experimentando o mesmo terror paralisante que atingira vovó e vovô, o frio era real e a imagem, horripilante. Se ele deixasse de agir, seus avós estariam condenados – o eixo maligno da praga das sombras estava caindo sobre eles.

Ele puxou a manteiga de morsa do bolso, arrebentou o invólucro de plástico, passou a ponta de um dedo no creme e enfiou o dedo na boca. Enquanto engolia, a cena surgia à sua frente de modo mais claro. O pilar de poeira desapareceu, substituído por uma mulher espectral envolta em longas vestes pretas, seus pés descalços pairando vários centímetros acima das escadas.

Seth a reconheceu! Era a mesma aparição que surgira do lado de fora do quarto do sótão no solstício de verão no ano anterior! Ela lutara lado a lado com Muriel e Bahumat na batalha da Capela Esquecida!

Todos os fios escuros convergiam sobre ela. Suas roupas e sua pele estavam embebidas de sombra. Seus olhos eram vazios e negros. Fitas onduladas esticaram-se da aparição em direção a seus avós, movendo-se como se persuadidas por uma leve brisa.

— Vovô! Vovó! — berrou Seth. Eles não se mexeram. — Stan! Ruth! Corram! — Seth berrava as palavras, sua voz estalando. Nenhum dos dois avós moveu um dedo. A aparição parou. Suas cavidades sem alma miraram Seth por um átimo. Ele correu na direção de seus avós, movendo-se com mais velocidade do que as fitas, mas com mais terreno a percorrer. As terminações de tecido negro chegaram antes, agarrando vovô e vovó Sorenson como se fossem tentáculos. Seth freou, mirando, chocado, a sombra tomar conta deles.

Seth se virou e saiu correndo pela porta da frente. Seus avós haviam se transformado em sombras. Ele precisava se apressar. Talvez ainda conseguisse salvar Dale ou Warren.

Enquanto contornava a casa correndo, Seth lutava para convencer a si mesmo que acharia uma maneira de fazer seus avós voltarem ao normal. E Tanu. E Coulter. Ele imaginava quanto tempo ainda restava até o momento marcado para o cofre aparecer. Mesmo que todos os outros fracassassem, ele tinha de conseguir chegar àquele quarto de cima e tomar posse do artefato.

Era visível a janela pela qual Dale entrara, cortesia das venezianas soltas e do vidro quebrado. Com um pulo, Seth agarrou o parapeito e trepou na janela. Dale estava numa sala empoeirada, imóvel, as costas voltadas para a janela.

— Dale, recue — sibilou Seth. — Você precisa sair daí.

Dale não deu nenhuma indicação de ter ouvido o aviso. Ele não se mexeu. Além dele, através de um umbral, Seth viu a aparição flutuando na direção dele.

Seth desceu da janela e foi em disparada para os fundos da casa. Talvez enquanto a mulher-sombra capturava Dale, ele pudesse subir rapidamente as escadas.

Ele abriu a porta dos fundos e achou Warren esparramado no piso da cozinha, posicionado como se tivesse tentado rastejar para a frente.

Quanto tempo ele levaria para arrastar Warren para fora? Será que o tempo gasto arrastando Warren faria com que perdesse a chance de subir as escadas? Talvez, mas ele não podia simplesmente deixá-lo ali! Rastejando, Seth encaixou os braços debaixo dos de Warren e começou a puxar o homem para trás pelo piso de ladrilhos em direção à porta.

– Seth – disse Warren, com a voz fraca.

– Está me ouvindo? – perguntou Seth, surpreso.

Warren colocou os pés embaixo do corpo e Seth ajudou-o a se levantar.

– Está tão frio... como o bosque – murmurou Warren.

– A gente precisa correr – exclamou Seth. Ele começou a correr pela cozinha, mas Warren não o seguiu. Mais uma vez, ele parecia estar paralisado.

Seth retornou a Warren e agarrou suas mãos. A chama da vida surgiu novamente em seus olhos.

– Seu toque – murmurou Warren.

– Corra – disse Seth, conduzindo seu amigo pela mão até o hall de entrada. Cambaleando com passos trôpegos, Warren conseguiu impor um ritmo razoável. Eles alcançaram os pés da escadaria e começaram a subir os degraus. Respirando com dificuldades, Warren tropeçava, lutando para subir a escada com a mão livre e duas pernas. Seth dava o melhor de si para fazer com que o homem seguisse em frente.

Olhando para baixo, Seth viu a aparição sombria voltar ao hall de entrada. As vestes desfraldando-se e ondulando numa lentidão idílica, ela vagava na direção deles, levitando para a frente e para cima.

Seth e Warren alcançaram o hall do segundo pavimento, passando por uma fotografia de Patton e Lena pendurada na parede. Seth segurava Warren com as duas mãos – o novo contato físico dava a impressão de revigorá-lo. Arrastando-se para a frente, eles chegaram aos pés da escada que dava no terceiro nível no exato instante em que a mulher espectral alcançava o segundo andar e continuava flutuando pelo corredor.

Eles já haviam percorrido mais da metade do caminho do lanço de escada quando Warren tropeçou em cheio. Seth soltou-o e Warren caiu vários degraus, parando estupefato e imóvel. Seth desceu os degraus até ele e agarrou uma das mãos de Warren.

Warren mirou-o, as pupilas desniveladas e dilatadas, sangue escorrendo do canto da boca.

– Vá – conseguiu dizer Warren. Ele enfiou a mão num saco que tinha na cintura e puxou um punhado de pó de luz.

A aparição sombria surgiu nos pés da escada, arrastando seus inúmeros fios escuros. Warren jogou o pó de encontro a ela. Não houve estalo ou rajada. Suas vestes tremulantes fluíram na direção deles.

Seth soltou seu amigo e subiu às pressas a escada de dois em dois degraus. Se ele fracassasse em pegar o artefato, todos esses sacrifícios teriam sido em vão. Ele disparou pelo corredor do terceiro andar em direção à extremidade norte da mansão, aliviado ao perceber a velocidade que conseguia alcançar sem carregar Warren, os olhos fixos na porta que ficava no fim do corredor. Suas pernas e os braços latejavam intensamente, até que ele bateu na porta com o ombro, golpeando a maçaneta.

Estava trancada.

Seth recuou e deu um chute na porta. Ela tremeu, mas não se abriu. O choque do impacto machucou sua canela. Ele deu um segundo chute na porta e nada aconteceu. Ele deu alguns passos para trás, abaixou-se e investiu com os ombros, transformando-se num projétil, mirando não a porta, mas o que estava além dela. A madeira estalou e rachou, a porta se abriu, e Seth atravessou-a e aterrissou de joelhos.

Levantando-se, fechou a porta quebrada da melhor maneira possível. O quarto que ele invadira era amplo, com duas janelas com venezianas. Um imenso tapete oriental cobria o piso de madeira. Estantes alinhavam-se em uma das paredes. Havia algumas cadeiras numa área ao lado de uma cama coberta por um dossel. Ele não viu nenhum cofre.

Será que eles tinham acertado ao levar em consideração o horário de verão? Será que o cofre havia aparecido e sumido? Ou será que o objeto ainda chegaria? Talvez o cofre estivesse lá, porém escondido. Qualquer que fosse a resposta, Seth só dispunha de alguns segundos até virar sombra como os outros.

Ele correu até a estante, tirando freneticamente do lugar volumes e mais volumes na esperança de encontrar um cofre na parede. Quando viu que aquilo não surtia efeito, ele se virou, os olhos percorrendo o quarto de cabo a rabo. E lá estava ele, num canto onde não havia nada antes, um pesado cofre preto, quase da altura de Seth, com um botão de combinação prateado no centro.

Seth atravessou o quarto correndo e começou a girar o botão. Ele girava sem atrito, ao contrário do botão de seu armário na escola, que emperrava e produzia um leve ruído quando a pessoa atingia o número correto. Ele girou o botão duas vezes para a direita até chegar ao 33, para a esquerda uma vez até o 22, e depois voltou direto ao 31. Assim que forçou o puxador, a porta se abriu silenciosamente.

Um único objeto repousava no interior do cofre: uma esfera dourada com aproximadamente trinta centímetros de diâmetro, sua superfície polida interrompida por vários botões e pinos. Seth não conseguia imaginar o que aquele dispositivo curioso fazia.

Ele puxou a esfera do cofre, sentindo-a um pouco mais pesada do que aparentava. O quarto estava frio quando ele entrara, mas a temperatura agora estava caindo rapidamente. A mulher-sombra devia estar bem próxima. Talvez na porta do quarto.

Seth correu até a janela e abriu as venezianas. Não havia telhado do lado de fora daquela janela, apenas uma queda de três andares em direção ao jardim. Desesperado, começou a apertar os botões da esfera.

E de repente ele não estava mais sozinho no quarto.

Um homem alto e de bigode apareceu na frente dele. Ele usava uma camisa branca com as mangas arregaçadas, calças cinza presas com suspensórios e botas pretas. Era razoavelmente jovem e possuía uma constituição sólida. Seth reconheceu instantaneamente o homem bigodudo pelas fotos que vira dele. Era Patton Burgess.

– Você deve ser o arrombador de cofres mais jovem que eu vi na vida – disse Patton, amigavelmente. Seu semblante mudou quando ele perguntou: – O que está acontecendo?

A porta do quarto se abriu. A aparição sombria pairou na entrada. Brotou um suor da testa de Patton, e ele tentou obstinadamente se virar, seu corpo se contorcendo sem força. Seth pegou a mão dele, e Patton girou o corpo para encarar a aparição.

– Olá, Ephira.

A aparição recuou.

– O que aconteceu com você? – Patton recuou na direção da janela, mantendo a mão de Seth na sua. – Acho que a malignidade sempre foi uma espiral descendente.

– Não tem telhado – avisou Seth, com tranquilidade.

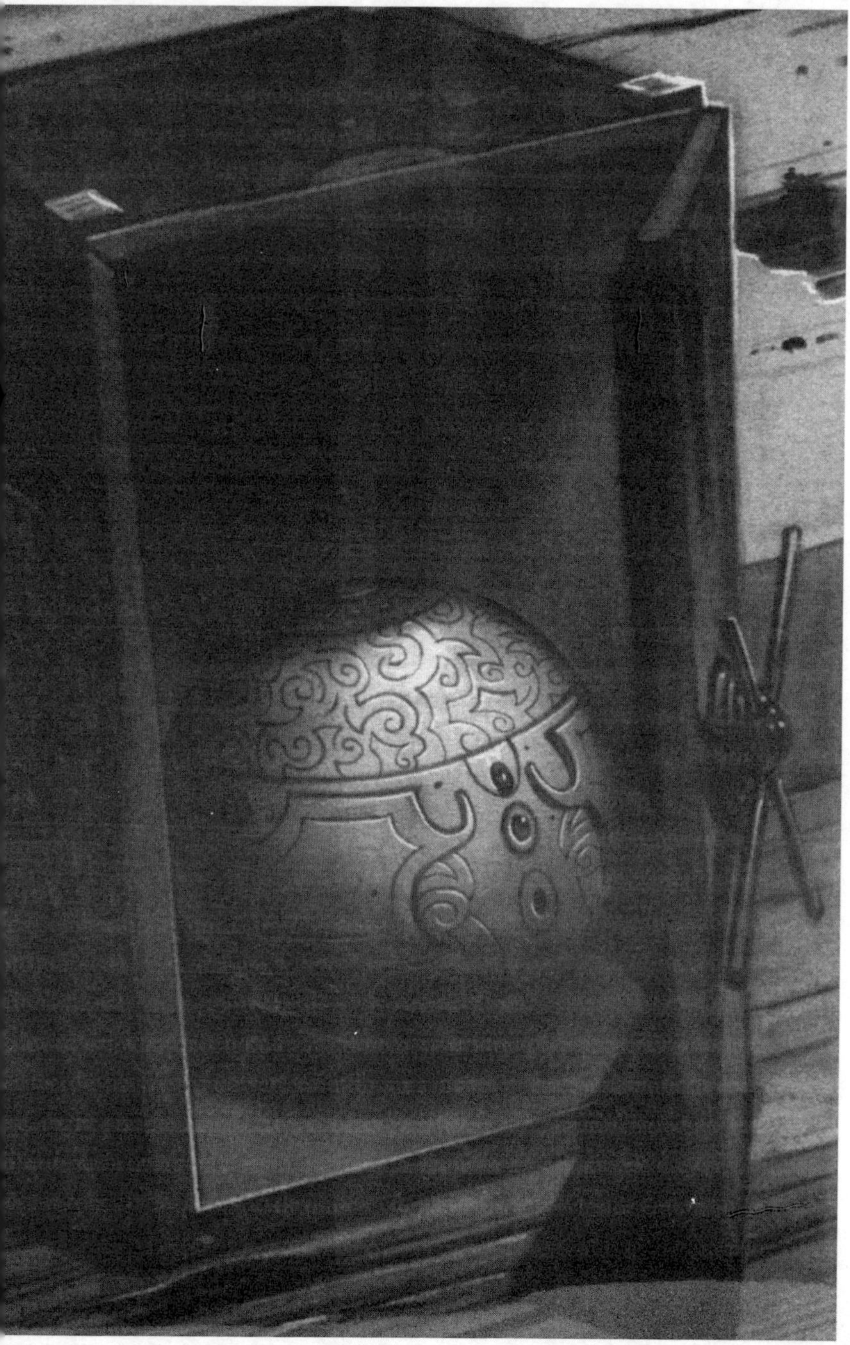

Virando-se, Patton saltou no parapeito. Soltando a mão de Seth, ele pulou, não para baixo, mas para cima, contorcendo-se para conseguir segurar as abas do telhado acima. Suas pernas entesouraram-se à medida que ele subia. Em seguida ele esticou a mão para baixo e disse:

– Venha.

Ephira flutuou em direção ao quarto, o rosto enraivecido, as fitas de tecido soltas no ar, ondulando na direção de Seth. Agarrando a esfera com uma das mãos e confiando cegamente em Patton, ele trepou no parapeito, esticou a mão livre e foi em frente. A mão de Patton apertou seu pulso e o trouxe para cima do telhado.

– A gente precisa dar o fora daqui – disse Seth.

– Quem é você?

– O neto do zelador. Fablehaven está à beira da destruição.

Patton correu ao longo do telhado, telhas rangendo e se partindo debaixo de suas botas. Seth o seguiu. Patton correu em direção ao canto do telhado perto do qual havia uma árvore alta. Com certeza ele não iria saltar!

Sem hesitação, Patton voou do telhado, agarrando um galho que envergou e se partiu. Ele o soltou e agarrou um galho mais baixo. De galho em galho, Patton seguiu até o tronco. Quando chegou, ele girou o corpo para cima e se enganchou em um galho.

– Jogue o Cronômetro para mim.

– Você está esperando que eu pule?

– Quando pular é a única solução, você pula e tenta fazer a coisa funcionar. Jogue.

Seth lançou a esfera para Patton, que pegou-a agilmente com uma das mãos.

– Qual é o galho que eu devo segurar?

– Pegue o que está à esquerda do que eu peguei – disse Patton. – Está vendo? Eu deixei o melhor galho para você.

O galho ficava a pelo menos três metros do telhado e quase dois metros abaixo. Seria fácil errar. Ele visualizou suas mãos batendo no galho sem conseguir segurá-lo com firmeza.

— Não pense — ordenou Patton. — Dê alguns passos para trás e salte. Parece pior do que é. Qualquer pessoa conseguiria.

Seth mirou o chão distante. Cair dessa altura era quase morte certa. Ele recuou, as telhas rangendo embaixo dos pés.

Seth olhou para trás e viu a aparição flutuando em sua direção ao longo do telhado. Aquilo era o incentivo extra de que necessitava. Ele deu três passos e voou do telhado. Quando caiu, seus braços esticados seguraram o galho. O impacto foi grande, mas ele se segurou. O galho cedeu e balançou, mas não se quebrou.

Como Patton fizera antes, Seth avançou de galho em galho até o tronco da árvore. Patton já estava descendo abaixo dele. Seth começou a descer de qualquer maneira, preocupado com a mulher-sombra. Não havia mais galhos nos últimos três metros. Ele se pendurou e soltou o corpo. Patton o agarrou.

— Você sabe como sair daqui? — perguntou Patton.

— Hugo — disse Seth. — O golem.

— Eu te sigo.

Os dois dispararam pelo jardim. Quando Seth olhou para trás, não viu mais Ephira.

— Pra onde ela foi?

— Ephira detesta a luz do sol — disse Patton. — Subir no telhado daquela maneira é doloroso pra ela. Ela nunca foi muito rápida, e está parecendo mais prostrada do que nunca. Ela sabe que não tem como nos pegar, pelo menos não nos perseguindo. Você faz alguma ideia do que aconteceu com ela?

— Você conhece o espectro do bosque que fica no vale entre as quatro colinas?

Patton lançou-lhe um olhar de surpresa.

– Para falar a verdade, conheço, sim.

– Nós achamos que Kurisock pegou o prego que dava poder ao espectro.

– Como o espectro perdeu o prego?

Eles alcançaram a carroça e subiram na caçamba.

– Vamos, Hugo – disse Seth, arfando –, corra pro lago o mais rápido que puder. – A carroça começou a sacolejar na estrada descuidada. Seth localizou a porção extra de pó de luz e deu um pouco para Patton. – Na verdade, fui eu que tirei o prego.

– Você? – Patton parecia embasbacado. – Como?

– Um alicate e um pouco de poção de coragem.

Patton olhou para Seth com um amplo sorriso.

– Eu acho que nós dois vamos nos dar muito bem.

– Fica de olho pra ver se aparece alguma criatura maligna – disse Seth. – Alguma coisa aconteceu entre Kurisock, a mulher-sombra e o prego que espalhou uma praga em toda Fablehaven, transformando as criaturas do bem em criaturas do mal. Fadas, anões, sátiros, dríades, centauros, brownies, todos os seres que você imaginar, passando para o lado das trevas. Se a malignidade se espalha pros humanos, eles se transformam em sombras.

Patton deu um risinho.

– Parece que caí em águas mais quentes do que eu gostaria.

– Por falar nisso – disse Seth –, como é que você está? Nem velho você parece.

– O Cronômetro é um dos artefatos. Ele tem poder sobre o tempo. Ninguém sabe tudo o que ele pode fazer. Eu aprendi alguns truques. Apertei um determinado botão do Cronômetro, sabendo que quando o botão fosse apertado novamente eu daria um salto para aquele ponto do tempo em que a pessoa que apertou estava e ficaria lá por três dias. Você deve ter apertado o botão e me trazido aqui.

– Não brinca – disse Seth.

– Eu só apertei o botão como uma precaução extra pra proteger o artefato. Imaginei que se um ladrão colocasse as mãos nele, o bandido acabaria apertando o botão em algum momento e então eu pegaria a peça de volta. Nunca sonhei que me encontraria num apuro como este.

– Meu avô Sorenson virou sombra, assim como minha avó. Todos menos minha irmã, Kendra.

– Por que nós estamos indo para o lago?

– Brownies malignos tomaram a casa. O lago repele as criaturas do mal.

– Certo. O santuário. – Patton parecia pensativo. Ele falou, um pouco hesitante: – E Lena? Ela já se foi?

– Não, na verdade ela voltou a ser náiade.

– O quê? Isso não é possível.

– Um monte de coisa impossível tem acontecido por aqui ultimamente – disse Seth. – É uma longa história. Foi Lena que contou pra gente sobre o cofre. É melhor a gente ficar debaixo da lona da barraca. – Seth começou a puxar a barraca.

– Por quê?

– As criaturas malignas estão por toda parte. Quando a gente foi pra mansão, ninguém tinha bebido leite. A gente se escondeu debaixo da barraca e nenhuma criatura do mal nos perturbou.

Patton passou a mão no bigode.

– Eu não preciso tomar leite para ver as criaturas daqui.

– Eu acabei de comer um pouco de manteiga de morsa, então também consigo ver agora. De repente se esconder não vai ajudar em muita coisa.

— Depois do que aconteceu na mansão, eu imagino que possamos esperar uma emboscada séria. Nós devíamos evitar as trilhas. Mande Hugo abandonar a carroça e nos carregar até o lago pelo meio do mato.

Seth ponderou a ideia.

— Pode ser que dê certo.

— Claro que vai dar. — Patton deu uma piscadela.

— Pare, Hugo! — ordenou Seth. O golem acatou. — Nós vamos deixar a carroça aqui e você vai nos carregar pro lago o mais rápido que puder pelo meio da floresta. Tente não deixar que alguma criatura maligna nos veja. E pega aquela barraca; a gente vai precisar dela no refúgio.

O golem colocou a barraca no ombro, encaixou Seth em um dos braços e Patton no outro, saiu da estrada e seguiu caminho pela floresta.

CAPÍTULO DEZENOVE

Duelo

Os cascos pisoteando as tábuas brancas, Doren corria ao longo da passarela atrás de Rondus, um portentoso sátiro com pelagem caramelada e chifres curvos. Respirando pesadamente, Rondus passou por um gazebo e começou a descer as escadas em direção ao campo. A apenas alguns passos atrás, Doren saiu voando e atingiu o corpulento sátiro. Juntos, os dois caíram violentamente sobre a grama, manchando seus corpos de verde.

Doren levantou-se rapidamente e começou a perseguir uma hamadríade com cabelos curtos e frágeis. Rondus investiu contra um sátiro pequeno e magro, envolvendo suas pernas num abraço selvagem. O pequeno sátiro tombou com um gemido.

Kendra estava sentada em uma cadeira de vime num gazebo próximo assistindo à brincadeira de agarrar. Cada novo indivíduo agarrado tinha de agarrar um outro, até que o último participante fosse derrubado. A última pessoa agarrada tornava-se a primeira a agarrar na rodada seguinte.

A ágil hamadríade desviou-se várias vezes do ataque de Doren, mas ele a perseguiu insistentemente até finalmente conseguir colocar a mão na cintura dela, puxá-la para si e jogá-la na grama. Os sátiros agarravam uns aos outros como se o objetivo do jogo fosse causar ferimentos, mas tratavam as hamadríades com mais delicadeza. Elas retribuíam o favor permitindo que fossem agarradas. Tendo visto as hamadríades em ação mais cedo, Kendra sabia que os sátiros jamais teriam sido capazes de colocar as mãos nelas, a menos que as próprias ninfas resolvessem escapar deles sem muito entusiasmo.

O que Kendra mais gostava de ver era as hamadríades derrubando os sátiros. As ninfas nunca mergulhavam em cima deles ou os abraçavam. Elas jogavam os sátiros na relva com empurrões e golpes perfeitamente cronometrados, ou simplesmente lhes dando uma rasteira. O que os sátiros demonstravam ser uma coisa difícil, as hamadríades faziam aparentemente sem esforço algum.

O frenético jogo ajudou a distrair Kendra de suas preocupações. E se ninguém voltasse da excursão à mansão? E se seus amigos e sua família tivessem sido todos transformados em sombra que ela não tinha capacidade para enxergar? Quanto tempo demoraria até que ela própria virasse sombra?

– Por que você não vem brincar com a gente? – perguntou Doren, gritando para o gazebo da grama abaixo.

– Não sou boa em agarrar – disse Kendra. – Prefiro assistir.

– Não é tão grosseiro quanto parece – disse Doren. – Pelo menos pra você não seria.

Naquele momento, Hugo passou pelo buraco na sebe e chegou no campo, livrando-se de alguns sátiros malignos e segurando Seth com uma das mãos e um estranho com a outra. Assim que pisou no campo, Hugo diminuiu a velocidade.

— Bem, pode arrancar meus chifres e me chamar de cordeiro — murmurou Doren. — Patton Burgess.

— Patton Burgess? — perguntou Kendra.

— Vamos lá — disse o sátiro, já correndo pela grama.

Kendra pulou o parapeito do gazebo e disparou atrás de Doren. Onde estava a carroça? Onde estavam vovó e vovô? Warren e Dale? Como era possível que Patton Burgess estivesse com Hugo e Seth?

O golem depositou Patton e Seth no chão. Patton ajeitou os suspensórios e ajustou as mangas da camisa.

— Patton Burgess! — exclamou Doren. — Saído da sepultura! Eu devia saber que você acabaria aparecendo novamente, mais cedo ou mais tarde.

— Fico contente de ver que você não está com uma aparência sórdida e rosnando — disse Patton, com um sorriso. — Fiquei triste ao ouvir sobre Newel. E você deve ser Kendra.

Kendra parou em frente a ele, um pouco afogueada devido à corrida. Ele parecia familiar por causa das fotografias, mas elas realmente não lhe faziam justiça.

— É você mesmo. Eu li seus diários.

— Então você já tem uma vantagem sobre mim — disse Patton. — Eu estou tentando entender o que está se passando.

Kendra olhou para Seth.

— E os outros?

— Sombras — respondeu Seth.

Kendra escondeu os olhos nas mãos. A última coisa que ela queria fazer era ter um ataque de choro na frente de Patton.

— A criatura na mansão era a mulher que apareceu na nossa janela no solstício de verão — continuou Seth. — A mulher-sombra que ajudava Muriel e Bahumat. Ela é a fonte da praga.

— Não há por que ter vergonha da tristeza, Kendra — disse Patton.

Kendra levantou os olhos úmidos.

– De onde você veio?

Olhando para Doren, Patton sopesou a esfera dourada.

– O artefato da mansão permitiu que eu viajasse para cá temporariamente.

Kendra anuiu, percebendo que ele não estava disposto a entrar em detalhes acerca do artefato que estava na frente do sátiro.

Sons de cascos se aproximando fizeram com que todos se virassem. Asa de Nuvem galopou até eles, parando na frente de Seth. O centauro mirou Patton e então curvou levemente a cabeça.

– Patton Burgess. Como conseguiu exceder seu tempo de vida?

– Todo mundo tem seus segredinhos – disse Patton.

Asa de Nuvem desviou o olhar para Seth.

– Casco Largo envia congratulações por seu retorno em segurança. Ele deseja lembrar-lhe de seu compromisso amanhã.

– Eu lembro – disse Seth.

– Que compromisso? – interveio Patton.

– Seth deve responder por seus egrégios insultos – disse Asa de Nuvem.

– Um duelo? – exclamou Patton. – Um centauro contra uma criança! É muita baixeza, mesmo para Casco Largo.

– Eu testemunhei a conversação – disse Asa de Nuvem. – Casco Largo forneceu ao jovem humano diversas oportunidades de clemência.

– Eu insisto em trocar algumas palavras com Casco Largo – disse Patton.

– Tenho certeza que ele concordará – respondeu Asa de Nuvem. O centauro galopou para longe.

– Ele te tratou com educação – disse Seth, maravilhado.

– Ele tem bons motivos para fazê-lo – respondeu Patton. – Eu dei recentemente aos centauros de Fablehaven sua possessão mais valiosa. Bem, recentemente para mim, muito tempo atrás para vocês. Conte-me mais a respeito desse duelo.

Seth olhou de relance para Kendra.

— Quando a gente estava indo pra mansão hoje de manhã, um monte de criaturas aqui passou pela sebe pra distrair a atenção dos seres malignos. Pro Hugo poder levar a gente na carroça. A gente queria que os centauros liderassem a operação, aí eu e a Kendra fomos implorar a eles. Quando eles se recusaram, eu simplesmente chamei os dois de covardes.

Patton estremeceu.

— As únicas palavras que os centauros ouvem são os insultos. Prossiga.

— Eles tentaram fazê-lo retirar o que tinha dito, mas Seth não parava de se opor a eles — disse Kendra.

— Por fim, eu concordei em duelar com ele se eles liderassem a operação — disse Seth.

— E eles lideraram a ação? — perguntou Patton.

— Eles fizeram um ótimo trabalho — confirmou Kendra.

Casco Largo e Asa de Nuvem estavam galopando na direção deles. Patton assobiou suavemente.

— Você insultou Casco Largo deliberadamente, ele te desafiou, você concordou com as condições e ele cumpriu o combinado.

— Certo — disse Seth.

— Então Asa de Nuvem tem razão. Você deve uma luta a Casco Largo.

Os centauros pararam em frente a Patton.

— Saudações, Patton Burgess — disse Casco Largo, curvando a cabeça.

— Eu entendo que você pretende tirar satisfações com um jovem — disse Patton.

– A insolência dele foi flagrante – respondeu Casco Largo. – Nós nos comprometemos a resolver a questão amanhã de manhã.

– O garoto me inteirou acerca dos detalhes – disse Patton. – Eu posso imaginar como a sua relutância em liderar a operação pareceria um ato de covardia a olhos tão jovens.

– Com o devido respeito, você não tem motivos para interferir nesse assunto – disse Casco Largo.

– Eu estou pedindo que você perdoe o garoto – disse Patton. – Ele pode ter se equivocado a respeito de seus motivos, percebendo indiferença como covardia, mas suas intenções eram louváveis. Derramar o sangue do menino não me parece resolver a questão.

– Nós ajudamos no despiste, como o combinado, em tributo às corajosas intenções dele – respondeu Asa de Nuvem. – Ao fazer isso, nós cumprimos nossa cota do acordo. As injúrias a Casco Largo não devem deixar de ser vingadas.

– Injúrias? – perguntou Patton a Casco Largo. – Sua autoestima é assim tão frágil? A humilhação foi pública?

– Eu estava presente – disse Asa de Nuvem –, assim como a irmã.

– Nós temos um acordo firmado – declarou Casco Largo, para concluir.

– Então eu suponho que nós solicitaremos um acordo entre nós – disse Patton. – Do meu ponto de vista, Casco Largo, seu desejo de envolver uma criança num duelo, independentemente da provocação, é certamente uma marca de covardia. Então agora um homem adulto está chamando você de covarde na frente de seu amigo, um garoto, uma garota e um sátiro. E mais, eu identifico sua indiferença como uma falta ainda maior do que sua covardia, e condeno toda a sua raça afirmando que vocês são um trágico desperdício de potencial.
– Patton cruzou os braços.

– Retire suas palavras – alertou Casco Largo, com severidade. – Minha briga não é com você.

– Errado. Sua briga é comigo. Não amanhã, ou depois de amanhã, mas agora. Eu assumo pessoalmente qualquer culpa que você tenha designado a esse garoto, eu apoio e reitero todos os insultos que ele proferiu e ofereço os seguintes termos. Nós duelamos. Agora. Se você me matar, a questão do garoto está resolvida. Se eu superá-lo, a questão do garoto está resolvida. De uma forma ou de outra, todas as dívidas ficam pagas. E você tem a oportunidade de resolver isso com um homem em vez de participar de uma pândega sem sentido.

– Uma pândega? – perguntou Seth, parecendo ofendido.

– Agora não – murmurou Patton, com o canto da boca.

– Muito bem – disse Casco Largo. – Sem esquecer o bem que você fez à minha espécie, eu reconheço seu desafio, Patton Burgess. Matá-lo não me dará nenhuma alegria, mas eu considerarei pagas todas as dívidas de minha honra.

– Eu solicitei o duelo – disse Patton. – Escolha a arma.

Casco Largo hesitou. Fez uma breve conferência com Asa de Nuvem.

– Sem armas.

Patton anuiu.

– Limites?

– Dentro da sebe – disse Casco Largo. – Excluindo as construções de madeira e o lago.

Patton avaliou a área.

– Você quer espaço pra correr. Pra mim, tudo bem. Tenho certeza que você vai me perdoar se eu deixar de utilizar todo o espaço disponível.

– Precisamos limpar o campo – disse Asa de Nuvem.

Patton olhou para Doren.

— Fale pros anões subirem na passarela. E desmonte aquelas barracas.

— Pode deixar, Patton — disse Doren, e saiu correndo.

— Quando o campo estiver limpo — disse Asa de Nuvem —, vou dar o sinal para que o combate comece.

Casco Largo e Asa de Nuvem galoparam para longe.

— Você consegue pegá-lo? — perguntou Seth.

— Eu nunca testei a mim mesmo num combate mortal contra um centauro — admitiu Patton. — Mas não estava disposto a descobrir se você conseguiria sobreviver. Nesse apuro, nós contávamos com uma única certeza: a misericórdia não o salvaria. Os centauros já se recusaram a prestar auxílio em guerras importantes, mas insulte a honra deles e eles lutarão até a morte.

— Mas se morrer, você não vai conseguir voltar pro seu próprio tempo! — exclamou Seth. — A história mudará!

— Não tenho intenção de perder — disse Patton. — E se isso ocorrer agora, minha vida já estará acabada. Eu não vejo possibilidade do que acontecer agora mudar o que já aconteceu.

— É que se você não voltar, o que já aconteceu nunca vai acontecer! — gritou Seth.

Patton deu de ombros.

— Pode ser. Mas já é tarde demais para voltar atrás. Acho que é melhor eu me concentrar em vencer. Quando pular é a única solução...

— ... você pula — finalizou Seth.

— Kendra — disse Patton. — Suponho que alguém já te disse que você brilha como um anjo.

— As fadas disseram isso — disse Kendra.

— Seu irmão sabe?

— Sabe.

— Você é mais do que fadificada. Você não seria, por acaso, fadencantada?

— Deveria ser um segredo — disse ela.

— Seria pra maioria dos olhos — disse Patton. — E eu que pensava que ser fadificado era uma conquista! Seth, nunca permita que as opiniões que você tem sobre si mesmo fiquem infladas. Sempre aparecerá alguém para te humilhar!

— Você era fadificado? — perguntou Kendra.

— Um dos meus segredinhos — disse Patton. — Nós teremos muito o que conversar se eu sobreviver ao duelo.

Um grupo de sátiros já havia desmontado a barraca de Kendra. Um outro estava desmontando a grandona. Um grupo enorme deles havia invadido o acampamento dos anões.

— Eu nunca vi os sátiros trabalhando tanto — observou Kendra.

— Eles fazem quase tudo por lazer — disse Patton. — O campo vai ficar limpo em questão de minutos. É melhor vocês procurarem logo um bom lugar para assistir.

— Por que Casco Largo não quis usar a espada? — perguntou Seth.

Patton deu um risinho debochado.

— Ele sabe como eu gosto de usar espadas.

— Não é justo — reclamou Kendra. — Ele tem cascos.

Patton deu um tapinha no ombro dela.

— Reze por mim.

— Boa sorte — disse Seth. — Obrigado.

— Estou encantado — disse Patton. — Sempre cabe mais uma medalha no meu peito. Eu só lamento ter perdido a primeira conversa! Um garoto da sua idade criticando um centauro deve ter sido algo imperdível!

Kendra e Seth foram em direção à passarela.

— Se Patton morrer por sua causa, eu nunca vou te perdoar — disse ela, fervilhando.

— Ele sabe se defender — respondeu Seth.

— Você não viu os centauros em ação — disse Kendra. — Eu não quero assistir.

Enquanto Kendra e Seth tomavam posição na passarela, os sátiros tiravam as últimas barracas do campo. Kendra notou um sátiro conduzindo um anão relutante debaixo do braço. Ela olhou para o lago, mas nenhuma náiade subira à superfície. O que Lena pensaria se soubesse que Patton estava aqui, não numa foto, mas o homem real, em carne e osso?

Caminhando na direção da passarela, Patton acenou para o público. Sátiros e dríades entusiasmados retribuíam o gesto. Ele parecia estar se posicionando para dar a todos uma boa visão do combate.

Asa de Nuvem trotou na direção da passarela com um porte nobre. Ergueu um braço musculoso.

— O duelo entre Patton Burgess e (ele proferiu um som estranho e áspero) terá início assim que eu der o sinal. Preparem-se.

Ele baixou o braço.

Casco Largo atravessou o campo, o rosto severo, os músculos maciços ondulando. Patton ficou onde estava, as mãos ao lado do corpo. Casco Largo aumentou a velocidade para um galope furioso.

— Prepare-se para se defender, humano! — rugiu Casco Largo.

Kendra reprimiu a vontade de desviar o olhar. Patton parecia pequeno e indefeso quando o enraivecido centauro avançou com fúria. Ele ia ser esmagado! No último segundo, Patton deu um passo para o lado com a indiferença de um toureiro e o centauro passou correndo por ele.

Casco Largo fez o contorno no campo para realizar uma segunda investida.

– Eu não estou aqui para dançar – declarou o centauro. De algum modo, Casco Largo foi em direção a Patton ainda com mais velocidade na segunda vez. Patton deu uma finta para a esquerda. Quando Casco Largo deu uma guinada, Patton deu um passo em outra direção. Assim que Casco Largo passou por ele como um trovão, Patton girou o corpo e deu um soco no flanco do centauro.

O golpe deixou o centauro tonto. Com dor estampada nas feições, Casco Largo cambaleou e quase não conseguiu evitar uma queda. Os espectadores rugiram com empatia e em seguida aplaudiram, os sátiros em particular apupando sua aprovação.

Casco Largo diminuiu a velocidade e se virou. Mirando fixamente Patton, com ódio nos olhos, o centauro caminhou na direção dele. Endireitando a camisa, Patton esperou calmamente sua chegada. Quando Casco Largo aproximou-se de Patton, ele empinou o corpo e atacou com seus cascos afiados. Patton recuou apenas o suficiente para ficar fora de seu alcance.

Avançando pacientemente, Casco Largo empinou uma, duas vezes o corpo, os cascos frontais golpeando. A cada investida, Patton mantinha a mesma postura de apenas desviar-se.

– Eu não estou aqui para dançar – imitou Patton, com um sorriso debochado.

Os espectadores gargalharam.

Enraivecido, Casco Largo corcoveou imprudentemente para a frente, pisoteando e dando pinotes e balançando os punhos. Dançando com agilidade, abaixando-se e se contorcendo, Patton acabou ao lado do enlouquecido centauro e saltou nas costas dele, prendendo Casco Largo numa gravata enquanto o cavalgava como se fosse um caubói num rodeio. Pulando e saltando, Casco Largo tentava atingir Patton. Aproveitando a oportunidade para soltar a gravata e agarrar uma das mãos de Casco Largo, Patton deslizou o corpo e atirou abruptamente o centauro no chão.

Com a palma da mão prendendo o carnudo antebraço de Casco Largo, Patton foi dobrando a mão do centauro até atingir um ângulo impossível. Ele também parecia estar com um dos dedos do centauro preso num doloroso engate. O rosto do centauro se contorceu em agonia. Quando Casco Largo tentou se levantar, Kendra ouviu um estalo agudo. O centauro desistiu de lutar, e Patton mudou a pegada.

– Eu estou em posição de vantagem aqui – alertou Patton em voz alta. – Renda-se ou quebrarei seus ossos um por um.

– Nunca – arfou Casco Largo, virulento.

Patton aliviou momentaneamente a pegada para dar um soco no ouvido do centauro. Casco Largo uivou. Patton refez rapidamente a pegada, levando o braço do centauro a um ângulo ainda mais perigoso.

– Este duelo está encerrado, Casco Largo – disse Patton. – Eu não quero deixá-lo aleijado para sempre, ou fazê-lo perder os sentidos. Renda-se.

O suor brilhava no rosto afogueado de Casco Largo.

– Nunca.

A multidão agora estava em silêncio.

Patton pressionou ainda mais o braço trêmulo.

– O que é pior? Render-se ou ficar prostrado diante da audiência enquanto um humano te humilha com as próprias mãos?

– Mate-me – implorou Casco Largo.

– Centauros são quase imortais – disse Patton. – Minha intenção não é provar por que nós dizemos "quase". Eu prometi te vencer, não te matar. Se preciso for, eu simplesmente deixarei você incapacitado pelo tempo que você ainda tiver de vida, um irrefutável monumento à superioridade humana.

Asa de Nuvem aproximou-se.

– Você está à mercê dele, Casco Largo. Se Patton se recusa a acabar com sua vida, você deve se render.

– Eu me rendo – aceitou finalmente Casco Largo.

A multidão ficou em polvorosa. Kendra olhava para a cena ao mesmo tempo chocada e aliviada, quase não reparando quando os entusiasmados sátiros esbarraram nela. Ela viu Patton ajudar Casco Largo a se levantar, mas não conseguiu ouvir as palavras que eles trocaram entre si por causa do barulho em torno dela. Kendra começou a abrir caminho em meio à multidão para chegar ao gramado. Ela só compreendeu inteiramente o quanto os sátiros não gostavam dos centauros quando testemunhou as lágrimas exultantes que saíam de seus olhos à medida que eles se abraçavam.

Enquanto Casco Largo ia embora com Asa de Nuvem, Kendra e Seth correram para Patton. Nenhum sátiro ou náiade estava próximo dele. Aparentemente, eles preferiam comemorar a distância.

– Isso foi incrível – disse Seth. – Eu ouvi alguma coisa estalar...

– Um dedo – disse Patton. – Lembre-se desse dia, Seth, e pense muito antes de ofender um centauro. Eu acho desprezível ferir um oponente derrotado. Maldito orgulho teimoso de Casco Largo! – Patton cerrou os dentes. Os olhos dele estavam úmidos?

– Ele forçou a situação – lembrou Kendra.

– Eu lutei com ele porque o brutamontes não me deu alternativas – disse Patton. – Eu o feri pelo mesmo motivo. Ainda assim, eu não posso deixar de admirar a resistência dele em se render. Vencê-lo não foi prazeroso, mesmo sabendo que ele teria me matado se os papéis estivessem invertidos.

– Eu sinto muito isso tudo ter acontecido – disse Seth. – Obrigado.

– Disponha. Um momento – disse Patton, colocando a mão na boca para imitar um megafone e erguendo a voz: – Sátiros, dríades e outros espectadores, mas principalmente sátiros. O preço dessas festividades é vocês deixarem o campo como ele estava antes. Eu quero cada barraca em seu devido lugar. Estamos entendidos?

Sem darem uma resposta direta, os sátiros começaram a se mexer para cumprir as ordens dele.

Patton voltou-se para Kendra e Seth.

— Agora, se é que eu entendi corretamente a situação, Lena está lá no lago?

— Está — disse Kendra. — Ela voltou a ser náiade.

Patton pôs as mãos na cintura e fungou.

— Então eu acho que é melhor eu ir lá dar um alô para a moça.

CAPÍTULO VINTE

História

— Mesmo que Lena tenha sido forçada a voltar para a água, ela permaneceu lá por livre e espontânea vontade – recapitulou Patton enquanto ele, Seth e Kendra olhavam para o píer do gazebo. Embora tivesse partido cheio de confiança para conversar com Lena, ele agora parecia nervoso em relação à possível reação dela.

– Certo – disse Kendra. – Mas ela sempre foi bastante receptiva a qualquer menção a você. Eu acho que ela virá quando você chamar.

– As náiades são criaturas peculiares – disse Patton. – Entre todas as criaturas de Fablehaven, eu as considero as mais egoístas. As fadas reparam quando são bajuladas. Os centauros se irritam quando são insultados. É difícil ganhar a atenção de uma náiade. A única preocupação delas é a diversão seguinte.

– Então por que elas perdem tempo tentando afogar as pessoas? – perguntou Seth?

– Por esporte – disse Patton. – Por que outro motivo seria? Há pouca malícia proposital nisso. Nadar é tudo o que elas sabem fazer.

Elas acham hilária a ideia de matar alguém por afogamento. Nunca ficam satisfeitas. E ainda mais, as náiades são colecionadoras ávidas. Lena uma vez mencionou que elas possuem uma câmara cheia de quinquilharias e esqueletos inestimáveis para elas.

— Mas Lena é diferente das outras náiades — disse Kendra. — Ela gosta de você.

— Uma vitória que levou anos para ser conquistada — suspirou Patton. — Espero que não tenha sido desfeita pela volta dela à água. O interesse dela em mim foi o que por fim separou Lena das outras náiades. Pouco a pouco, ela começou a gostar de alguém que não ela mesma. Ela começou a desfrutar a minha companhia. As outras a odiaram por isso. Elas achavam desprezível ter um motivo para imaginar que talvez não houvesse mais possibilidades na existência do que ficar eternamente nadando numa infrutífera autoassimilação. Mas agora eu temo que a mente dela tenha sofrido uma reversão. Você está dizendo que Lena tem lembranças carinhosas de nosso casamento?

— Depois que você morreu, eu acho que ela nunca mais se sentiu confortável em lugar nenhum — disse Kendra. — Ela foi experimentar o mundo, mas acabou voltando pra cá. Eu sei que ela odiava envelhecer.

— Acho que sim — disse Patton, sorrindo. — Lena não gosta de muitos aspectos da mortalidade. Nós estivemos casados durante cinco anos — do meu ponto de vista, preciso ressaltar — e nosso relacionamento não foi nada fácil. Nós tivemos uma discussão bastante séria pouco antes de eu vir para cá. Ainda temos de nos entender sobre isso. Na minha época, se Lena recebesse uma proposta para voltar para a água, eu desconfio que talvez ela tivesse aceitado de bom grado. Eu me sinto estimulado em ouvir que nosso casamento acabou sobrevivendo. Vamos tentar descobrir se ela ainda me quer? — Ele estudou a água com apreensão.

História

— Nós precisamos que ela pegue o vaso — disse Kendra. — Pelo menos que ela tente. — Na conversa que tiveram no gazebo, Kendra explicara como ela havia se tornado fadencantada, e como esperava usar o vaso para abordar a Fada Rainha uma segunda vez.

— Eu gostaria muito de estar com o meu violino — lamentou Patton. — Sei exatamente a melodia que eu usaria. Cortejar Lena no início foi uma tarefa difícil, mas pelo menos eu tinha tempo e recursos. Espero que ela responda favoravelmente. Eu preferiria enfrentar outro centauro a descobrir que a afeição dela por mim esfriou.

— Só tem uma maneira de descobrir — disse Seth.

Patton desceu a escada do gazebo em direção ao píer, ajeitando as mangas e esticando a camisa. Seth começou a segui-lo, mas Kendra o conteve:

— É melhor a gente assistir daqui.

Patton caminhou ao longo do píer.

— Estou procurando Lena Burgess, minha mulher! — chamou ele.

Inúmeras vozes sobrepostas responderam:

— Não pode ser.

— Ele está morto.

— Estavam entoando o nome dele antes.

— Deve ser um truque.

— Parece o próprio.

Diversas cabeças subiram à superfície enquanto ele alcançava o fim do píer.

— Ele voltou!

— Oh, não!

— O diabo em pessoa!

— Não deixe ela ver!

A água perto do fim do píer ficou turbulenta. A cabeça de Lena surgiu, os olhos arregalados, e foi prontamente arrastada de volta para baixo. Depois de um instante, ela voltou à tona.

— Patton?

— Estou aqui, Lena — disse ele. — O que você está fazendo na água? — Ele mantinha a voz familiar, com um quê de curiosidade.

A cabeça de Lena desapareceu novamente. A água ficou agitada. As vozes voltaram:

— Ela o viu!

— O que faremos?

— Ela está se contorcendo demais!

Lena berrou:

— Tirem as mãos de cima de mim, ou eu sairei deste lago agora mesmo!

Instantes depois, a cabeça dela surgiu novamente na superfície da água. Ela olhou extasiada para Patton.

— Como é possível você estar aqui?

— Eu viajei no tempo — disse ele. — Só estou de visita por três dias. Nós estamos necessitados de um auxílio...

Lena ergueu a mão para silenciá-lo.

— Não diga mais nada, humano — demandou ela, rigidamente. — Depois de muito esforço, eu retornei à minha verdadeira vida. Não tente me confundir. Preciso de algum tempo a sós para reorganizar meus pensamentos. — Com uma piscadela, ela desapareceu dentro d'água.

Kendra ouviu as náiades murmurando uma aprovação em tom de surpresa. Patton não se mexeu.

— Você ouviu — disse uma voz espúria para ele. — Por que não volta pro seu túmulo?

Alguns risinhos nervosos seguiram-se ao comentário. Então Kendra ouviu outras vozes, vozes desesperadas:

— Detenham-na!

— Agarrem-na!

— Ladra!

— Traidora!

Lena saiu às pressas da água no fim do píer saltando como um golfinho. Patton agarrou-a num forte abraço, molhando suas calças e camisa no processo. Ela estava usando uma anágua verde tremeluzente. Seus cabelos longos e brilhantes, completamente enchacardos, caíam pesados sobre seus ombros como se fosse um xale. Em uma das mãos membranosas ela segurava o vaso de prata pertencente ao santuário da Fada Rainha. Lena encostou a testa na testa de Patton e seus lábios encontraram os dele. Enquanto se beijavam, a membrana de sua mão se dissolvia.

Por todo o píer, as náiades choramingavam e praguejavam.

Com Lena nos braços, Patton caminhou de volta ao gazebo. Kendra e Seth desceram os degraus em direção ao píer. Patton depositou Lena no chão.

— Oi, Kendra — disse Lena, com um sorriso acolhedor. Ela estava familiar — seus olhos, seu rosto, sua voz —, e ainda assim bastante diferente. Estava alguns centímetros mais alta do que antes, sua pele estava lisa e sem falhas, seu corpo curvilíneo e em forma.

— Você está linda — disse Kendra, aproximando-se para lhe dar um abraço.

Lena recuou, pegando as mãos de Kendra.

— Eu vou deixar você enchacarda. Você cresceu tanto, querida. E Seth! Você está um gigante!

— Só se for em comparação a náiades nanicas — disse Seth, parecendo satisfeito. Com o corpo bem aprumado, ele era uns dez centímetros mais alto do que ela.

— Você só vai ter Patton por três dias — lembrou Kendra à sua amiga, temendo que Lena acabasse se arrependendo de sua decisão.

Lena entregou a Kendra o vaso imaculado e em seguida olhou para seu marido com reverência, acariciando seu rosto.

— Eu teria saído do lago por três minutos.

Curvando a cabeça, Patton roçou o nariz no dela.

— Eu acho que eles precisam de um tempo sozinhos — disse Seth, entediado, dando um tapinha em Kendra.

Patton fixou os olhos em Seth.

— Fiquem. Nós temos muito o que discutir.

— A barraca amarela e púrpura é à prova de som — disse Seth.

— Parece perfeito. — Segurando a mão de Lena, Patton conduziu-a escada acima em direção ao gazebo.

— Não muito tempo depois de você morrer — disse Lena —, você me disse que nós estaríamos juntos novamente algum dia, jovens e saudáveis. Na época eu imaginei que você estivesse se referindo ao céu.

Patton deu um sorrisinho maroto.

— Provavelmente eu me referi a isso aqui mesmo. Mas o céu também vai ser agradável.

— Não dá pra descrever o quanto é emocionante voltar a ser jovem — entusiasmou-se Lena. — Você também parece estar com uma cara de garoto. Você está com o quê? Trinta e seis anos?

— Não muito longe disso.

Lena parou, soltou-se dele e cruzou os braços.

— Espere um pouco. No início do nosso casamento você viajou para o futuro para me visitar e nunca me contou.

— Evidente que não.

— Você e seus segredos. — Ela voltou a segurar a mão dele. Os dois continuaram atravessando o campo em direção à barraca listrada. — O que você estava fazendo antes de vir para cá?

— A última coisa que fiz foi apertar um botão no Cronômetro — disse Patton em tom confidencial, apontando com a cabeça a esfera que Seth estava carregando. — Eu estava escondendo o objeto na mansão. Antes de guardar, apertei o botão que me enviaria para o momento seguinte em que o botão fosse apertado.

— Eu apertei — anunciou Seth.

— Você só me contou sobre o artefato quando completou sessenta anos — reclamou Lena. — Eu raramente sabia as coisas que você tramava.

— Nós tínhamos acabado de ter uma discussão — disse Patton. — Sobre as cortinas de nosso quarto. Lembra-se? Tudo começou com as cortinas e acabou sendo sobre como eu não estava cumprindo as minhas promessas...

— Eu lembro dessa rusga — disse Lena, em tom nostálgico. — Na verdade, essa talvez tenha sido a última vez que você gritou comigo. Aquele foi um período difícil para nós dois. Anime-se. Não muito tempo depois disso, nós acertamos o passo. Nosso casamento foi uma coisa linda, Patton. Você me fez sentir uma rainha e retribuir-lhe isso não me deu trabalho algum.

— Não me conte tantas coisas — disse Patton, tapando os ouvidos. — Eu prefiro assistir a tudo acontecer na minha frente.

Eles alcançaram a barraca e entraram. Patton deixou cair a aba para proteger a porta. Eles se sentaram no chão, um de frente para o outro.

— Não consigo acreditar que você tenha saído do lago tão animada — disse Kendra para Lena. — Desde que você voltou pra lá, eu sempre quis que você saísse.

— Foi simpático da sua parte vir me procurar — respondeu Lena. — Eu lembro a primeira vez que você tentou me convencer a sair do lago. Minha mente estava nebulosa. Estava funcionando de maneira diferente. Eu havia perdido muito do que me tornara enquanto mortal. Não o suficiente para realmente me encaixar naquele ambiente, mas o suficiente para ficar onde estava. A vida no lago é indescritivelmente fácil. Virtualmente sem sentido, mas desprovida de dor e quase desprovida de pensamento. Havia muitas coisas na mortalidade que eu não sentia falta. De um certo modo, voltar para a água era como morrer. Eu não precisava mais lidar com a vida. Até eu ver Patton, tudo o que eu queria era ficar morta.

– Agora você se sente lúcida? – perguntou Patton.

– Como o meu antigo ser – disse Lena. – Ou talvez eu devesse dizer como o meu novo ser. Com a minha mente atual, com ou sem você, Patton, eu jamais escolheria o entorpecimento do lago. Aquele encanto só me prende quando eu estou lá. Conte-me mais sobre essa praga.

Kendra e Seth relataram todos os detalhes sobre a praga. Seth contou sobre seu encontro com Graulas e as cordas que vira conectadas a Ephira na mansão. Lena ficou triste ao saber que vovó, vovô e os outros haviam se tornado sombras. Patton expressou surpresa ao ouvir o nome de Navarog ser mencionado.

– Se Navarog realmente escapou de seu cativeiro, vocês ainda vão ouvir falar muito dele. É sabido que Navarog é reconhecido como o mais corrupto e perigoso de todos os dragões. Identificado como um príncipe entre os demônios, ele não medirá esforços para liberar as monstruosidades confinadas em Zzyzx.

Em seguida a conversa passou a ser sobre os artefatos. Kendra e Seth compartilharam tudo o que sabiam sobre os cinco artefatos, e relataram como eles haviam recuperado o artefato curativo na torre invertida. Kendra delineou suas explorações em Lost Mesa e contou como faltavam aos Cavaleiros da Madrugada informações a respeito de uma das cinco reservas.

— Quer dizer então que a torre invertida guardava as Areias da Santidade – disse Patton. – Nunca verifiquei. Eu queria deixar as armadilhas montadas e incólumes.

— Por que você tirou o Cronômetro de Lost Mesa? – perguntou Kendra.

Patton coçou o bigode.

— Quanto mais eu pensava no potencial que aqueles artefatos tinham para abrir os portões da grande prisão dos demônios, menos gostava da possibilidade de que muitas pessoas soubessem onde eles estavam escondidos. Os Cavaleiros da Madrugada eram bem-intencionados, mas organizações como essa têm como regra manter os segredos vivos e ajudar a espalhá-los. Eu só conhecia uma pessoa no mundo a quem eu confiaria esse tipo de informação vital. Eu mesmo. Então me dediquei a descobrir tudo o que podia sobre os artefatos para fazer com que eles se tornassem muito difíceis de serem encontrados. O único artefato que eu realmente removi em todos esses anos foi o de Lost Mesa.

— Como você passou pelo dragão? – perguntou Kendra.

Patton deu de ombros.

— Eu tenho minha cota de talentos, entre os quais domar dragões. Estou longe de ser o melhor domador de dragões que você encontrará por aí – na verdade, eu passo raspando no teste –, mas consigo travar normalmente uma conversa com um dragão sem perder o controle de minhas faculdades mentais. O artefato de Lost Mesa era protegido por um dragão maldoso chamado Ranticus, podre até a alma.

— Ranticus era o nome do dragão que eu vi no museu – recordou Kendra.

— Correto. Uma vasta rede de cavernas está oculta debaixo de Lost Mesa. Depois de muita exploração, fiquei sabendo de um grupo de gnomos que tinha acesso ao covil onde Ranticus residia. Os gnomos o reverenciavam, usando a entrada secreta para levar tributos para ele, comida, principalmente. Matar um dragão não é uma empreitada menor, é uma tarefa mais para feiticeiros do que para guerreiros. Mas existe uma erva rara chamada filha-do-desespero, a partir da qual você consegue extrair uma toxina conhecida como mata-dragão, o único veneno capaz de envenenar um dragão. Encontrar a erva e preparar a fórmula do veneno foi em si um verdadeiro idílio. Uma vez de posse da toxina, disfarçado de gnomo, levei para Ranticus um boi morto saturado com o veneno.

– Ranticus não conseguiu sentir o cheiro? – perguntou Seth.

– Mata-dragão é imperceptível. Se não fosse, jamais funcionaria contra um dragão. E eu estava muito bem disfarçado, estava até com uma pele de gnomo sobre a minha própria.

– Você o envenenou? – exclamou Seth. – E funcionou? Então você era realmente um matador de dragão!

– Suponho que agora possa confessar. Durante meu tempo de vida eu não queria que isso fosse divulgado.

– Você mesmo começou alguns desses boatos – censurou Lena.

Patton levantou a cabeça e deu um tapinha no pescoço.

– Vanglórias à parte, depois de me livrar de Ranticus eu derrotei os guardiões do artefato – uma tropa de cavaleiros fantasmagóricos – numa batalha que eu gostaria muito de esquecer. Depois, para evitar suspeitas de que eu havia removido o Cronômetro, precisava colocar um novo guardião para as cavernas. Quando outros assuntos me levaram até Wyrmroost, um dos santuários dos dragões, surrupiei um ovo que depois eclodiu em Lost Mesa. Dei o nome de Chalize ao dragão e cuidei dela durante sua infância. Em pouco tempo, os gnomos passaram a se afeiçoar a ela e a minha ajuda não foi mais necessária. Alguns anos depois, doei os ossos de Ranticus ao museu.

– Você matou outros dragões? – perguntou Seth, animado.

História

— Matar um dragão nem sempre é uma boa coisa — disse Patton, com veemência. — Os dragões são mais parecidos com os humanos do que a maioria das outras criaturas mágicas. Eles possuem uma boa dose de autocontrole. Alguns são bons, alguns são maus, muitos ficam entre uma coisa e outra. Nenhum dragão é idêntico a outro, e alguns são bem parecidos.

— E nenhum dragão fica satisfeito quando alguém de fora da comunidade deles assassina um membro de sua espécie — disse Lena. — A maioria considera o ato um crime imperdoável. E é por isso que eu sempre insisti para que Patton não alardeasse que havia matado dragões.

Seth apontou um dedo para Lena.

— Você disse dragões. Como se ele tivesse matado vários dragões.

— Agora seria um péssimo momento para reviver aventuras passadas que não estão relacionadas ao nosso apuro atual — disse Patton. — Eu posso preencher algumas das lacunas de vocês. Sei muita coisa sobre Ephira. Muito mais do que gostaria. — Ele baixou os olhos, os músculos de seu queixo retesando-se. — A história dela é muito trágica e eu jamais a compartilhei com ninguém. Mas eu acho que o momento chegou.

— Você me dizia que algum dia eu ouviria essa história — disse Lena. — Era isso o que você estava querendo dizer?

— Espero que sim — respondeu Patton, cruzando as mãos. — Muito tempo atrás, meu tio Marshal Burgess administrava Fablehaven. Ele nunca foi oficialmente o zelador, meu orgulhoso avô retinha o título, mas delegava todas as responsabilidades a Marshal, que dirigia a reserva admiravelmente. Embora não fosse lá essas coisas numa luta, Marshal era um habilidoso diplomata e um maravilhoso mentor. As mulheres eram a sua grande fraqueza. Ele tinha uma inegável aptidão para seduzi-las, mas nunca conseguia se concentrar em uma só.

Marshal suportou inúmeros escândalos e três casamentos fracassados antes de se enrabichar por uma determinada hamadríade.

"Entre todas as ninfas das árvores que vivem em Fablehaven, ela era a mais inteligente, a mais borbulhante, a mais paqueradora, sempre rindo, sempre brincando ou cantando. Assim que ela percebeu o desejo que ele tinha por ela, Marshal ficou obcecado. Eu nunca soube de alguma mulher que pudesse resistir ao bote de Marshal, e essa vivaz hamadríade não foi exceção. O namoro foi curto e apaixonado. Em meio a ardentes promessas de fidelidade eterna, ela renunciou às árvores e casou-se com ele.

"Eu não acredito que Marshal tenha planejado a traição. Estou convencido de que ele acreditava do fundo do coração que finalmente se assentaria, que conquistar uma hamadríade permitiria que ele finalmente apascentasse seu coração inquieto. Mas seu padrão de comportamento estava bastante arraigado, e em pouco tempo a paixão começou a esmorecer.

"A hamadríade era uma mulher verdadeiramente notável, digna de um companheiro que a amasse. Ela rapidamente se tornou minha parenta favorita. Na realidade, foi através da orientação dela que eu me tornei fadificado. Tragicamente, nosso relacionamento teve vida curta.

"Em questão de meses, o casamento desenredou. A hamadríade ficou arrasada. Ela abdicara da imortalidade em função de um sentimento falso. A traição a deixou aniquilada. Envenenou seu bom-senso. Ela abandonou Marshal e desapareceu. Eu procurei, mas não consegui encontrá-la. Demorou anos até eu finalmente conseguir juntar as peças para entender o que havia acontecido com Ephira."

– Sua tia é a mulher-sombra! – exclamou Seth.

– Estou começando a entender por que você ocultou a história – observou Lena, com tristeza.

História

— Ephira ficou obcecada por reconquistar sua condição de hamadríade — continuou Patton. — Ela não ligava para o fato de que isso era uma impossibilidade. Ela via aquilo como a única compensação possível para o tratamento injusto que recebera. Como parte de sua desesperada busca, ela desfez um dos nós de Muriel Taggert. Mais tarde visitou a feiticeira do pântano, que a encaminhou a Kurisock. Foi o demônio quem, por fim, fez um trato com Ephira que permitiria que ela voltasse a uma vida não mortal.

"Para compreender o que virá a seguir, vocês devem entender que a vida de uma hamadríade é inextricavelmente ligada a uma árvore específica. Quando a árvore morre, ela morre junto, a menos que a ligação seja passada através de uma semente da árvore original para uma nova árvore. Em virtude de suas árvores terem a capacidade de renascerem como uma nova árvore, as hamadríades são virtualmente imortais. Mas a árvore também constitui uma fraqueza, um segredo que deve ser zelosamente guardado.

"Quando Ephira decaiu para a mortalidade, ela perdeu a ligação com sua árvore. Mas qualquer magia que pode ser feita pode igualmente ser desfeita. Ephira ainda sabia onde a árvore se localizava. Sob as ordens de Kurisock, ela a derrubou com as próprias mãos, queimou-a e levou para o demônio a última semente.

"O laço entre Ephira e sua árvore pode ter sido fendido, mas como toda magia desfeita, era reparável. Usando suas dádivas incomuns, Kurisock ligou-se à semente, e através da semente a Ephira, forjando novamente a ligação."

— Mas ela não voltou a ser uma hamadríade — deu-se conta Kendra, um calafrio descendo por sua coluna. — Ela virou uma outra coisa.

— Uma coisa nova — concordou Patton. — Ela tornou-se maligna e espectral, maculada pelos poderes demoníacos, uma versão negativa de seu antigo ser. A fusão com Kurisock amplificou seus sentimentos vingativos. Ainda com direito a entrar na mansão, ela voltou e destruiu Marshal e alguns outros que moravam lá. Eu consegui surrupiar do livro de registros as páginas-chave do tratado e depois fugi.

– Como você juntou todas essas peças? – perguntou Kendra.

– Eu procurei saber. Muitos detalhes são inferências, mas estou convencido de que eles são corretos. Entrevistei Muriel e a feiticeira do pântano. Encontrei a árvore que Ephira tinha derrubado e queimado. E, finalmente, visitei o fosso de alcatrão e vi com meus próprios olhos a árvore nova e maligna. Gostaria de ter me arriscado a derrubá-la naquela ocasião. Agora, presumivelmente, o prego do espectro foi adicionado à árvore amaldiçoada, aumentando o poder de Kurisock e de Ephira, produzindo a malignidade que tornou sua alma contagiosa. Da mesma maneira que Kurisock a transformou habitando a árvore, ele agora consegue, através dela, alcançar e transformar outros seres.

– Você alguma vez visitou Ephira? – perguntou Kendra.

– Eu raramente me aproximava da mansão – disse Patton. – Deixei bilhetes para ela e uma foto minha e de Lena depois de nos casarmos. Ela nunca respondeu. A única vez que entrei novamente na mansão foi para esconder o Cronômetro no cofre.

– Como você conseguiu colocar o cofre lá dentro? – perguntou Seth.

– Eu entrei durante a noite do equinócio da primavera – disse Patton. – Tinha notado numa noite de festival, anos antes, que Ephira vagava pela reserva durante essas noites tempestuosas. Foi arriscado, mas, para mim, esconder o artefato num local seguro compensava o perigo.

– Patton – disse Lena, com ternura. – Como essa história deve ter sido um fardo para você! Uma grande fonte de preocupações que atravessou todo o nosso namoro e o casamento! Como você conseguiu se apaixonar por mim?

– Você pode ver por que eu hesitei tanto em contar a história – disse Patton. – Depois que permiti a mim mesmo me aproximar de você, jurei que nosso relacionamento seria diferente, que você teria tudo o que faltara a Ephira. Mas a história me assombrava. Me assombra. Aqueles que conheciam a história de Ephira e Marshal questionaram meu juízo quando tirei você da água. Mandei embora aqueles que não conseguiam ficar calados. Apesar de minha determinação em fazer com que nosso relacionamento florescesse, houve momentos em que fui atormentado pela dúvida. Eu nem podia imaginar o que essa história poderia ter feito com você, com tantas outras coisas correndo risco.

– Eu estou contente por não ter ouvido o relato durante os primeiros anos de nosso casamento – admitiu Lena. – Ele teria piorado ainda mais um período já difícil. Mas saiba disso agora: Ephira entendeu os riscos antes de fazer a escolha. Nós todas entendemos. Ela não foi obrigada a arruinar sua existência, com ou sem traição. E mesmo que talvez você não queira que eu revele os segredos de nossos anos juntos, saiba disso: eu fiz a escolha certa. Provei isso escolhendo você novamente, não provei?

Patton lutava com a emoção. Algumas veias estavam bem altas em seus punhos. Tudo o que ele conseguiu foi balançar a cabeça em concordância.

– Que situação injusta para você, Patton, falar comigo depois de eu ter experimentado todo o nosso relacionamento mortal. Você ainda não é inteiramente o homem que se tornará depois. Em sua vida, nosso relacionamento ainda não atingiu a completa fruição. Eu não estou pretendendo acabrunhar você com implicações sobre o que será nosso casamento, ou fazê-lo se sentir com a obrigação de agir como se estivesse vivendo aquele momento. Não se preocupe, simplesmente deixe as coisas acontecerem. Quando olho para trás, vejo que eu amava tudo, o homem que você era no início, assim como o homem que você se tornou.

— Obrigado — disse Patton. — A situação é extraordinária. Eu devo dizer que é um alívio chegar aqui e encontrar minha melhor amiga esperando por mim.

— Nós devemos deixar algumas dessas palavras para mais tarde — disse Lena, olhando de relance para Kendra e Seth.

— Certo — disse Patton. — Agora todos vocês conhecem os segredos que eu mantinha comigo sobre Kurisock e Ephira.

— Agora a grande pergunta — disse Seth. — Como é que a gente faz pra deter esses caras?

A barraca ficou em silêncio.

— A situação é delicada — disse Patton. — Vou ser sincero com você. Não faço a menor ideia.

CAPÍTULO VINTE E UM

Fadencantada

Uma pesada atmosfera impregnava a barraca. As acrobacias feitas por uma mosca acima da cabeça de Patton e Lena pareciam estranhamente ruidosas. Kendra passou a mão no piso de tecido, sentindo os contornos do chão abaixo. Ela trocou olhares de preocupação com Seth.

– Qual é a dessa coisa aqui? – perguntou Seth, sopesando o Cronômetro. – De repente a gente podia voltar no tempo e deter a praga antes de ela começar.

Patton balançou a cabeça em negativa.

– Eu passei meses tentando desvendar os segredos do Cronômetro. Ele tem a reputação de ser o artefato mais difícil de ser usado. Embora acredite-se que ele possua muitas funções, só consegui descobrir algumas.

– Alguma coisa útil? – perguntou Seth, passando o dedo num botão da esfera que estava ligeiramente levantado.

– Cuidado! – alertou Patton, com firmeza. Seth parou de mexer no botão. – Eu sei qual é o botão a ser usado para se avançar no tempo em direção ao momento seguinte em que esse mesmo botão for apertado. Eu descobri como ajustar o Cronômetro para fazer com que o cofre apareça uma vez por semana, por um minuto. E eu tenho como diminuir temporariamente a passagem do tempo, fazendo com que o resto do mundo se mova com mais velocidade do que a pessoa de posse do Cronômetro. Eu não tenho como prever como qualquer dessas funções ajudará a resolver nossos problemas atuais.

– Se a gente não tiver mais ideias – disse Kendra –, talvez a Fada Rainha seja a nossa última chance. Eu podia devolver o vaso à ilha e explicar a situação. De repente ela pode ajudar.

Patton passou a mão num rasgão da camisa perto do cotovelo.

– Eu não compreendo inteiramente o que significa ser fadencantada, mas sou bem informado a respeito do santuário. Você tem certeza de que devolver o vaso será uma desculpa suficiente para pisar em solo proibido? Antes de você, Kendra, ninguém pôs os pés naquela ilha e voltou com vida.

– Uma fada chamada Shiara sugeriu que eu poderia fazer isso – disse Kendra. – Eu não sei explicar direito, mas tenho a sensação de que é verdade. Normalmente, sempre que penso em voltar pra ilha eu tenho uma sensação aterrorizante. Meu instinto concorda com o que a fada me disse. O vaso pertence àquele local. Se eu o levar de volta, vou ter permissão pra entrar.

– Shiara? – disse Patton. – Eu conheço Shiara. Ela tem asas prateadas e cabelos azuis. Eu a considero a fada mais confiável de Fablehaven. Ela era amiga íntima de Ephira. Depois que fui fadificado e Ephira desapareceu, Shiara tornou-se minha confidente mais próxima nos assuntos relacionados ao mundo das fadas. Se algum dia eu tivesse de receber um conselho de alguma fada, certamente seria ela que eu procuraria.

— Você também consegue conversar com as fadas? — perguntou Seth.

— Essa é uma das vantagens de ser fadificado — disse Patton. — O silvian, a língua delas, é muito difícil de ser dominado se você não é fadificado, embora alguns tenham aprendido através do estudo. Eu também consigo ler e falar a língua secreta delas. Assim como Kendra. Foi assim que ela decifrou a inscrição que eu deixei no cofre de Lost Mesa.

— Aquilo estava escrito numa língua secreta das fadas? — perguntou Kendra. — Eu nunca consigo dizer que língua estou ouvindo ou falando ou lendo. Tudo sempre parece com a minha.

— Leva algum tempo — disse Patton. — Quando uma fada fala, você ouve no seu idioma, mas com a experiência você também consegue perceber a verdadeira língua que a fada está usando. No início, as línguas diferentes são difíceis de ser distinguidas, provavelmente porque a tradução não traz nenhuma dificuldade. Com algum esforço, você ficará mais consciente acerca das palavras que ouve ou fala.

— Afinal, por que você deixou uma mensagem no cofre? — quis saber Kendra.

— A língua das fadas, que é impossível de ser ensinada, é um segredo muito bem guardado — disse Patton. — A linguagem é inerentemente irreconhecível a todas as criaturas das trevas. Senti que precisava deixar uma pista com relação ao que eu tinha feito para impedir que o pânico se alastrasse caso os Cavaleiros descobrissem que o artefato havia desaparecido, então eu fiz uma inscrição numa linguagem arcana que apenas um amigo ou amiga das luzes teria condições de compreender.

— Como você confia em Shiara, acha que é uma boa eu ir até a ilha? — perguntou Kendra.

— Nesse assunto, você sabe mais do que eu — admitiu Patton. — Em circunstâncias menos severas, eu imploraria para você não empreender uma aventura tão arriscada. Mas estamos em meio a uma calamidade. Você quer saber se eu acredito que a Fada Rainha será capaz de nos ajudar a conter a praga? Difícil dizer, mas ela já te ajudou antes, e um pouco de esperança é melhor do que nenhuma esperança.

– Então eu vou tentar – disse Kendra, com firmeza.

– Quando você tem de pular, você pula – concordou Seth.

– Atravessar o lago vai ser perigoso – advertiu Lena. – As náiades estão enfurecidas. Elas vão querer pegar o vaso de volta. Elas vão querer vingança pela minha saída. É melhor que Patton leve você de barco.

– E eu não faria de outra forma – disse Patton. – Tenho alguma experiência em navegar naquelas águas perigosas. – Ele piscou para Lena.

A antiga náiade ergueu as sobrancelhas.

– E em ser arrastado para essas mesmas águas perigosas, se a minha memória não falha.

– Você está cada vez mais parecida com a Lena que eu conheço – disse Patton, com um risinho sarcástico.

– Assim que o sol se pôr, vou procurar vovô e vovó – disse Seth. – Provavelmente eles vão aparecer por aqui como sombras. De repente eles ainda podem nos dar alguma ajuda.

– Nesse meio-tempo, não é melhor a gente seguir logo pro lago? – perguntou Kendra.

– Nós temos de agir enquanto ainda há sol – disse Patton.

Seth guardou o Cronômetro numa mochila que havia sido usada para carregar equipamentos de acampamento. Ele enganchou os braços nas correias e todos saíram juntos da barraca. Sátiros, anões e dríades curiosos haviam se juntado do lado de fora. Eles começaram a sussurrar animadamente uns com os outros e a gesticular para Patton.

Doren trotou até Patton.

– Mostra pra mim o golpe que você aplicou em Casco Largo!

– Para impedir uma epidemia de sátiros aleijados, prefiro me abster – disse Patton. Ele levantou as duas mãos, subindo o tom de voz: – Eu só voltei por um período curto de tempo. Fiz uma viagem para o futuro e tenho a intenção de reverter essa praga antes de partir. – Várias criaturas que estavam nas proximidades aplaudiram e assobiaram. – Espero poder confiar no auxílio de vocês, se necessário for.

– Faremos qualquer coisa por você, Patton! – gritou uma hamadríade num tom de suspiro que mereceu um olhar fulminante de Lena.

– Nós vamos querer um pouco de privacidade no lago enquanto estivermos nos aproximando do santuário – disse Patton. – Agradeceremos a compreensão de vocês.

Patton conduziu Kendra até o gazebo mais próximo. Ela se sentiu tensa quando Patton subiu com ela os degraus e os dois começaram a atravessar a passarela. A última vez que ela atravessara o lago até a ilha estava incluída no rol de suas lembranças mais assustadoras. As náiades haviam lutado com ardor para virar seu pequeno pedalinho. Pelo menos dessa vez havia sol e ela não estava sozinha.

Patton desceu os degraus em direção ao píer que ficava ao lado da casa de barcos. Ele caminhou até a casinha flutuante e arrebentou a porta trancada com um chute bem calculado.

– Patton está entrando na casa de barcos! – gritou uma voz exultante do fundo do lago.

– Nós teremos finalmente os ossos dele em nossa coleção! – disse uma segunda náiade, entusiasmada.

– Olhe quem está com ele! – proferiu a primeira voz, embasbacada.

– A viviblix que o tirou do túmulo! – troçou uma nova voz.

— Cuidado com a magia de zumbi dela — cantou a segunda náiade.
— Eles estão com o vaso! — reparou uma náiade, ultrajada.

As vozes ficaram mais baixas e mais insistentes:

— Depressa!
— Reúnam todas!
— Não há tempo a perder!

As vozes foram sumindo enquanto Patton e Kendra entravam na casa de barcos. O interior parecia idêntico às lembranças de Kendra. Dois barcos a remo flutuavam na água, um mais largo do que o outro, ao lado de um pequeno pedalinho. Patton pisou na casa de barcos, selecionou o maior par de remos e colocou-os no barco mais largo. Em seguida, também colocou no barco os outros remos grandes.

— Tudo indica que nossas antagonistas subaquáticas pretendem nos dar trabalho — disse Patton. — Tem certeza que você quer fazer isso?

— Você acha que consegue me levar até a ilha? — perguntou Kendra.

— Acredito que sim — disse Patton.
— Nesse caso, eu tenho de tentar.
— Você se importa de ficar segurando o vaso?

Kendra ergueu o objeto.

— Está aqui. Tenho certeza que você vai estar com as mãos ocupadas.

Patton puxou uma alavanca ao lado da porta quebrada e depois começou a girar uma manivela. Uma porta começou a se abrir gradualmente, dando acesso direto ao lago. Patton desamarrou o barco a remo e entrou. Ele estendeu a mão para Kendra e ajudou-a a entrar na embarcação. O barco sacolejou quando ela colocou os pés dentro.

— Você conseguiu chegar à ilha naquele barquinho? — perguntou Patton, indicando o pedalinho com a cabeça.

— Consegui.

— Você é ainda mais corajosa do que eu imaginei — disse Patton, com um sorriso.

— Eu não sabia exatamente como usar os remos, mas sabia como pedalar.

Patton anuiu.

— Lembre-se, incline-se na direção oposta da que elas tentarem nos fazer tombar. Mas não muito, porque senão elas podem reverter a tática e fazê-la cair do barco pelo outro lado.

— Saquei — disse Kendra, olhando de relance para o lado, esperando as náiades se aproximarem do barco a qualquer momento.

— Elas não podem nos perturbar enquanto estivermos na casa de barcos — disse Patton. — Só depois que nós passarmos por esses muros.
— Ele posicionou os remos e os deixou preparados para dar início às remadas. — Preparada?

Kendra anuiu. Ela não confiava em sua voz.

Dentro d'água, à frente deles, Kendra ouviu uma gargalhada. Diversas vozes suprimiram o riso.

Mergulhando os remos na água, Patton impulsionou a embarcação e saiu da casa de barcos. No instante em que o barco passou pela porta, ele começou a oscilar e a balançar. Fazendo uma careta, Patton segurou os remos com agressividade, lutando para manter o barco equilibrado. Sacolejando e pendendo, o barco começou a girar na água. Kendra tentou posicionar-se na frente da pequena embarcação, mas as violentas sacudidas faziam com que ela fosse jogada de um lado para o outro, segurando com firmeza o vaso com uma das mãos enquanto tentava equilibrar-se com a outra.

— Eu nunca vi um esforço como esse — grunhiu Patton, tirando um dos remos do alcance de uma náiade.

A lateral direita do barco inclinou de modo alarmante, como se muitas mãos estivessem empurrando-a para cima. Patton foi rapidamente para a direita, batendo com o remo na água. A lateral direita baixou e a esquerda ficou bem alta, quase derrubando Kendra. Patton jogou-se para o outro lado, equilibrando o barco.

A batalha prosseguiu por vários minutos, as náiades lutando incansavelmente para virar o barco e simultaneamente afastando-o da ilha. Os remos eram instantaneamente agarrados sempre que Patton os mergulhava na água, de modo que ele era obrigado a passar grande parte do tempo lutando para tirar um ou outro do alcance das inimigas invisíveis. Enquanto isso, o barco girava e oscilava como um brinquedo de parque de diversões.

À medida que o tempo passava, em vez de diminuir de intensidade, o ataque tornava-se mais inclemente. Mãos membranosas saíam da água para agarrar a amurada. Durante um acesso de trepidação particularmente desagradável, Kendra tombou contra a lateral do barco e deu de cara com um par de olhos violeta. A pálida náiade utilizara uma das mãos para impulsionar o corpo para fora da água e agarrara o vaso prateado com a outra.

– Para trás, Narinda! – rosnou Patton, brandindo um remo.

Mostrando os dentes, a determinada náiade alçou-se ainda mais para fora da água. Kendra afastou o vaso de Narinda, mas a náiade conseguiu pegar a manga de sua camisa e começou a puxá-la para a água.

Patton abaixou violentamente o remo, acertando a cabeça da náiade. Com um grito estridente, a enlouquecida náiade soltou Kendra e desapareceu na água. Uma outra mão agarrou a amurada e Patton abaixou instantaneamente o remo para acertar os dedos membranosos.

– Fiquem na água, moças – alertou Patton.

– Você vai pagar por sua audácia – rosnou uma náiade que não podia ser vista.

– Vocês só receberam golpes generosos – disse Patton, rindo. – Eu estou batendo, mas não estou machucando. Se vocês continuarem subindo aqui, vou ser obrigado a provocar ferimentos mais profundos.

As náiades continuaram a atrapalhar o progresso do barco, mas não saíram mais da água. Patton começou a movimentar rapidamente o remo na superfície da água, formando muita espuma. As remadas rápidas e rasas eram difíceis de ser interrompidas pelas náiades, e o barco começou a avançar na direção da ilha.

– Chiatra, Narinda, Ulline, Hyree, Pina, Zolie, Frindle, Jayka! – chamou Lena. – A água nunca esteve tão boa.

Kendra se virou e viu Lena sentada na borda do píer, sorrindo serenamente, os pés balançando na água. Seth estava parado atrás dela, com a aparência ansiosa.

– Lena, não! – exclamou Patton.

Lena começou a entoar uma melodia preguiçosa. Ela dava chutes delicados com os pés descalços, espirrando um pouco de água. De repente, Lena puxou os pés da água e deu um pulo para longe da borda do píer. Mãos membranosas romperam a superfície do lago nas proximidades.

– Por pouco – lamentou Lena. – Você quase me pegou! – Ela deu mais alguns passos ao longo do píer e mergulhou o dedo na água, tirando-o bem a tempo de evitar outra mão.

– As náiades jamais fizeram um esforço tão persistente e unificado – murmurou Patton. – Lena está tentando distrair a atenção delas. Bata na água com o outro remo.

Kendra colocou o vaso no colo e pegou o outro remo que Patton havia trazido. Segurando-o no meio do cabo, ela começou a golpear vigorosamente a água dos dois lados do barco. Ocasionalmente, a ponta do remo atingia alguma coisa. Kendra começou a ouvir grunhidos e reclamações.

Patton começou a mergulhar os remos mais fundo na água, e o barco avançou em direção à ilha. Estimulada, Kendra golpeou a água ainda mais freneticamente, respirando com dificuldade devido ao esforço. Ela ficou tão concentrada em agredir as náiades que acabou sendo pega de surpresa quando o barco chegou à ilha.

– Saia – ordenou Patton.

Kendra abaixou o remo, pegou o vaso e pisou na proa. Ela hesitou por um instante. Ter sobrevivido à ilha uma vez não significava que ela sobreviveria novamente. E se a confiança dela estivesse equivocada? Outros que haviam ousado pisar naquela ilha haviam sido instantaneamente transfigurados em pó de dente-de-leão. Quando seu pé entrasse em contato com a margem enlameada, havia a possibilidade de ela ser dissolvida numa nuvem felpuda de sementes de dente-de-leão e vagar pela brisa.

Mas, pensando bem, se ela optasse por não correr o risco, seu destino mais provável seria se transformar em sombra e viver numa reserva decaída dominada por um demônio e uma hamadríade malévola. De certa forma, deixar esse mundo como semente de dente-de-leão talvez fosse preferível.

Todas as considerações à parte, ela já havia tomado a decisão, e só precisava agora da coragem para executá-la. As náiades podiam arrastar o barco de volta para a água a qualquer momento!

Preparada para o pior, ela saltou do barco em direção à lama consistente da ilha. Como em sua excursão anterior ao santuário, o momento era anticlimático. Ela não foi transformada em semente. Não havia nenhum sinal indicando que fizera alguma coisa fora da normalidade.

Kendra olhou para Patton com o polegar levantado. Ele tocou a testa numa saudação casual. Um instante depois, o barco foi arrastado de volta à água e começou a girar.

– Não se atormente comigo – instruiu Patton, calmamente, passando um remo na superfície da água com um movimento feroz. – Vá conversar com a rainha.

Em sua visita anterior à ilha, Kendra não sabia a localização do pequeno santuário, e fora difícil encontrá-lo. Dessa vez, vaso na mão, Kendra atravessou a ilha na diagonal, flanando entre os arbustos por uma trilha sem desvios em direção a seu destino. Ela encontrou a delicada fonte borbulhando no chão no centro da ilha, pingando por um ligeiro declive em direção ao lago. Na fonte encontrava-se uma estátua finamente entalhada de uma fada com mais ou menos cinco centímetros de altura.

Agachando-se, Kendra colocou o vaso na frente do pedestal em miniatura que sustentava a estatueta. No mesmo instante, Kendra aspirou um aroma semelhante ao de flores desabrochando num solo rico próximo ao mar.

Obrigada, Kendra. As palavras eram nítidas em sua mente, chegando com o máximo de clareza possível proporcionada pela audição.

– É você? – sussurrou Kendra, emocionada por haver estabelecido contato com tanta rapidez.

Sim.

– Dessa vez eu estou conseguindo te ouvir com mais clareza.

Agora você é fadencantada. Eu posso alcançar sua mente com muito menos esforço.

– Se você pode me alcançar com tanta facilidade, por que não falou comigo antes?

Eu não habito o seu mundo. Resido alhures. Meus santuários marcam os locais onde minha influência direta pode ser percebida. Eles são meus pontos de contato com seu mundo.

Os pensamentos eram acompanhados de sensações de intensa alegria. A combinação de pensamentos e emoções fazia com que Kendra tivesse a sensação de jamais ter verdadeiramente se comunicado com alguém antes.

– Você é chamada de Fada Rainha – disse Kendra. – Mas quem é você realmente?

Eu sou molea. Não existe palavra que me descreva com exatidão em sua língua. Eu não sou uma fada. Eu sou a fada. A mãe, a irmã mais velha, a protetora, a primeira. Para o bem de minhas irmãs, resido além de seu mundo, num reino intocado pelas trevas.

– Fablehaven está em perigo – disse Kendra.

Embora raramente consiga falar com suas mentes, eu vejo através dos olhos de minhas irmãs em todas as esferas que elas habitam. Muitas de minhas irmãs em sua vizinhança foram maculadas por uma terrível malignidade. Se tal malignidade tivesse condições de me corromper, tudo estaria perdido.

Por um momento, Kendra não conseguiu falar devido a uma sensação de desamparo que tomou conta dela. Ela percebeu que a emoção soturna emanara da Fada Rainha como parte de sua comunicação. Quando a emoção diminuiu, Kendra falou novamente:

– O que eu posso fazer para parar esse ataque das trevas?

As trevas emanam de um objeto possuidor de um tremendo poder maligno. O objeto deve ser destruído.

– O prego que Seth tirou do espectro – disse Kendra.

O objeto inflama a angústia de uma hamadríade corrupta e acentua o poder de um demônio. O objeto profano está encravado numa árvore.

Por um instante, Kendra avistou uma árvore preta cheia de nós ao lado de uma fumegante piscina de alcatrão. Um prego projetava-se do torturado tronco. A imagem fez com que os olhos de Kendra queimassem, e engendrou um sentimento de profundo pesar. Sem o acompanhamento de palavras para explicar a cena, Kendra tinha certeza absoluta de que estava testemunhando a árvore através dos olhos de uma fada maligna tal qual era absorvida pela Fada Rainha.

– Como eu consigo destruir o prego? – perguntou Kendra.

Uma pausa longa se seguiu. Ela ouviu os remos de Patton batendo na água enquanto ele continuava resistindo ao ataque das náiades.

– E se a gente deixar as fadas grandes novamente? – tentou Kendra.

Uma imagem de gigantescas fadas malignas surgiu vividamente. Terríveis e belas, elas secavam árvores e destilavam sombras. *Além dos outros empecilhos potenciais, eu ainda estou me recuperando da energia que foi necessária para transformar as fadas e iniciá-la como fadencantada.*

– O que você fez comigo? – perguntou Kendra. – Algumas fadas me chamaram de sua criada.

Quando eu olhei dentro de seu coração e mente, e testemunhei a pureza de sua devoção a seus entes queridos, escolhi você para servir como minha agente no mundo durante esses tempos turbulentos. Você é efetivamente minha criada, minha intendente. Você e eu adquirimos energia da mesma fonte. O ofício traz consigo uma grande autoridade. Comande as fadas em meu nome, e elas te atenderão.

– As fadas vão me obedecer? – perguntou Kendra.

Se você der ordens em meu nome, e não abusar do privilégio.

– Qual é o seu nome?

Kendra sentiu uma resposta parecida com uma gargalhada melódica. *Meu verdadeiro nome deve permanecer em segredo. Dar ordens em nome da Rainha será o suficiente.*

Kendra lembrou-se de repente da ocasião na mansão em que os Cavaleiros da Madrugada se reuniram e que a fada sugerira que ela desse uma ordem em nome da Rainha.

– As fadas podem me ajudar a destruir o prego?

Não. As fadas não dispõem de poder suficiente. Somente um talismã imbuído de uma tremenda energia luminosa poderia desfazer o encanto do objeto maligno.

– Você sabe onde eu posso encontrar um talismã cheio de luz?

Uma outra longa pausa se seguiu. *Eu poderia fazer um, mas tal ação requereria a destruição deste santuário.*

Kendra esperou. Uma visão revelou-se em sua mente. Como se estivesse olhando para baixo de um local muito alto, ela avistou a ilha e o santuário brilhando em meio às trevas. A água do lago havia se tornado preta e estava repleta de náiades deformadas e malignas. A passarela e os gazebos haviam desabado; fadas malignas planavam entre os destroços apodrecidos. Anões, sátiros e dríades malignos perambulavam entre árvores carcomidas e campos crestados.

Preservar o santuário não vale tanta devastação. Eu preferiria perder um dos meus preciosos pontos de contato com seu mundo a ver minhas irmãs condenadas à escravidão tenebrosa. Vou concentrar a energia que protege este santuário num único objeto. Depois que eu forjar o talismã, minha influência deixará de existir aqui.

– Eu não vou mais poder entrar em contato com você? – perguntou Kendra.

Não deste local. Assim que o talismã ultrapassar a sebe, o lago e a ilha ficarão destituídos de todas as defesas.

– O que eu faço com o talismã? – perguntou Kendra.

Mantenha a posse do talismã. A energia dentro de você ajudará o objeto a se manter estável e totalmente energizado. Enquanto estiver em sua posse, o talismã proporcionará um guarda-chuva de energia que ajudará a proteger aqueles à sua volta. Se você colocar o talismã em contato com o objeto maligno, ambos serão destruídos. Fique atenta. Quem quer que esteja ligado ao objeto neste momento perecerá.

Kendra engoliu em seco.

– Eu preciso ser a pessoa que vai fazer os dois se tocarem?

Não necessariamente. Eu preferiria que você sobrevivesse à missão. Mas independentemente de quem complete a tarefa, se os objetos puderem ser unidos o sacrifício terá valido a pena. Muito do que se tornou maligno voltará ao normal.

– A gente vai poder consertar o seu santuário depois? – perguntou Kendra, esperançosa.

Este santuário não pode mais ser reparado.
— Eu nunca mais vou ouvir falar de você?
Não aqui.
— Eu teria de achar um outro santuário. Vou poder me aproximar dele se eu encontrar um?

Kendra sentiu um riso misturado a afeição. *Você deve imaginar por que os meus santuários são tão bem protegidos. Ter pontos de contato com seu mundo me deixa vulnerável. Se o mal encontrar o meu reino, todas as criaturas benfazejas sofrerão. Para o bem-estar delas, devo manter meu domínio imaculado, então eu guardo zelosamente meus santuários. Como regra geral, todos os invasores devem perecer. Eu raramente abro exceções.*

— Ser fadencantada me dá acesso? — perguntou Kendra.

Não, de forma inerente. Se você alguma vez encontrar um outro santuário, vasculhe seus sentimentos para encontrar uma resposta. Você possui luz suficiente para te guiar.

— Estou com medo de tentar destruir o prego — confessou Kendra. Ela não queria que a conversa com a Fada Rainha acabasse.

Eu reluto em destruir o santuário. Kendra podia sentir sua profunda tristeza. A emoção trouxe-lhe lágrimas aos olhos. *Às vezes nós fazemos o que devemos fazer.*

— Tudo bem — disse Kendra. — Vou me esforçar ao máximo. Uma última pergunta. Se eu sobreviver a isso, o que devo fazer depois? Enfim, na condição de fadencantada.

Viva uma vida proveitosa. Resista ao mal. Dê mais do que recebe. Ajude os outros a fazerem o mesmo. O resto cuidará de si mesmo. Afaste-se do santuário.

Kendra afastou-se da estátua em miniatura em cima da diminuta base. Sua visão ficou embaçada, e ela foi invadida por uma torrente de sensações. Sentiu sabor de mel, de maçãs frescas, de cogumelos carnudos e de água pura. Sentiu o aroma de campos arados, de grama molhada, de uvas maduras e de ervas fortes. Ouviu o vento soprando, ondas batendo, trovões ribombando e o leve estalar de um patinho arrebentando a casca de um ovo. Ela sentiu a luz do sol aquecendo sua pele e uma leve bruma refrescando-a. Sua visão ficou temporariamente indisponível, mas ela saboreou, cheirou, ouviu e experimentou simultaneamente milhares de outras sensações, todas distintas e inconfundíveis.

Quando sua visão retornou, Kendra encontrou a diminuta estátua da fada brilhando intensamente. Instintivamente, ela estreitou os olhos para se proteger, temendo que a luz brilhante pudesse lhe causar algum dano irreparável. Quando olhou, a luminosidade não lhe causou nenhuma dor. Na esperança de que o brilho intenso fosse benigno, ela abriu bem os olhos para a estátua. Em oposição, o resto do mundo se tornou opaco, árido e sombrio. Toda a cor, toda a luz convergira para a estatueta do tamanho de um polegar.

E em seguida a estátua se esfacelou, pedaços de pedra repicando ao voar para todos os lados. Sobre o pequeno pedestal restava uma pedrinha deslumbrante do tamanho de um ovo. Por um instante, a pedrinha brilhou com mais intensidade do que a estátua havia brilhado. Depois a luz diminuiu, absorvida pela pedra, até que a pedrinha ovoide ficou absolutamente comum, exceto pela extrema brancura e lisura.

A cor retornou ao mundo. O sol de fim de tarde voltou a brilhar com intensidade. Kendra não conseguia mais sentir a presença da Fada Rainha.

Ajoelhando-se, ela pegou a pedrinha lisa. Parecia bem comum, pesando nem mais nem menos do que o esperado. Embora não estivesse mais brilhando, ela tinha certeza de que a pedrinha era o talismã. Como era possível que todo o poder que protegia o santuário pudesse caber dentro de um objeto tão pequeno e sem nenhuma característica especial?

Olhando ao redor, Kendra viu que Patton havia trazido o barco de volta à margem. Ela correu até ele, preocupada com a possibilidade de as náiades levarem o barco para longe antes de ela sair de lá.

— Não há pressa — disse Patton. — Elas estão obedecendo ordens.

— Relutantemente — murmurou uma voz dentro d'água.

— Silêncio — advertiu uma voz diferente. — Nós não podemos falar.

— Eu também consegui uma carona da outra vez — disse Kendra, pisando no barco.

— Boas notícias? — perguntou ele.

— De maneira geral — disse Kendra. — É melhor eu esperar até a gente voltar pra barraca.

— Muito justo — concordou Patton. — Uma coisa eu vou dizer: essa pedra brilha quase tanto quanto você.

Kendra olhou de relance para a pedra. Era perfeitamente branca e lisa, mas não parecia emitir nenhuma luz. Ela se sentou. Patton colocou os remos no colo. Guiado por mãos invisíveis, o barco se afastou da ilha e vagou na direção da casa de barcos. Kendra levantou os olhos e viu uma coruja dourada com rosto humano olhando para ela do alto de um galho, uma lágrima escorrendo do canto de um olho.

CAPÍTULO VINTE E DOIS

Luz

Seth estava esperando ao lado de Lena no gazebo acima do píer. Nenhum sátiro, dríade ou anão permanecia na passarela ou em qualquer outro pavilhão. Seguindo o pedido de Patton, ficaram todos fora de vista.

Kendra e Patton reclinaram-se no barco, retornando placidamente à casa de barcos, aparentemente levados pelas mesmas náiades que os atacaram recentemente. Seth gostaria de ter podido acompanhar o que Kendra fizera na ilha, mas ela passara a maior parte do tempo encoberta por arbustos. Lena descrevera uma luz ofuscante, mas Seth não conseguira ver.

— Você foi fantástica driblando aquelas náiades — disse Seth.

— Eu faria qualquer coisa para impedir que elas afogassem meu marido — respondeu Lena. — Uma parte de mim nunca vai deixar de amar minhas irmãs, mas elas às vezes são umas pestes! Eu fiquei contente por ter uma desculpa para enganá-las.

— Você acha que Kendra conseguiu?

— Ela deve ter feito contato. Somente a Rainha poderia ter mandado as náiades conduzi-los em segurança de volta à margem. — Lena estreitou os olhos. — Há algo diferente na ilha. Não sei precisar exatamente o quê. Depois do clarão, há uma nova sensação permeando toda a área. — Os lábios franzidos, Lena observava pensativamente o barco a remo atracar na casa de barcos.

Seth desceu correndo os degraus que davam no píer, chegando à porta da casa de barcos enquanto Kendra e Patton estavam desembarcando. — Aconteceu alguma coisa boa? — perguntou Seth.

— Muito boa — disse Kendra.

— Qual é a desse ovo? — inquiriu Seth.

— É uma pedrinha — corrigiu Kendra, fechando-a na mão com firmeza. — Eu vou contar tudo pra vocês, mas vai ter de ser na barraca.

Patton abraçou Lena.

— Você foi maravilhosa — disse ele, beijando-a. — Todavia, não me agrada vê-la tão próxima daquelas náiades. Você é a pessoa que elas mais gostariam de arrastar para o fundo do lago.

— Eu sou a pessoa que elas mais teriam dificuldade para pegar — respondeu Lena, presunçosamente.

Eles subiram a escada em direção ao gazebo e em seguida desceram alguns degraus para chegar ao gramado. Três dríades imensas caminharam rapidamente na direção deles, obstruindo o caminho para a barraca. No meio caminhava a dríade — a mais alta das três — que Seth vira reunida com vovô e vovó, seu cabelo ruivo ultrapassando-lhe a cintura. A dríade à esquerda dela parecia uma americana nativa e usava trajes terrosos. A dríade à direita era uma loura platinada com um vestido semelhante a uma cascata congelada. Todas as graciosas mulheres eram pelo menos um palmo mais alta do que Patton.

— Olá, Lizette — disse Patton amigavelmente para a dríade do meio.

— Não me venha com olá, Patton Burgess — ralhou ela, a voz melodiosa, porém dura. — O que você fez com o santuário?

— O santuário? — perguntou Patton, olhando ironicamente por cima do ombro. — Há algo errado com ele?

— Ele foi destruído — anunciou a dríade loura, com firmeza.

— Depois que você nos dispensou — acrescentou a americana nativa.

Lizette mirou Kendra, os olhos estreitos. — E sua amiga está brilhando mais do que o sol.

— Eu espero que vocês não estejam insinuando que nós tenhamos arruinado o monumento! — objetou Patton, zombeteiramente. — Não apenas nos falta o desejo para tal, como também nos faltam os meios! A Fada Rainha desmantelou o santuário por motivos pessoais.

— Você percebe que a reserva perdeu para sempre o contato com Sua Alteza? — perguntou Lizette. — Nós achamos isso inaceitável. — Ela e as outras duas deram um passo à frente, ameaçadoramente.

— Menos aceitável do que Fablehaven e todos que aqui residem mergulharem na irredimível escuridão? — perguntou Patton.

As dríades relaxaram ligeiramente.

— Você tem algum plano? — perguntou Lizette.

— Vocês já viram Kendra com mais brilho do que agora?! — exclamou Patton. — Seu fulgor é uma prova de que boas coisas estão para acontecer. Permitam-nos alguns minutos de conversa em particular e nós anunciaremos nosso plano para reivindicar Fablehaven, uma estratégia formulada pela própria Fada Rainha. — Patton olhou de relance para Kendra, como se estivesse esperando que suas palavras fossem verdadeiras. Kendra balançou levemente a cabeça em concordância.

— É melhor que haja uma explicação satisfatória para essa profanação — ameaçou Lizette de modo sombrio. — O dia de hoje será pranteado até o fim dos tempos.

Luz

Patton se aproximou e deu um tapinha no ombro de Lizette.

— Perder o santuário é um golpe nefando em todos que amam a luz. Nós vingaremos essa tragédia.

Lizette deu um passo para o lado, e Patton conduziu os outros em meio às lúgubres dríades. Embora temporariamente tranquilizadas, as imensas mulheres permaneciam visivelmente insatisfeitas.

Quando Seth, Kendra e Lena alcançaram a barraca, Patton seguiu-os para dentro, deixando cair a aba para fechar a entrada.

— O que aconteceu? — perguntou Seth.

— A Fada Rainha destruiu o santuário para poder fazer isso aqui — disse Kendra, mostrando a pedrinha.

Patton estreitou os olhos.

— Não é pra menos que você está brilhando com muito mais intensidade.

— Eu não estou vendo nenhuma luz — reclamou Seth.

— Apenas alguns olhos conseguem ver — disse Lena, os olhos estreitos.

— Por que eu não consigo? — perguntou Kendra. — A pedrinha só brilhou quando estava sendo feita pela Fada Rainha.

— A luz da pedra deve ter se unido à sua luz interior — disse Patton. — Pode ser difícil você distinguir sua própria luz. Eu imagino que você consiga enxergar no escuro.

— Consigo, sim — disse Kendra.

— Independentemente de reconhecer ou não, Kendra, você carrega consigo uma grande quantidade de luz — disse Patton. — Com a pedra, sua luminosidade ficou ainda mais intensa. Para aqueles que conseguem perceber essa luz, você é como se fosse um farol.

Kendra fechou a mão em torno da pedra.

— A Fada Rainha preencheu a pedra com todo o poder que protegia o santuário. Quando eu retirar a pedra desta área, as criaturas das trevas vão poder entrar. Se a gente encostar a pedrinha no prego que está na árvore, um objeto vai destruir o outro.

– Beleza! – exclamou Seth.

– Mas tem um probleminha – disse Kendra. – A Fada Rainha disse que a pessoa que juntar os objetos vai morrer.

– Não é nenhum problema – disse Patton, desconsiderando o problema com um balançar de mão. – Eu mesmo vou resolver esse dilema.

– Não vai, não – disse Lena, ansiosamente. – Você precisa voltar para mim. A sua vida não pode terminar aqui.

– O que nós vivemos juntos já aconteceu – disse Patton. – Nada que eu venha a fazer poderá mudar isso.

– Não tente me ludibriar, Patton Burgess – rosnou Lena. – Eu suportei suas pacificações por décadas. Conheço você melhor do que você mesmo. Está sempre atrás de alguma desculpa para proteger os outros à sua custa, parte disso em função de um nobre senso de justiça, mas principalmente pela emoção em si. Você está bastante ciente de que, se deixar de voltar ao passado, poderá apagar a maior parte de nosso relacionamento. Toda a minha história de vida poderia mudar. Eu me recuso a perder a vida que tivemos juntos.

Patton estava com uma aparência de culpa.

– Há muitas incertezas em relação às viagens no tempo. Pelo que eu sei, o Cronômetro é o único dispositivo até hoje inventado que realiza com sucesso viagens no tempo. Grande parte dos aspectos práticos ainda necessita ser testada. Tenha em mente que, no seu passado, eu voltei depois de ter viajado através do tempo. Alguns diriam que nada que eu faça poderia contradizer essa realidade. Se eu morrer durante minha visita aqui, em algum outro lugar, em meio a alguma temporalidade alternativa, pode ser que haja uma Lena que eu jamais verei novamente. Mas a sua história está assegurada. Independentemente do que venha a acontecer comigo, você muito provavelmente continuará aqui como se nada em seu passado tivesse mudado.

– Parece frágil demais essa teoria – refutou Lena. – Se você estiver errado, e não conseguir voltar, poderia alterar completamente a história. Você precisa voltar. Você tem tarefas importantes a realizar. Não apenas por mim, mas também pelo bem de inúmeros outros. Eu vivi uma vida completa. Se algum de nós deve expirar, esse alguém sou eu. Eu poderia seguir sem reclamações. Vê-lo novamente é a perfeita culminância de minha mortalidade. – Ela mirava Patton com uma adoração tão evidente que Seth foi obrigado a desviar os olhos dele.

– Por que é necessário que alguém morra? – perguntou Seth. – Por que não jogar a pedra no prego e pronto? Assim ninguém ia precisar juntar os objetos.

– Podemos fazer uma tentativa – disse Patton. – Isso introduz um elemento adicional de risco. Chegar perto o suficiente da árvore será um desafio.

– Eu posso fazer isso – disse Seth.

Lena girou os olhos.

– Como candidatos a unir os objetos, você e Kendra estão fora de questão.

– Estou, é? – perguntou Seth. – E se a gente chegar lá e todo mundo, menos eu, ficar paralisado pelo medo?

– Ephira pode não ser capaz de irradiar medo mágico tão prontamente quanto foi capaz dentro de seu covil – disse Patton. – Pode até ser que ela nem seja capaz de chegar ao domínio de Kurisock. Além do mais, na condição de domador de dragão, eu sou razoavelmente resistente ao medo mágico.

– Você ficou petrificado lá na casa – lembrou-o Seth.

Patton balançou ligeiramente a cabeça em concordância.

— Se for preciso, você pode segurar minha mão e me levar até perto da árvore. Depois eu levo a pedra o resto do caminho.

— Eu devo segurar a pedra o máximo de tempo possível pra ela ficar estável e totalmente carregada — disse Kendra. — De repente eu deveria fazer isso.

— Não, crianças — enfatizou Patton. — Minha mais nova meta é concluir minha vida sem ser obrigado a ver nenhuma criança se sacrificando por minha causa.

— Por ser fadencantada eu posso comandar as fadas — disse Kendra. — Tem alguma coisa que elas poderiam fazer?

— Desde quando você pode comandar as fadas? — rebateu Seth.

— Acabei de descobrir — disse Kendra.

— Então manda uma fada grudar a pedra no prego! — disse Seth, entusiasmado. — As fadas sempre me odiaram. De repente você podia mandar todas elas juntas destruírem o prego!

— Seth! — exclamou Kendra, em tom de censura. — Isso não tem graça nenhuma!

— Forçar uma fada a realizar uma missão suicida poderia ter repercussões sérias — disse Patton, em tom de cautela. — Eu não gosto da ideia.

— Eu adoro! — reafirmou Seth, dando um risinho.

— De repente eu poderia perguntar se haveria alguma voluntária — sugeriu Kendra. — Assim ninguém se sentiria obrigado.

— Essa linha de pensamento é fútil — disse Lena. — Nenhuma criatura da luz será capaz de entrar no domínio de Kurisock.

Kendra levantou a pedrinha com formato de ovo.

— A Fada Rainha disse que enquanto eu estivesse segurando a pedra, um guarda-chuva de luz ajudaria a proteger quem estivesse perto de mim.

LUZ

— Isso, sim, é uma informação útil — disse Patton, pensativo. — Se o poder que mantém esta área um santuário de luz entrasse numa fortaleza das trevas, o influxo de energia positiva talvez pudesse permitir que criaturas da luz tivessem acesso a ela.

— Vamos recrutar algumas fadas — disse Seth, batendo palmas animadamente. — Antes elas do que nós.

— Nós podemos tentar as fadas como um apoio — respondeu Patton. — Mas fiquem de sobreaviso: fadas são seres notoriamente pouco confiáveis. E nós devemos descartar qualquer possibilidade de impelir intencionalmente uma fada a morrer à nossa custa. Eu estou mais entusiasmado com a ideia de persuadirmos alguns aliados mais responsáveis a se juntar a nós e a nos ajudar a alcançar a árvore.

— Se tudo o mais falhar, eu termino a tarefa — prometeu Lena. — Eu sou jovem, eu sou ágil, eu sou forte. Eu posso fazer isso muito bem.

Patton cruzou os braços.

— Permita-me revisar minha última meta: eu também pretendo concluir minha vida sem que minha mulher morra por mim. Se uma fada falhar em destruir voluntariamente os talismãs, vou jogar a pedra. Eu tenho uma excelente mira. Dessa forma, ninguém precisará estar em contato com os objetos quando eles se juntarem.

— E se você errar? — perguntou Lena.

— Vamos ter essa preocupação apenas se isso realmente acontecer.

— O que quer dizer, em jargão de Patton Burgess, que você mesmo vai unir os objetos caso isso aconteça — resmungou Lena.

Patton deu de ombros inocentemente.

— Já passou pela sua cabeça que você talvez tenha mais valor para o mundo vivo do que morto? — queixou-se Lena.

— Se fosse para eu morrer fazendo algo perigoso, isso já teria acontecido há muito tempo.

Lena deu um tapa nele.

— Eu espero não estar presente no dia em que todas essas suas palavras arrogantes retornarem para humilhá-lo.

— Você vai estar presente — disse Patton — zombando e apontando o dedo.

— Não se você estiver num caixão — resmungou Lena.

— Quando é que a gente vai fazer isso? — perguntou Seth.

— O dia está acabando — disse Patton. — É melhor contarmos com o sol ao embarcarmos nessa aventura obscura. Eu recomendo que nossa investida seja pela manhã com o máximo de companheiros que pudermos arregimentar.

— Eu também vou, certo? — perguntou Seth, a título de confirmação.

— Nós não podemos deixá-lo para trás desprotegido e vulnerável às influências malignas — disse Patton. — Essa última cartada será tudo ou nada. Independentemente de triunfarmos ou não, faremos tudo juntos, unindo nossos talentos e recursos.

— Por falar em recursos — disse Lena —, é melhor que Seth se encaminhe para o buraco na sebe para ver se há algum ser transformado em sombra vindo até nós com informações.

Só então Seth reparou no quanto o brilho das paredes amarelo e púrpura da barraca havia ficado avermelhado devido ao pôr do sol.

— Já estou indo — disse ele.

— Eu vou com você — sugeriu Kendra.

— Lena e eu vamos em busca de apoio entre os outros cidadãos de Fablehaven — disse Patton. — Nossa história será que a Fada Rainha nos deu o poder para atacar Kurisock e derrotar a praga. Nós não seremos mais específicos do que isso para evitar que a informação alcance ouvidos inimigos.

– Saquei – disse Seth, colocando os pés fora da barraca. Os outros o seguiram. Enquanto Patton era cercado por sátiros, dríades, anões e fadas, Kendra e Seth passaram pela multidão e se encaminharam para a entrada principal. Algumas fadas voavam atrás de Kendra, como se desejassem se aproximar dela, mas quando Patton começou a explicar a situação, elas voltaram rapidamente para onde ele estava.

Quando Kendra e Seth alcançaram a abertura na sebe, os sátiros malignos que ali estavam estacionados recuaram vários metros, alguns deles balindo nervosamente. Eles estreitaram os olhos para Kendra, as mãos peludas erguidas para proteger os olhos selvagens.

– Parece que você está cegando os sátiros monstrinhos – disse Seth. – Você acha que essa pedra vai afastar vovó e vovô?

– De repente o meu brilho intenso vai ajudar a encontrar os dois – disse Kendra.

Seth desabou na grama. O sol pairava logo acima das copas das árvores a oeste do campo.

– Logo, logo eles já vão poder aparecer.

– Quem você acha que vai aparecer?

– Espero que os seis.

Kendra anuiu.

– Que pena que eu não vou poder enxergar ninguém.

– Ah, eu acho que não deve dar pra uma pessoa só ter todas as habilidades mágicas que o universo tem pra oferecer. Você não está perdendo muita coisa. Não dá pra reconhecer quase nada das pessoas, só os contornos.

Seth começou a arrancar as pequenas flores azuis na grama. Kendra sentou-se com os joelhos encostados no peito, abraçando as pernas dobradas. Sombras surgiram no campo até que o sol baixou e o crepúsculo engolfou a clareira.

Kendra parecia estar contente com o silêncio, e Seth não conseguia reunir o esforço necessário para iniciar uma conversação. Ele mirava o buraco na sebe, na esperança de ver alguma sombra familiar se juntar aos sátiros malignos à espreita do outro lado da abertura. À medida que o vívido pôr do sol diminuía de intensidade, a temperatura passava de quente para morna.

Finalmente uma única forma preta emergiu em meio aos sátiros inquietos. A silhueta avançou em direção ao buraco da sebe como se estivesse indo contra uma poderosa ventania. Seth se sentou.

– Pronto.

– Quem é que você está vendo? – perguntou Kendra.

– É alguém baixo e magro. Talvez seja Coulter. – Seth elevou o tom de voz: – Coulter, é você?

Aparentemente com esforço, a figura ergueu a mão para mostrar os dedos que faltavam. Ela continuava avançando, cada passo parecendo exigir um esforço maior do que o anterior.

– Ele está fazendo algum tipo de esforço – disse Seth. – Deve ser a sua luz.

– Será que é melhor eu me afastar?

– Pode ser.

Kendra se levantou e andou para longe da abertura na sebe.

– Espera! – gritou Seth. – Ele está balançando os braços. Ele está fazendo um gesto pra você voltar. Não, não só pra voltar. Ele quer que você vá até ele.

– E se não for o Coulter? – disse Kendra, preocupada.

– Ele não consegue passar pela abertura – disse Seth. – É só não se aproximar muito dele.

Seth e Kendra caminharam até o buraco, parando a dois passos da entrada. Coulter deu um passo para a frente, tremendo com o esforço de cada passo árduo, mas conseguiu manter os pés se movendo.

– Onde ele está? – perguntou Kendra.

– Quase no buraco – disse Seth. – Parece que ele está a ponto de desmaiar.

Coulter deu mais alguns passos penosamente. Fez uma pausa e se curvou para a frente, agarrando a coxa com a mão. Tremendo, ele lutou para erguer o outro braço, mas não conseguiu levantá-lo muito.

– Ele está vindo até nós – disse Seth. – Se aproxima um pouco mais.

– Não posso deixar ele me tocar! – exclamou Kendra.

– É só um passo – disse Seth. – Eu acho que ele atingiu o limite.

– Por que eu não me afasto, então?

– Ele quer você perto dele.

Kendra deu um meio passo cauteloso para a frente, e de repente Seth vislumbrou uma parte corpórea abaixo da sombra.

– Eu estou vendo ele! – gritou Kendra, levando as mãos à boca. – Uma parte dele, é verdade, bem levemente.

– Eu também – disse Seth. – Eu nunca vi nenhum ser-sombra fazer uma coisa assim. Acho que talvez você o esteja curando. É isso! Ele está balançando a cabeça. Chega mais perto!

– E se ele me contaminar?

– Só um pouquinho mais perto. Ele ainda não vai conseguir alcançar você.

– E se ele estiver fingindo a distância que está de mim?

– Ele caiu de joelhos no chão! – gritou Seth.

– Eu estou vendo – disse Kendra, dando mais um meio passo na direção do buraco na sebe. Coulter ficou mais visível e deu um impulso para a frente, as duas mãos grudadas nas coxas. Seu rosto parecia angustiado, contorcido pelo tremendo esforço. Ele tentava manter a cabeça erguida, mas ela acabava se curvando lentamente.

– Ajuda ele! – berrou Seth.

Kendra pisou no buraco e agarrou o ombro de Coulter. Instantaneamente, ele ficou inteiramente visível e atravessou a sebe para se deitar na trilha, arfando.

– Coulter! – exclamou Seth. – Você voltou!

– Não totalmente – arquejou ele, o rosto corado pelo recente esforço. – Ainda não totalmente. Só mais... um minuto.

– Nós estamos muito contentes por você estar vivo! – exultou Kendra, lágrimas obstruindo sua visão.

– Nós devemos... ficar longe... da entrada – disse ele, arfando, rastejando para longe do buraco na sebe.

– Dois sátiros começaram a correr atrás de nós – relatou Seth.

– Eles vão querer... espalhar a notícia... que Kendra consegue sobrepujar a praga – arfou Coulter. Ele se sentou, respirando fundo algumas vezes. Aos poucos ele começou a relaxar.

– Você viu a minha luz? – perguntou Kendra.

Coulter riu.

– Se eu vi? Eu fui escaldado pela sua luz, Kendra, fui cego por ela. Pensei que ela fosse me consumir. Ela me queimava de um modo diferente da luz do sol. A luz do sol só me causava dor. Uma dor fria. A sua luz me acalentava, além de me queimar. Ela me dava conforto além da dor, a primeira vez que eu senti conforto desde que as fadas sombrias me transformaram. Eu conseguia sentir a escuridão que me possuía tentando se afastar da sua luz, e aquilo me deu esperanças. Pensei que, se eu conseguisse me aproximar um pouco que fosse da sua luz, ou eu pereceria ou me libertaria. De um modo ou de outro, minha existência frígida se encerraria.

– Como é que era ser sombra? – perguntou Seth.

Coulter estremeceu.

– Mais frio do que eu jamais teria condições de descrever. Um corpo humano normal ficaria dormente bem antes de poder experimentar o frio que eu senti. A luz do sol intensificava o frio, transformando-o em verdadeira agonia. Na condição de sombra, era difícil me concentrar. Minhas emoções ficavam confusas. Eu me sentia abandonado. Absolutamente vazio. Minha mente sentia vontade de parar de funcionar. Eu ficava constantemente tentado a mergulhar e nadar em meu profundo vazio. Mas sabia que tinha de lutar contra essas inclinações. Tanu me ajudou a manter minha mente inteira depois que ele foi transformado.

– Onde está Tanu? – perguntou Kendra. – E os outros? Você viu vovó e vovô?

Coulter balançou a cabeça.

– Desaparecidos, todos eles. Eu me encontrei rapidamente com Warren e Dale. Na condição de sombras, nós podemos nos comunicar mais por telepatia do que propriamente falando. Eles me avisaram que ela estava atrás dele, que ela já havia levado Stan e Ruth. Nós nos separamos, com planos de nos reunirmos em um local marcado. Nenhum dos outros jamais apareceu. Eu vim para cá na esperança de alertá-los sobre o que havia acontecido com os outros. Você estava brilhando, eu me aproximei e aqui estamos nós.

– O que Ephira fez com eles? – perguntou Kendra.

– Esse é o nome dela? – perguntou Coulter. – Warren e Dale desconfiavam que ela os estava aprisionando em algum lugar. Escondendo-os. Difícil dizer ao certo. Diga-me, Kendra, por que você estava brilhando tão intensamente?

– Eu não estou mais brilhando? – perguntou ela.

Coulter avaliou-a.

– Espero que esteja, mas não para os meus olhos.

Ela olhou para os sátiros malignos, que haviam se afastado ainda mais da abertura na sebe.

– Nós vamos te dar todos os detalhes mais tarde, num lugar onde ninguém vai poder nos ouvir. A Fada Rainha me deu uma dádiva cheia de energia luminosa. – Sua voz virou um sussurro: – Pode ser que ela nos ajude a parar essa praga.

– Ela certamente me curou – disse Coulter. – Com muita dor, entretanto. Eu imagino que a experiência estará bem no topo de minhas lembranças menos agradáveis. – Ele esticou os braços. – Acho que nós três precisamos nos movimentar para salvar os outros.

– Também estamos com Patton Burgess nos ajudando – disse Seth.

Coulter debochou:

– Certo, e eu imagino que Paul Bunyan também vai dar uma mão. Temos de verificar se Pecos Bill está disponível.

– Ele está falando sério – confirmou Kendra. – Patton viajou no tempo. Ele está aqui. Quando Lena deu de cara com ele, ela abandonou novamente o lago, o que significa que também contamos com ela ao nosso lado.

Coulter não conseguiu resistir e sorriu.

– Vocês estão me passando a perna.

– Você acha que a gente ia ficar de brincadeira num momento tão perigoso como esse? – perguntou Seth.

– Eu fui criado ouvindo histórias sobre Patton Burgess – disse Coulter, uma animação entrando em sua voz. – Sempre sonhei em encontrá-lo. Ele morreu pouco antes de eu nascer.

– Eu acho que você não vai ficar decepcionado – garantiu Seth.

– Você consegue andar? – perguntou Kendra. – A gente pode trazê-lo pra cá.

Resmungando, Coulter conseguiu ficar de pé. Seth equilibrou-o quando seu corpo oscilou um pouco.

— Ah, não comecem a me tratar como se eu fosse algum inválido — irritou-se Coulter. — Só preciso de um segundo para endireitar a minha postura.

Coulter começou a caminhar na direção da barraca, seus passos medidos ligeiramente canhestros. Seth permaneceu ao lado dele, pronto para amparar o velho caso ele tropeçasse. Os passos de Coulter ficaram mais confiantes e sua postura ficou mais natural.

— Lá vêm eles — disse Kendra, apontando para o outro lado do campo. De mãos dadas, Patton e Lena aproximavam-se rapidamente.

— A vida é mesmo cheia de surpresas — murmurou Coulter. — Quem poderia adivinhar que um dia eu conheceria Patton Burgess em carne e osso?

— Vocês encontraram um amigo — falou Patton para Kendra e Seth.

— Coulter! — gritou Lena. — Há quanto tempo! — Ela zanzou em direção a ele e tomou-lhe as mãos, avaliando-o de alto a baixo.

— Você está com a aparência jovem — disse Coulter, maravilhado.

— Patton Burgess — disse Patton, estendendo a mão. Completamente deslumbrado, Coulter agarrou a mão e apertou-a.

— Coulter Dixon — conseguiu dizer ele, seus maneirismos despudoradamente regidos pela mais explícita tietagem.

— Pelo que eu entendi, você estava na condição de sombra, estou certo? — perguntou Patton.

— Eu cambaleei para o mais próximo que consegui da sebe, atraído pela luz de Kendra. Quando ela se aproximou e me tocou, sua luminosidade purgou a escuridão que estava me dominando.

Patton voltou-se para Kendra.

— Suponho que um risco que foi bem-sucedido é um risco que valeu a pena. Mas não custa ressaltar: se você tivesse sido infectada, poderíamos ter sido derrotados antes mesmo de começarmos a lutar.

— Como foi lá com os outros? — perguntou Seth.

— Podemos esperar uma ajuda considerável amanhã — previu Patton. — Está disposto a se juntar a nós, Coulter?

— Com toda a certeza — disse ele, passando nervosamente a mão pela cabeça quase toda careca, alisando o tufo de cabelo no meio. — Estou aliviado por você estar aqui.

— Fico contente de poder ajudar — disse Patton —, mas nossa esperança reside em Kendra. Devemos nos dirigir à barraca para podermos inteirá-lo acerca dos detalhes. Amanhã decidiremos o destino de Fablehaven.

CAPÍTULO VINTE E TRÊS

Trevas

Amanhã já estava quente quando Kendra acordou sozinha em sua barraca. Ela estava sentindo a vista turva, tendo dormido tarde. Patton e Lena passaram a noite na barraca grande. Seth e Coulter na outra. Deitada de costas, com um saco de dormir enrolado nas pernas, Kendra estava com uma sensação pegajosa devido ao suor. Como ela conseguira permanecer adormecida com a barraca tão abafada?

A pedrinha em forma de ovo continuava na palma de sua mão, presa da mesma maneira que estava quando caíra no sono. Ela passou o dedo na superfície lisa da pedra, que não liberava nem calor nem luz que lhe fosse perceptível, mas lhe dera poder para tirar Coulter de seu estado de sombra com um simples toque. Será que seu toque tiraria qualquer criatura do estado maligno? Os outros pareciam estar otimistas a esse respeito.

A tarefa que estava à espera de Kendra fazia com que ela desejasse voltar a seu sono sem sonhos. Se a Fada Rainha estivesse certa, quem quer que juntasse a pedra de luz com o prego das trevas morreria hoje.

Ela tinha esperança de que Seth e Patton houvessem encontrado uma saída, que lançar a pedra ou algum truque similar resolvesse o problema sem que houvesse a necessidade de algum óbito. Mas se todas as outras tentativas falhassem, se ninguém mais pudesse realizar a proeza, Kendra imaginava se ela teria coragem para sacrificar a própria vida. Valeria a pena perder a vida para salvar seus amigos e sua família. Ela esperava ser corajosa o suficiente para tomar a atitude necessária se o momento decisivo chegasse.

Kendra deslizou a pedra para dentro do bolso, puxou os sapatos e amarrou os cadarços. Ela rastejou até a porta da barraca, abriu o zíper e saiu. O ar fresco, embora quente, foi um alívio depois do ar viciado da barraca fechada. Kendra esforçou-se ao máximo para ajeitar os cabelos às cegas com as pontas dos dedos. Dormir vestida a havia deixado desesperadamente necessitada de uma chuveirada.

– Ela acordou! – berrou Seth, correndo até ela com a mochila contendo o Cronômetro. – Parece que vai dar pra gente fazer a coisa hoje, afinal de contas.

– Por que você não me acordou? – acusou Kendra.

– Patton não deixou – disse Seth. – Ele queria que você estivesse descansada. Estamos todos prontos.

Kendra se virou e avistou uma impressionante multidão de sátiros, dríades, anões e fadas ocupando o campo entre as barracas e a abertura na sebe. Estavam todos olhando para ela. Seus olhos percorreram a reunião de seres. Ela ficou perfeitamente ciente de que acabara de sair de uma barraca quente vestida com as mesmas roupas que usara no dia anterior.

Hugo aproximou-se puxando a carroça, flanqueado por Asa de Nuvem e Casco Largo. Patton, Lena e Coulter estavam na caçamba da carroça.

– Onde o Hugo pegou a carroça? – perguntou Kendra.

— Patton mandou que ele a pegasse de madrugada — respondeu Seth.

— Os centauros vão com a gente? — perguntou ela.

— Quase todas as criaturas vão — disse Seth, entusiasmado. — Pra começar, Patton disse pra eles que as defesas que protegem esta área vão sumir depois que a gente ultrapassar a sebe. Depois, acontece que todos os seres o respeitam demais, até o Casco Largo.

— Bom dia, Kendra — ribombou Patton alegremente quando Hugo parou perto das crianças. Ele estava com a aparência bem vistosa, com um pé na lateral da carroça. Será que as roupas dele haviam sido lavadas e remendadas? — Você está descansada e preparada para nossa excursão?

Kendra e Seth contornaram Hugo até chegarem à lateral da carroça.

— Acho que sim — disse ela.

— Eu encontrei um trio de voluntárias dispostas a nos ajudar a juntar os talismãs caso surja a necessidade — disse Patton, fazendo um gesto para três fadas que pairavam nas proximidades.

Kendra reconheceu Shiara com seus cabelos azuis e asas prateadas. Ela também reconheceu a esguia fada albina de olhos pretos que ajudara a carregá-la para a batalha contra Bahumat. A terceira era pequena até para os padrões das fadas, com asas cor de fogo no formato de pétalas.

— Saudações, Kendra — disse Shiara. — Nós estamos dispostas a sacrificar tudo o que temos para levar a cabo o último desejo que nossa Rainha transmitiu por meio deste santuário abençoado.

— Nós deixaremos vocês na reserva — lembrou Patton a elas. — Vocês três devem permanecer escondidas durante o desenrolar da batalha. Nós só pediremos a ajuda de vocês se for absolutamente necessário.

— Nós não vamos decepcionar nossa Rainha — guinchou a fada vermelha com a voz mais diminuta que Kendra já ouvira na vida.

Patton saltou da carroça.

— Está com fome? — perguntou ele, estendendo um guardanapo cheio de nozes e amoras.

— Não estou com muito apetite — admitiu Kendra.

— É melhor comer alguma coisa — estimulou Coulter. — Você vai precisar de energia.

— Tudo bem — aceitou Kendra.

Patton deu o guardanapo para ela.

— Você sabe que se as fadas estiverem suficientemente motivadas, elas podem equipar Hugo para a batalha.

Kendra mastigou um punhado de amoras e nozes crocantes. As nozes eram amargas.

— Tem certeza que é seguro comer isso aqui?

— Elas são altamente nutritivas — assegurou Patton. — Eu pedi que as fadas equipassem Hugo, mas a maioria não se mostrou muito disposta.

— Eu me ofereci para ajudar — pipilou a fada albina.

— Nós precisamos que vocês três poupem suas energias. Kendra, a maioria das outras fadas precisaria participar para deixar o golem bem equipado.

— Você quer que eu dê um comando? — perguntou Kendra em meio a uma segunda bocada desprazerosa.

Patton empinou a cabeça e tocou o bigode.

— O esforço vai deixá-las cansadas, mas contar com Hugo em excelentes condições seria bastante útil.

Kendra cuspiu as nozes que mastigara.

— Sinto muito, mas isso aqui está me dando vontade de vomitar. Tem água aí?

Lena jogou um cantil para Patton. Ele o desatarraxou e o passou para Kendra. Ela deu vários goles. A água morna tinha um gosto metálico. Ela enxugou a boca com a manga da camisa.

– E aí? – perguntou Seth, olhando de relance na direção de Hugo.

Será que as fadas realmente acatariam seu pedido? Ela imaginava que só havia um meio de descobrir a resposta.

– Esse comando não se aplica a vocês três aí – disse Kendra, dirigindo-se ao confiável trio de fadas que pairava nas proximidades.

– Entendido – respondeu Shiara.

– Fadas de Fablehaven – falou Kendra, usando o máximo de autoridade na voz. – Pelo bem da reserva, e em nome de sua Rainha, eu ordeno que vocês equipem Hugo, o golem, para a batalha.

Fadas chegaram de todas as direções. Elas fizeram um redemoinho em torno de Hugo, formando um tornado cintilante e multicolorido. Algumas fadas voavam em sentido horário, outras em sentido anti-horário, umas passando pelas outras sem jamais colidirem. Vívidas explosões de luz começaram a atingir o corpo do golem. Vintenas de fadas soltaram-se do vórtice rodopiante para formar anéis mais largos. Enquanto algumas fadas continuavam orbitando freneticamente o golem, os halos estacionários das fadas que pairavam no ar chilreavam em dezenas de melodias sobrepostas.

O chão rugiu. Pedras pontudas irromperam pelo solo aos pés de Hugo. O golem cambaleou quando a terra abaixo dele começou a tremer. Trepadeiras em forma de corda começaram a subir por seu corpo. Matéria terrosa aflorou em suas pernas grossas e Hugo inchou, tornando-se mais largo, mais espesso e mais alto.

O torvelinho de fadas começou a se dispersar e os cânticos diminuíram. Inúmeras fadas adejaram lentamente em direção ao chão, visivelmente desgastadas. A faixa do solo onde Hugo estava em pé ficou mais estável.

Hugo soltou um rugido assustador. Ele crescera dezenas de centímetros e estava consideravelmente mais maciço. Trepadeiras marrons com longos espinhos ziguezagueavam por seu torso e seus membros. Pedras no formato de lança projetavam-se de seus ombros, pernas e braços. Placas de pedra serrilhadas projetavam-se de suas costas. Um grupo de fadas presenteou o golem com um enorme tacape feito de um grosso pedaço de madeira e com um penedo do tamanho de uma bigorna.

Após entregar o tacape, algumas fadas ainda mais exaustas fizeram uma espiral em direção ao chão. As fadas que ainda tinham vigor suficiente para voar pairavam languidamente nas proximidades. Algumas que estavam no solo ficaram inconscientes.

– Como é que você está se sentindo, Hugo? – berrou Seth.

A boca de cascalho do golem formou um riso escancarado.

– Grande.

Sua voz parecia mais profunda e mais áspera do que nunca.

– Todas as fadas que desejarem nos acompanhar devem se reunir na carroça – disse Patton. – Eu incentivo aquelas capazes de se mover a ajudar aquelas que desmaiaram. – Retirando uma pequena caixa de marfim do bolso, ele fez um gesto para Shiara e as outras duas fadas de emergência. – Vocês três ficam aqui. – As fadas flutuaram obedientemente para o interior da caixa.

Lena saltou da carroça e começou a pegar delicadamente as fadas inconscientes. Coulter, Patton e Seth também ajudaram na tarefa. Muitas fadas voaram para a carroça por seus próprios esforços.

A princípio, Kendra observava os outros em silêncio. Seguindo seu comando, as fadas gastaram suas energias até ficarem completamente exaustas. O estado enfraquecido em que se encontravam poderia fazer com que centenas delas fossem convertidas em fadas malignas no conflito que estava a caminho, e no entanto nenhuma delas desobedeceu à ordem. O poder que ela dispunha para compelir os outros a obedecer seus comandos era preocupante, até mesmo assustador.

Kendra ajoelhou-se e começou a recolher algumas fadas que estavam caídas no chão, dispondo cuidadosamente os corpos frágeis e moles na palma da mão. O punhado de fadas inconscientes parecia quase desprovido de peso. Suas asas translúcidas davam uma sensação pegajosa em sua pele, semelhante às partes viscosas de uma folha de papel-toalha. As fadas em sua mão começaram a brilhar intensamente, embora nenhuma delas acordasse. Colocar os delicados corpos na carroça ilustrava o motivo pelo qual ela teria de ser muito cuidadosa com sua nova habilidade. Ela não queria ferir inadvertidamente aquelas lindas e diminutas criaturas.

Patton subiu na carroça e balançou os braços. O movimento no campo cessou quando todos os olhos voltaram-se para ele.

– Como vocês sabem, supervisionei esta reserva por décadas – começou ele numa voz possante. – Eu nutro um profundo amor por Fablehaven e por todas as criaturas que aqui residem. A ameaça que nós agora estamos enfrentando é diferente de qualquer uma que eu já tenha experimentado. Fablehaven jamais esteve tão próxima da obliteração. Hoje nós marcharemos em direção a uma fortaleza de trevas. Alguns de nós podem não ter condições de entrar, mas eu serei para sempre grato a todos que demonstrarem disposição para tentar. Se vocês puderem nos ajudar a alcançar a árvore ao lado do lago de alcatrão, nós acabaremos com a praga das sombras. Podemos ir?

Um grito entusiasmado ecoou da multidão como resposta à sua consulta. Kendra observou sátiros brandindo tacapes, dríades portando cajados e anões sacudindo no ar seus machados de guerra. Os centauros empinaram-se majestosamente, Casco Largo segurando sua espada no ar, Asa de Nuvem balançando seu enorme arco. Era uma visão impressionante. Até Kendra se lembrar de que todos aqueles aliados poderiam ser transformados em inimigos com uma simples mordida.

— Preparada, Kendra? — perguntou Patton curvando-se na direção dela.

Kendra percebeu que Seth, Lena e Coulter já haviam se juntado a Patton na carroça. As fadas esgotadas estavam alojadas em segurança. Estava na hora de partir.

— Acho que sim — disse Kendra, aceitando a mão dele. Ele a puxou para cima com facilidade.

— Hugo — disse Patton —, por favor, leve-nos até a árvore ao lado do lago de alcatrão no coração do domínio de Kurisock, sem esquecer, é claro, de nos manter protegidos. Mova-se com rapidez, mas não corra com muito mais velocidade do que aqueles que se dispuseram a nos acompanhar, a menos que eu mesmo dê uma ordem especial a esse respeito.

Com sua nova altura, Hugo precisava se abaixar desconfortavelmente para puxar a carroça sem inclinar demais a frente do veículo. Assim que a carroça partiu, Kendra mirou as pedras proeminentes e os espinhos incisivos no corpo do golem. Parecia que Hugo havia se juntado a alguma gangue de motociclistas.

Sátiros, anões e dríades separaram-se para deixar a carroça passar, e então posicionaram-se nos lados e atrás. Assim que a carroça alcançou a abertura na sebe, os sátiros malignos que estavam estacionados ali recuaram. Quando a carroça ultrapassou a sebe, Kendra não discerniu nenhuma sensação especial. Ela olhou para trás; o lago e os gazebos não pareciam estar diferentes.

Os sátiros malignos fugiam diante deles, espalhando-se no interior da floresta. Hugo desceu a estrada e seguiu na direção da colina onde antes ficava a Capela Esquecida. Hamadríades saltitavam ao lado da carroça, algumas de mãos dadas com sátiros. As dríades altas seguiam paralelas a eles mais ao longe, deslizando em meio às árvores, sem serem perturbadas pela vegetação rasteira. Os dois centauros também seguiam em meio às árvores, quase todo o tempo fora do alcance da vista. Os anões corriam atrás da carroça, movendo-se sem elegância e respirando com dificuldade, mas nunca ficando para trás.

— Consigo ver a sua luz em torno de nós como se fosse um domo — observou Patton para Kendra.

— Eu não consigo ver — respondeu Kendra.

— A luz só apareceu depois que nós ultrapassamos a sebe — disse Lena. — Então tornou-se distinta, um hemisfério luminoso conosco no centro.

— Está cobrindo todo mundo? — imaginou Kendra.

— O domo alcança uma boa distância além das dríades mais ao longe — disse Patton. — Eu vou querer ver com interesse como a luz vai efetivamente repelir nossos inimigos. — Ele apontou para a estrada.

À frente, um grupo de inimigos esperava numa armadilha sem nenhum disfarce. Toras e galhos haviam sido empilhados na estrada para formar uma impressionante barricada. De cada lado da barreira estavam agachados anões e sátiros malignos. Kendra avistou duas mulheres altas com a pele acinzentada e cabelos brancos espiando por cima da barricada. As dríades malignas possuíam feições duras, porém lindas, e olhos fundos. Acima da barricada pairavam fadas sombrias.

Hugo seguiu em frente, nem aumentando nem diminuindo a velocidade. Kendra apertou a pedra na mão. Os sátiros e as hamadríades mantiveram-se firmes em cada lado da carroça, e as dríades insinuavam-se em meio às árvores além da trilha. Os anões marchavam ruidosamente na retaguarda.

Quando a carroça chegou a mais ou menos setenta metros da barricada, as dríades malignas protegeram os olhos. A sessenta metros, as dríades malignas, os sátiros sinistros e os anões assombrosos começaram a recuar. As fadas malignas se dispersaram. Quando a carroça estava a cinquenta metros da barricada, as criaturas das trevas já estavam em franca retirada, a grande maioria abandonando a trilha para fugir pela floresta.

As hamadríades, os sátiros e os anões que estavam ao redor da carroça deram um grito de vitória.

– Hugo, limpe a trilha – ordenou Patton.

Deixando de lado o tacape, o golem soltou a carroça e começou a jogar toras e penedos para a margem da estrada. Os pesados objetos produziam um estrondo ao se chocarem com as árvores.

– Parece que nossa proteção é excelente – disse Patton a Kendra. – Sua luminescência nem precisou tocá-los. Imagino o que teria acontecido se eles tivessem sido atingidos diretamente pela luz.

Hugo terminou de limpar a trilha e começou a puxar novamente a carroça sem precisar ouvir a ordem de Patton. Eles passaram pelo local onde antes ficava a Capela Esquecida e logo entraram em trilhas que Kendra não conhecia. Encontraram duas barreiras desguarnecidas, mas não viram nenhum outro sinal de criaturas malignas. Evidentemente, a informação se espalhara.

Eles atravessaram uma ponte desconhecida e avançaram ao longo de uma trilha cuja largura mal acomodava a carroça. Kendra jamais havia se afastado tanto da casa principal de Fablehaven. Os sátiros e as hamadríades continuavam alegres enquanto corriam ao lado da carroça. Apenas os suados anões, bufando e arfando na retaguarda, pareciam estar cansados.

– Estou vendo um muro preto – anunciou Seth assim que eles atingiram o topo de uma leve inclinação na estrada. – Tudo o que existe depois do muro parece sombrio.

– Onde? – perguntou Patton, a testa franzida.

— Bem à frente, perto daquele cepo alto.

Patton coçou o bigode.

— É ali que começa o domínio de Kurisock, mas eu não consigo discernir a escuridão.

— Nem eu — disse Coulter.

— Eu vejo apenas que as árvores depois do cepo possuem menos vigor — disse Lena.

Seth deu um risinho orgulhoso.

— Parece um muro feito de sombra.

— Esse será o teste — disse Patton. — Minha esperança é que todos que estejam próximos de nós tenham capacidade de atravessar esse limite. Do contrário, nós cinco teremos de prosseguir a pé.

Casco Largo e Asa de Nuvem trotaram até a carroça. Asa de Nuvem segurava uma flecha; Casco Largo segurava sua espada. Kendra reparou que um dos dedos da mão livre de Casco Largo estava sem cor e inchado.

— Nós alcançamos a província malévola — confirmou Asa de Nuvem.

— Se não pudermos entrar, fustigaremos os inimigos e tentaremos fazer com que alguns se afastem — declarou Casco Largo.

Patton levantou a voz:

— Fiquem perto da carroça. Quem não conseguir entrar nesse domínio das trevas será escoltado por Casco Largo ao último refúgio de Fablehaven, um santuário frequentado pela espécie dele. Se nós conseguirmos penetrar no antro das trevas, fiquem perto de nós e protejam as crianças custe o que custar.

Hugo não havia parado durante a troca de palavras. O imenso cepo ao lado da trilha estava ficando mais próximo. Todas as criaturas, inclusive as dríades, juntaram-se perto da carroça.

— O muro está recuando — anunciou Seth.

— A luz à frente está esmorecendo – relatou Patton um instante depois.

— A luz e as trevas parecem estar se anulando, criando um território neutro – adivinhou Lena. – Fiquem preparados para alguma encrenca.

Hugo não parou em momento algum enquanto passava pelo cepo. Todas as outras criaturas continuavam com eles.

— Eu nunca imaginei que meus cascos pisariam este solo profano – murmurou Asa de Nuvem, com desdém.

— Eu não estou mais vendo o nosso domo – alertou Patton em voz baixa. – Só um tênue brilho em torno de Kendra.

— As trevas estão detidas num amplo círculo em torno da gente – disse Seth.

Kendra não estava observando nenhuma luz ou escuridão anormais, apenas a trilha sinuosa à frente seguindo em direção a uma espessa fileira de árvores. Das árvores emergiu um centauro grotesco. Seu pelo era preto, sua pele, amarronzada. Em uma das mãos ele segurava uma pesada clava. Uma juba ia do topo da cabeça até o centro das largas costas. Ele era consideravelmente mais alto do que Casco Largo e Asa de Nuvem.

— Intrusos, cuidado – falou o centauro maligno num grunhido profundo. – Retornem agora ou encarem a destruição.

Ouviu-se o som de um arco se retesando quando Asa de Nuvem disparou uma flecha. O centauro maligno balançou a clava, desviando o fino projétil.

— Você é um traidor da sua espécie, Cara de Tempestade – acusou Casco Largo. – Entregue-se.

O centauro maligno mostrou os dentes encardidos.

— Entregue a garota e parta em paz.

Asa de Nuvem puxou uma segunda flecha. Enquanto ele ajustava a mira, o centauro maligno alterava a posição de sua clava.

— Estou sem ângulo — murmurou Asa de Nuvem.

— Solicito permissão para me engajar — rosnou Casco Largo olhando de esguelha para Patton.

— Avante! — rugiu Patton, puxando uma espada. Kendra identificou-a como a espada que Warren retirara do cofre em Lost Mesa. Warren deve ter levado a arma quando eles estavam pegando as barracas. — Ao ataque!

A carroça sacolejou quando Hugo correu na direção do centauro. Kendra agarrou a grade na lateral da carroça para evitar tombar para trás e baixou os olhos para evitar pisar em alguma fada inconsciente enquanto mudava de posição. Ela ouviu os cascos dos centauros pisoteando o chão. Levantou os olhos e viu o centauro maligno girando sua clava acima da cabeça, os músculos de seu braço marrom inchando poderosamente.

Das árvores emergiu um segundo centauro maligno, não tão grande quanto o primeiro. Atrás do centauro vieram quatro dríades malignas, diversos sátiros malignos e duas dúzias de minotauros. A grande maioria dos minotauros tinha a aparência desgrenhada e amarfanhada. Alguns estavam com chifres quebrados. Alguns eram pretos, outros avermelhados, outros eram cinza e outros ainda eram quase louros. Agigantando-se sobre todas as outras criaturas, surgiram três homens titânicos vestidos com peles imundas. Eles tinham cabelos longos e enlameados e barbas espessas emaranhadas em alcatrão. Mesmo em sua nova estatura, Hugo mal atingia a cintura deles.

— Brumas gigantes! — gritou Seth.

— Mantenha-nos longe dos gigantes, Hugo — instruiu Patton.

A carroça desviou-se do colossal trio. Casco Largo e Cara de Tempestade atacaram-se mutuamente a todo o galope. Os gigantes correram para interceptar a carroça. Sátiros, hamadríades e dríades cercaram os sátiros, as dríades malignas e os minotauros. Os ofegantes anões corriam atrás, lutando para manter o ritmo.

Casco Largo e Cara de Tempestade foram os primeiros combatentes a se encontrar. Cara de Tempestade usou sua clava para desviar a espada de Casco Largo, e os centauros colidiram, caindo violentamente no chão. Uma flecha de Asa de Nuvem perfurou o braço do outro centauro maligno. Girando seus cajados no ar, as dríades caíram em cima dos minotauros, rodopiando graciosamente, saltando e se esquivando e desferindo golpes implacáveis ao acaso, superando sem esforço os desgrenhados brutamontes. Mas quando as dríades malignas juntaram-se ao tumulto, duas dríades da luz foram rapidamente mordidas e transformadas, forçando as outras dríades do bem a recuar para se reagruparem.

Quando as brumas gigantes chegaram com passadas enormes, ficou claro que não poderia haver esperanças de Hugo detê-las.

— Enfrente os gigantes, Hugo! — ordenou Patton.

Movendo-se em saltos, Hugo soltou a carroça e atacou os gigantes, o imenso tacape bem no alto. O gigante líder balançou um porrete na direção de Hugo, que se desviou do golpe e desferiu um violento chute no joelho do gigante. Uivando de dor, o gigante desabou no chão. Os outros dois gigantes afastaram-se de Hugo. O golem mergulhou em um dos gigantes, mas com os olhos fervilhantes fixos em Kendra, o gigante superou-o sem maiores dificuldades.

Lizette, a mais alta das dríades, surgiu ao lado de um dos gigantes — sua cabeça numa altura não muito mais alta do que o joelho da criatura — golpeando sua canela com sua haste de madeira. Enfurecido pelas agulhadas, o gigante se virou e começou a pisar nela. Evitando por pouco as pisadas, que ficavam cada vez mais distantes do alvo, ela atraiu a criatura para longe da carroça.

Patton, Lena e Coulter saltaram da carroça quando ela parou, parecendo diminutos ao encarar o último gigante que se aproximava. O tremendo brutamontes deu um chute em Patton, que girou para um lado, quase conseguindo desviar-se do golpe. O gigante curvou-se para agarrá-lo, mas Patton retalhou a palma de sua mão.

– Patton! – gritou Lena, posicionando-se atrás do gigante.

Patton jogou a espada para sua mulher. Ela pegou-a pelo cabo e arrebentou o calcanhar do gigante. Ele se dobrou, segurando a parte do tendão que havia sido atingida.

Com um esgar selvagem, o gigante que Hugo havia derrubado avançou. Hugo voltou e deixou-o mancando com dois precisos golpes.

O gigante que estava pisando em Lizette notou seus camaradas caídos, e então fixou os olhos em Kendra. Praguejando, ele abandonou Lizette e atacou a carroça. Hugo lançou seu tacape superdimensionado e a pedra do tamanho de uma bigorna atingiu o gigante na nuca. O gigante mergulhou para a frente, os braços estendidos aterrissando alguns centímetros além da carroça. Ele ergueu ligeiramente a cabeça, os olhos sem foco, e em seguida seu rosto desabou na terra.

Rosnando, o gigante que Lena havia machucado se sentou, lutou para conseguir avançar e deu um chute na carroça, partindo-a ao meio. Kendra saiu voando, a pedrinha ainda presa em sua mão. Ela aterrissou bruscamente de costas, e descobriu de repente que não estava conseguindo respirar. Sua boca ficou aberta, os músculos do torso retesando-se repetidamente. Nenhum ar entrava ou saía. Ela foi tomada pelo pânico. Será que havia quebrado a coluna? Será que estava paralítica?

Finalmente, após um arquejo desesperado, ela voltou a respirar. Kendra notou algumas fadas flutuando levemente em torno dela, em busca de um refúgio que não fosse a carroça virada. Hugo alcançara o gigante que Lena havia acertado. O gigante socou o golem desarmado, fazendo com que Hugo perdesse o equilíbrio, e em seguida rosnou, estreitando os olhos para o local onde pedras afiadas e espinhos haviam destroçado suas articulações.

Seth ajoelhou-se ao lado de Kendra.

– Você está bem?

Ela anuiu.

– Eu só fiquei um pouco sem ar.

Seth levantou-se e ajudou sua irmã a fazer o mesmo.

– Você ainda está com ela?

– Estou.

Espiando por cima dos ombros de Kendra, os olhos de Seth ficaram arregalados.

– Aí vêm os reforços!

Kendra girou o corpo. Seis dríades malignas estavam correndo na direção deles vindas de um ponto diferente do que haviam vindo as outras criaturas malignas. Acima deles pairava um ameaçador enxame de fadas sombrias.

Kendra espiou por cima do ombro. Patton, Lena e Coulter estavam enfrentando um quinteto de minotauros. Asa de Nuvem estava lutando com um centauro maligno que devia ser uma versão alterada de Casco Largo. Cara de Tempestade e o centauro maligno machucado estavam fazendo uma devastação em meio aos sátiros e às hamadríades, transformando-os em criaturas das trevas. Apesar de seus ferimentos, o gigante que Lena havia aleijado continuava desviando-se de Hugo.

Com uma significativa troca de olhares, Seth e Kendra deixaram claro um para o outro o que ambos haviam percebido. Ninguém estava vindo ajudá-los.

As seis dríades malignas aproximaram-se numa velocidade sobre-humana, baixas e rápidas como gatos selvagens. Feixes de escuridão choviam das fadas malignas. Os rastros sombrios não afetavam Kendra, mas Seth berrou quando foi atingido. Suas roupas ficaram escuras e seu corpo ficou invisível nas partes atingidas. Algumas fadas da luz ergueram-se fragilmente para interceptar as malignas, mas a maioria foi rapidamente transformada.

— Corra, Kendra! — instou Seth, um pedaço de invisibilidade espalhando-se na lateral de seu queixo.

— Dessa vez, não — disse Kendra. As dríades malignas eram rápidas demais para que ela pudesse ter alguma esperança de escapar.

As dríades malignas a cercaram rapidamente, olhos avermelhados cintilando, lábios finos abertos revelando presas hediondas. Uma dríade maligna agarrou Seth, lançando-o para o ar apenas com um braço e enfiando os dentes em seu pescoço. Ele se debateu, mas a dríade cinza o segurou com firmeza, e instantes depois ele estava completamente invisível.

As seis dríades formaram um anel em torno de Kendra, parecendo até certo ponto hesitantes em atacá-la. Kendra ergueu a pedrinha ameaçadoramente. Estremecendo, elas deram alguns passos para trás. O rosto contraído numa máscara de determinação, uma das dríades malignas avançou e agarrou Kendra. Assim que os dedos acinzentados se fecharam em torno do pulso de Kendra, o aspecto dela se transformou completamente. Cabelos pálidos e sem vida tornaram-se fartos e escuros. A pele cinza floresceu e recuperou a saúde perfeita. Aparentemente perplexa, uma mulher alta e linda cambaleou para longe de Kendra, virando-se para encarar as dríades malignas.

Kendra investiu contra uma outra dríade maligna, estapeando o braço de seu alvo surpreso à medida que a dríade tombava para trás, sem entender muito bem o que estava acontecendo. Instantaneamente, a dríade passou a ter cabelos ruivos, um semblante leitoso e vestes fluidas. A bela dríade que Kendra havia restaurado antes golpeou uma dríade maligna, prendendo-a no chão. Kendra correu e deu um tapinha no rosto da dríade maligna. De repente, a dríade maligna virou uma mulher alta de feições asiáticas.

Dedos invisíveis fecharam-se em torno do pulso de Kendra, e Seth reapareceu.

— Eu poderia ter feito isso com muito mais rapidez se você ficasse parada — arquejou ele, parecendo estar desequilibrado.

— Não há tempo — disse Kendra, atacando uma quarta dríade maligna, quase sentindo-se como se estivesse num playground. Ela era a Coisa, e isso era um jogo de agarrar, de alto risco. As outras três dríades malignas estavam agora em completa retirada. Seth cambaleou atrás de Kendra.

A dríade maligna que Kendra estava caçando continuava bem à frente, de modo que Kendra parou para bolar uma estratégia melhor. Em torno da carroça, fadas sombrias estavam transformando imensas quantidades de fadas. Kendra voltou sua atenção para outro lugar — fadas eram muito pequenas e muito rápidas para ela perder tempo tentando tocá-las. Os anões do bem haviam alcançado o conflito e estavam usando seus martelos para atacar minotauros. O lado das trevas também recebeu reforços — gnomos e anões do mal. Em número cada vez maior, as fadas malignas juntavam-se à batalha para transformar sátiros e hamadríades.

Seth agarrou o braço de Kendra.

— Encrenca.

Ela viu o problema um instante depois de ele falar. A bruma gigante que havia sido deixada inconsciente voltara a si e estava rastejando preguiçosamente na direção deles. Kendra não fazia a menor ideia de como seu talismã de luz afetaria a criatura, já que ela não se encontrava em estado sombrio. A exemplo dos gnomos ou dos minotauros, a malignidade simplesmente fazia parte de sua natureza.

Quando Kendra começou a se afastar, o gigante avançou, mergulhando em cima dela com uma rapidez inevitável, sua mão enorme fechando-se em torno de sua cintura. Uma luz ofuscante brilhou por um instante, e o gigante soltou-a, entrando em convulsão e ficando mais uma vez inconsciente, a palma de sua mão crestada e cheia de bolhas.

A rajada de luz deixou as criaturas malignas que estavam ao redor temporariamente tontas. Kendra disparou para o local onde a versão maligna de Casco Largo estava tentando enfiar os dentes em Asa de Nuvem. Com um louvável esforço, Asa de Nuvem jogou Casco Largo na direção de Kendra, e ela desferiu um tapa em seu flanco. Casco Largo foi instantaneamente restaurado.

Asa de Nuvem mostrou a Kendra uma ferida amarronzada em seu braço que estava se espalhando rapidamente, e ela curou-a com um toque.

– Notável – aprovou ele.

O combate prosseguia, mas as criaturas malignas estavam agora se esforçando ao máximo para ficar longe de Kendra enquanto transformavam incessantemente sátiros, anões e dríades. Hugo conseguira encaixar um estrangulamento no gigante que estava enfrentando, e o tremendo brutamontes desabou no chão. As três dríades que Kendra havia transformado estavam ajudando Patton, Lena, Coulter e Lizette a lutar contra um grupo de hamadríades malignas. Metade do rosto de Patton estava invisível, assim como uma das mãos.

Kendra e Seth correram para ajudar, e as hamadríades malignas se retiraram, voltando sua atenção para presas mais fáceis.

Patton abraçou Kendra, tornando-se inteiramente visível em questão de segundos.

– Você está indo muito bem, querida, mas as criaturas malignas estão transformando muitos de nossos aliados com muita rapidez. Nós temos de chegar à árvore antes de perdermos todos os aliados.

— Eu sei o caminho — disse a primeira dríade maligna que Kendra havia curado. — Meu nome é Rhea.

— Hugo, Casco Largo, Asa de Nuvem! — chamou Patton. O golem e os centauros correram até eles. — Levem-nos para a árvore. Nós seguiremos Rhea.

As duas outras dríades que Kendra havia transformado decidiram ficar para ajudar na batalha. Lizette, suas vestes outonais rasgadas, optou por acompanhar Rhea.

Casco Largo puxou Kendra e Seth para sua garupa. Asa de Nuvem carregou Patton. Hugo pegou Coulter e Lena.

— Nós as seguiremos — propôs Asa de Nuvem.

Rhea e Lizette correram na frente, com Casco Largo atrás delas, Hugo de um lado e Asa de Nuvem do outro. Casco Largo galopava com tanta suavidade que Kendra não teve medo de cair. Ela estava segurando a pedrinha no alto, e as criaturas malignas saíam do caminho para deixá-los passar. Olhando para trás, Kendra viu os dois centauros malignos e diversas dríades malignas seguindo-os a distância.

Movendo-se com assombrosa velocidade, Rhea disparou para o interior da floresta de onde as criaturas malignas haviam saído. As árvores eram densas, mas havia pouca vegetação rasteira. Kendra segurou a pedrinha com firmeza enquanto eles passavam por troncos altos de ambos os lados.

Em pouco tempo, eles pararam abruptamente na borda de um vale em forma de vaso. Para Kendra, parecia que eles estavam olhando para o interior de uma cratera. Uma piscina de lama fervia no meio da profunda depressão, a fumegante superfície preta ocasionalmente perturbada por lentas borbulhas. A única planta no vale rochoso era uma árvore cheia de nós ao lado do lago de alcatrão. Desprovida de folhas e contorcida, a torturada árvore era ainda mais escura do que a lama borbulhante.

As dríades desceram a íngreme encosta do vale, e os centauros as seguiram. Kendra jogou o corpo para trás, equilibrando-se com a força das pernas, o estômago na garganta, à medida que Casco Largo mergulhava na ribanceira escarpada, seus cascos guiando-os na descida muito mais do que impulsionando-os para a frente. A ribanceira estabilizou-se e milagrosamente ela e Seth permaneceram na garupa do centauro, cujos cascos agora batiam ruidosamente no piso rochoso.

De locais escondidos entre penedos e cavidades no chão emergiram três centauros malignos, quatro dríades malignas, diversos duendes usando armaduras e um obeso ciclope brandindo um machado de guerra. A árvore preta não estava muito distante – talvez a uns cinquenta metros. Mas muitas criaturas malignas impediam o caminho.

– Fiquem perto de Kendra! – instou Patton.

Asa de Nuvem, Casco Largo, Rhea, Lizette e Hugo pararam.

Ruídos de cascos soaram atrás deles quando dois centauros malignos desceram da encosta do vale acompanhados de outras dríades malignas.

– O toque da menina vai desfazer a malignidade de vocês – alertou Cara de Tempestade.

– Não a minha! – berrou o ciclope.

– Ela vai te queimar – avisou Cara de Tempestade. – O toque dela derrotou um gigante.

As criaturas malignas agitaram-se desconfortavelmente. O ciclope pareceu hesitante.

– Não tenham medo – ecoou pelo vale uma penetrante voz.

Todos os olhos se voltaram para a boca do vale, atrás da atormentada árvore, onde uma mulher espectral envolta em sombras flutuava da borda, suas vestes fluindo estranhamente, como se ela estivesse dentro d'água.

– Oh, não – disse Seth, atrás de Kendra.

— A garota não pode fazer nenhum estrago duradouro aqui – continuou Ephira. – Este é o nosso domínio. Minha malignidade apagará sua chama.

— Não se aproxime, Ephira! – gritou Patton. – Não interfira. Nós a libertaremos da agourenta prisão na qual você tem estado confinada.

Ephira deu uma gargalhada indiferente e soturna.

— Você não deveria ter se intrometido aqui, Patton Burgess. Eu não preciso ser salva.

— Isso não nos deterá – respondeu ele, com uma voz mais suave.

— Você não tem condições de imaginar a profundidade do meu poder – ronronou ela, pairando cada vez mais próxima a eles.

— Excesso de malignidade pode cegar – alertou Patton.

— Assim como excesso de luz – respondeu ela, que agora estava flutuando na frente da árvore preta para manter-se protegida.

— Um fato que você logo passará a apreciar como jamais apreciou antes. – Patton cutucou Asa de Nuvem com os calcanhares. – Avante! Hugo, esmague nossos oponentes!

Hugo baixou Lena e Coulter e correu para atacar o ciclope cheio de banha. A criatura enfiou seu machado na lateral de Hugo antes de o golem agarrá-lo e arremessá-lo no lago de alcatrão. Rhea e Lizette começaram a lutar com as dríades malignas, afastando-as dos centauros. Cascos martelando o piso pedregoso, Asa de Nuvem e Casco Largo galoparam em frente, jogando os inimigos para o lado. Patton fez um gesto para que Casco Largo desse uma guinada enquanto ele atacava Ephira.

Para deter os dois centauros, a mulher espectral flutuou para o lado, os fios escuros fluindo nas duas direções. Assim que o tecido maligno alcançou Asa de Nuvem, suas pernas se dobraram e ele desabou no chão rochoso, quebrando a perna dianteira direita e o braço direito. Patton livrou-se, rolando agilmente para ficar de pé. Instantes depois, mancando de modo bizarro, Asa de Nuvem se levantou, mais alto, mais forte e com a coloração amarronzada.

Um outro tentáculo de tecido envolveu uma das pernas dianteiras de Casco Largo. Grunhindo, o centauro parou abruptamente. Suando e rosnando, Casco Largo balançava o corpo, mas permanecia de pé. Ele começou a se transformar da mesma maneira que Asa de Nuvem, mas o efeito perdeu a força. Kendra sentiu a pedrinha aquecendo sua mão. Embaixo dela, Casco Largo também estava morno. A mão dela ficou com um brilho vermelho. Feixes cintilantes de luz escapavam por entre seus dedos. As criaturas malignas recuaram. Casco Largo tremia embaixo dela, escurecendo temporariamente e depois voltando ao normal.

– Ephira não consegue transformá-lo – sussurrou Seth.

Mais tentáculos de tecido escuro serpentearam para emaranhar o centauro. A pedra estava ficando desconfortavelmente quente. Ephira parecia excessivamente concentrada. A respiração de Casco Largo começou a ficar cada vez mais acelerada. Ele tremia, os músculos se retesando, angustiado. Kendra teve uma ligeira percepção de que Hugo estava lutando com a criatura maligna na qual Asa de Nuvem havia se transformado.

Ciente da pedrinha luminosa, Kendra abriu a mão, inundando a área com uma luminosidade branca e intensa. As criaturas malignas recuaram ainda mais, uivando, as mãos nos olhos. Ephira sibilou, agarrando Casco Largo ainda com mais tentáculos sombrios.

De punhos cerrados, os tendões inchados no espesso pescoço, Casco Largo soltou um grito de agonia do fundo da garganta. O centauro dobrou as pernas e desabou, tombando sem vida no chão. A pedra não estava mais brilhando. Casco Largo não estava mais respirando.

O tecido fluido de Ephira deslizou de Casco Largo e alcançou Kendra. Afastando-se do centauro morto, Kendra tentou evitar o tecido, mas uma serpentina a roçou. Assim que o tecido a tocou, a pedra brilhou intensamente, e o fio desapareceu numa rajada de chama branca.

Ephira gritou e rodopiou, como se houvesse sido fisicamente atingida. Os outros tentáculos de tecido afastaram-se de Kendra e de Seth.

– Kendra! – falou Patton, com firmeza. – A pedra!

Patton estava parado não muito distante de Ephira, consideravelmente mais próximo da árvore preta do que Kendra. Confiando no julgamento dele, ela jogou a pedra para ele, que a pegou com as duas mãos. Coulter e Lena estavam correndo para alcançar Patton. Hugo jogou o aleijado e maligno Asa de Nuvem no lago de alcatrão.

Irritada, Ephira ergueu a mão. Kendra sentiu uma onda de medo tomar conta dela, e reparou que não só sua pele, como também a pedra que Patton estava segurando, estava começando a brilhar. Ela conseguia sentir o medo tentando dominá-la, mas a emoção se dissipava antes de realmente penetrá-la. Lena e Coulter não corriam mais. Eles ficaram imobilizados, trêmulos. Coulter caiu de joelhos no chão.

Patton também estava tremendo. Ele deu alguns passos obstinados. Faixas fluidas de tecido tentavam alcançá-lo. Seth correu até ele. Seth chegou um segundo antes do tecido e agarrou a mão de Patton.

Mexendo a pedrinha entre o polegar e o indicador, Patton encostou o objeto no tentáculo de tecido que estava mais próximo. O tecido desapareceu em meio a uma rajada de fogo.

Ephira deu um grito penetrante, mais uma vez afastando as outras longas tiras de tecido. Coulter se levantou, e Lena mais uma vez disparou na direção de Patton. Erguendo a pedrinha ameaçadoramente, e segurando a mão de Seth, Patton correu ao redor de Ephira. A mulher sombria olhou para Patton com uma raiva impotente, girando o corpo para segui-lo com os olhos.

Patton soltou Seth e fez um gesto para que ele retornasse para Kendra. Seth afastou-se, hesitante. Ephira fechou os olhos e levantou as duas mãos. Lena parou novamente, e Kendra brilhou de maneira intensa. Patton avançava como se estivesse tomado pela exaustão. A paralisia parecia estar se instalando, mas ele continuava se arrastando em direção à árvore. Quando ficou a três metros da árvore preta, ele levantou a mão que estava segurando a pedrinha como se o objeto fosse um dardo pronto para ser arremessado.

Aquela foi a primeira vez que Kendra notou o prego próximo da base do tronco. Ephira abriu os olhos e uivou. Com um movimento delicado, Patton jogou a pedrinha. Ela girou no ar numa trajetória perfeita em direção ao prego. Quando a pedrinha brilhante estava se aproximando, ela abruptamente mudou de curso, voando para o lado e caindo no chão rochoso perto do lago de alcatrão.

– O que aconteceu? – berrou Seth, incrédulo.

– Os objetos repeliram um ao outro – gemeu Kendra.

Tecidos escuros estendiam-se de Ephira em direção ao lugar onde Patton estava ajoelhado perto da árvore maligna. Braços movendo-se espasmodicamente, Patton retirou uma pequena caixa do bolso e abriu-a. Três fadas saíram voando. Instantes depois, os tentáculos de tecido emaranharam-se em torno de Patton e ele desapareceu.

Dríades malignas e duendes cercaram Hugo, atacando-o com espadas e golpeando-o com machados na tentativa de levá-lo para o poço de alcatrão. Hugo resistia firmemente, acertando um ou outro de vez em quando.

O centauro maligno Cara de Tempestade galopou ao longo da borda do lago de alcatrão, dirigindo-se visivelmente para a pedrinha. Shiara alcançou a pedra primeiro. Quando a tocou, seu brilho natural aumentou uma centena de vezes. Com uma luminosidade ofuscante, ela caiu no chão, aparentemente desmaiada. As outras duas fadas tentaram levantar a pedrinha e também desmaiaram, brilhando com um fulgor de dar água nos olhos.

Kendra e Seth correram na direção da pedra, mesmo vendo que o centauro obviamente chegaria antes deles, e que Ephira estava bloqueando o acesso. Cara de Tempestade baixou um braço e apanhou a pedrinha. No mesmo instante ele começou a encolher ligeiramente, e seu corpo amarronzado passou a ter uma coloração saudável e natural. Sua pelagem equina tornou-se branca com salpicos de cinza.

Cara de Tempestade deixou cair imediatamente a pedra brilhante, como se tivesse pegado um ferro em brasa.

— Cara de Tempestade! — chamou Kendra, parando perto de Lena. — Nós precisamos da pedra!

Ephira pairou em direção ao rejuvenescido centauro, todos os seus tentáculos de tecido tateando o ar em busca dele. Estremecendo, ele pegou a pedra e jogou-a um segundo antes de os tentáculos pretos o alcançarem e o transformarem novamente.

Ele jogou a pedra longe demais. Ela voou por cima de Kendra e Seth, rolando no chão duro até parar perto de Coulter. Rastejando como se estivesse carregando um peso enorme nas costas, Coulter se aproximou da pedra em formato de ovo. Ephira girou o corpo e ergueu a palma da mão. Coulter ficou momentaneamente paralisado. Suor escorrendo pela testa, o rosto contraído devido ao esforço, ele rastejou para a frente sem equilíbrio. Quando não teve mais condições de rastejar, começou a deslizar a barriga. Seu braço se esticou, até que finalmente ele conseguiu pegar a pedra. Tremendo, ele encaixou a pedrinha entre o indicador e o polegar, como se ela fosse uma bolinha de gude pronta para ser lançada.

— Aqui! — falou Kendra, balançando os braços.

— Seth — sibilou Lena, imobilizada.

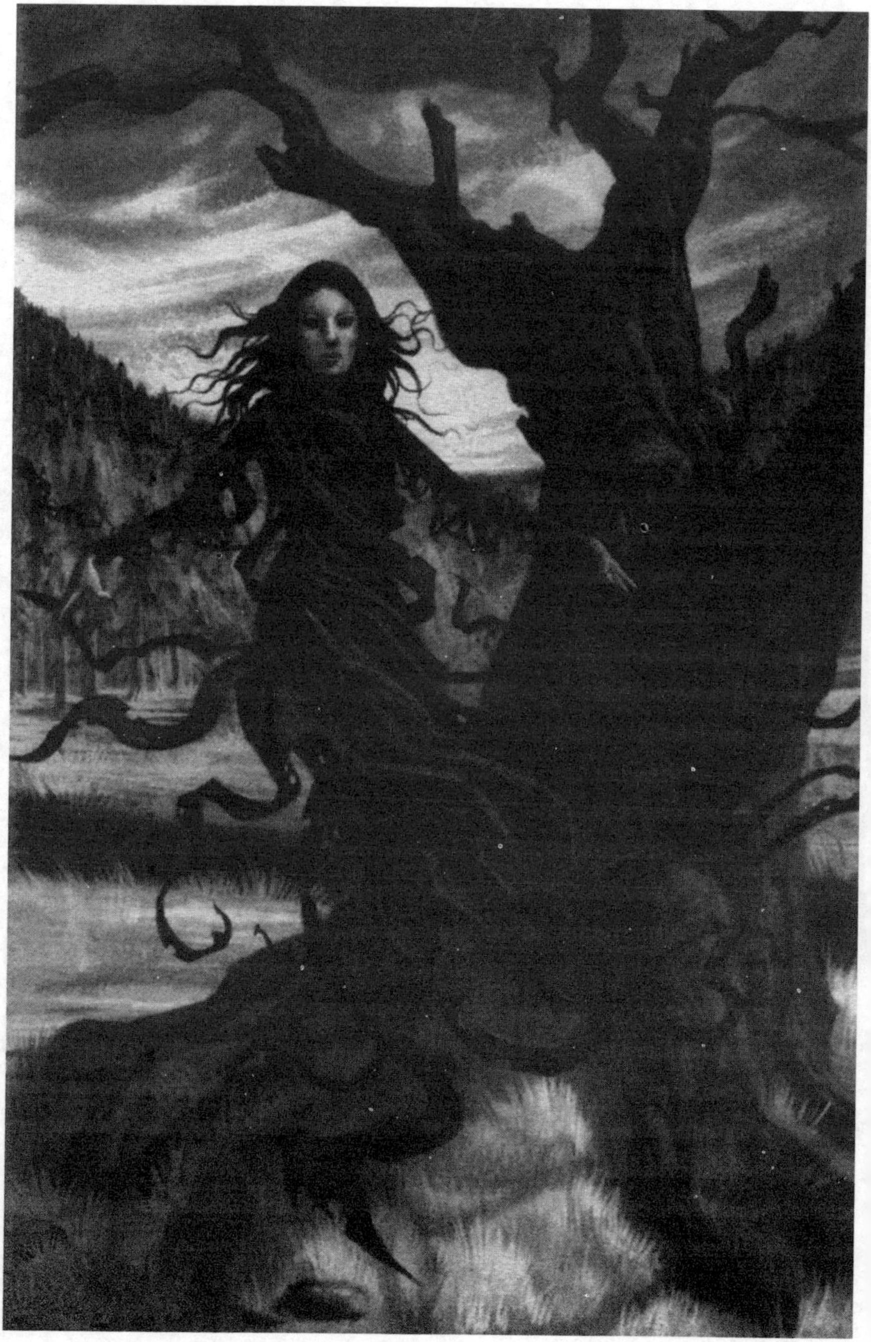

Seth pegou a mão dela. Livre para se mover, ela correu com ele na direção da árvore com tanta rapidez que ele mal conseguia manter os pés no chão.

Com um golpe certeiro do polegar, Coulter lançou a pedrinha. A pedra em formato de ovo disparou pelo chão e parou a alguns metros de Kendra. Os olhos frios queimando, Ephira flutuou na direção da pedra caída. Kendra apoderou-se da pedra e se virou para encarar a aparição que estava a caminho.

Ephira espalhou seus envoltórios e estendeu as mãos para Kendra. Kendra e a pedra brilharam intensamente. Ela sentiu o medo deslizando sobre a superfície de seu corpo, mas sem conseguir verdadeiramente alcançá-la. A visão de Ephira era horripilante, tudo o que Kendra temera naquela primeira noite em que vira a aparição na janela do sótão, mas tudo o que importava a Kendra naquele momento era encostar a pedrinha no prego.

Ephira aproximou-se, os braços tateantes, os dedos espalhados. Dessa vez ela não iria usar os tecidos – ela queria um contato físico direto.

Kendra sentiu dedos fechando-se em torno de seu tornozelo. Ela olhou para baixo e viu Patton de quatro após rastejar, sem ser visto, até ela. Seu rosto parecia desgastado, como se toda a vitalidade lhe houvesse sido arrancada. Ele ergueu a mão, oferecendo-se silenciosamente para pegar a pedra.

– Kendra! – A voz límpida de Lena foi ouvida por trás de Ephira. – Jogue a pedra!

Kendra mal podia distinguir a antiga náiade de mãos dadas com Seth atrás de Ephira, vislumbrada através de faixas ondulantes de tecido maligno. Não havia tempo para fazer uma escolha calma e ponderada. Alguns pensamentos piscaram em sua mente num átimo. Se Kendra fosse tocada por Ephira, talvez a mulher espectral destruísse a pedra, deixando sem solução a questão do prego e de Kurisock. Patton não parecia estar em condições de alcançar novamente a árvore, principalmente com Ephira no meio do caminho. Ele parecia exausto.

Kendra jogou a pedrinha.

O arremesso foi imperfeito, mas Lena avançou e pegou o objeto. Ephira se virou, com um novo alvo em mente.

Lena e Seth aproximaram-se da árvore preta. Como se sentisse o perigo, a árvore começou a sacudir. Os galhos estalaram e oscilaram. Uma raiz se ergueu, como se a árvore tivesse esperança de sair correndo.

Patton estendeu uma frágil mão na direção de sua mulher.

– Não – sussurrou ele.

Kendra jamais ouvira uma palavra com uma entonação tão desamparada, tão derrotada.

A alguns metros do tronco, Lena mandou Seth se afastar. Ela trocou um breve olhar com Patton, os olhos cheios de ternura, um meio sorriso nos lábios, e saltou. Aterrissando perto do prego, ela cambaleou tropegamente, movendo-se como um fantoche com metade das cordas soltas. O tronco da hedionda árvore curvou-se levemente. Galhos arquearam-se para detê-la. Lenta e arduamente, a mão esticada de Lena fez um esforço na direção do tronco até que a pedra entrou em contato com o prego.

Por um instante, toda luz e toda sombra pareceram estar sendo drenadas para o interior dos dois objetos, como se o mundo houvesse sofrido uma implosão e virado um único ponto. E então uma onda de choque irradiou para fora, luz e treva, quente e frio. A onda de choque não atingiu Kendra; a onda passou por ela, retirando-lhe momentaneamente todos os pensamentos. Todas as partículas de seu corpo vibraram, principalmente seus dentes e seus ossos.

Em seguida, o silêncio.

Aos poucos, Kendra foi recuperando os sentidos. Ephira estava agachada ao lado dela, não mais espectral ou inumana, apenas uma mulher assustada em frangalhos. Seus lábios se moveram como se para emitir um som, mas ela não proferiu nenhuma palavra. Seus olhos arregalados piscaram duas vezes. Em seguida os restos de suas vestes pretas se deterioraram, e seu corpo envelheceu até que ela se dissolveu numa nuvem de poeira e cinzas.

Atrás do ponto onde Ephira perecera, a árvore estava despedaçada, não mais tingida com a negrura antinatural de antes, mas totalmente apodrecida. Perto da árvore encontrava-se uma polpa pegajosa e sombria. Somente quando notou dentes e garras, Kendra ficou ciente de que aquilo devia ser os restos de Kurisock. Não muito distante da árvore, Seth estava esparramado de costas, mexendo-se ligeiramente. Lena estava de bruços e imóvel na base do tronco.

Atrás de Kendra, um restaurado Asa de Nuvem cambaleou para fora do lago de alcatrão puxando sua perna avariada, seu corpo coberto de lama fumegante. Um pouco mais distante, os duendes fugiam dos centauros e das dríades, restaurados. Seth se sentou e esfregou os olhos. Casco Largo permanecia sem vida onde havia caído.

Patton levantou-se e cambaleou alguns passos antes de tombar no chão pedregoso. Levantou-se novamente e caiu mais uma vez. Finalmente, as roupas rasgadas e enlameadas, ele conseguiu prosseguir de quatro até alcançar Lena. Puxou-a para si e, grudado à mulher, os ombros caídos, acalentou-a nos braços balançando seu corpo inerte.

CAPÍTULO VINTE E QUATRO

Despedidas

Dois dias depois, Kendra estava encostada numa sebe no jardim, ouvindo fragmentos de uma conversa entre fadas. Em torno dela, o jardim estava em total florescência, mais esplêndido do que nunca, como se as fadas estivessem tentando se desculpar. Ela ouvira umas poucas fadas lamentando a perda da condição maligna. Pelo que Kendra observara, apenas aquelas criaturas que haviam sentido prazer em estar no estado maligno retinham alguma lembrança da experiência.

Kendra ouviu a porta dos fundos se abrindo. Mais alguém estava vindo para lhe animar. Por que não a deixavam em paz? Todos haviam tentado: vovô, vovó, Seth, Warren, Tanu, Dale e até Coulter. Nada que qualquer pessoa dissesse apagaria sua culpa por haver matado Lena. Certamente havia sido uma situação desesperada, e sim, talvez essa tivesse sido mesmo a melhor oportunidade que eles poderiam ter para obter sucesso na operação. Mas mesmo assim, se ela não tivesse jogado a pedra para Lena, ela não teria morrido.

Ninguém a chamou. Ela ouviu passos no deque.

Por que eles não podiam tratá-la como tratavam Patton? Ele deixara tacitamente claro que estava solicitando um tempo para sofrer em paz, de modo que ninguém o estava atazanando. Ele levara o corpo de Lena para o lago, depositara-o carinhosamente num barco a remo, colocara fogo na embarcação e ficara observando-a queimar. Naquela noite ele dormira ao relento. No dia seguinte, depois de eles terem descoberto que os brownies restaurados haviam retirado todas as armadilhas e consertado a casa, Patton passara a maior parte do tempo sozinho num quarto. Quando finalmente aceitou a companhia dos outros, ele já estava resignado. Ele não falou no nome de Lena, e tampouco os outros referiram-se a ela.

Kendra não estava completamente infeliz. Ela estava imensamente contente pelo fato de algumas dríades haverem encontrado vovó, vovô, Warren, Dale e Tanu aprisionados na floresta, sãos e salvos, ao lado de um velho cepo. Ela ficou satisfeita porque todas as criaturas malignas puderam ser restauradas, porque os sátiros e as dríades estavam novamente se divertindo na floresta, e porque os nipsies puderam voltar para dentro de sua colina oca e estavam reconstruindo seus reinos. Ela estava se sentindo aliviada por Ephira não representar mais nenhum perigo, pela praga haver sido derrotada e por Kurisock ter encontrado seu fim. Ela achou apropriado o fato de o demônio ter acabado seus dias como uma irreconhecível papa sombria.

O custo da vitória, junto com o papel que ela havia desempenhado, era o que impedia Kendra de efetivamente comemorar. Não apenas ela pranteava as mortes de Lena e Casco Largo, como também não conseguia deixar de fazer algumas perguntas perturbadoras. E se ela tivesse saltado de Casco Largo antes de ele ter morrido, permitindo que ele voltasse à condição sombria em vez de deixá-lo preso numa armadilha entre a luz e as trevas até que a luta o matasse? E se ela tivesse tido a coragem de usar a pedra para obrigar Ephira a recuar e tivesse ido ela própria destruir o prego?

– Kendra – disse uma voz ligeiramente áspera.

Ela se sentou. Era Patton. Suas roupas permaneciam rasgadas, mas ele as lavara.

– Eu achava que não ia te ver novamente.

Ele cruzou as mãos nas costas.

– Meus três dias estão quase terminados. Logo eu serei transportado de volta a meu próprio tempo. Eu queria antes trocar algumas palavras com você.

Era isso mesmo! Ele partiria em pouco tempo. Kendra subitamente se lembrou do que tinha para discutir com ele antes que ele fosse embora.

– O Esfinge – disse Kendra, apressadamente. – Talvez você seja capaz de impedir um monte de encrencas porque quase com certeza ele...

Ele ergueu um dedo.

– Eu já falei com seu avô sobre o assunto. Há apenas alguns minutos, na verdade. Eu nunca confiei realmente no Esfinge, mas se você o considera elusivo agora, deveria tentar localizá-lo na minha época. Eu só estive com ele uma vez, e foi uma façanha e tanto. No meu tempo, muitos acreditam que a Sociedade da Estrela Vespertina está morta e enterrada. De longe, o Esfinge tem sido muito gentil com todos nós zeladores. Seria difícil encontrá-lo, e mais difícil ainda angariar apoio contra ele. Eu vou ver o que é possível fazer.

Kendra anuiu. Ela mirou a grama, reunindo coragem. Em seguida levantou os olhos, as lágrimas fazendo sua visão tremeluzir.

– Patton, eu sinto muito...

Novamente ele ergueu um dedo para silenciá-la.

– Não diga mais nada. Você foi magnífica.

— Mas se eu...

Ele balançou o dedo.

— Não, Kendra, você não tinha alternativa.

— E Casco Largo — murmurou Kendra.

— Nenhum de nós poderia ter previsto isso — disse Patton. — Nós estávamos enfrentando poderes desconhecidos.

— Não para de morrer gente ao meu redor — sussurrou Kendra.

— Você está pensando com um enfoque contrário — disse Patton com firmeza. — Ao seu redor, pessoas que deveriam ter morrido permanecem vivas. Sombras voltaram a ser luz. Você e Lena nos salvaram a todos. Eu gostaria muito que tivesse sido eu a sacrificar minha vida. Eu teria dado tudo, tudo mesmo, mas tais desejos são inúteis.

— Você está bem?

Ele expirou fortemente, meio riso, meio soluço. Passou um dedo no bigode.

— Tento não reviver na minha mente como eu teria destruído o prego, eu mesmo, em vez de jogar a pedrinha. Tento não ficar obcecado por não ter podido salvar minha mulher. — Ele fez uma pausa, os músculos pulsando em seu queixo. — Eu devo seguir em frente. Tenho uma nova missão. Uma nova meta. Amar Lena para o resto de sua vida o tanto que ela merece. Jamais duvidar novamente de seu amor por mim ou do meu amor por ela. Dar a ela todo o meu ser, todos os dias, sem descanso. Manter em segredo como sua vida terminará e ao mesmo tempo honrar seu sacrifício. Eu me encontro em uma posição singular, tendo perdido Lena e ainda mantendo-a ao meu lado.

Kendra assentiu, tentando conter as lágrimas em consideração a ele.

— Vocês dois vão ter uma vida longa e feliz juntos.

— Espero que sim — disse Patton. Sorrindo com candura, ele estendeu a mão para puxá-la. — Se o meu luto se encerrou, já está mais do que na hora de você também encerrar o seu. Foi um apuro mortífero. Nós todos poderíamos ter perecido. Você tomou a decisão necessária.

Outros já haviam assegurado a Kendra exatamente a mesma coisa. Só quando ouviu as palavras da boca de Patton ela conseguiu acreditar do fundo do coração que aquilo poderia ser mesmo verdade.

Ele a colocou de pé.

– Sua condução chegou.

– Minha condução? – perguntou Kendra. – Já? – Eles caminharam na direção do deque.

– A manhã já está quase acabando – disse Patton. – Eu o ouvi dizendo que há novidades. Não deixei que ele me visse.

– Você acha que eu devo ir pra casa? – perguntou Kendra.

– Seus avós estão certos – garantiu ele. – É a melhor opção. Você não pode ficar mais tempo longe de seus pais. Você estará muito bem vigiada por amigos responsáveis: em casa, na escola, onde quer que você vá.

Kendra assentiu vagamente. Patton parou nos degraus para o deque.

– Você não vai entrar? – instou Kendra.

– Vou voltar uma última vez ao lago – disse Patton. – Já me despedi dos outros.

– Então acabou.

– Não completamente – disse Patton. – Eu tive uma conversa particular com Vanessa hoje de manhã. Deixei um dos gnomos temporariamente na Caixa Quieta. Ela é uma mulher dura – não consegui retirar nada dela. Acredito que ela tenha informações úteis. Em algum momento, se tudo o mais falhar, talvez você possa considerar a possibilidade de fazer um acordo com ela. Mas não confie nela. Eu disse a mesma coisa a Stan.

– Tudo bem.

— Pelo que entendi, você encontrou meu Diário de Segredos – disse Patton.

— Era seu? Ainda não li muita coisa.

Patton sorriu.

— Kendra, estou desapontado. Você sabia que foi o seu avô, e não eu, quem escreveu a frase "Beba o leite"? Todas as minhas palavras no diário foram escritas na língua secreta das fadas usando cera umite.

— Cera umite? – Kendra deu um tapa na testa. – Eu nunca pensei em tentar isso. Fiquei sabendo da cera um ano depois de parar de prestar atenção ao diário.

— Bem, preste atenção ao diário. Nem todos os meus segredos estão lá, mas você vai achar alguns que podem lhe ser úteis. E eu vou continuar escrevendo, pode ter certeza. Os tempos difíceis estão longe de acabar para você e para a sua família. Eu farei o que puder de minha época.

— Obrigada, Patton. – Era reconfortante pensar que ela teria informações a respeito dele através do diário, e saber que talvez ele pudesse achar meios de ajudá-la.

— Fiquei muito feliz por havermos nos conhecido, Kendra. – Ele a abraçou com força. – Você é verdadeiramente extraordinária, muito mais do que qualquer coisa que as fadas poderiam proporcionar. Fique de olho naquele seu irmão. Se ele conseguir ficar vivo, talvez algum dia venha a salvar o mundo.

— Pode deixar. Também fiquei feliz de te conhecer. Tchau, Patton.

Ele se virou e foi embora, olhando para trás uma vez para acenar. Kendra observou-o até ele desaparecer na floresta.

Respirando fundo, Kendra atravessou o deque e passou pela porta dos fundos.

— Feliz aniversário! – gritaram inúmeras vozes.

Kendra levou um instante para se dar conta do imenso bolo com quinze velinhas. Ainda faltava um mês para o seu aniversário.

Vovô, vovó, Seth, Dale, Tanu e Coulter começaram a cantar. Newel e Doren também estavam lá, adicionando harmonias tempestuosas. Dougan também estava presente, cantando suavemente. Então seria ele a pessoa que a levaria para casa. No fim da canção, Kendra apagou as velinhas. Vovó tirou uma foto.

– O meu aniversário é só daqui a algumas semanas! – ralhou Kendra.

– Foi o que eu disse pra eles – disse Seth, rindo. – Mas eles queriam fazer a festa agora, já que ninguém ia poder estar presente na data certa.

Kendra sorriu para seus amigos e sua família. Ela desconfiava que a comemoração tinha mais a ver com sua melancolia recente do que com seu aniversário propriamente dito. Ela sorriu.

– Essa é uma das vantagens de se comemorar o aniversário um mês antes. Vocês me surpreenderam mesmo! Obrigada!

Seth se aproximou.

– Patton conseguiu te animar? – sussurrou ele. – Ele prometeu que ia conseguir.

– Conseguiu, sim.

Seth balançou a cabeça.

– O cara consegue tudo!

– Eu ouvi falar que Dougan tinha novidades – disse Kendra.

– Isso pode esperar – disse Dougan. – É horrível interromper uma ocasião tão feliz. A propósito, Gavin mandou te dar os parabéns. Ele está numa missão e não pôde vir. Se não fosse por isso, ele também estaria aqui pra acompanhar você até sua casa.

– Se você me deixar esperando pelas novidades, não vou conseguir parar de pensar no assunto – sustentou Kendra.

– Eu concordo – disse Seth.

Dougan deu de ombros.

– Stan já sabe alguma coisa sobre isso, mas devido ao nível de envolvimento de vocês eu vou liberar a informação a todos. Ou talvez fosse melhor dizer a quase todos. – Ele fez uma pausa, olhando para Newel e Doren.

– Meu cata-vento social altamente afinado está detectando uma insinuação – disse Newel.

– De repente a gente podia dar uma saída por alguns minutos – sugeriu Doren. – Discutir alguns segredinhos pessoais.

Os dois sátiros saíram do recinto.

– Grandes segredos – enfatizou Newel. – O tipo de segredo que faz com que você fique acordado até altas horas da noite roendo as unhas.

– Segredos que deixariam vocês com o cabelo arrepiado – concordou Doren.

Dougan esperou até os sátiros saírem completamente da sala e então prosseguiu em tom baixo:

– O Esfinge é um traidor. Warren, eu sinto muito por ter mentido para você quando disse que ele não era o Capitão dos Cavaleiros da Madrugada. Eu tinha prometido guardar o segredo. Naquele momento eu ainda pensava que valeria a pena protegê-lo.

– Como você confirmou a traição dele? – perguntou Warren.

– Eu fiz uma consulta a meus companheiros Tenentes a respeito do artefato recuperado em Fablehaven. Nenhum deles ouvira falar do incidente, o que é uma severa quebra de protocolo. Nós quatro confrontamos o Esfinge, preparados para apreendê-lo. Ele não fez nenhum protesto quando nós nomeamos as circunstâncias suspeitas, e então levantou-se lentamente e nos disse que estava decepcionado por termos demorado tanto tempo para suspeitar dele. Ele pegou um bas-

Despedidas

tão de cobre na escrivaninha e desapareceu, sendo substituído por um homem corpulento que instantaneamente jogou a haste pela janela, transformou-se num gigantesco urso-pardo e nos atacou. Lutar com o urso num espaço tão pequeno provou-se arriscado. Travis Wright foi seriamente ferido. Em vez de tentar prender nosso inimigo, nós fomos forçados a chacinar a fera. Quando começamos a procurar o Esfinge, ele já não podia ser encontrado em lugar algum.

– Então é verdade – murmurou Coulter, parecendo abatido. – O Esfinge é nosso grande inimigo.

– E é culpa minha ele ter escapado! – exclamou Kendra. – Eu restaurei o poder daquele bastão que ele usou para se teletransportar pra longe!

Vovô balançou a cabeça.

– Se não tivesse o bastão, o Esfinge teria outras estratégias de fuga.

– E quanto ao sr. Lich, o guarda-costas dele? – perguntou Seth.

– O sr. Lich não é visto há dias, e ainda não reapareceu – reportou Dougan.

– Agora que o Esfinge revelou de que lado realmente está, ele poderá colocar seus planos em prática com mais rapidez – disse vovô. – Nós teremos de estar preparados para qualquer coisa.

– Existem outras novidades dignas de preocupação – antecipou vovô.

Dougan franziu o cenho.

– Lost Mesa caiu. Até onde nós sabemos, apenas Hal e sua filha, Mara, sobreviveram.

– O que aconteceu? – perguntou Kendra, arfando.

– Hal relatou o seguinte: primeiro, um jovem dragão cor de cobre libertou-se do labirinto localizado no interior da mesa e desferiu ataques-relâmpago à casa principal. Em seguida, vários esqueletos dentro do museu da propriedade voltaram à vida e empreenderam um ataque por conta própria. Um enorme esqueleto de dragão foi o responsável pelos danos mais significativos – muito provavelmente reanimado por um poderoso viviblix. Algumas dezenas de zumbis se soltaram também. Como aqui em Fablehaven, alguém tinha a intenção de fechar permanentemente a reserva. Em Lost Mesa, a trama obteve êxito.

– Como Vanessa tinha dito pra gente – murmurou Kendra –, quando o Esfinge comete algum crime, ele toca fogo na vizinhança pra acabar com as pistas.

– Nós deixamos aquele dragão preso dentro da mesa – disse Warren. – Trancamos o bicho com nossas próprias mãos.

– Eu sei – disse Dougan. – Foi sabotagem.

– Existe alguma razão pra suspeitarmos de Hal ou de Mara? – perguntou Warren.

– Sempre alguma suspeita vai recair sobre os sobreviventes de uma calamidade como essa – disse Dougan. – Mas eles fizeram contato conosco por livre e espontânea vontade, e a tristeza que eles demonstraram para com Rosa e os outros parecia sincera. Se vocês me perguntassem, eu diria que o culpado permanece desconhecido.

– Ou então ele tem o nome de um monumento egípcio – disse Seth, com amargura.

Dougan baixou a cabeça.

– Verdade, é muito provável que o Esfinge tenha sido a mente por trás do ataque, mas nós ainda não sabemos quem executou suas ordens.

– Depois de levar o que queria de Fablehaven e de Lost Mesa, ele tentou riscar do mapa as duas reservas – disse Kendra, entorpecida.

– Aqui ele fracassou – disse vovó –, como está fadado a fracassar quando tudo isso terminar.

Despedidas

Kendra desejou que as palavras soassem menos vazias.

– Nós estamos fazendo o que é possível – disse Dougan. – Manter dois olhos atentos sobre Kendra e Seth nos próximos meses será prioridade absoluta. Ah, Kendra, antes que eu me esqueça. Gavin me pediu que te entregasse esta carta. – Ele estendeu um envelope cinza cheio de pontinhos pretos.

– Feliz aniversário! – exclamou Seth, sua voz recheada de segundas intenções.

Kendra tentou não enrubescer enquanto guardava o envelope.

– Querida Kendra – improvisou Seth –, você é a única garota que me entende, sabe, e eu considero você bem madura para a idade que tem...

– Que tal comermos o bolo? – interrompeu vovó, oferecendo o primeiro pedaço para Kendra e olhando com fúria para Seth.

Kendra aceitou o bolo e se sentou à mesa, grata pela oportunidade de se recompor. Ela descobriu que o bolo havia sido preparado pelos brownies. Ao cortar o pedaço, ela encontrou camadas cremosas de baunilha, musse de chocolate, pedaços de caramelo e um ou outro recheio de geleia de framboesa. De alguma maneira, os sabores nunca entravam em conflito uns com os outros. Ela não se lembrava de ter comido um bolo de aniversário mais delicioso do que aquele.

Depois, vovô acompanhou Kendra até o sótão. Ela encontrou suas malas arrumadas e prontas.

– Seus pais estão esperando que Dougan deixe vocês em casa hoje à noite – disse ele. – Eles vão ficar felizes de poder reencontrar vocês. Eu acho que eles já estavam a ponto de chamar o FBI.

– Tudo bem.

– Patton se despediu de você? – perguntou ele.

– Despediu – disse Kendra. – Ele me contou uma coisa importante sobre o Diário de Segredos.

— Ele mencionou que eu deveria confiá-lo a você. Você encontrará o diário na sua bagagem, junto com alguns outros presentes de aniversário. Kendra, por enquanto nós manteremos em segredo a descoberta do Cronômetro até podermos ter mais certeza das pessoas em quem podemos realmente confiar. Nem mesmo Dougan deverá ficar sabendo.

— Eu acho uma boa ideia — disse Kendra. Ela olhou fixamente para vovô. — Estou com medo de ir pra casa.

— Depois de tudo o que aconteceu, eu diria que você sentiria mais medo de ficar aqui.

— Não tenho muita certeza se eu acho legal os Cavaleiros da Madrugada cuidarem de mim. Pode ser que todos eles estejam trabalhando pros nossos inimigos!

— Warren, Coulter ou Tanu sempre estarão entre as pessoas encarregadas de sua guarda. Eu só permitirei que os olhos mais confiáveis cuidem de você.

— Acho que assim eu me sinto melhor.

Seth irrompeu no quarto, seguido por Dale.

— Dougan mandou dizer que já está pronto. Warren vai com a gente. Está pronta, Kendra?

Ela não se sentia preparada. Após uma grande perda, após uma vitória difícil, após sofrer um trauma extremo, ela gostaria de ter um tempo para hibernar. Não dois dias. Dois anos. Um tempo suficiente para se recompor física e mentalmente. Por que a vida sempre tinha de andar incessantemente para a frente? Por que toda vitória ou derrota era sempre seguida de novas preocupações e novos problemas? Ajustar-se ao segundo grau já seria bem difícil, quanto mais se preocupar com as novas intrigas que o Esfinge possivelmente estaria engendrando e em como Navarog, o príncipe-demônio, poderia se encaixar nelas.

Despedidas

Apesar das incertezas, Kendra anuiu. Vovô e Dale pegaram a bagagem dela e ela os seguiu pela escada do sótão. No corredor, Coulter fez um gesto para que ela entrasse em seu quarto. Ele bateu a porta atrás dela.

– O que é? – perguntou Kendra.

Ele estendeu o cajado com os chocalhos que ela trouxera de Lost Mesa.

– Kendra, você tem alguma ideia do que isso aqui pode fazer?

– Parecia que ele fazia a tempestade em Painted Mesa piorar.

Ele balançou a cabeça.

– Artefatos mágicos são a minha especialidade, mas em todos esses anos eu encontrei poucos objetos que pudessem ter um poder similar a este cajado. Eu o experimentei ontem. Depois de sacudi-lo do lado de fora da casa durante quase quinze minutos, fiz aparecerem nuvens no que antes era um céu límpido. Quanto mais eu sacudia os chocalhos, mais nuvens surgiam.

– Uau!

– Você trouxe de Lost Mesa um cajado de chuva autêntico e em perfeitas condições de uso.

Kendra sorriu.

– Gavin disse que isso era o meu suvenir.

– Gavin deve ser uma pessoa bem generosa. Um item dessa magnitude é absolutamente impagável. Cuide bem dele.

– Vou cuidar – disse Kendra, pegando de volta o cajado. – Será que é melhor eu deixá-lo aqui?

– O objeto te pertence; leve-o com você. Quem sabe quando ele pode vir a ser útil? Há uma quantidade enorme de problemas no horizonte.

– Obrigada, Coulter. A gente se vê por aí.

– Pode ter certeza disso. Eu vou me revezar com os outros na vigilância a você e a seu irmão.

Encontrando-se sozinha por um instante, Kendra puxou o envelope, abriu-o e retirou a carta de Gavin. Ela desdobrou a folha de papel, tentando não se sentir ansiosa, tentando esquecer as coisas estúpidas que Seth tinha adivinhado que a carta conteria.

Querida Kendra,
 Sinto muito não poder estar aí para acompanhá-la até sua casa.
 Que novidades malucas de Dougan, hein? Eu mal posso acreditar o quanto todos devem ter ficado perplexos! Eu sabia que havia algo sombrio a respeito de caras legais usando máscaras... eles já acabaram com elas.
 Eu estou indo para uma outra missão. Nada tão perigoso quanto aquilo que nós passamos juntos, mas uma outra chance para provar a mim mesmo que sou útil. Eu te conto os detalhes depois.
 Sabe por que eu adoro cartas? Porque assim eu não gaguejo!
 Você é uma pessoa incrível, Kendra. Quero que você saiba o quanto eu gostei de te conhecer. Espero ter uma chance de vigiar você e seu irmão durante o outono. Espero que a gente possa algum dia se conhecer melhor.
 Seu amigo e admirador,
 Gavin

Kendra releu a carta, e então verificou três vezes a parte em que estava escrito que ela era incrível e que ele queria conhecê-la melhor. Ele não assinou simplesmente "seu amigo". Estava escrito "seu amigo *e admirador*".

Com um sorriso nos cantos da boca, Kendra dobrou a carta, enfiou-a no bolso e saiu pela porta da frente, impressionada por ver como era tênue a linha que separava o horror ao futuro da espera ansiosa por ele.

Agradecimentos

Eu adoro escrever as últimas linhas de um livro. Parece até um milagre quando uma história que existia abstratamente na minha mente finalmente ganha uma forma concreta. Os meses necessários para se traduzir ideias em palavras culminam numa gigantesca onda de satisfação quando termino a fase inicial da escrita e posso então passar para a fase de aperfeiçoamento da narrativa. Independentemente das imperfeições no rascunho inicial, sinto um grande alívio em saber que a história existe fora da minha imaginação.

Muitas pessoas contribuíram para tornar o terceiro volume da série Fablehaven uma realidade. Minha compreensiva mulher e meus compreensivos filhos não apenas me ajudam a encontrar tempo para escrever e promover meus livros, como também fazem do resto da minha vida uma experiência maravilhosa. As avaliações iniciais que eu recebo de minha mulher normalmente me ajudam a dar forma a minhas ideias e a minha escrita, tornando-as melhores.

Os primeiros leitores que me forneceram um retorno crítico incluem minha mulher, Mary, Chris Schoebinger, Emily Watts, Tucker Davis, Pamela e Gary Mull, Summer Mull, Bryson e Cherie Mull, Nancy Fleming, Randy e Liz Saban, Mike Walton, Wesley Saban, Jason e Natalie Conforto e a família Freeman. Ty Mull teve toda a intenção do mundo de ajudar, mas a escola e o videogame não permitiram. Minha irmã Tiffany não precisou contribuir porque estava ocupada no Brasil.

Mais uma vez, Brandon Dorman criou uma arte fantástica. O lindo centauro que ele desenhou para a capa deixou o garoto de dez anos de idade que eu tenho dentro de mim pulando de entusiasmo. Richard Erickson supervisionou os elementos de design, Emily Watts manteve a minha credibilidade enquanto editora, e Laurie Cook foi a tipógrafa. Sou grato pela contribuição valiosa de todos eles!

Devo agradecer muito à equipe de marketing da Shadow Mountain, liderada por Chris Schoebinger, junto com Gail Halladay, Patrick Muir, Angie Godfrey, Tiffany Williams, MaryAnn Jones, Bob Grove e Roberta Stout. Mais uma vez, minha outra irmã, Summer Mull, coordenou minha turnê e viajou comigo nas visitas que fiz a escolas para realizar encontros sobre leitura e criação. Sou profundamente grato pela ajuda e pelo companheirismo dela. Também quero agradecer a Boyd Ware e ao pessoal de vendas, Lee Broadhead, John Rose e Lonnie Lockhart, junto com todo o pessoal da Shadow Mountain que trabalha com tanta eficiência para fazer com que meus livros cheguem às mãos dos leitores.

Enquanto eu viajava pelo país afora visitando escolas, bibliotecas e livrarias, muitas pessoas gentis abriram a porta de suas casas para mim. Meus agradecimentos vão para a família Bagby na Califórnia, os McCaleb em Idaho, os Goodfellow no Oregon, os Adams em Maryland, os Novick na Califórnia, Colleen e John no Missouri, os Fleming no Arizona, o clã Panos na Califórnia, os MacDonald em Nevada, os Brown em Montana, os Miller na Virgínia, os Wirig em Ohio, o pessoal do Monmouth College e Gary Mull em Connecticut. Agradecimentos especiais a Robert Marston Fanney, autor de *Luthiel's Song*, que ajudou a espalhar a notícia on-line.

Nunca agradeci a Nick Jacob em uma dessas partes de agradecimentos. Ele era um dos meus melhores amigos no segundo grau e sempre arranjava tempo para ler... o que eu escrevia naquela época. Os comentários e o estímulo dele foram muito importantes para os meus anos de formação como escritor.

AGRADECIMENTOS

Obrigado, caro leitor, por continuar a saborear a série Fablehaven. Já estou trabalhando no quarto livro. Se você está curtindo a história, por favor conte a outras pessoas. Suas recomendações fazem uma grande diferença!

Fiquem ligados em BrandonMull.com e em Fablehaven.com para descobrir mais coisas sobre mim e meus livros.

Impresso na Gráfica JPA